中国文艺评论（首都师范大学）基地书系

中国文艺评论年度文选

2021

王德胜　胡疆锋　主编

文化艺术出版社
Culture and Art Publishing House

图书在版编目（CIP）数据

中国文艺评论年度文选. 2021 / 王德胜, 胡疆锋主编. -- 北京：文化艺术出版社, 2023.7
ISBN 978-7-5039-7457-1

Ⅰ.①中… Ⅱ.①王… ②胡… Ⅲ.①文艺评论—中国—文集 Ⅳ.①I206-53

中国国家版本馆CIP数据核字（2023）第124560号

中国文艺评论年度文选（2021）

主　　编	王德胜　胡疆锋
责任编辑	李　特
责任校对	董　斌
封面设计	马夕雯
出版发行	文化藝術出版社
地　　址	北京市东城区东四八条52号（100700）
网　　址	www.caaph.com
电子邮箱	s@caaph.com
电　　话	（010）84057666（总编室）　84057667（办公室） 　　　　84057696—84057699（发行部）
传　　真	（010）84057660（总编室）　84057670（办公室） 　　　　84057690（发行部）
经　　销	新华书店
印　　刷	国英印务有限公司
版　　次	2023年9月第1版
印　　次	2023年9月第1次印刷
开　　本	710毫米×1000毫米　1/16
印　　张	23.25
字　　数	342千字
书　　号	ISBN 978-7-5039-7457-1
定　　价	98.00元

版权所有，侵权必究。如有印装错误，随时调换。

前　言

近年来，文艺评论日益受到国家和社会的高度重视。2014年，习近平总书记在文艺工作座谈会上指出："要高度重视和切实加强文艺评论工作。"2021年8月，中央宣传部、文化和旅游部、国家广播电视总局、中国文联、中国作协五部门联合印发了《关于加强新时代文艺评论工作的指导意见》，对新时代文艺评论工作进行了全面部署，强调"要强化组织保障工作。加强组织领导，把文艺评论工作纳入繁荣文艺的总体规划"。在这样的大背景下，各级文化管理部门高度重视文艺评论工作的顶层设计，一些重要的文艺评论推优活动或影响力榜单也发挥了积极的激励和引领作用，有力地推动了中国文艺评论生态的良性发展。中国文艺评论的春天已经来到。

根据不同的评论主体，我们可以把文艺评论分为艺术家评论、职业评论（教授评论、学院评论）、媒体评论（报刊评论、网络评论）。其中，艺术家评论是艺术实践者开展的在场评论，它依托鲜活而感性的业界体验，往往能发现旁人难以领悟到的艺术特征和规律，具有鲜活性和在场性特征。艺术家评论的传播方式灵活多样，不仅有公开发表的书面文字，更有大量未发表的在口传心授、耳提面命的过程中的口头表达。

职业评论主要是以文艺评论为职业的评论方式，包括教授评论或学院评论，其主要阵地是各种专业报刊和高校学报等，具有专业而厚重的特点。蒂博代曾经在《六说文学批评》中高度评价"教授评论"这一职业评论的主体构成，认为它"在19世纪的文学史里组成了一条延续最长的山脉和最为坚实的高原"①。这一评价，也完全适用于中国当代的文艺评论。

媒体评论作为当下最为常见的文艺评论，既是对文艺脉络最开始的触摸和把握，同时又以快捷敏锐、受众广泛而著称。它起于草野，看似随性、散漫，实则敏锐、犀利，其特点可以概括为：快锐、通俗。媒体批评的主体包括媒体记者、粉丝（迷）、自媒体等，主要发表在以微信（包括公众号）、微博、哔哩哔哩、抖音、豆瓣、百度百科等为代表的社交媒体上。社交媒体本身的便捷性、参与性和互动性，也催生了新的文艺评论方式和语体风格：社交媒体上的文艺评论大多简洁灵活，有配图、有评分、可弹幕，便于随时随地发布、查收、转发和搜索；许多吐槽式的文艺评论更是采用了视频、文字、弹幕、跟帖融合的方式，创造了一种新的评论语体。

在社交媒体兴起前，职业评论、艺术家评论的知识或话语经常在当代文艺作品的评论体系和场域位置中占据着上风或主流地位。借助社交媒体的赋权，原本由职业评论所形成的"把关人"角色，随着社交网络上浩如烟海的"大众点评"、跟帖等互动评论而渐趋消失，文艺评论日益变得非职业化了。社交媒体不仅支持广大网民以前所未有的参与者身份出现在文艺活动领域，而且重新分配了这一领域内部的权力和规则，让曾经被动的消费者——阅读者有机会提供生动、真实、多元的文艺评论，直接参与到文艺领域的认定和评价过程之中。

艺术家评论、职业评论和媒体评论各有其价值，它们共同构成了当代中国文艺评论的多声部，促成了文艺评论的当代转型，也拓展了文艺评论的公共空间。

从目前国内文艺评论领域的出版情况来看，已有的一些文艺评论年鉴或文选为读者提供了一定的选择。但考虑到一些选本或选择面较窄，或内容比较单一、重点不够突出，特别是还缺少注重多门类、跨学科、重前沿的文艺评论选

---

① ［法］阿尔贝·蒂博代:《六说文学批评》，赵坚译，生活·读书·新知三联书店1989年版，第44页。

本，缺乏兼顾艺术家评论、职业评论和媒体评论的选本，为此，我们依托中国文联中国文艺评论（首都师范大学）基地，尝试以逐年选编的方式，遴选每个年度各艺术门类（文学、影视、音乐、美术、曲艺、舞蹈、民间文艺、摄影、书法、杂技、网络文艺等）中有锐气、有朝气、有理论深度且较具代表性的优秀评论文章，汇为《中国文艺评论年度文选》，以综合展现艺术家评论、职业评论和媒体评论这三种主要评论形态的成果，推进新时代中国文艺评论的建设工作。

《中国文艺评论年度文选》（2021）就是这一出版计划中的第一本，选入2021年度文艺评论的文章共32篇，包括长篇评论22篇、短篇评论10篇，以便尽可能集中地展示当下多种文艺评论的形态特点、面貌及核心问题。希望能够得到文艺界和评论界的关注与批评。

本书编选和出版，得到了各位入选文章作者的大力支持，并得到首都师范大学艺术与美育研究院专项经费资助，谨此致以谢忱。

目录

上 篇

003 / 知识碎片里的叙述语态
　　　——《应物兄》片议
　　　孙　郁

018 / 解锁未来：当代中国科幻小说中的"希望"设定
　　　罗小茗

036 / 百年转型时刻的艺术典型化路径
　　　——当前现实题材电视剧观剧札记
　　　王一川

055 / 主题性电影创作的创新方法论
　　　——建党百年献礼片分析
　　　尹　鸿

067 / 元宇宙、叙事革命与"某物"的创生
　　　周志强

077 / 播客：声音里的情感共同体
　　　许苗苗

093 / 数字化参与：虚拟空间中的公共艺术
　　　　　潘鹏程

101 / 网络文艺的实践生成和理论构建
　　　　　徐粤春

107 / 网络文学评价体系的"树状"结构
　　　　　欧阳友权

127 / 不辨主脉，何论源头？
　　　　　——再论中国网络文学的起始问题
　　　　　邵燕君　吉云飞

141 / 网络文学的经典化是个伪命题
　　　　　黎杨全

156 / 后疫情时代的网络电影：影游融合与"想象力消费"新趋势
　　　　　——以《倩女幽魂：人间情》为个案
　　　　　陈旭光　张明浩

174 / 网络游戏中民间文学资源的创新转化
　　　　　程　萌

190 / 交响合唱《江城子》的人文意涵与音乐修辞
　　　　　——兼论"响晕"概念在交响修辞中的美学意义
　　　　　孙　月　张　玄

213 / 民间舞蹈创作与原真性
　　　　　——新中国蒙古族舞蹈创作七十年的形象、观念与美学
　　　　　毛　毳

231 / 大型漆壁画《长城颂》深蕴的百年风华
　　　尚　辉

241 / 时代呼唤公共雕塑的精品力作
　　　——中国城市雕塑发展的问题和策略
　　　吕品昌

251 / 国潮、中国风与中国设计主体性的崛起
　　　祝　帅

264 / 摄影"中国化"的话语实践
　　　——兼与"美术革命"的错位交织
　　　郑梓煜

284 / 2020书法：生活召唤、多点掘进与文墨相生
　　　叶培贵

297 / 以身体极限喻精神超拔
　　　——评大型当代杂技剧《化·蝶》
　　　申霞艳

307 / 竹韵百年　历史回响：快板艺术传续衍变中的红色基因
　　　赵奇恩

下　篇

325 / 三观岂能跟着五官走
　　　牛梦笛

327 / 让更多流量向上向善
　　　　　胡妍妍

329 / 标本兼治"饭圈文化"
　　　　　林　品

333 / 接通文艺作品的在地之气
　　　　　赵　亮

336 / 网络上的"段评"，就像是一场"表演"
　　　　　贾　想

341 / 网络贺岁电影的冷思考
　　　　　雷　军

344 / 融媒体时代：大众目光洗礼下的历史剧
　　　　　徐海龙

349 / 十年爆款剧变迁：从口碑倒悬到有口皆碑
　　　　　杨　慧

354 / 美术评论家应该回归"现场"
　　　　　贾　峰

356 / 从《不朽的骄杨》谈黄梅戏的"无场次"呈现
　　　　　许晓琪

361 / 编后记

上篇

知识碎片里的叙述语态
——《应物兄》片议

孙 郁

当李洱的《应物兄》引起争论的时候，批评家的聚焦点之一，是知识话语的过于漫溢，阻隔了故事的完整性。就读者而言，此书颠覆了百年间"言文一致"的习惯，人们对它的不适应也自然。但这一本书的写作不是讨好读者，而是从学识与日常生活间寻觅审美表述的可能，与传统的书写不在同一条路径上。我们的作者在写作中对于词语的玩味，嗜癖深深，自觉不自觉地运用了各类学科的知识，以此折射生活的百态。对于一般作家来说，这是危险的选择，易滑入概念化的歧途。不过李洱不是以"信"的方式处理知识，而是处处以"疑"的目光打量存在，撕裂了学院派的话语空间，那些诡谲、诙谐的词语，倒仿佛是生活魔幻般的隐喻，其反雅言的雅言，有着非时代性的时代性。

缘于此，作者的叙述语态可以说是对读者的冒犯，人们不由得想起百年文学中的语言格式创新的难题。现代语体文的建立来自两个途径，一是文章学的变体，二是翻译体的新知表述。有时候二者也是交叉在一起的。

典型的例子是周作人的"美文"观念，看似是新散文理念的滋长，背后有新知识的支撑是无疑的。1921年，周作人在《美文》中指出：

> 外国文学里有一种所谓论文，其中大约可以分作两类。一批评的，是学术性的。二记述的，是艺术性的，又称作美文，这里边又可分出叙事与抒情，但也很多两者夹杂的。这种美文似乎在英语国民里最为发达，如中

国所熟知的爱迭生,阑姆,欧文,霍桑诸人都做有很好的美文,近时高尔斯威西,吉欣,契斯透顿也是美文的好手。①

此文的意义,是探索汉语表达的多样可能性。文章发现了知识审美的可能,在域外学术随笔里,流动着思想的光泽,这在中国是少见的。周氏后来的散文随笔,就借鉴了西洋随笔的风格,以典雅的辞章讨论知识与学识,在大量的经典阅读里,飘动着诗意的风致。不过,这种写作也仅限于散文、随笔之中,因为周氏鲜有小说写作经验,这一优长没有在更为广阔的领域加以发挥。

现代作家在自己的文本里带有知识论趣味的很多,废名、顾随等都贡献过自己不凡的审美辞章。他们在散文、随笔里可以将知识与诗意的元素呈现出来,只是在小说里,还不能放开手脚。到了钱锺书那里,情况发生了一点变化,在知识人生活的片段中,学问和知识时有涌动,叙述语态里的新知痕迹常可见到。此后多年,王小波的作品又一次带出思想者的方式,但那种高蹈的韵致,也因为缺少尤瑟纳尔式的博雅,并未将小说叙述方式转向更为陌生的领域,他的英年早逝,中断了小说文体实验的另一种可能。

在小说里思考知识问题与思想问题,废名是一个先行者。他对于儒学、佛学与现代文章学的思考,都汇于叙述者的语态里。但也仅限于叙述者的视角,笔下的人物多是不发声的。发声者与不发声者形成了一种反差,叙述者的孤寂是显然的。废名以学识入文的同时,也不忘用绝句的方式演绎辞章,所以有时候作品里的大段说理,也自有其趣味。这是京派许多作者共有的特点,个人主义的思考覆盖了日常生活的众人。我们将其叙述方式看成一种独语也未尝不可。

但这一切在李洱那里被打破了。作者虽然也醉心于各种知识与思想,可并非叙述者全能地发表宏论,而是制造了众声喧哗的场域,每一种存在都以自己

---

① 钟叔河编:《周作人文选》第1卷,广州出版社1995年版,第90页。

特别的方式发出各自的声音。如果说周作人、废名的语态是化众识为己句，那么李洱则是碎识碎语，一以贯之的气脉被切割了。叙述语态是文体的震动，急缓之间含有体认世界的情绪和感知存在的能量。《应物兄》形成了各种语态，但多是变调的，京派文学各行其路的多种审美，在他那里成了一个多面体。知识与诗趣、学问与生活，在审美的调色板上获得了一种前所未有的混搭，这在我国长篇小说写作里，是不曾存在的景观。百年间的文学，已经有了不同的文本经验，李洱将"五四"后诸种复杂的叙述模式和知识体系，做了一次有趣的重组，先锋的与写实的，京派的与海派的，悉被勾连，甚至那些被作家排斥的辞章与学识，都以反逻辑的方式延伸到审美的意象里。

于小说与诗的写作中，融进各种知识与思想，在域外作品里常可以见到。托斯·艾略特就注意到密尔顿这类诗人内在的知识的丰富性，他描述自己的感受时说过这样的话：

> 如果说莎士比亚的知识是片段的和第二手的，那么密尔顿的知识却是全面的和第一手的。一个次一等的诗人，如果有了密尔顿的学问和多方面的爱好，就会有变成仅仅是一名用诗体卖弄学问的学究的危险。理解密尔顿的诗歌需要熟悉好几门学科，其中没有一门是今日读者所十分喜爱的：圣经的知识，不一定读希伯来文和希腊文原文，但必须读英文译文；古典文学、神话和历史的知识；拉丁文句法和诗歌韵律的知识；以及基督教神学的知识。[①]

除了密尔顿，歌德的作品展示的学问与知识，也为史家所称道。德国人在《浮士德》里不仅体悟到了美感，也得到了智性。那智性中缠绕着诸多思想和知识，带有百科全书的意味。绿原译介了《浮士德》后就感叹：

[①] [英]托斯·艾略特：《艾略特文学论文集》，李赋宁译注，百花洲文艺出版社1994年版，第259页。

对于一般读者，《浮士德》不是读一两遍就能透彻理解的。除了内容上博大精深，包括哲学、神学、神话学、文学、音乐等多方面的知识外，更有形式上的错综复杂，其中有抒情的、写景的、叙事的、说理的种种不同因素，有希腊式悲剧、中世纪神秘剧、巴洛克寓言剧、文艺复兴时期流行的假面剧、意大利的行会剧以及英国舞台的新手法、现代活报剧等。①

最初注意到歌德作品的中国作家，那时候仅取诗人的一点意象和思想作为参照，还没有能力处理知识论背后的审美玄机。中国现代以来的文学，深埋各类知识的文本殊少。因为那些文本是要陈述故事，在传统基因日稀的时代，故事本身包含的元素已经不多。聪明的作家们早就意识到此点，莫言将民俗变为自己的底色，贾平凹有意增添古语的数量，阿来带出的是双语的结构。但李洱的写作则在知识、思想和历史之影里多重奏地疏散着生活的理趣。

传统中国小说乃街巷之谈，展示学问必须克制。儒道释的思想只能暗含在故事与意象里，不会用知识敷陈故事。所以士大夫管的是辞章之事，小说家则多引车卖浆者语。"五四"之后的小说注重写实主义，知识被隐在叙事者的后面，语体文是与欧化、口语结合的复合体，总体方向与日本近代以来的"言文一致"趋势相似。但自从先锋文学出现以来，形式主义被人推崇，意识流与反讽之风流行，哲学与思想被看重，打破旧的叙述平衡已经不再是难题。

初期的先锋派都不能摆脱翻译体的积习，对照汪曾祺在20世纪40年代的写作和马原、格非在20世纪80年代的作品，都会发现巨大的翻译文学之影。不过晚年的汪曾祺已经开始向传统回归，先锋理念与旧式文章开始汇合，改变了写作风气。用他的话说，是回到了传统，回到了写实主义中去。格非到了知天命之年后，也有了变法的冲动，《望春风》里的谣俗之调和儒家式的温情在文本里流动，先锋派与京派就这样合流了。李洱后来的写作也渐渐有了一种调

---

① [德]歌德：《浮士德》，绿原译，人民文学出版社1999年版，"译本序"，第4页。

整，西方小说的荒诞感与多异性，在《应物兄》那里不再是形式主义的问题，而是生命的一种状态。他也与格非一样，退回到古典小说的某些领域，的确给写作带来了另类韵致。

了解李洱的人都知道，他对于文学史与思想史的理解，深度上有时候赛过国内的专业学者，而且他的兴趣在多学科的世界，博览与深读的功夫都有。有时候，他也愿意以批评家的思维面对存在。在李洱那里，考古学、历史学、哲学与文学批评，都是小说思维里可以互动的资源。它们不是外在于生命的存在，而小说恰是生命的一种呈现方式。凡与人相关的知识、学理，都可以在温情的凝视里获得温度，它们以声音和色彩的方式存在于灵魂的不同空间。而当古今的文脉汇聚一起的时候，审美的灵动性也随之出现了。

多年前，格非在评论李洱作品时就发现："在他笔下的不同人物，不同时期的文本，各种典籍、出版物、文化史上的各种言论之间建立一种全面的对话关系。这种关系的确立，不仅避免了'作者的声音'所可能产生的观念上的偏狭和局限，同时也增加了叙事的历史纵深感，让'现实场景'与'历史话语'互通声气。"[①] 对话性既有学术之影的晃动，也转化为审美的风景，我在其间也读到了诗。这也是密尔顿、歌德的遗产的一种放大，虽然我们不知道作者是否研究过这些诗人的作品，但彼此的相近的思考，知识内外跳动的血液，映照了灰暗的躯体，让我们体察到未曾瞩目的世界。

小说中对于知识的运用，激活了叙述的功能，那些远去的生锈的词语，被镶嵌在断裂的精神缝隙间，编织着今人的欲望的外衣。以己句应对众识时，叙述者的声音为众声喧哗所淹没。应物兄自己的叙述与众人的嘈杂之音是不对称的存在，全书交错着各种知识之网和絮语，有时候令人眼花缭乱。印象深的在以下几个方面：

一是对话里的文本引用。这在小说里是主要的手法，不同的学者喜欢以自

---

① 格非：《记忆与对话——李洱小说解读》，《当代作家评论》2001年第4期。

己的专业术语讨论问题，带有浓厚的职业习惯。例如在第二节里，乔木先生叮嘱应物兄少言为妙，就是从儒学专业来的逻辑。这种对白不仅带有学理的意味，也是自我保护的一种世故：

> 记住，除了上课，要少说话。能讲不算什么本事。善讲也不算什么功夫。孔夫子最讨厌哪些人？讨厌的就是那些话多的人。孔子最喜欢哪些人？半天放不出一个屁来的闷葫芦。颜回就是个闷葫芦。那个年代要是有胶卷，对着颜回连拍一千张，他的表情也不会有什么变化。君子讷于言而敏于行。要管住自己的嘴巴。日发千言，不损自伤。①

二是叙述中的自觉衔接。这往往是靠叙述者的陈述完成的。这种叙述自然、朴实，记忆便是知识，知识也是记忆。这样的时候，我们不会觉得是一种生硬的移植，而是水到渠成的展示。第六十五节写到应物兄的业余爱好，衔接得很是自然：

> 那是多少年前的事了？当年博士毕业的时候，我们的应物兄倒是学过一段《大西厢》。给他写信要调他去北京的那个老先生，喜欢京韵大鼓，尤其喜欢《大西厢》。那位老先生曾在文章中写到《诗经》对于元稹、白居易的影响，元白二人对《诗经》也有精深的研究。《诗经》对元稹的影响，不仅表现在元稹的乐府诗中，也体现在元稹的传奇小说《莺莺传》当中，而《莺莺传》正是《西厢记》之滥觞。说到这里，老先生说，他甚至能从"俗到家"的京韵大鼓《大西厢》中，感受到《诗经》的遗韵，也常将喜欢《大西厢》的人引为知己。②

---

① 李洱：《应物兄》，人民文学出版社2018年版，第6页。
② 李洱：《应物兄》，人民文学出版社2018年版，第564页。

三是学者的演讲与会议谈话,借助学术环境表述思想内涵。这类叙述有些正襟危坐,似论文的宣讲,短语之中,浓缩着诸多高见。如第三十九节记录程济世在北大的演说,就慷慨激昂:

> 我们今天所说的中国人,不是春秋战国时期的中国人,也不是儒家意义上的传统的中国人。孔子此时站在你面前,你也认不出他。传统一直在变化,每个变化都是一次断裂,都是一次暂时的终结。传统的变化、断裂,如同诗歌的换韵。任何一首长诗,都需要不断换韵,两句一换,四句一换,六句一换。换韵就是暂时断裂,然后重新开始。换韵之后,它还会再次转成原韵,回到它的连续性,然后再次换韵,并最终形成历史的韵律。正是因为不停地换韵、换韵、换韵,诗歌才有了错落有致的风韵。每个中国人,都处于这种断裂和连续的历史韵律之中。[①]

应当说,这是相当有趣的表述,谈吐里有学问的闪动,辞章间的节奏形成思考的诗学之光。这与其说是人物的独白,不如说是作者一种精神的外化,其学术理念也投射在字里行间。故事间穿插思想的沉思和学术的流脉,写起来有相当的快感。李洱对学术的兴趣十分广泛,他的知识领悟不是本质主义的注释,而是带有毕达哥拉斯文体式的碎片的闪光。[②] 因为他知道中国文化有魅力的地方是与尼采以来的转识成智的精神相吻合的。从《史记》到《红楼梦》的表述方式,未尝没有毕达哥拉斯文体的特点,博尔赫斯也在无意中引用过类似的审美元素。所以,故事、人物、情节之间,有着知识与智慧的连接。被激活或唤起的灵思是附在古人的语言的枝叶上的。今人的表述不得不栖息在那些已

---

① 李洱:《应物兄》,人民文学出版社2018年版,第333页。
② 吴子林在《"回到莫扎特"——"毕达哥拉斯文体"之特质与旨趣》一文中指出:"'毕达哥拉斯文体'是'有我'的,它不简单挪用现成的理论公式,由对象化之思转为有我之思,由'知性智慧'转为'诗性智慧',由线性的、封闭结构转为圆形的、开放式结构,以自己的真知灼见回答时代困扰我们的问题。"这似乎也符合李洱文体的某些特点。[《上海大学学报(社会科学版)》2020年第4期]

有的载体里，发现古人思想的同时，也在发明传统。这发明的过程，也是写作的具有原创精神的过程。

李洱的写作，在趣味上越来越带有京派的意味，将现代主义的空漠感糅进了其间。他在某些方面与废名有些相似性。废名小说也多讲学问，罗列大量的知识，他把自己时代的许多人写进小说，比如《莫须有先生坐飞机以后》的叙述语言，就是儒道释相间，兼及同时代的鲁迅、胡适、熊十力等人的思想。陈述中有资料，多学识，善反讽，哲学、历史、物理、化学、数学等的影子随时跳出。较之于钱锺书的冷笔，废名显示了精神的博雅和情思的温润、自然，从中也带出空寂之感。相比他们的文本，李洱的觉态更为复杂，将不同的经验引入作品，高贵的词语也在俗世里翻滚，形而下的气息也沾到雅言之中。坦率说，他对于古代知识的运用有时不是自然流淌出来的，一些辞章的喷吐带有设计的痕迹，但对于现代西方哲学与思想，则有一般人少见的体味。其荒诞感与虚无感显得自然、多意，能够感受到加缪、卡夫卡的某些遗绪的游移。

作为先锋小说家，李洱与格非都意识到重审传统的重要性。20世纪80年代以来先锋派的生猛、精进之思在他那里与传统思想有了对话的可能。《应物兄》处理的生活难题与社会难题，已经远远超过废名、钱锺书，经验也更带有日常化。我们的作者知道，仅在单一的空间不可能看清存在的原态，人在他人的世界里才能照见自己的影子。这是经历了改革开放后的中国作家的经验的一次聚焦，我们由此读出岁月里的另一种隐含。

《应物兄》要表现的是知识界的生活，但那里既缺少精神界的战士，也没有学贯中西的思想者。纯然的学术空间被俗念袭扰，体制化的学科扩张不得不依赖权力与域外资源。应对外物，守住学术则难矣哉。一方面大量知识涌进；另一方面多种思想沉落，古老的文明是被时尚化重新装饰的。在文言文退出舞台后，古典文化的淡薄和西学修养的欠缺，使国人的精神有时处于荒凉之地。知识人不得不追寻那些失落的存在，而所得者，不过零碎的片断。《应物兄》一些古老的语录既是装饰，也是古今互动，起古人于寂寞之中，引思想于时下之旅，便觉得天地间处处有灵魂的飘动。流逝的一切都以不同方式与今人对视，原来我们都在历史的进程中。

但是，李洱处理这些审美资源的时候，为古老的箴言一度所缚。叙述语态沉落在被无数学人浸泡的韵致里，却未能跳将出来，在精神的旷野里去衔接带有元气的语言。我一直在想，他用了如此缤纷的词语在互为凝视中消解了意义，何以没有唤回初始的生命体验散出的本真之气？鲁迅、阿城在自己的辞章里常常带有周、秦、汉的舒朗感，那劲健的审美之风与腐儒的话语形成的反差，便有了精神的高度。《应物兄》的引用语覆盖了自我觉态的自创语，叙述语态一直处于"转韵"状态，在各类场景里，有时俗音高过雅调，冷嘲漫过幽情，反讽的句式使文本变得过于跳动。以戏仿的方式调整语态，其实也有作者的考虑，在不同场景里的不同调试，也符合复调写作的一种策略。但这也造成了主体的叙述语态的弱化，文气以断裂的方式分解在不同场域。我们的作者或许也意识到这样书写的挑战性，所以在变化里抹去了突兀之角，无数感知的片段形成魔方之状。不过有时候，一些知识外在于叙述逻辑里，水乳交融得尚不充分。比如像周氏兄弟那样的语体，其背后是有文言的背景，汪曾祺在平和中的宋明遗风，有汉语的精致。这样的暗功夫当代作家不易得到，如果撤去大量知识碎片的反讽式式的引用，这部小说则缺少了鲁迅、汪曾祺的文体的识别度，当代先锋派的书写几乎都有这样的问题，《应物兄》创造了声音表述的奇迹，却没有形成带有弹性的丰赡的文体。这是选择中的代价，我们的作者或许也意识到了这一点。

选择了这样的叙述方式，便是无所不在的冒险。他的先锋式的感觉，自然破坏了某些思想的体系性。一切学问都是具体环境的产物，乃思想者应对时代难题的表述，后人弄清原因也并不容易。但太阳底下无新事，谁敢说我们不是在历史的轮回里？所以在许多时候，他对各种思想的吸收都有保留，对于济州大学儒学研究院的反讽其实已经发现学问在今天的变异。而知识人面对权力的懦弱与无力感，则使思想遭遇寒潮。这种不可抗拒的外力对于学者的摧残，以及带来的精神偏移，恰是存在的不可理喻性。李洱无非是说，在知识被召唤的过程中，人的自我却消失了。而那躯壳，失去了生命应有的亮度。

李洱曾说自己是一个怀疑主义者，那么他言说的时候非启蒙的方式也是其来有自。运用知识并非迷信知识，那口吻里也不乏言说者的虚无。这时候我们感到文字背后的叙述者搞怪的鬼脸，反讽的语态给小说带来的精神隐喻，无疑也拓展了审美空间。加缪的作品有时候也是这样，李洱无疑受到了他的启发。但这反讽的背后，有悲哀的感觉的流动，读后有一股热流涌动，反讽是与幽默的句子连在一起的。幽默与悲哀，是两个不易融合的元素，但在《应物兄》那里却奇妙地成为一体。果戈理、鲁迅、王小波也是将幽默与悲伤置于一个调色板里的作家，他们嘲讽世界最深的时候，哀凉也愈深。其间的孤独之影，散落在字里行间。《应物兄》的叙述有多种角度，风格并不统一。有时候是《红楼梦》遗风，有时候是加缪的译本韵致，有时候乃胡塞尔式的沉思。但不一致的笔触，却统一于幽默、哀凉的情境中。钱锺书在小说中显出叙述者的某些优越感，但李洱没有，他在博学的词语里，常常以嘲讽的口吻消解了知识人的高贵性，显出无可奈何的苦楚。知识论不再属于精神高地的明珠的时候，它便存在于人的无可超越己身的有限性的感叹里。

于是叙述者从高远的地方落入尘世，一切不过幻影的闪动，人间可信的还有什么呢？

海德格尔以来的思想者是注意语言与语态的，他认为情感体验比知识可能更为重要。弗雷德里克·詹姆逊曾说："旧认识论哲学一贯倾向于突出知识，将其他意识模式统统贬到感情、魔力及非理性的层次，而现象学固有的倾向却是将它们联合为存在（海德格尔）或知觉（梅洛-庞蒂）这一更大的统一体。"[①]《应物兄》在无奈的生命体验中，以荒诞的方式处理了词与物、识与觉、空与有、言与默、雅与俗等难题。比如第四十六节以雅饰俗的故事，古词牌套

---

① [美]弗雷德里克·詹姆逊：《语言的牢笼——马克思主义与形式》，钱佼汝译，百花洲文艺出版社1997年版，第41页。

在安全套产品上，就颠覆了士大夫笔法，有时候会让人想起王小波《黄金时代》的隐喻。第六十九节关于《三字经》的部分，雅正与阴损相间，让人忍俊不禁。第七十六节中，写邵敏讹诈应物兄的场景，科学知识的回忆中出现日本的俳句，而婚外之情的场域中说出李泽厚的学术观点。这些似乎不类，而又在情理中。第七十五节中，描述程济世的思乡之情，是借着应物兄的感觉而来的，这感觉乃哲思式的语汇：

> 而随着他们的讲述，在我们应物兄的意念中，杜塞尔多夫的那排骸骨又还原成了鸟，还原成了寒鸦。张可久和辛弃疾诗中的鸟，从词语的鸟变成了一只只活生生的鸟。它们在天上飞着，高过所有的树梢。它有翅膀，有羽毛，有爪子，有喙。它斜着飞。根据飞矢不动的观点，它在空中有如一个静止的剪影。后来，剪影中的翅膀突然收缩了，又迅速张开，扇动着。它在屋顶上盘旋，缓缓降落，落到了程先生曾经提到过的程家大院的那株梅树上。[①]

在杂想里糅进哲思，托尔斯泰与陀思妥耶夫斯基的文本里也有。20世纪80年代的王蒙、张贤亮的文本也出现过这类的试验。不过那些都过于俄国气。而在李洱这里，古希腊与古中国的词语对他的引力更大，因为这些原理式的话语的表述，似乎也更符合自己的心愿。《应物兄》罗列的知识是非系统性的，这些多在对话中出现，形成了喧哗之调。作者最欣赏的大概还不是儒家的词条，而是古希腊与近代哲学的思想。从胡塞尔现象学到海德格尔的学术精神给予他的启示可能更大。这些近于诗的表述形式，与小说语态可以和谐相处，成为叙述逻辑的某些环节。

在阅读《应物兄》的时候，对于那些知识的涂抹之所以不觉得枯燥，带有

[①] 李洱：《应物兄》，人民文学出版社2018年版，第690页。

审美的快慰，与以下的原因有关：一是那些知识与思想是穿插在感性的画面里的，人物的内心活动与故事情节都被有温度地贴在其间；二是每个人物的话语方式都有自己的逻辑，彼此不都在一个空间。有时候一个人的言谈风格也略有变化。比如用叙述者的话说，栾庭玉谈论正经的话题，有点顽皮滑稽，言及扯淡的话题，则正襟危坐；程济世在平凡的话语里，也愿意流出神秘性的东西；芸娘的追问式语句，是带着康德哲学有限性的表述："《红楼梦》写不完是曹雪芹不知道贾宝玉长大之后做什么。卡夫卡的《城堡》也没有写完，因为卡夫卡不知道土地测量员K进了城堡之后会怎么样。"这样的表述都是醒人耳目的。而老太太何为的言说常常带有苏格拉底与柏拉图的句式，她对程济世的批评，恰是西方古典学对古中国文明的另一种审视，具有彼此不同的表述逻辑。思想的反差，审美的反差，爱欲的反差，使知识人的世界不在一个轨道上。在何为与程济世之间，李洱的价值态度是可以看出来的。这些不同的词语各行其径，在同一空间构成精神的万花筒。零碎的思想之光分解成不同的色泽，恍若进入梦幻之所。有限里的无限，开不出花的智慧，流产的启蒙，演绎着几代读书人的迷茫与期许，不同的辞章在诉说着这一个时代的光影。

李洱作品的古典式的审美片段显得极为稀少，这样的笔墨是被抑制的。但偶一出现，便让人心生感动。例如应物兄看到黄河时的激动之情，小说结尾前的场景描述，都有热流的涌动。他的叙述语态最为有趣的是那些悖谬感受的体验，这种叙述在他那里是一种长恒之调。小说中很有思想的文德能英年早逝，尼采以来的西方哲学存活于生命体验里，他对日常存在与精神存在的思考，多感人的笔触，有些表述异常深切。《应物兄》偶然摘录的文字，都气韵生动，对于知识的疑问如海浪的冲击，有惊异的瞬间飘来。我疑心文德能所说之话，恰是李洱的心音：

在二十世纪，"兰波族"成为专有名词，兰波的诗句"生活在远方"，成为很多人的口头禅。二战以后，美国作家亨利·米勒，兰波的一个崇拜者，一个真正的混子，一个流氓，一个瘾君子，宣称在未来世界里，"兰波型"的人将取代"哈姆雷特型的人"和"浮士德型的人"。他似乎说对了。于是在1968年，在法国巴黎，反叛的学生将兰波的诗句涂于街垒："我愿成为任何人：要么一切，要么全无。"我很想对朋友说：不要成为兰波，不要成为亨利·米勒笔下的兰波；不要相信兰波，因为兰波本人从未成为兰波。①

以思想家语录和人物的内心活动交融，铺陈命运之迹，这在《应物兄》里比比皆是，也是作者的重要贡献。那些远去的灵光在小说里不再是外在的符号，它们汇入了人物的眼神、声调和心理的微澜中。借着古人的精神片影解释存在、描述存在，使整个作品成为思考的文本而非仅展示的文本。在所有的地方，精神都是可以敞开的，而且前人之影无所不在。

确实，这是一部唤起我们记忆的文本。小说一再提及20世纪80年代的精神突围，如启蒙、个性主义、现代性、后现代主义等。不妨说这些是作者精神的背景，他的思想起飞点就在这里。从李泽厚点起的康德主义之火，到新儒家的复兴旧文明的渴念，恰是应物兄成长的历史语境。而不同的是20世纪80年代是宏大的叙述的渴求，21世纪后则沦入无序的茫然里。他的学术之轨就是在此延伸下来的。后来的学术成了文化的风景，官员、学者的合作，跨界的交流与国家形象设计等，已经把20世纪80年代形成的精神独思变成世俗的表演。当学术成为饭碗和渔利的工具的时候，任何研究的独立性与生长性都得到了遏制。

读到那些熟悉的论著与学者的名字，我感到了一个时代的脉息。李洱是将此内化到自己的世界里的，以不同的侧面与前人对话、驳诘。有时候，这些存在也成了嘲讽的对象，因为语言脱离具体语境的时候，它会演化为一种滑稽剧

---

① 李洱：《应物兄》，人民文学出版社2018年版，第886页。

里的外套。而学院派带着这种外套表演的人，又何其之多。在学问里学会认识世界，从世界冷观到了自己。但重要的是，又从自己体察到了学问的悖论。一切确切性的词语对于存在的描述都是不确切的。所以反讽生活，其实也在反讽学识。不能被质疑的学识是难以生长的。《应物兄》类似的感悟给人留下了极为深刻的印象。

李洱善于制造词语的争鸣，各路人等的夸夸其谈弥漫在校园内外。但那旋涡里的应物兄乃无所不在的孤寂。词语纷纷，纵横流溢，落下来像叶子，应物兄只是那孤零零的枝干。小说中许多人物的话语很有特点，唯有主人公的语态是抑制的，小说没有写出应物兄特别的话语逻辑，便使这个人物形象失去鲁迅笔下的魏连殳那样的丰富性。这种遗憾也许与小说的叙说结构有关，过量的信息反而将主人公的精神淹没了。不过小说结尾的惨淡之景，看得出大的悲凉。所有的荣光与梦想，在此已经失效，人在废园里得到的不过是死亡之影。这个时候，你觉得一切都复归宁静，只有死才是真实的。儒家的所谓万能之思，似乎无力起人于苦境，倒是现代主义哲学指示了存在的宿命。程济世后代的畸形之状已经暗示了这个儒者梦想的破灭，那些漂亮而宏大的叙述不过幻影般存在于应物兄生活的地方。

以破碎感与凌乱感的叙述回应自己的时代，在李洱那里有自己的策略。在他看来，大而全的叙述视角是不真实的涂饰，人的感知的有限性决定了我们只能在不确切性里走到莫测的地方。小说的嘲讽语言乃对于存在直面的精神反射，无奈的口气也是有的；对于众物的恶搞无疑含有批判的意思，但我们也于此嗅出批判者自己的虚无。那些信誓旦旦的谈吐者，在滔滔不绝中也有心虚的地方，词语的背后也偶见思想的陷阱。小说家的叙述语态，透出认知世界的敏感度。李洱的反逻辑化书写，自然有自己的雄心。他或许以为这种非线性的叙述语态，才更能接近人与世界的真实关系。他自己欣赏的就是："从一个词进入另一个词，从一个片段进入另一个片段，用罗伯茨的话说，你是沿着不同的符号路线转入各个分支通道，并根据一个巨大的文本库创造出一个非线性的叙述文本。"[1]

毫无疑问,《应物兄》乃百年间对于知识人书写的最为复杂的文本之一。三十余年间中国的文化思潮、学术走向、社会结构的影子都闪现于笔端,内中的层次感交织着诸多流动的情思。仅以作者的叙述语态为例,我们看到了知识与学问进入审美表述的可能,那些本来复杂、彼此无关的存在,在诸多人生体验里有了呼应和深切的关联。内省之语、悖谬之语、荒谬之语、俗劣之语,雕刻了另类的精神群像,其间也让我们感受到了士之风、官之风、民之风的流动。[2]那么多的气息扑来,飘散四野,旋转之际,构成了无调式的交响。欲望者都在表演,思想者却陷入暗地。那些有自我意识的突围者,却在喧闹里失去自己的语态。文德能消失了,芸娘消失了,最后,应物兄也消失了。原来的学术的狂欢未能延伸20世纪80年代的梦想,留下的仅仅是阵阵叹息。人类的各种知识曾承载了精神史的多种存在,而存在又有着知识话语覆盖不到的角落,词语的智慧却结不出果实,落得了一片荒凉。李洱以不同的言说语态,暗示了存在的无法言说性。于是那些被炫耀的知识与思想,纷纷凋落。《应物兄》就这样给无法命名的生活带来了一曲歌哭,它注释了一个时代的知识群落,也必然被知识群落不断注释。

(原载《中国文学批评》2021年第2期)

---

[1] 李洱:《传媒时代小说何为?》,《社会科学报》2010年7月8日第6版。
[2] 王鸿生在《临界叙述及风及门及物事心事之关系》一文中对李洱的创作进行了深入解析,其中的观点颇为深切。他对时风与主人公的关系的描述,对笔者有诸多启发。参见《收获》文学杂志社编《〈收获〉长篇专号(2018年冬卷)》,长江文艺出版社2018年版。

解锁未来：当代中国科幻小说中的"希望"设定

罗小茗

在今天的中国以至全球社会，"未来"正以两种面目被编织进人们的日常生活。一种面目的未来由资本和科技合力打造，以迅速发展的高科技和轻松便捷的智能生活的模样现身，是媒体倚重和刻意经营的部分。另一种面目的未来，是普通人在其中势必"无用"的未来：不仅难觅稳定的工作，不具备置业能力，也将缺少有意义的生活，在高速变化的社会中找不到坚定的信念或理想。未来高度不确定的这一面，如此咄咄逼人，以至于尽可能地回避之、在当下及时行乐，成为大多数人下意识的选择。至此，在这两种面目的交织之下，从容不迫地想象未来，以对未来的想象为依据，理解当下、改造现实的时代，已然结束。我们面临的是对未来的理解力持续衰退、想象力停滞的尴尬局面。

这一状况构成了当前科幻书写的前提。对此，科幻作家陈楸帆有颇为精准的概括，"冷战之后资本主义与消费主义的生活形态，已经像封锁地球基础科学的智子一样，封锁了我们在主流话语里面对于未来的乌托邦图景的想象"，并对由科幻小说来打破这一僵局提供不同的解锁方案给予厚望。[1]这意味着，要解开被锁死的未来想象，科幻书写需要在两个层面上展开工作：其一，能否不受第一种面目的框定，从社会整体出发，更自由地想象未来生活世界的形式和内容，展示人在其中的位置？其二，当人们不仅不再依据未来展开行动，也越来越不知如何面对未来的时候，能否提供将个体和未来关联起来的新方式？

---

[1] 参见陈楸帆《为什么是科幻，而不是言情、武侠，能消解我们的焦虑？》，2020年4月30日，https://new.qq.com/omn/20191010/20191010 A0PJTP00.html。

显然，对中国科幻来说，想要打破僵局、成功解锁并不容易。前有美日科幻产业中蔚为大观的各式作品，后有改革开放以来逐渐成形的思维定式。两相夹击之下，中国科幻的书写有可能提供什么样的或何种程度的解锁方案？科幻的想象力，可以在什么意义上挣脱封锁，提供新的希望？其所带来的希望，又将坐落于哪个层面？如果说，对写作者而言，他们的任务是直面现实中被封锁的未来，挣扎出不同的想象性线索的话，那么，对研究者来说，识别出既有书写中的破解能力，考察封锁被瓦解的程度，评价其努力的方向和策略，也就成为必须讨论的议题。在这一意义上说，以下的文字更近似于一份侦查报告，试图描述中国当代科幻的书写现场，搜索解锁的路径，追问这样的想象方案能否将我们带回到对每个人都有意义的未来。

当然，面对如此严峻复杂的局势，中国当代科幻小说不可能只有一套想象的思路，也不会仅限于一类解锁方案。本文挑选出来加以考察的，是由刘维佳《高塔下的小镇》开启的路径。

一、被锁定的未来：要么野蛮，要么停滞？

倘若继续"封锁"这个比喻的话，便会发现，任何时代的"未来"都并非彻底敞开、任由想象的。这是因为每个时代的想象力自有其焦点，而每一阶段的"未来"必有其被闭锁的部分。20世纪90年代的中国社会也是如此。其时，中国对外则积极加入世贸组织，进入全球市场，对内则开启了大规模的城市化进程。与这一选择密切相关的，是对意义/未来的重新设定与解释。比如，作为一个世界市场的后来者，如何理解由市场组织起来的世界秩序和文明，赋予它正当性？如何处理重新市场化的过程中势必面对的压抑与痛苦？特别是，当这一未来既是被别人规定好的，也是在过去被认真否定过的选项时，这一次的选择到底意味着什么？

当代中国科幻的复兴几乎在同一时段开始。刘维佳的《高塔下的小镇》

（1998），便是其中颇具意味的一种表达。小说描述了毁灭性的世界大战后出现的两种文明模式，其中一种是低技术、不进化但平静安稳的小镇生活。小镇由一群救世主义者建立，以家庭为单位，平均分配土地，展开农耕生活。建立小镇的先辈同时建造了一座高塔。高塔能够迅速击毙外来者，使小镇不受外界干扰；而人们一旦走出小镇，也将无法活着返回。在"我"所生活的时代，小镇已经存在了300多年。人们艰辛地劳动，约束欲望，维系自给自足的生活。作为耕田能手的"我"，对小镇生活感到十分满意。另一些年轻人，比如望月和水晶，却感到不满，常常集会，讨论走出去的可能。

与小镇生活形成对比的，是高塔外不断进化的世界。黑鹰部落是它的代表，他们强大而野蛮，为了生存不择手段。由于饥荒，黑鹰部落一路洗劫，攻打小镇，即便付出全族人的生命，也在所不惜。这让"我"意识到，外面的世界想要抛下的正是"进化的重负"：他们的真正意图，是要夺取"我们"的这座独一无二的小镇，夺取"我们"的高塔，卸下肩头沉重的进化的重负，拥有一种轻松幸福的生活。这就证实了"我"一直以来对进化的猜测：绝不存在令人心旷神怡的进化！有进化就会有艰辛！……只要进化存在，世界就一定会不停顿地运动、不停顿地改变，和谐与平衡因此根本无法长存。……进化为什么非要是一种压迫我们的异己力量呢？[①]

这一进化的重负，既在黑鹰部落攻打小镇的冷酷决心中暴露无遗，也在小镇的固若金汤下显得格外悲壮。最终，高塔之下，黑鹰部落全军覆灭。

在"编者的话"里，同为科幻作家的夏笳指出，"在当代中国科幻作家笔下，'进化/选择'是一组出现率很高的关键词。迫于'进化'的压力，一切智慧种族，无论人类、机器人、'人造人'或者外星人，都不得不为了生存竞争而'不择手段地前进'"。紧接着，她提到作者刘维佳的看法："如果世界是一个弱肉强食的战场，那么中国其实是不那么情愿地被卷进去的，若中国能够选

[①] 参见刘维佳《高塔下的小镇》，载夏笳编《寂寞的伏兵：当代中国科幻短篇精选》，生活·读书·新知三联书店2017年版，第145—146页。

择，历史可能会是另一番模样。"①

认为中国被动地卷入了弱肉强食的现代世界，这个看法颇为普遍，晚清以降，便是如此。对于这个不得不加入的现代世界，中国采取何种态度，是屈从于不择手段的丛林法则，还是通过加入来改变它的规则，则是人们展开后续想象的焦点所在。因此，在这里，值得关注的是，在中国即将加入WTO的前夜，面对正在逼近的市场文明，科幻书写如何在上述问题的推动下，想象那一个中国无法获得的选项？

表面上看起来，这个无法获得的选项是小镇代表的静止的文明。不过，小说对这个停滞不动的文明的不满，丝毫不亚于对进化重负的感叹：小镇没有技术手段提高劳动效率，人们必须付出一生的艰辛才能维系生活；在高塔的"保护"下，小镇与外面的交流，只能依靠一年一度的商队；仰仗父辈的经验便可轻松生活，人们不再阅读和思考，小镇阅览室的书籍上积满了灰尘。就连懵懵懂懂、对生活感到满意的"我"，也意识到小镇上没有政治斗争、权力等级，也没有文化上的变动。晚会上播放的歌曲，还是三百年前的那几首。于是，小镇的生活，是低技术、低欲望、人生经验单一和社会静止不动，彼此互为因果的产物。"我"所爱慕的姑娘水晶，把这一点表达得更为明确：

> 300多年来，小镇上的生活几乎完全没有变化……人们如昆虫一般地生存和死去，什么也没留下，没有事迹，没有姓名，没有面目，很快便被后人彻底忘却……②

最终，即便目睹了一边倒的屠杀，水晶还是走出了小镇。

不过，水晶的选择并不意味着小说对外面世界的肯定。黑鹰部落的不择手

---

① 刘维佳：《高塔下的小镇》，载夏笳编《寂寞的伏兵：当代中国科幻短篇精选》，生活·读书·新知三联书店2017年版，第152—153页。
② 刘维佳：《高塔下的小镇》，载夏笳编《寂寞的伏兵：当代中国科幻短篇精选》，生活·读书·新知三联书店2017年版，第129页。

段,在攻打战术中暴露无遗:"冲在最前面的是妇女以及仅存的一些老人,他们的使命就是死。"在经历了黑鹰部落的攻打之后,望月不再组织宣扬出走的集会,因为"大屠杀干净利落地击碎了年轻人不切实际的幻想"。而当水晶邀请"我"一同出走时,"我"选择了留下。只是这一选择,不再缘于对小镇生活的热爱,而是出于对进化重负的恐惧:

> 就在不久前的某一天,我曾轻易感受到了生活的美好和温馨,那一刻,节日般的气氛令人心跳,音乐撼人心魄,麦酒香气醉人,孩子们天真可爱……一切都很美。但是现在,我干活、唱歌、散步时,再也没什么感觉了,劳动不再乐在其中……我的心变得对一切都无动于衷了,似乎有什么东西从空气中消失了,永远地消失了……①

至此,小说提供了对现代文明的典型想象:一边是进化流动的世界,为了生存不择手段,也因此创造甚至霸占了一切生活的意义;另一边则是作为其对立面被构想出来的社会,稳定幸福,却无法为自己创造历史。如果说,现代化的进程可以被简化为现代文明以黑鹰部落式的野蛮抹除了奉行不同生存之道的其他文明的话,那么阻断一切的高塔,则提供了重新思考的可能:当两种不同生存之道的文明被定格在那个遭遇的瞬间,不得不长久地相互对视,而非一个势必取代另一个之时,它们的处境和由此而来的变化到底是什么?

显然,在这一被高塔定格了的对视中,以黑鹰部落为代表的外面的世界,并非一味地希望进化,而是同样渴求放弃进化过上稳定的小镇生活,特别是,根据商队的说法,黑鹰部落不是因为弱小才期望得到高塔的保护,相反,他们是所向披靡的强大部落。这意味着,这样的愿望,与其被视为对进化世界的逃避,不如看成是在进化中衍生出来、有待实现的方向。然而,无论如何不择

---

① 刘维佳:《高塔下的小镇》,载夏笳编《寂寞的伏兵:当代中国科幻短篇精选》,生活·读书·新知三联书店2017年版,第147—148页。

手段，高塔外的世界想要改变方向，进化为"不再进化的世界"，此路都不通。同时，只要高塔下的宁静生活一直存在，与弱肉强食的进化形成鲜明的对照，那么，试图卸下进化重负的欲望便不会消失。对生活在进化世界中的人们来说，这构成了令人绝望的困境。

同样地，对高塔下的小镇来说，在没有见识过"进化的重负"之前，每一代青年都向往着走出小镇，寻找更丰富的生活。而在见识了之后，不仅这样的愿望被放弃了，就连原本幸福的生活也一并消失了。黑鹰部落的攻打标示出，小镇生活离不开高塔的庇护，以逃避和放弃希望为前提。一旦意识到这一点，幸福的生活就此失去了自由的内涵。留在小镇的"我"，揭示出另一种形式的绝望：既因恐惧拒绝加入进化，却再也不能从不进化的生活中获得意义。

于是，经由高塔，小说成功标示出因迅疾的现代化而被忽略不计的一层现实：当不同生存逻辑的文明遭遇之时，彼此的存在方式和生活意义，都因对方而遭到了质疑和剥夺。小镇生活的存在，使得黑鹰部落强大而进化的生活贬值了。而黑鹰部落想要卸下进化重负的疯狂，则让镇上的人们看清了生活的边界，幸福生活在这一刻转变为人生牢笼。

在当代中国人的现实经验中，类似的质疑与剥夺一直存在。区别在于，现实之中并无高塔。高塔外的进化法则成为人们普遍认同和接受的标准。与此类剥夺相关的生活经验，也随之被调适和重新表述。于是，对小镇生活的不满被持续放大，对进化重负的恐惧和拒绝，被大大弱化。黑鹰部落所面对的绝境——进化的不自由，也在这一过程中被改写为现代的"怀乡病"，失去了对吊诡的进化的警示意义，沦为无从化解的现代情绪。

然而，在中国重新加入世界市场之际，小说试图提醒人们，不同世界间的遭遇导致的不只是一个取代另一个，而是两个世界原本生活意义的各自贬值。事关未来的想象，在人们不假思索地忽略/接受这一贬值后，被彻底锁死。这意味着，由科幻想象而续写的假设——"若中国能够选择"，既不是一脚踏入高塔外的世界，也不是徘徊于令人无动于衷的小镇，而是在汹涌的市场文明面前，紧紧盯住生活意义的各自贬值，探索其根源，寻求重获意义的解决方案。

二、拒绝进化的野蛮世界

如何看待高塔外的世界？如何理解以前所未有的深度和广度组织起生活的市场文明？如何质疑不择手段的进化？如何处理时时涌起的卸下进化重负的欲望？显然，这一系列问题从未过时。2008年金融危机之后，更是如此。对此时的中国而言，黑鹰部落的困境变得越发具体：随着经济的高速发展，市场文明越是渗透到社会肌理的各个方面，不进化的欲望也就越发强烈。2005年，王晋康和刘慈欣不约而同地发表作品，其中，市场文明的极端面目出奇一致——由垄断导致的死循环。

在王晋康的《转生的巨人》中，某国首富把自己的大脑移植到婴儿身上，以继续对其商业帝国的统治。[1]这个垄断计划，虽只为首富服务，却不乏各种专业人士保驾护航。医生、律师、政要，以至奶妈们，都或多或少参与到这一场意在垄断的赌局之中，幻想着自身利益的最大化。转生后的首富，在婴儿阶段便充分暴露出其垄断一切的本性，在吃光了一千多个奶妈的奶水之后，身形巨大，只能生活在海洋里，靠鲸鱼喂奶。最终，这个企图垄断一切的巨型婴儿被自己的体重压垮丧命，而所有参与者——将宝押在转生成功、垄断长存上的人们，统统功败垂成。与黑鹰部落相类似，作为强大的既得利益者，富豪的欲望是竭尽所能维持已有的一切。只是，在这里，野蛮而拒绝进化的绝境摇身一变，成为无穷无尽的贪婪和孤注一掷的垄断。市场文明的形象，也从强大野蛮的黑鹰部落，蜕变为将吃光别人奶水视为自己神圣权利的巨婴。

刘慈欣则在《赡养人类》中构想出了第一地球文明的垄断进化史。[2]一般

---

[1] 参见王晋康《转生的巨人》，载陈思和主编，严锋、宋明炜编选《新世纪小说大系：2001—2010·科幻卷》，上海文艺出版社2014年版。
[2] 参见刘慈欣《赡养人类》，载《蝴蝶》，中国工人出版社2016年版。

来说，星际移民多是因为资源不足或生态灾难。不过，第一地球文明踏足第四地球，却从一项听来不错的技术开始：知识可以植入大脑。这项昂贵的技术，从此将第一地球分成了两个阶级——有钱植入知识的阶级和没钱植入知识的阶级。与此同时，第一地球奉行一个神圣法则："私有财产不可侵犯。"于是，智力和财富不断向少数人集中，整个第一地球的资源最终被一个人独占，人称"终产者"。剩下的20亿穷人，只能生活在以家庭为单位的全封闭生态循环系统中。在这些系统年久失修终于崩溃之后，他们被终产者送上飞船，赶出了第一地球。

不过，《赡养人类》更具意味之处，是第一地球的穷人来到第四地球后的做法。显然，家庭生态循环系统中令人绝望的生活，并没有带来对"不可侵犯的私有制"的反思。第一地球的穷人彻底复制了"终产者"的模式：因掌握了更先进的技术，毫不留情地占有第四星球。这一彻底复制，比巨婴的所作所为更令人吃惊。因为此时坚持私有、实施彻底垄断的，恰是饱受其苦、最应反其道而行之的穷人们。看起来，私有制和被规定了方向的不进化的欲望，已是一组颇为顽固的基因，被刻写在第一地球的文明之中。

而在龙一《地球省》的"地羊经济"中，这一组基因则进一步催生出损己利人的可笑行为。[①] 小说描写了一个叫作"地球省"的地下世界，在那里，人们信仰万能的钱神，凡事以自己的利益为最高标准。所有生活在"地球省"的人，到了16岁就会被植入生命记录仪"蝎子"，管理一切生活数据和税收事宜，并在45岁时"依法终养"。随着故事的推进，人们发现，"地球省"原来是外星人的食材饲养基地。所谓的"终养"，是将地球人做成冷冻肉，送去外星做贸易。斤斤计较于税收律法，是为了减少饲养成本，而鼓吹钱神，是为了让"地羊"活动起来，肉质鲜美。于是，终其一生，地羊们以为自己在搞经济，结果却是努力成为别人的盘中餐。

---

① 参见龙一《地球省》，人民文学出版社2018年版。

改革开放40多年来，市场经济在中国处于高歌猛进的状态。中国市场的加入更是给全球经济打上了强心针。不过，这些并没有为高塔外的世界带来良好形象。中国科幻从无须想象经济[①]，到将市场文明视为一边野蛮进化一边创造希望的矛盾之所，再到将其视为拒绝进化的野蛮垄断，不过短短二十多年的时间。如果说，在《高塔下的小镇》中，黑鹰部落所代表的世界，虽无法把进化和野蛮分离开来，但仍让人对进化的意义心存幻想的话，那么，沿着这一方向展开的想象，最终得到的却是一个放弃了进化、没有希望却继续野蛮的世界。

三、低技术的诱惑

另一边，高塔下的世界又将如何呢？在野蛮世界的映衬之下，它能否为我们提供一个新的想象空间：倘若进化不等于野蛮，低技术不等于停滞，世界会是什么模样？倘若拒绝高塔外的世界，中国科幻书写有没有能力在与野蛮进化的对视之后，构想出别样的文明？

对此，刘慈欣的《天使时代》（1998）展开了不同的想象。桑比亚人发现，按照既有的现代化模式，非洲无法解决饥荒问题。于是，伊塔博士和桑比亚政府，通过别开生面的基因技术，将本国的孩子改造为食草的人类，长出翅膀，自由飞行。这一改造——让人获取动物的特性，因触犯西方文明的禁忌，引来大国的围剿。美国主导的联合舰队，自以为可以轻松击败桑比亚人，迫其交出改造过的个体和疫苗。不料，在长着白色翅膀的桑比亚士兵面前，先进武器毫无用处，美国联合舰队全军覆灭。在伊塔博士和菲利克斯将军的最后一场对话中，博士这样预言未来：

[①] "至于对市场经济的描写，在那时的科幻作品里几乎连萌芽都没有。因为直到这次高潮结束的1983年，市场经济在中国还只是'投机倒把'。"详见郑军《"文化大革命"后至1984年科幻小说创作综述（1976—1984）》，载姚义贤、王卫英主编《百年中国科幻小说精品赏析》第2册，科学普及出版社2017年版，第339页。

您将会看到，想象中的魔鬼并不存在，天使时代即将到来，在那个美好的时代里，人类在城市和原野上空飞翔，蓝天和白云是他们散步的花园，人类还将像鱼一样潜游在海底，并且以上千岁的寿命来享受这一切。①

出于"人要吃饱饭"这个朴素的愿望，伊塔博士的基因技术，模糊了人和非人的边界。类似的形象，在科幻小说中并不少见。不过，它们大多源于现代化过程中灾难性的变异。这与其说是在挑战野蛮而残酷的进化，不如说是在承受"进化的重负"的后果。《天使时代》中的桑比亚人，却不再纠结于这样的两难。伊塔博士的技术，既放弃了以人为最高标准的进化方向，也放弃了以生存竞争为逻辑的发展旨趣。它没有以人类之名改造世界的雄心壮志，是一种低度的技术。然而，恰恰是这样的技术，将带来意想不到的后续变化。② 毕竟，当一个人需要靠自己的飞翔、奔跑和游泳来完成旅行，而非借助于飞机、汽车和轮船这些代步工具之时，不仅空气、海洋等污染问题立马成为切肤之痛，就连"极限"也不再是少数人才乐于挑战的对象，而是每个如此行事的个体必须思考的问题。与此同时，这个新世界的演化也将不再青睐少数英雄。相反，所有人都有机会参与其中，由此丰富和深化人类把握和理解世界的能力。当长着翅膀的桑比亚人飞进别的国度，人们对于另一种类型的生活的自由想象，由此开始。

而在另一篇小说《微纪元》中，当地球资源殆尽之时，刘慈欣给出的解决方案，是改变人类世界的尺度。③ 当最后一个今天尺寸的人类回到地球的时候，地球已是满目疮痍，一片焦土。没有想到的是，人类文明却保存了下来。

---

① 刘慈欣：《天使时代》，载《蝴蝶》，中国工人出版社2016年版，第285页。当然，低技术也有被恶劣地运用的一面，比如在"9·11"以及此后的一系列恐怖袭击中。这让刘慈欣在这里所构想的低技术，无论其缘由还是使用，都变得格外有意味。
② 拉图尔指出，想要解决今天的环境问题，就应该让生态圈等非人类的集体和人类一起坐到议事桌前。参见[法]布鲁诺·拉图尔《自然的政治：如何把科学带入民主》，麦永雄译，河南大学出版社2016年版。然而，究竟如何让人类拥有对于非人类的感同身受以及由此而来的民主意识？显然，刘慈欣笔下的非人和由意识联网后人工智能所想象的非人，是完全不同的发展方向。
③ 参见刘慈欣《微纪元》，载《时间移民》，江苏凤凰文艺出版社2014年版。

原来，人类通过技术将自己的尺寸缩小到10微米，所有的事物都在以微米为尺度的世界里展开。改变自身的尺度后，人们不再需要为了资源和权力你争我夺。不仅人类文明获得了新的生机，一个更加民主和平的世界也由此到来。同时，尺度的微小，并不意味着好奇心和希望的缺失。微纪元时代的人类文明，同样有着探索火星的热情。在目睹了微纪元世界的种种之后，最后一个宏纪元的人烧掉了由他的飞船保留的所有人类的胚胎样本。

更富意味的低技术想象，来自韩松的《再生砖》。在灾区，建筑师帮助灾民重建家园的方式，是制造一种由尸体、废墟和麦秸混合加工成的再生砖。再生砖的工艺十分简单，一学就会。失去了亲人的人们，在做砖卖砖中渐渐有了新的生活和希望。此外，再生砖的特别之处在于，住在用它建成的房子里，可以听到死去亲人们的声音，和他们保持心灵上的联系。这种在庸常的生活中与过去、死亡和废墟保持联系的方式，对活着的人们具有某种说不清道不明的意义：既是痛苦和负担，也是某种沉淀、救赎和自我理解的开端。渐渐地，人们对再生砖越来越感兴趣，从废墟开始的再生成为一股社会思潮。围绕着它，一种新的思维方式被发展出来。小说写道：

> 但为什么偏偏是再生砖呢？本来，它就是一种低技术的东西。也许，对于技术本身，也需要重新认识吧。我们是怎么理解"高"及"低"的概念的呢？这与借尸还魂，或者外部神秘力量的干预，以及宇宙中的超智慧生物，甚至上帝，都不一定有着直接关系。再生砖所代表的，是一种深奥得多的东西，将全面修订我们关于世界的科学、哲学及神学。[1]

最终，一切从废墟开始的思维方式，在地球以至宇宙的范围里蔓延开去，人们不再以成就而是以废墟的方式看待一切、理解一切。外星人跑来地球学习

---

[1] 韩松：《再生砖》，上海人民出版社2016年版，第342页。

和旅游，首先也是看废墟。

《再生砖》创作于2008年汶川地震之后，它是对一个社会在遭遇重大灾难之后最为大胆却也极为中国的想象，凸显出既坚韧、顽强，又颇为苦涩的生存之道，以及由此获得希望的方式。将其放在被动卷入现代化的历史中来看时便会发现，无论遇到怎么样的强震和冲击，中国人总是以最简单和粗粝的方式，把所有的过去和痛苦混合起来，打包重建，并与它们一起生活下去。就此而言，"再生砖学"何尝不是整个中国社会的高度隐喻？不同于拒绝变化的小镇生活，大灾之后、废墟之上，由"再生砖"开始的社会重建，最终建成的不只是一种新的生活，更是一种看待生活世界的新方式——以废墟为起点来理解一切。面对这个以废墟为起点和本质的世界，野蛮进化的重负和意义创造的压力，似乎也被轻轻打散，成为不断制作与再生的原材料。

四、旁观未来，或善从何来？

如果说，上面讨论的是在生活意义贬值之后，在高塔内外展开的未来想象的话，那么，一个无法绕开的问题就是，在这些想象中，人如何理解自己和未来的关系？毕竟，无论是终结拒绝进化的野蛮世界，还是创造由低技术所主导的新世界，都少不了主体的参与。仅是重构未来的生活世界，而不说明彼时彼刻与之配合的主体的面目，这样的想象是不完整的。

让我们回到《高塔下的小镇》。显然，在未来被锁定之时，个人与未来之间的关系也就此确定。其中，勇于走出小镇、承担未知的风险，也因此与未来建立关系的人，是女主人公水晶。而犹犹豫豫、裹足不前的"我"，虽清楚地意识到高塔下的双重绝境，却也失去了将自己与未来相关联的机会。

这种主人公和未来关系的设定，在张冉的《起风之城》之中，得到了更加充分的描写。①故事的开头，"我"已功成名就，忽然收到一封来自家乡的信。于是，在写信人琉璃的引导下，"我"返回衰败的家乡，和她一起驾驶巨型机器人，去捣毁象征着大公司的巨塔。对"我"而言，反抗的意义始终暧昧不明。推动叙述的，是中产成功人士的那种百无聊赖，一切都可做可不做、做做也无妨的心态。直到最后一刻，"我"仍在质疑这种螳臂当车式的反抗。小说必须借由琉璃和"我"的对话，才将反抗赋予了正面的意义。可以说，对当下生活的无感，使得"我"只能呈现出一种与未来失联的状态。

类似的状况，也在翼走的《追逐太阳的男人》中出现。小说设定的，是一个资源不足的城市社会，所有人只能在智能中枢的监控下轮流醒来。因此，一群人只看得到夜晚，而另一群人只生活在白天；在这个社会里，"每个人一天能够苏醒多少时间，全由他们的价值决定"。属于夜晚组的晚久，爱上了一个白天组的女孩。为了获得更多的清醒时间，以便相见，晚久发奋工作，在城市里的等级越来越高。而他爱的女孩，却走上了相反的路。为了爱情，只剩下每天一小时的清醒时间，即将沦为无价值的人而被终止生命。晚久试图质疑这种计算价值的方法，得到的回答是："为了大多数有价值的人，必须牺牲少数无价值的人。你知道这是无可奈何的事情。"对这样的回答，男主人公无力反驳："她说的道理完全正确。"②

不难发现，这一类科幻小说中，对男主人公——绝大多数也是叙事者——和未来之间关系的设定，颇有一些共性。

第一，男主人公既不是孤胆英雄，也不是倒霉蛋或边缘人，而是照章办事、生活得平庸顺从的个体。他们从不主动探险或揭发阴谋，只因偶然或意外，被动卷入。

第二，他们可以精准地指摘出现实制度或价值标准的冷酷之处。但这样的

---

① 参见张冉《起风之城》，载《炸弹女孩》，作家出版社2018年版。值得说明的是，这篇小说所描述的反抗，同样是由低技术（手工制作的机器人）完成的。
② 翼走：《追逐太阳的男人》，东方出版社2018年版，第45页。

指摘,并不构成反抗现实、创造未来的动力。更多的时候,体制的冷酷计算,反而成为其善加利用的规则。于是,即便在想象之中,男主人公也只能经由爱情或利益的谋算,迂回地展开行动。

第三,在此过程中,被爱恋着的女性往往被想象为果断摒弃现实、敢于抉择的行动者。不过,如此行动的女性绝少成为故事的叙述者。叙述依旧从男主人公的视角展开,最大限度地展现他的迟疑、含糊和犹豫不决。

第四,绝大多数故事的结局,是"我"毫发无伤,获得意外的成功。皆大欢喜的结局,虽是类型化小说的通病,却有必要指出两点不同。其一,在过去的模式中,主人公总是勇往直前、不计利害,最终得到了圆满的结局。而现在,男主人公对于现实没有彻底的否定,对于行动和未来也没有明确的肯定,圆满由一系列偶然意外而来。其二,对于圆满的理解也发生了很大的变化。在过去,圆满有着广泛的含义。有时对个人来说是不幸,但对人类社会却有着不一般的意义,这样的结局也被视为圆满。而现在,圆满变得狭隘起来,被确认为对爱情、友谊或更好生活的收获。

至此,人们并没有因置身于想象的世界而变得无所畏忌。相反,弥漫于当代中国的那种谨小慎微、患得患失的方式,在想象未来时被毫无质疑地保留下来,以至于小心翼翼免于无可挽回的危险,允诺可以明确兑现的私人化的未来成了唯一的行动准则。

在此背后,一个更大的困境在于:质疑与否定现实世界时所依凭的善和正义,不再被视为内在于主人公的天然品质,而是必须交代出处、展开论证的对象。如此一来,如何在想象性的世界中确立善和正义,成了一个最难处理的部分。

不难发现,《高塔下的小镇》便隐含了这一危机。一方面,代表着希望的水晶,从"人类的使命"的角度,陈述其出走的意义;但另一方面,高塔内外的绝境却瓦解了"人类的使命"的含义。这不光是说,黑鹰部落由进化而来的使命,被一边倒的屠杀彻底消解,也是指水晶的出走和"我"的彷徨,完全否定了理想主义者在战后创造的小镇生活的意义。这意味着,当水晶坚持用"人类的使命"赋予出走以意义之时,她实际上提出了一个全新的问题:一旦认清了双重的绝境,对某一类进化方向/生存方式的信仰变得不再可能,那么如何确认使一个社会在此之后得以成立的善和正义的准则?在此过程中,人们趋向于善、坚守正义的动力,从哪里来?毕竟,只有在一定的准则之下,人类的使命方能获得明确的内容。而当准则模糊不清时,个人也就很难再以人类之名,解释自己的言行。显然,这是内置在被锁死的未来中的善与正义的危机。如何想象性地处理这一危机,则成了之后的科幻想象必须面对的难题。

就此而言,陈茜在《量产超人》中的尝试,显得别有意味。故事讲的是一个普通人在一档扮演超人的真人秀节目中,因解救人质而牺牲。其意味深长之处在于叙述者对这一"自我牺牲"的解释:"一号表面上是个最平淡不过的普通人,但他的确在寻求帮助。也许是想找些生活的意义或诸如此类该死的东西。"[1]显然,和水晶以"人类的使命"坦然肯定自己的选择不同,当叙述者将自我牺牲理解为平凡人为生活寻求意义的私人欲望时,小说呈现的是当代中国人试图重新确立善与正义时的精神历程。在市场文明的淘洗之下,"自私的个人"成为一切思考的起点。然而,越是浸润其中,人们也越发清楚地意识到,被私欲充斥和组织起来的个人生活和社会,不仅索然无味,而且不可能长期维持。于是,从自私自利的个体出发,寻找更大的安身立命的意义,成为重启善和正义的必由之路。牺牲自己拯救别人,必须按此路径展开解释,方才真实可信。个人的欲望、爱情、亲情或友情,以至自我意义的实现,也由此成为想象过程中不得不借助的杠杆,必须经由它们的撬动,善和正义才能在想象性的世界中迂回地确立起来。

然而,一个令人窘迫的事实是,人们虽充分意识到了市场文明的弊端,想要重新确立超越于此的善和正义,但其对世界和自身的理解又已被实际生活中的"市场文明"彻底改写,很难在此之外找到德性的立足之处。

---

[1] 陈茜:《量产超人》,载星河、王逢振选编《2012中国年度科幻小说》,漓江出版社2013年版,第174页。

把这一窘境表现得更加直白的，当数晓航的《游戏是不能忘记的》。小说描写了一座完全由市场这只"看不见的手"控制的"新离忧城"。人们所有的生活内容，是发明自己的游戏或参加别人的游戏；玩得越开心越投入，城市拥有者获得的利润就越高。其中，一款名为"宽恕时间"的游戏最受欢迎，因为人们可以在这里随心所欲地捉弄人而不受惩罚。慢慢地，城市拥有者发现，这个游戏的利润下降了。原来"宽恕时间"里出现了"好人小组"：好人们不请自来，帮助那些不幸踏入"宽恕时间"被捉弄得毫无还手之力的倒霉蛋。如此一来，捉弄人没有原来那么方便有趣了，人们纷纷退出了游戏。城市拥有者为此焦虑，想要搞清楚"好人小组"是从哪里冒出来的，却发现好人们"既不是游客，也不是游戏玩家，是由系统随机产生的，是由你——超级计算机所控制并生产的"[1]。原来，在这座由市场彻底控制的城市中，善和正义并不来自人类社会，而是计算程序根据善恶力量的对比自动调节的结果。

至此，哪怕是在想象性的世界中，人们都找不到在私欲和利益之外，将善和正义大大方方、直言不讳表述出来的力量。将计算机系统设定为与市场文明相抗衡的终极力量，反而成为想象性的解决之道。这恐怕是到目前为止，对未来的想象中，最为犬儒和无助的时刻。然而，这何尝不是一种更为残酷的乐观主义？[2] 在此种残酷的乐观中，人放弃了对自身的要求，放弃了将个体和未来关联起来的愿望，悄然退守到彻底旁观的位置之上。

五、余论：希望的模样

在上述分析之后，让我们回到最初的问题：面对被锁死的未来，在打破生活内容的限定、重构个人与未来的关系这两个层面上，由《高塔下的小镇》所开启的解锁路径，究竟做了哪些工作？在此过程中，这一路径的科幻书写如何

---

[1] 晓航：《游戏是不能忘记的》，北京十月文艺出版社2018年版，第301页。
[2] 参见 Lauren Berlant, *Cruel Optimism*, Durham: Duke University Press, 2011。

设定希望？如果将其视为一个社会所拥有的想象力的一种表征的话，我们又该如何评价由此呈现出来的当前中国社会想象能力的优劣？

可以说，由《高塔下的小镇》揭示的生活意义的双重失落开始，这一路径的当代中国科幻通过质疑和改写进化的含义，在两个方向上探索了不同面目的未来，由此获取对意义和希望的新理解。

一种方向是将野蛮的进化渗透到社会生活的方方面面，刻画由此而来的对于不进化的强烈欲望。随着市场化的日益深入，越来越多的想象聚焦于野蛮进化的自我否定和自我终结之上。这一方向的探索最终指向的，并非对理性的崇拜、对进化的确认，而恰恰是它的反面。野蛮的进化演变为野蛮的垄断。在此过程中，非理性、偶然性和未来的不可知性得到了高度的肯定，进化和意义、文明、希望之间的关系则被彻底否定。

另一种方向的探索，则偏好于低技术重构社会的能力。在这里，低技术指的是彻底退出市场文明、拒绝以竞争性逻辑来构思自身的技术。主动选择的低技术，构成了一种新的尺度，提供不同类型的进化方向和生活意义。沿着这一方向行进的想象，不在于提出新颖的技术，甚至于它们所想象的技术不仅不新，反而可能刻意老旧；置身于市场文明之外，通过追问或颠覆判定技术的"低"与"高"的既有标准，给出重组世界的不同逻辑，形成对文明的新见解。最终，低技术的世界反衬出既有的现代标准和竞争欲望的巨大局限，以及由此被牢牢限定的人和外部世界的关系。

然而，无论哪一种方向上的探索，在否定由市场文明所规定的未来、改写进化的基础上，对于如何发展出个人与未来的新关系，都缺乏进一步探究的雄心。尽管人们亟须拒绝野蛮垄断的市场文明，重新确立善和正义，但当想象总是在相对安全和保守的主体感受中发生时，想象中的主体实际上退守为对未来的袖手旁观。

至此，如果说，这一路径的当代中国科幻书写，展现出了整个中国社会经由改革开放实际获得的探索希望、设想未来的能力的话，那么，对野蛮世界的推演和对低技术社会的构想便是其优势所在。这一优势,由中国在整个现代化进程中的特殊位置而来:作为落后的国家被动加入,以及中国人因这一被动付出的代价和持续感受。显然,被动卷入现代这一历史现实决定了,中国人的想象世界,既势必包含对作为标准的市场文明的反对、对由此而来的进化与理性的嘲讽,又不得不接受中国已经踏入现代这一事实,郑重对待在此过程中付出的惨痛代价并对其进行整理和消化。只有经过这样的过程,一个相对独立的有着自己的善与正义的想象性世界,方有可能出现。也只有这样的想象性世界,才有力量去撼动和冲击近乎僵死的现实。

然而,令人遗憾的是,同样因为这一特殊的位置——改革开放后的中国以发展市场经济为第一要务,对个人和未来之间新关系的想象,成为当前想象力中最为薄弱,也最难突破的环节。围绕经济展开的社会治理模式,一定程度上掏空了善与正义的基础。它和由消费主义而来的个人主义,构成了这一薄弱环节的现实基础,限制了对市场文明的批评和低技术社会的构想可能展开的维度,使它们无法走得更深远也更宽广一些。而一旦失去了畅想个人与未来之间关系的能力,一个相对独立的想象性世界势必难产。

好在文学所能提供的,并非行动指南。因为"文学所能够做到的,是确定找到出路的最佳态度"[①]。这份关于中国当代科幻小说的侦查报告,所欲提供的是一幅人们正在如何想象未来的态度和能力的局部地图。其中,哪些部分已被反复勘探,哪些部分刚刚开始探索,又有哪些部分模糊不清,处于蛮荒的边疆,亟须重视与开拓?特别是,当人们痛感希望稀缺之时,如何在想象性的世界里,勘探希望的孕育与存储,标明有待努力之处,也就成了端正态度、看清迷局的必要步骤。

(原载《文学评论》2021年第2期)

[①] [意]伊塔洛·卡尔维诺:《挑战迷宫》,载《文学机器》,魏怡译,译林出版社2018年版,第151页。

百年转型时刻的艺术典型化路径
——当前现实题材电视剧观剧札记

王一川

在当前众多艺术门类作品竞相争取观众青睐的不均衡格局中，一部电视剧靠什么取得美学优势并以此吸引观众？其情节、场面、叙述方式等因素，以及编导表、服化道、摄录美等环节，似乎都属必要和重要，而类型化策略的活跃也无可厚非，但更要紧的可能就是人物形象塑造了。人物形象塑造的经典手段之一则是艺术典型化。当多年后那些看似精彩的情节和场面都变得记忆模糊时，出色的典型人物形象则可能依然活跃在观众的集体记忆深处。从鲁迅于1921年9月在汉语领域首度使用"典型"和"文学典型"[①]起到现在，来自西方的艺术典型范畴已在中国艺术理论界走过了整整百年旅程。在此艺术典型范畴在现代中国旅行百年之际，反身重申中国电视剧人物形象的艺术典型化问题，应当有着一种必要性和重要意义：当前百年转型时刻的中国电视剧已经和正在拓展出艺术典型化的多样路径，值得关注。

我们知道，艺术典型和艺术典型化在现代中国艺术理论界的百年旅行过程中已经形成了自身的特定内涵，成为中国现代美学和艺术理论领域的不折不扣的核心范畴之一。这一中国式艺术典型，是来自西方的美学与艺术理论在中国历经百年理论旅行后的文化产物。按照有关研究，这个美学及艺术理论范畴主要经由黑格尔、别林斯基、马克思、恩格斯、苏联文艺政策等的长期阐发和演

---

① 鲁迅：《译了〈工人绥惠略夫〉之后》，载《鲁迅全集》第10卷，人民文学出版社2005年版，第183页。

变，在"五四"之后传入中国。①鲁迅在当时就敏锐地洞察到"典型"范畴可以寄寓一种新的美学蕴藉："这一种典型，在纯粹的形态上虽然还新鲜而且稀有，但这精神却寄宿在新俄国的各个新的，勇的，强的代表者之中。"他还看到，这种"新兴文学典型"拥有自身的独特美学特征："流派是写实主义，表现之深刻，在侪辈中称为达了极致。"②可以推测，正处在《阿Q正传》等杰出小说创作中的鲁迅，富于远见卓识地预见到这个范畴的可能的新美学内涵及其可以臻于"极致"的美学成就预期，从而不遗余力地予以译介和推崇，并且极有可能将其精神意蕴灌注进他其时正孕育着的阿Q等不朽的艺术典型之中。随后，经过成仿吾、沈雁冰、瞿秋白、周扬、胡风、蔡仪、何其芳等的不懈探索，特别是毛泽东《在延安文艺座谈会上的讲话》（1942）正式使用"典型"和"典型化"范畴③，这个西方理论范畴终于逐渐地中国化，成为现代中国艺术，特别是中华人民共和国成立以来我国艺术的一个主流范畴。

至于艺术典型和艺术典型化的特定内涵及其美学特征等问题，可以从个性化与普遍性之间的关系入手去略加理解。周扬在1956年8月指出其从个别中见一般的特质："典型绝不是把共同的特征抽出来加在一起"，而是要求"我们在创作上应当去观察个别事物，把个别事物看透了，然后再从个别的事物中找出一般性的根本性的东西来……所以一个作者最重要的是去观察个别事物，而不是去找共同的特征……对于个别事物的观察应该达到透彻的程度。如果你能把一个个的人看透了，差不多也就可以创造典型了"。④何其芳在同年9月的论文中则强调艺术典型在社会生活中产生的独一无二的"共名"价值："一个虚构的人物，不仅活在书本上，而且流行在生活中，成为人们用来称呼某些人的

---

① 参见朱光潜《西方美学史》（下卷），人民文学出版社1979年版，第694—720页。
② 鲁迅：《译了〈工人绥惠略夫〉之后》，载《鲁迅全集》第10卷，人民文学出版社2005年版，第183页。
③ 参见毛泽东《在延安文艺座谈会上的讲话》，载《毛泽东选集》第3卷，人民出版社1991年版，第861页。
④ 周扬：《关于当前文艺创作上的几个问题——在中国作协文学讲习所的讲话》，载《周扬文集》第2卷，人民文学出版社1985年版，第420页。

共名，成为人们愿意仿效或者不愿意仿效的榜样，这是作品中的人物所能达到的最高的成功的标志。"[1]他推崇的是艺术典型的独特而又普遍的社会示范性效果。蔡仪于1962年认为，艺术典型"以鲜明生动而突出的个别性，能够显著而充分地表现他有相当社会意义的普遍性"[2]，他的关注点还是近于周扬的观点，也即艺术典型如何以其独特的"个别性"去呈现"普遍性"。2020年新出版的文学理论教科书认为，艺术典型"主要是指叙事作品中塑造的显出性格特征的富有魅力的人物形象"，这里强调的还是个性特征如何呈现普遍性，并且具体归纳出典型的突出的个性、生命的斑斓色彩、灵魂的深度、蕴含深刻的历史真实四种美学特征。[3]综合这些论述可知，艺术典型化往往是指艺术创作中对于作品人物性格的个性化、生命丰富性、富于灵魂深度、体现历史真实和具有社会示范性等美学价值的自觉追求及其效果实现状况，其中关键的一条是，在独特的个性特征中挖掘和呈现某种普遍性意义。

从这种艺术典型化视角去考察近三四年间现实题材的电视剧创作，可以看到，一批具有某种艺术典型特征的人物形象相继出现，在电视观众中产生了热烈的反响和好评，其中就有《山海情》（2021）中的马得福、马得宝、马喊水等，《经山历海》（2021）中的吴小蒿、贺丰收等，《花繁叶茂》（2020）中的唐万财和何老幺，《装台》（2020）中的刁顺子等，《大江大河》（2018）和《大江大河2》（2020）中的宋运萍、雷东宝、宋运辉和杨巡等，《都挺好》（2019）中的苏明玉、苏大强等，《在远方》（2019）中的姚远和路晓欧等，《因法之名》（2020）中的邹桐和许子蒙等，《安家》（2020）中的房似锦，《三十而已》（2019）中的顾佳、王漫妮和钟晓芹等，《流金岁月》（2020）中的蒋南孙和朱锁锁等。这些人物形象是否足以称得上艺术典型，还可以讨论和争鸣，但至少

---

[1] 何其芳：《论阿Q》，载《何其芳文集》第5卷，人民文学出版社1983年版，第173页。
[2] 蔡仪：《文学艺术中的典型人物问题》，载《蔡仪文集》第4卷，中国文联出版社2002年版，第11页。
[3] 参见《文学理论》编写组《文学理论（第二版）》，高等教育出版社、人民出版社2020年版，第119—122页。

可以说，他们已经在艺术典型化道路上做了某些新的开拓，迈出了新的步伐，既为透视当前百年转型时刻中国社会生活新变迁提供了具有美学感染力的镜像系统，也为当前中国艺术典型化探索留下了一些值得重视的经验和教训。只要从人物性格形成的缘由去作简要归纳就可以见到，在当前国产电视剧人物性格典型化方面，已经出现了下列大约五种路径（不限于此）。这些艺术典型化路径未必就是全新的，但确实在把握新的社会生活变迁方面或多或少做出了新的开拓。

一、境缘式典型化

境缘式典型化是指缘于社会生活境遇的人物性格塑造路径。这是一种主要从人物性格中孕育的社会生活境遇去加以典型化的路径，突出的是滚滚向前的社会生活巨流对与它有"缘"的个人或群体的形塑作用（当然同时还有其他因素的作用）。这种缘分，不是来自纯粹的偶然或神秘莫测的天启，而是个人在社会生活洪流中遭遇的升降起伏命运的必然产物。这种意义上的社会生活境遇至少可见出两层基本含义：一层是指社会生活总趋势，"时运""运会"或"大势"对个人性格具有无可替代和难以重复的形塑作用；另一层是指个人在社会生活环境中的具体"遇合"所形成的独特形塑作用。前者，如马克思所精辟地指出的那样，"人们自己创造自己的历史，但是他们并不是随心所欲地创造，并不是在他们自己选定的条件下创造，而是在直接碰到的、既定的、从过去承继下来的条件下创造"[①]。每个人都没法预先掌控自己的出生，而是不得不在自己遭遇的现成社会历史条件即社会生活境遇中生活，从而产生出这种社会生活境遇下特有的而其他社会生活境遇下不可能有的独特生存体验。后者，早有钟嵘《诗品序》的生动描述："若乃春风春鸟，秋月秋蝉，夏云暑雨，冬月祁寒，

---

① ［德］马克思：《路易·波拿巴的雾月十八日》，载《马克思恩格斯文集》第2卷，人民出版社2009年版，第470—471页。

斯四候之感诸诗者也。嘉会寄诗以亲,离群托诗以怨。至于楚臣去境,汉妾辞宫;或骨横朔野,或魂逐飞蓬;或负戈外戍,杀气雄边;塞客衣单,孀闺泪尽;或士有解佩出朝,一去忘返;女有扬蛾入宠,再盼倾国。凡斯种种,感荡心灵,非陈诗何以展其义,非长歌何以骋其情?"[1]无论是四季变迁还是生活中的离愁别绪,以及政治、经济、商业、战争等特定境遇,个人一旦遇上了就无法加以回避,它们都可能给予个人生活以这样那样的深刻形塑。艺术典型化,意味着让人物性格重新返回到它所从属于其中的特定社会生活境遇中去孕育和生长,让这种生活境遇投下自身的清晰印记,并在此基础上展开个性化想象、幻想及理性加工等升华过程。

《大江大河》和《大江大河2》让它的主人公群体投身于改革开放时代洪流之中,经受这道波澜起伏而又波谲云诡的"大江大河"的大浪淘沙般的淘洗和检验。这两部系列剧的一个突出的美学追求在于,没有让安徽籍主人公们简单地服从于同一境遇下相同命运的有序掌控,例如同样的完美结局及完人塑造,以及"伟大的时代必有伟大的人物"之类的想象,而是让他们听凭改革开放时代多重改革浪潮、多元思想的不同形塑,遭遇必然或偶然、主体或客体、文化或自然、集体或个体等多重因素之间的轮番冲击,从而经受不同的命运或结局的无情淘洗。三位男主人公中,国有企业骨干宋运辉,纯真、善良、守诺,有着大学文凭、改革热情和开拓精神,让观众集中感受到改革开放时代的理想主义精神;乡村企业带头人雷东宝,有着粗放而仁义的性格特征,完全可以成长为乡村脱贫和振兴的英雄模范;个体老板杨巡,热情、开朗和富有改革锐气,敢于接触新事物。但他们由于各自文化水平、个人素养、生活际遇等的限制,在改革开放的道路上难免遭遇各自的坎坷和挫折,留下不同的遗憾,因而都没有完美结局。如果说这三位男主人公的塑造在艺术典型化道路上颇有心得,那么,最突出和更成熟的艺术典型化形象可能要数女性人物宋运萍了。作为宋

---

[1] (梁)钟嵘著,曹旭集注:《诗品序》,载《诗品集注》,上海古籍出版社1994年版,第47页。

运辉敬重的姐姐和雷东宝珍爱的新婚妻子，宋运萍在第 21 集就"提前"去世，这种特殊的美学处理做活了这个人物，让她在全剧中承担起改革开放时代初期的一面纯美镜子的镜鉴作用，好似在九天之上冷峻审视着在大江大河里翻滚起伏的亲人们，他们不得不遭遇各自的命运的考验和检验。同时，她又如同一个何其芳所说的"共名"式人物，让人们容易把她视为改革开放初期那种具有纯美和真诚品质的富有感染力的当然"代表"。这种独特的死亡处理设计反倒让宋运萍在美学上获得了一种神奇的永久生命力，这称得上一则以个体生命的死亡而成就美学生命的永生的电视剧人物典型化范例。《大江大河2》基本沿用此前的路径，让观众感受到大浪淘沙般的冷酷无情及其合理性。宋运辉的离婚、雷东宝的牢狱之灾、杨巡经商从低级到高级的升腾、梁思申从昔日学生转为竞争对手的演变等，都大体可见出贯通始终的同一典型化轨迹。

《在远方》可以视为此前《温州一家人》（2012）和《鸡毛飞上天》（2017）等相同创业题材剧在新时代的延伸，只是这次从浙江温州人周万顺一家的草根创业历程、义乌人陈江河和骆玉珠的商业王国奇迹，转向了嘉兴人姚远的快递王国创建故事。《在远方》虽然延续了《鸡毛飞上天》的理想型现实个人的基本路数，主要叙述浙沪两地普通个人的人生奋斗故事，但相比而言，整部剧紧紧依托主人公姚远和恋人路晓欧，依托快递公司的创办、持续拓展和升级进程，刻画出快递王国实业家姚远的形象。首先，构想出现实感与戏剧化兼而有之的故事情节，例如姚远的孤儿身世、心理疾病、不断遭遇的快递业务挫折以及爱情挫折等具有现实"骨干"的细节，以及第1集让姚远机智地借助路晓欧和霍梅逃脱稽查队搜查、第9集在心理学教授课堂上展示个人才华等戏剧化情节。其次，打造出开阔而又前沿的实业视野，如姚远从上海到外地再到国外，不断升级快递业务，不断面对困境又找到脱困而腾飞的方略，由此烘托出一位永立潮头和引领改革潮流的弄潮儿形象。再次是构建起开放而又复杂的人物关系网络，姚远本人就是背负沉重心理疾患的个人，他与路晓欧和刘爱莲之间的三角关系不同于一般的"三角恋"，而是有着现实的生存考量和依据；与刘云天的对手戏，是两种商界人物之间的既有反差又有共振和共鸣的复杂关系；与高畅之间的兄弟关系和与二叔之间的叔侄关系编织复杂的亲情网络；与路中祥之间的翁婿关系，体现了新生代快递奇才与老一代国有快递行业代表之间的代际较量。由此，该剧塑造了姚远这位背负沉重心理疾患的孤儿的顽强不屈的创业者形象，体现了现实主义精神与理想主义精神的某种奇特交融与和解。

不过，同样应当看到，上面这几部作品的艺术典型化过程在通向成功的道路上也留下一个深层次的疑虑：这些人物的人生奋斗的精神动力源在哪里？也就是他们的人生价值观的源泉或根基在哪里？安徽和浙江的发展，分别既是整个中国改革开放时代发展的重要区域，又是标志性成就，但是，宋运萍和宋运辉姐弟、雷东宝、杨巡等徽籍群体人物和姚远所代表的浙籍群体人物，他们的个人性格的精神动力源，应当既取决于改革开放时代整体境遇的"大势"，同时又与他们生长于其中的安徽和浙江的地缘文化精神相连通。遗憾的是，这几部作品都没能在这方面有更加深入的挖掘。

二、地缘式典型化

有鉴于此，地缘式典型化路径就显得十分必要了，它无疑是对上述境缘式典型化路径的一种有力补充和大力开拓。这是指缘于地理生活环境及其地缘文化传统的人物性格塑造路径，强调人物性格的生成不能不与特定的地理生活环境及其文化精神之间结成彼此无法分隔的关联。《山海情》《花繁叶茂》《装台》和《经山历海》等电视剧的一个共通点在于，着力挖掘人物性格中蕴含的地缘内生力和地缘美学密码，在地缘式典型化道路上迈出有力步伐。地缘内生力和地缘美学密码在这里分别是指植根于当地民众地缘生存方式内部的生存欲望或生命力和缘于特定地理环境而生长的隐秘的美学符号系统，如日常言行、乡间谚语、民间传说、民俗风尚等。[①]正是它们的协同作用，让人物性格显示出来自位于社会生活最深层的地缘根基的浑厚力量。恰如刘勰《文心雕龙·序志》所说的"振叶以寻根，观澜而索源"，地缘式典型化路径可以将人物性格所赖以生成的来自地缘之"根"和"源"的力量发掘出来。而这条路径恰是电视剧自诞生以来发掘不足和长期被埋没的，而今紧随中国文化传统复苏浪潮而得以彰显出来，成为当代中国电视剧艺术典型化道路上的一道独放异彩的景观。

《装台》中的刁顺子，活脱脱西安城市"城中村"地缘文化孕育的一名产儿。其性格的典型特征可以简括为愣顺，即以他特有的直愣性格去化解日常人际纠纷，治疗心理创伤，捋顺亲朋关系，使自己和周围人的心境变得顺畅。这种愣顺性格具体表现在，善于以低头、弯腰、闷声做事的特征呈现憨愣而古雅的内在性格。憨，是说他为人憨直、厚道、善良；愣，性格直愣、直率；古，是古朴、本分、勤劳持家而又不失机敏；雅是自觉传承秦地雅正民风，如正直、讲义气、有尊严等，这可能跟他常年接受所谓"装台"的秦腔艺术的涵濡有关。这个人物深谙西安地缘内生力和地缘美学密码，堪称全剧的灵魂性人物，并且在当前整个国产剧人物形象中具有独树一帜的风貌。

《山海情》的长度不过23集，但能让减贫事业带头人马得福和他周围的马得宝、马喊水、李水花、白麦苗、白校长、凌教授等人物群像"出落"得几乎个个栩栩如生、具备绵长深厚的感染力，关键的秘诀之一就是挖掘人物性格所赖以生长的宁夏和福建的地缘美学密码。该剧精心编织的地缘美学密码系统，体现为如下两个层面之间的相互渗透和紧密交融：一层是实现当代闽宁地缘美学密码之间的对话和交汇，即福建式宽阔胸襟和开放精神与宁夏式故土难离和相濡以沫情怀之间的相互碰撞和融合，由此开拓出贫困山民从六盘山麓涌泉村到戈壁滩吊庄和闽宁镇的整体搬迁旅程；另一层是深挖往昔两姓人家的相濡以

[①] 参见王一川《地缘美学密码的魅力——电视剧〈山海情〉观后》，《中国艺术报》2021年2月3日第6版；《秦地文化之魂的当代重聚——谈谈电视剧〈装台〉的精神价值》，《中国艺术报》2020年12月25日第3版。

沫情怀，即突出涌泉村李姓山民将流离失所的马姓难民收留后结成的风雨同舟和患难与共的家族记忆，从而在面对当代贫困挑战时可以在共同的集体记忆的引导下再度凝聚成减贫致富的向心力。中心人物马得福的性格力量，主要得益于闽宁地缘文化精神间的交融和李马两姓人家间长期共存共荣之情怀信义的深厚支撑。假如没有了这股地缘内生力和地缘美学密码交融的合力，马得福将何以立足、何以成功以及何以感动观众？

《花繁叶茂》中的花茂村支书唐万财，其语言具有贵州地域的鲜活风采，也就是直接将属于"西南官话"的贵州方言引进普通话而产生了一种语言幽默效果。其性格则正邪兼备，满脑子鬼点子，风凉话、落后话没少说但大话套话不讲，小错不断而大错不犯，更是在关键处有大局观、妙招和奇招。例如第2集在马老三以跳楼相要挟的关键时刻，由于吃了唐万财狡智地送去的包子，还喝了他送来的矿泉水而拉肚子，从而及时停止这幕闹剧的情节，既令人捧腹，又见出这位村干部面对紧急事态时特有的办事能耐。这样的鲜活人物过去在农村少见。

吴小蒿本是一个单纯、善良和朴实的年轻女干部，此前工作履历简单、毫无乡镇工作经验，之所以能在《经山历海》中误打误撞似的脱颖而出，并在胶东半岛乡村减贫和振兴上做出令人艳羡的典范性工作业绩，正是依靠着自身所积聚的厚重的齐鲁地缘文化精神。她出身于纯朴良善家庭，毕业于名校历史专业，博览史书，有着编撰齐鲁地域文化史的阅历和经验，无论是以孔孟为代表的儒家文化传统还是以管子学派所代表的经世济民文化传统，在她身上都形成了一种奇妙的当代交集，同想要为民做实事的当代冲动结合在一起，衍生出一种仁义济民的性格，即以仁爱和义气去从事经世济民的实务的品格。

应当讲，由上述人物形象创作所共同铺设起来的地缘式典型化路径，堪称当代中国电视剧为中国艺术典型化所做的宝贵贡献之一。这批地缘式典型化人物形象的涌现，生动地呈现了当前百年转型期中国社会地缘文化精神的作用力持续增强的迹象。当然，以上电视剧共通的遗憾是，在地缘美学密码的深入挖掘上还留下了开阔的空间。

三、家缘式典型化

家缘式典型化是这样一条路径，它主要从家庭（或家族）生活环境视角去探寻人物性格生成之缘由，也就是主要从家庭生活环境去寻找人物性格之缘由。尽管任何一种人物性格的生成都不能仅仅归结为家庭生活环境的作用，而且这种家庭生活环境本身在根本上又是受制于整个社会生活境遇这个大环境的，但的确应看到，一些电视剧在人物性格的家庭生活环境缘由探索上迈出了坚实的步伐。其中最典型的当推《都挺好》。苏家是一个在当代社会具有一定的典型性意义的病态家庭。苏家的母亲赵美兰生前长期嫌弃丈夫苏大强的相貌猥琐和性格懦弱以及小女儿苏明玉生得不是时候（其时她本想与人私奔），导致苏大强和苏明玉父女俩一直生活在被压抑和被嫌弃的心理病症折磨中而难以自愈。在赵美兰突然离世后，苏家人全都乱了套：苏大强既有精神解放的自由感和快慰感，但又有言语和动作变形，动辄得咎而不知所措，丧失了重新过正常生活的起码能力；长子苏明哲从美国匆匆回国，但缺乏主见，懦弱无能；次子苏明成在父母溺爱下长大，只会夸夸其谈和"啃老"，却不懂得办事，败家有余而顾家无门；唯有惨遭家庭嫌弃的苏明玉反而成为家庭事务的顶梁柱，事事处处都需要她来拿主意和出钱出力，但她也有自己的心灵软肋——似乎一生的奋斗都只为争取来自父母的可怜巴巴的廉价承认而已。这是一个患有同样的心理疾病而同病相怜的家庭，他们需要在共同探寻心理病根的过程中携手治愈心理创伤并向正常生活回归。相比而言，苏大强和苏明玉的形象更加鲜明突出而又成熟。此外，这群家缘式典型化人物其实也带有探寻人物性格的心理环境缘由的特点，从而这一路径也可称为心缘式典型化。这种家缘式典型化或心缘式典型化路径，有效剥露出中国家庭及其个人在改革开放时代的迅猛开拓洪流中所沉积下来并在当前转型期集中暴露的心理创伤，让观众在回眸这个时代时能够获得一种意料不到而又具备合理性的自我人格洞见。

至于被称为当代家庭"三部曲"的"三小"剧《小别离》（2016）、《小欢喜》（2019）和《小舍得》（2021），从家庭两代人或三代人之间内部矛盾如何化解这一"小"处入手，共同聚焦当代中国城市家庭中不同的代际之间、群体之间和个体之间如何相处的问题，为理解当代中国家庭及个人的人格构成及其形塑方略提供了具有典型性的电视剧范本。《小别离》中的三对中年父母都面临送中学生子女出国的共同难题：方圆和妻子童文洁为了是否送女儿朵朵出国念书不断争吵，让本来和睦温馨的一家居然被推到崩溃的边缘；母亲吴佳妮有着把被视为神童的女儿金琴琴送出国门深造的执念，为此而不惜与丈夫金志明较劲；富家子弟张小宇和继母蒂娜的关系格格不入，让其父张亮忠深感烦恼，无奈之下要把他送出国。与《小别离》让三个家庭在"出国"两字面前焦头烂额不同，《小欢喜》聚焦备战高考时刻的三个高中生家庭：方圆在妻子童文洁与儿子方一凡之间的严重对立面前左右为难，忙得不亦乐乎；单亲母亲宋倩对爱女乔英子实施强大的情感包围，全力抵制前夫乔卫东的干扰，导致母女间误解和矛盾不断；季杨杨从小生长在舅舅身边，对父亲季胜利和母亲刘静突如其来的隆重关怀感到无所适从，父与子和母与子的矛盾接连发生。在高考这道严峻关口面前，三个家庭显示出生存的艰难与欢欣。《小舍得》则回到小学生家庭面前：营销总监南俪、建筑设计师夏君山和女儿夏欢欢、儿子夏超超为一家，围绕欢欢的小升初而产生一系列矛盾，既有教育上的矛盾，又牵连出其他多重矛盾；销售经理田雨岚、其"啃老族"丈夫颜鹏和儿子颜子悠组成另一家，夫妻巴望儿子成大器，但压力让其有时心理失衡，而田雨岚对丈夫的强势驾驭也影响到夫妻关系；夏欢欢和颜子悠的班主任兼英语教师张雪儿，年轻、热情、开朗、阳光，因同情农村学生米桃而为其义务补课，没想到被举报，失意中离校开办私人补习班，米桃则因心理压力过大而回家休养，使得张雪儿毅然决定返校承担起教育的职责。这里面还缠绕着父母们与其长辈之间的关系，以及与上司和同事之间的关系等多重关系。特别是再婚家庭这一特殊变故给两个家庭带来无休无止的后患：南俪之父南建龙因负心出轨而抛弃赵娜、娶"小三"蔡菊英后，同时给女儿南俪的家庭及其同事田雨岚（蔡菊英之女）的家庭都制造了烦恼，导致南建龙与继女田雨岚之间、前妻赵娜与现妻蔡菊英之间、再婚姐妹南俪与田雨岚之间等多重矛盾此起彼伏，波澜迭起，增强了剧情的吸引力。

家庭关系作为中国社会的基本细胞，昭示着这个社会赖以运行的原初秘密和基本动向。这组"三部曲"与其说已经成功地创造了一个或一组成就突出的典型人物，不如说让观众更多感受到的或许只是一组典型化家庭群像和典型化人物群像而已，但由此也同样透视出当前转型期中国城市家庭生活的色彩斑斓的画卷：看起来主要是孩子的教育和成长问题，但实际上牵涉到两代以至三代人之间的世界观、人生观和价值观等之间的复杂缠绕，并且与夫妻、再婚夫妻、前夫前妻、父子、母女、再婚姐妹、婆媳、上下级、同事、邻居、城乡、贫富、国内与国外等多重矛盾纠缠在一起，难解难分。而正是这些多重矛盾之间的复杂缠绕，让人品尝到当代中国城市社会生活特别是其中的家庭生活的酸甜苦辣、喜怒哀乐等丰富滋味。这可以说正是家缘式典型化路径的新意所在。

四、法缘式典型化

法缘式典型化让缘于法律生活环境的人物性格塑造路径敞亮开来，这条路径的成型可以视为当代法治社会或社会治理实现持续进步的一个鲜明标志。这里的法律生活一词是我国现行的公安系统、检察系统和法院系统等的综合形态及其在社会治理中的运行状态，而法缘式典型化主要是指缘于法律生活环境变迁的人物性格形塑状况。这方面近年的作品有《破冰行动》和《因法之名》等。

《破冰行动》作为一部缉毒题材悬疑刑侦剧，对塔寨村的制毒贩毒窝点及其"独立王国"环境，做了一次逼真、细致和深入的刻画，进而对其各级保护伞及相关社会关系网做了大尺度的和少遮掩的无情披露，通过这些令人触目惊心的情节和场面，揭示了毒品在当前我国社会局部区域中的严重危害，表达了依法治国、打击毒贩、推进法治社会建设的决心。该剧依托真实事件而展开虚构，精心编织起制毒团伙的控制网络及其对政府和公安部门的腐蚀状况，同样精心编织起禁毒团队的复杂社会关系及其在破案过程中的波动状况，力图由此全方位揭示制毒团伙的保护伞和后台，呈现惊心动魄的破案过程中的人性扭曲。与真实发生的事件相比，这部剧所虚构的世界更能揭示暴利诱惑下人性扭曲状况以及正义战胜邪恶的必胜信念，因而更有感染力和现实教育价值。重要的是，全剧注重人物性格创造，塑造出正义凛然而英勇无畏的缉毒警察李飞、智勇双全的禁毒局副局长李维民、坚定而沉稳的禁毒大队大队长蔡永强、富于自我牺牲精神的卧底警察赵嘉良（原名李建中）等系列正面人物形象，以及"冰毒教父"林耀东、变节分子马云波等反面人物形象。为了突出这些人物形象的典型性，该剧在叙述上多线并进而又相互交织、悬念迭出，突出展示了据实虚构和持续吸引受众的美学力量，并在现实主义精神总体氛围中注入一定程度的浪漫主义精神元素，增强了人物形象的感染效果。其主要演员的表演成熟可感，如李维民、李飞、林耀东、马云波、蔡永强、赵嘉良等的扮演者在表演上都有可圈可点的地方。第24集中有一个不起眼而又巧妙的细节处理：李维民与马云波师徒两人在后者办公室里单独谈话，看上去前者要最后规劝后者悬崖勒马，李维民看了看马云波，想要说点什么，重新坐了下去，但停留片刻后还是无语。只见李维民站起来，看也不看马云波，推开门就走出去，再把门关上，只留下马云波一人愣在那里许久。这两人都没发出任何一点声音，但又实际上胜过发声了，达到"此时无声胜有声"的美学效果，有效地烘托出两人的性格特点。

《因法之名》深刻地刻画了公检法机构的自我纠错群像，由此反映出近年来我国法治进步的斑斑足迹。其中，年轻检察官邹桐的外柔内刚形象以及年轻律师陈硕的外表世故而内心良善的品格一道交织成叙述的焦点。他俩都是公检法干部的后代，内心涌动起为法治社会建设尽力的人生愿景和行动渴望。这两人的联手推动才正式开启了由市检察院公诉处长邹雄、市公安局刑侦支队队长葛大杰、公安干警陈谦和、公安干警仇曙光等各方当事人共同参与的许志逸案件的复查和纠错进程。全剧突出了这两位中心人物的成长历程，带有现代中国文艺中青春成长叙事的鲜明特征，即他们都起初弱小或稚嫩，但具有纯真、善良、坚毅等品格，在面对困难的挑战中经历严峻考验而在帮手的引导下逐步成长壮大，直到成为力挽狂澜、澄清冤屈、匡扶正义的"英雄"。他们的这一青春成长历程，正与当代我国公检法系统勇于自我纠错而向着法治社会的理想层次进军的进程相叠合，并且构成后者的一面镜子。不过，与几年前《人民的名义》（2017）等剧重点揭示公检法队伍中的败类或变节者等及其原因，从而描述反贪行动的正义性相比，该剧没有把案件简单归结为相关办案人员的徇私舞弊、贪赃枉法，其真正的典型性意义在于两方面：一方面是抽丝剥茧般逐一还原出导致许志逸冤案发生的必然的或偶然的、主观的或客观的细节场面以至原因，深挖其综合的社会根源，例如公检法领导层以及公检法制度整体，以及诸多相关人员的现实境遇。另一方面，该剧更触目惊心地披露出冤案给若干相关普通家庭及个体生活造成的深重苦难和心理创伤，由此发出加快法治建设的强烈呼声。受害的不仅许志逸本人，而且更有被他牵连的一个群体、一批亲朋、若干个人：他本人丧失妻子、虚耗十几年人生，害得儿子许子蒙从此生活在无可救药的黑暗中。许子蒙无法与恋人邹桐正常来往，又与暗恋自己的葛晴发生诸多情感纠葛，导致后者被郑天趁隙杀死并反身嫁祸于许子蒙。葛晴之死给其父葛大杰一家带来沉重打击。许志逸之母庄桂花从此孤身一人生活，把给儿子平反作为活下去的唯一理由。其岳母遭遇丧女哀痛，还生活在他的婚外情人袁立芳生前男友郑天的恫吓下。如此多重头绪叙述表明，一桩冤案的后果总是涉及众多家庭和个人，在社会部分群体中播下严重恶果，影响到社会的安定和发展。正是透过上述两方面的揭示，该剧富于感染力地呈现出法治建设在当代中国社会治理中的重要意义。

五、性缘式典型化

如果说法缘式典型化路径是当代中国电视剧开辟的一条不可多得的艺术典型化路径，那么下面即将讨论的性缘式典型化也有着自身的特定合理性。

性缘式典型化路径主要从女性的性别视角去考察人物性格的生成缘由，属于一种缘于女性性别视角的艺术典型化路径。这条路径受到关注的原因之一在于，随着当代中国社会中女性的社会作用越来越活跃，与之相关的女性性别话题越来越受到全社会的关注，从而促使电视剧及时地予以快捷而丰富的响应。

这一点在2020年播映的电视剧中确乎抵达一种高潮，相继出现了《三十而已》《流金岁月》《了不起的女孩》《不完美的她》《安家》等多部女主、双女主或三女主的电视剧。这里只谈其中的三部。《安家》中的"大女主"房似锦，办事干练、行事果断，年纪轻轻就事业有成，在上司翟云霄授意下突然空降静宜门店并与徐文昌同任店长。她以霹雳手段实施严格管理，居然快速地提升了全店的营销业绩，但让习惯于原店长的店员们叫苦连天、怨声载道。原店长徐文昌有着浓烈的书卷气，对上海的古旧建筑了如指掌、如数家珍，还信奉"人性流"管理方式，从而与房似锦的简练实用的作风恰恰相反。这就拉开了一场刚性女主与柔性男主之间的激烈而有趣的较量，而结果则是双方彼此逐步接近和交融，产生一种双性融合的效果。《流金岁月》是一部双女主戏，叙述了蒋南孙和朱锁锁两人之间的漫长而坚固的姐妹情。蒋朱二人，一庄一谐，一位端庄秀婉，一位泼辣风流，恰似白玫瑰与红玫瑰的奇妙组合。她俩与着意于自己的男性群体的纠葛，构成了当代中国社会城市生活的一道典型风景。这既是一场场有情有义的性别之争，也是一幕幕忽生忽灭的社会风云。《三十而已》则是扩大到三女主戏。顾佳起初颇为成功和自得，自己是里外一把手的全职太太，又支持老公许幻山成为烟花编程师，受到异性青睐。当青睐她老公的异性林有有转而演变成"小三"并直逼其让位，从而导致她的家庭和事业出现双重危机时，她没有逃避，而是毅然选择自立、担当和自强，最终她走出泥淖迎来新生。王漫妮拥有容貌和能力的双重自信，理应有理想的人生伴侣，憧憬甜蜜的爱情生活享受，但不期而遇"不婚主义者"梁正贤的骗局而一时难以收场，将她的职场就业与情感生活都弄得一团糟。钟晓芹，原本是一个普普通通的女孩，有一份平常工作，所嫁老公陈屿在事业单位工作且工作稳定，但由于她有写作天赋，一次偶然的机会她将剧本卖出好价钱，使得她的经济地位急剧上升，一下子打乱了家庭的男女权力平衡，导致她的婚姻陷入风雨飘摇之境。这三位女性的自立与自强命运相互交织，共同组合起当代中国社会的一幅幅女性性别纷争图景。

以上"女主电视剧"集中探讨女性性别话题，为当代中国艺术典型化开辟了不可或缺的性别通道，属于当代社会生活中愈益活跃的性别话题必然的艺术响应。

六、结语：通向新百年的艺术典型化

当前中国电视剧的艺术典型化路径远不限于上述几条，但它们是其中主要的。由此简略论述可知，中国电视剧的艺术典型化进程正处在一个新的转型的开头，有可能为中国现代艺术典型创作和理论反思的新百年旅行提供新的借鉴，打开新的可能。2021年，既是人们常说的"百年未有之大变局"的一个关键年份，又逢中国现代美学和文艺理论关键词"典型"在中国旅行一百周年。当前者让人无法不关注电视剧与中国社会现实转型之间的密切关联，而后者又促使人们反思百年来西方"典型"在中国理论旅行的轨迹和演变时，位于这两个概念或视角的交叉点上的问题浮现了出来：位于大变局时刻的和通向未来新百年的中国式艺术典型化路径，在当前国产电视剧中有着怎样的美学风貌和未来前景？

首先需要及时地总结上述已有的艺术典型化路径的得与失。就得而言，地缘式典型化、法缘式典型化、性缘式典型化等路径都可称为本时期的特别收获。尤其是地缘式典型化,以《山海情》和《装台》为优质案例,为现实中国大地正在开展的规模空前的社会减贫战略行动与深广的中国社会地缘传统的接通,提供了有效且有力的美学通道,激活和深化了电视剧人物形象的传统的力量,赢得大量观众的赞许。就失来看,假如能够增强地缘式典型化传达的自觉性和深广度,以及将家缘式典型化进一步拓展到以心理健康为缘由的心缘式典型化这一更深层面时,当会更加有力。同时,法缘式典型化和性缘式典型化还处在相对较浅显的层面,需要继续掘进和深化。

同时,当前大变局或新百年时刻的中国和世界的社会生活都正处在急剧变化的激流中,想必会激荡起一道又一道新鲜且奇妙的浪花和奔涌不息的滚滚潮水,其需要透过同样新颖而有效的艺术典型化路径去予以传达。大变局时刻尤其需要相应的电视剧艺术美学大智慧和大修辞去加以应对。当此之际,境缘式典型化、地缘式典型化、家缘式典型化、法缘式典型化和性缘式典型化等路径都可能会得到持续强化,不过更值得期待的可能是从政治视角出发考察人物性格缘由的政缘式典型化路径的勃兴。当然,政治不可能囊括社会生活的全部内容,而是必然地与社会生活中的其他多种议题相互交织和融会在一起,激荡出更加波澜壮阔或变幻起伏的生活奇观。

还应当适当激活中国古典人物"性格"理论传统,让其与源自西方的现代中国典型理论之间形成一种古今中西的相互交融,服务于新百年时期的艺术典型化需要。中国古代诚然没有现代意义上的典型理论,但有着自身的以"性格"为代表的人物形象理论传统。[1] 明末叶昼(托名李贽)认为:"《水浒传》文字原是假的,只为他描写得真情出,所以便可与天地相终始。即此回中李小二夫妻两人情事,咄咄如画,若到后来混天阵处都假了,费尽苦心亦不好看。"[2] 成功的小说文字应当书写出"真情","可与天地相终始",以及让李小

---

[1] 参见叶朗《中国小说美学》,北京大学出版社1982年版。
[2] (明)李贽:《水浒传回评》,载张建业主编《李贽全集注》第19册,社会科学文献出版社2010年版,第24页。

二夫妻的"情事"具有"咄咄如画"的妙处。清初金圣叹发现"《水浒传》写一百又八个人性格，真是一百八样。若别一部书，任他写一千个人，也只是一样；便只写得两个人，也只是一样"[1]。每写一个人物，就都尽显其独特性。"他三十六个人，便有三十六样出身，三十六样面孔，三十六样性格，中间便结撰得来。"[2] 不仅36个人物有36样"性格"，而且108个人物也个个都有其"性情""气质""形状""声口"等，也即独特性。"《水浒》所叙，叙一百八人，人有其性情，人有其气质，人有其形状，人有其声口。"[3] 可以简要地说，与西方式典型范畴强调以富有特征的个别去透视社会现实的规律、蕴藏着比其他文化形态更有感染力的真理不同，中国式"性格"理论力求在社会同一性焦虑中展现个性的感染力及其深长余兴。当西方式典型以个性呈现共性时，中国式"性格"则力求在共性中发现个性。叶昼还说："描画鲁智深，千古若活，真是传神写照妙手。且《水浒传》文字，妙绝千古，全在同而不同处有辨。如鲁智深、李逵、武松、阮小七、石秀、呼延灼、刘唐等众人，都是急性的，渠形容刻画来，各有派头，各有光景，各有家数，各有身分，一毫不差，半些不混，读去自有分辨，不必见其姓名，一睹事实，就知某人某人也。"[4] 典型人物之间应当"同而不同""各有派头，各有光景，各有家数，各有身分"，也就是展现同中之不同，各显其妙，可以抵达"千古若活"和"传神"之妙境。这些古典"性格"理论诚然有着自身的传统特质，但其实也同时蕴藏着与现代典型理论之间相互融合的可能性，因而可以在未来的电视剧艺术典型化中实施重新激活和当代转化，促进国产电视剧艺术典型的新创造。

最后还想指出的一点是，新的百年转型时刻的中国电视剧能否在艺术典型

---

[1] （清）金圣叹著，周锡山编校：《贯华堂第五才子书水浒传》上册，载《金圣叹全集》，万卷出版公司2009年版，第16页。
[2] （清）金圣叹著，周锡山编校：《贯华堂第五才子书水浒传》上册，载《金圣叹全集》，万卷出版公司2009年版，第15页。
[3] （清）金圣叹著，周锡山编校：《贯华堂第五才子书水浒传》上册，载《金圣叹全集》，万卷出版公司2009年版，第7页。
[4] （明）李贽：《水浒传回评》，载张建业主编《李贽全集注》第19册，社会科学文献出版社2010年版，第10页。

化道路上迈出更加扎实有力的步伐，创造出可与阿Q、周朴园、王利发等艺术典型相媲美的电视艺术新典型，从而引领国产剧登上现代中国艺术的高峰？这无疑要求与电视剧艺术相关的各方面，在回顾当前电视艺术典型化路径的基础上，对未来艺术典型化道路做出各自应有的开拓和建树。

（原载《中国电视》2021年第8期）

主题性电影创作的创新方法论
——建党百年献礼片分析

尹 鸿

新中国成立以来,"献礼"一直是中国电影的政治传统:为具有重大政治意义和社会意义的历史节点,提供特定主题和题材的电影作品,以期达到电影的宣传教育功能最大化。从1951年的国产新片展览月开始,到1959年的"庆祝建国十周年国产新片展览月","献礼"这一方式便成为中国电影的重要现象。近年来,随着电影的社会影响力和市场地位的提升,党和政府加强了对电影意识形态作用的领导和引导,电影更加自觉地配合党的宣传中心工作,为各种重大历史节点提供献礼创作,建党、建国、建军、改革开放纪念、抗美援朝纪念、抗日战争纪念、脱贫攻坚纪念、庆祝党代会召开……几乎每年中国电影都出现了"献礼创作"。2021年,是中国共产党建党百年的"大日子",也是中国共产党宣布中国实现全面小康百年目标的里程碑意义的一年,电影献礼更是时代的政治要求。一批与建党百年相关的主题性影片陆续推出,与全社会百年献礼主题相互呼应,构成了年度最为突出的电影创作现象。

一、献礼片的三种主要形态

建党百年献礼影片已经上映近30部,其中比较有代表性的包括《1921》(票房5.04亿元)、《革命者》(票房1.37亿元)、《中国医生》(票房13.3亿元)、《守岛人》(票房1.37亿元)、《三湾改编》(票房2799万元)、《红船》(票房

1086万元）、《我的父亲焦裕禄》（票房2810万元）、《童年周恩来》（票房1381万元），等等，以及国庆上映的票房过50亿元的《长津湖》和预估票房近15亿元的《我和我的父辈》[①]，此外还有一些上映后票房极少或者有待上映的影片。这些影片从题材形态上大致可以分为三类：

第一类，是以"新主流电影"为目标的头部献礼大片。这类电影大多是重点项目，由具有雄厚制作发行基础的大电影企业主控，投资规模大都超过1亿元，甚至高达10亿元以上，集中一线的导演编剧、有市场影响力的演员、一流的制作团队和深度的政策支持和资金扶持，意在创作出标志性的现象级电影，既成为献礼片的排头兵，也成为市场的头部电影，完成新主流电影"主流价值＋主流市场"的"双主流"定位。

这类影片的代表性作品是《1921》《中国医生》《长津湖》《我和我的父辈》以及相对投资规模较低的《革命者》。5部影片的题材、类型各有侧重。《1921》正面表现中国共产党建党过程，是阐释习近平总书记"七一讲话"所提到的"伟大的建党精神"的电影载体。影片大开大合、宏观与微观交叉，以李达夫妻为主视点，试图全方位展示中国共产党成立的社会历史大背景以及勾勒出席第一次党代会的各位代表的人物轮廓，用电影展现了建党正史。

《中国医生》虽然并非完全为建党百年定制，但正逢献礼之际，便作为一部以真人真事改编的现实题材作品进入了献礼大片行列。影片特意强化了主人公张竞予的"共产党员"符号，从衣服上的党徽到要求共产党员站在最前线，都是将"中国医生"转化为"中共医生"的有意识的努力。

《革命者》由管虎导演监制，但导演徐展雄是位年轻人，影片的整体制作规模相对有限。影片用李大钊就义前的38小时倒计时为时间线索，用8组人物形成放射性结构，塑造了李大钊这位新文化运动的旗手、马克思主义在中国最早的传播者、走与工农群众相结合道路的最早的知识分子、中国共产党的创

[①] 票房数据来自猫眼专业版，截至2021年11月4日。

建人之一的立体形象。

而献礼片的高潮则出现在国庆档期。以抗美援朝为故事背景的《长津湖》，长假7天获得34亿元票房，成为历年该档期单片票房之冠。《长津湖》由3位内地和香港的资深导演联手创作，以作为普通官兵的兄弟俩为主视角切入历史，以战争类型片的战斗事件和场景作为叙事重心，以保家卫国的爱国主义和英雄主义作为精神内核，以工业化大制作呈现作为视听基础，以名导演、名演员会聚所塑造的人物群像作为情感代入方式，在一定程度上体现了中国电影所能达到的最高投入能力、制作水平和营销强度，借助国庆假日消费的特殊情景，成为年度最有影响力的影片之一。

《我和我的父辈》是组合式主题电影"我和我的××"系列的第三部，由4位导演分别执导的4个按照时间顺序连接的独立故事组成，表现中华民族代代相继的接力，象征中华民族百年来追求自由、解放、发展、富强的前赴后继的奋斗。以家写国、以家喻国是中国文化、中国电影的悠久创作传统，本片延续了这一叙事原型。虽然4个故事由于篇幅所限，人物和事件展开的丰富性和饱满性各不相同，但都借助强戏剧性的核心事件，完成了对主要人物的塑造，在视听呈现和节奏把控上都显示出中国电影的领先水准。

第二类，是以英雄模范人物为题材的影片。这类影片是主旋律电影的重要题材，20世纪90年代以来，《焦裕禄》《孔繁森》《蒋筑英》《杨善洲》等影片都曾经取得过较好的创作成绩。本年度出现的《守岛人》和《我的父亲焦裕禄》等都继承发扬了这一电影传统。两部影片尽量避免英雄模范人物的高大化、概念化，用更加平实、朴素的方式去塑造人物、叙述故事，力图用真情实感创造感染力。两部影片都得到了比较好的社会评价。《我的父亲焦裕禄》用"女儿"的视角去看父亲，塑造了一个有血有肉、有情有义的焦裕禄形象。《守岛人》则在影像、场景、制作和人物刻画上重点着力，显示出电影发展带来的工艺和美学的进步，同时在人物塑造上也追求平凡中的伟大，在特定的极端环境中塑造了一个特殊的人物典型。

第三类，则是以中共党史的重要历史事件或人物为题材的影片，如《红船》《三湾改编》等。这类影片，无论是叙事还是写人，更多的是重现历史、以影像再现历史。但由于受到创作条件、投资规模、创作能力等各方面的限制，往往很难扩展这些"历史"与现实、与观众之间合理的"对话"窗口，影响力和感染力没有完全达到预期目的。许多影片上映之后，没有机会充分放映，有的甚至根本不能走进影院，其献礼动机和献礼效果之间存在一定的反差。

三类影片，献礼大片主要作为市场的头部电影，是建党百年献礼的主力军；英模电影，则是主旋律电影为献礼提供的现实支撑；历史故事片试图为百年历史提供形象抒写。这些影片，由于创作和制作水平、条件差异较大，其影响力、传播力、感染力也都有明显不同。但整体上都表明中国电影呈现出一种自觉配合时代政治发展、完成主题性创作的发展倾向，而中国电影发展的艺术、技术、产业经验也为主题性创作提供了更多的可能性。献礼片，不仅在年度文化中占有重要地位，在年度中国电影中也是值得重点关注的电影现象。

二、探索主题性创作与大众化表达的最大公约数

对于主题性创作来讲，如何让主题更好地通过电影形态传达给观众，一直是艺术创作的重要考验。献礼片在创作主题上有明确的规定性和指向性，题材往往也很少是观众完全"陌生"的，影片中的大多数人物和故事，观众不仅通过历史书、教材、政治读物早就耳熟能详，这些人物和故事甚至在许多影视作品中都有或多或少的表达。如何在观众相对熟悉的题材、故事、人物、主题上发现新的审美空间，提供新的审美体验，产生新的时代意义，并为市场所接受、为观众所接受，无疑是道复杂的必答题。

这些献礼片，尤其是几部头部影片，有的以人物为主，有的以事件为主；有的是历史题材，有的是现实题材；有的风格更纪实，有的更诗化，有的更类型化。虽然对影片的评价各有不同，但整体上来说，都体现了中国电影的政治

自觉性、历史认知能力、影像驾驭能力和制作工艺水准，也融合吸收了近年来新主流电影的创作经验，借助了全面市场化改革 20 年来的基础和条件，体现了中国电影目前所能达到的最好水平。

《1921》在大众化表达中，追求历史的人物化、风格的青春化、叙事的类型化。导演、编剧黄建新谈道："希望电影能进入'叙事人物'的状态，而不是单纯的'客观介绍历史'的状态，用生动的电影语言向观众展现 1921 年的波澜壮阔，这些影像会同今天的观众达成一种心灵上的共鸣和继承。"[1] 所以，这部电影重点不在于再一次重现建党的过程，而在于刻画当年最早的那批共产党人，电影不再是事件电影，而是人物群像的电影，于是就有了影片中许多人物指点江山、激扬文字的场面。李达和王会悟的视角，成了电影的主视点，观众跟随他们见证了当年这一群胸怀天下、热血沸腾的青年人。如果说《建党伟业》回答了"党是如何建立起来"的问题，那么《1921》则把重点放到了"谁建了党"。许多由于后来政治身份变化出现争议的早期中共党员，在这部影片中也有了更多的出场空间。人物让历史变得丰富和鲜活，虽然李达与王会悟的视点在影片中并没有完全贯彻，全知性视点与限制性视点的统一没有完全形成，但人物群像始终是影片的焦点。

影片与人物相关，呈现了第二个特点：青春化。当年这群最早的共产党人，大都是 20—30 岁的热血青年，只有陈独秀、何叔衡等个别人的年龄在 40 岁以上。青春化并不是一种策略，而是对历史的还原。许多观众可能对这些历史人物后来的形象有了"定见"，反而不太容易立即接受他们曾经的年轻。影片中许多青春洋溢的场面，包括党代会前夜的街头浪漫，彻夜长谈，甚至还有爱情、友情的种种呈现，的确充满了"恰同学少年"的青春气息。影片起用了与当时这些历史人物年龄相仿的一批青年演员，让演员与角色共同演绎这种时代青春。其实，这种青春，不仅是年轻人的也是党的青春气息，更是中国的青

---

[1] 王净：《黄建新解析〈1921〉：用电影语言展现历史的壮阔》，澎湃新闻，https://www.thepaper.cn/newsDetail_forward_13393714, 2021-07-01。

春气息。片尾的牺牲者资料,表现出中国共产党人随后所付出的流血牺牲,是青春之花在鲜血中开放。

为了与观众的观看趣味更加切合,这部影片也采用了一些类型电影手法。影片强化了悬念对叙事的推动力,特别是共产国际代表被追踪和反追踪的段落,类型化的追车动作场面,都反映了创作者试图使电影接受面最大化的努力。当然,这种悬疑性被放大,也会带来一些质疑,一是类型的假定性与影片整体的现实主义戏剧风格;二是冲淡了对当时国际国内复杂环境的展示,观众看到了惊险但并不知道惊险背后的成因。在这类影片中,观众并不预期看到"速度与激情",而是试图了解历史本身的戏剧性。在历史片中,商业性必须自然而然地存在于历史本身的戏剧性之中,否则,人为性在一定程度上可能会伤害到这类影片赖以存在的"历史感"。

建党百年另一部重点影片《革命者》,在艺术创新上也受到了关注。历史人物传记影片,一直是高难度创作。历史与现实、立场与史实、艺术与市场之间的结合点,更不容易平衡。为观众塑造一个"熟悉而陌生"的艺术形象,既要与观众预期一致又要带来新意,艺术创新难度很高。该片试图"去脸谱化",塑造一个更加生动鲜活的李大钊形象。鲁迅先生曾经在《守常全集》序言中写道,李大钊"既像文士,也像官吏,又有些像商人"[1],这种复杂性正是创作者进入人物的起点。影片采用了李大钊牺牲前38小时倒计时的时间轴设定,加上他与陈独秀、张学良、蒋介石、毛泽东、报童、庆子等8组人物关系的放射性结构,点线结合、以点带面,展现了李大钊平和、朴实、敦厚并能够与社会各阶层的人亲密无间的性格,完成了对李大钊的性格、人品、情感,特别是理想、信念的塑造,使其成为所有影视创作中最为丰满、最有光彩的李大钊形象。

与这样的结构相适应,更是与表达理想信念的主题相适应,这部电影在审

---

[1] 鲁迅:《〈守常全集〉题记》,载《南腔北调集》,译林出版社2014年版,第97页。

美风格上，也不再是经典叙事模式，而是大胆采用了蒙太奇电影风格。蒙太奇传统由爱森斯坦、普多夫金等苏联导演的《十月》《战舰波将金号》《母亲》等作品所倡导，贝托鲁奇、帕索里尼等意大利左派导演也呈现出异曲同工的审美追求。《革命者》借鉴了这些电影的创作观念，形成了独特的蒙太奇电影美学风格。①影片整体抒情性、表意性、渲染性都比较突出，片尾响彻云霄的跨越时空的"我相信"，使这部电影不再是一般意义上的戏剧性电影，而是一部以情绪贯穿的诗电影。

当然，《革命者》的艺术创新，如何达成写实与写意、细节的丰富与情绪的饱满、理性的深度与感性的强度、历史真实与艺术虚构、性格逻辑与主题表达、创作者的主观意愿与观众的客观感受最大限度的融合，仍然还有许多值得深入思考的问题。对于传记片来说，人物的深度应该首先来自人性的深度，对于历史题材的作品来说，艺术的力量必须首先来自历史的质感。人性深度与历史质感是主题性电影创作未来需要更好解决的艺术问题。

《长津湖》的艺术创新则主要体现为三点。第一，以伍百里、伍千里、伍万里三兄弟作为叙事线索，以七连为中心，以长津湖战役的战斗为主要内容展开情节和故事。该片更加注重以小写大、以普通人写大历史、以局部写整体，塑造了一群志愿军普通官兵的感人形象，分别用他们的成长、牺牲、勇敢、胜利的故事，使历史事件人物命运化、故事戏剧化、场面动作化，从而实现电影的大众化传达。第二，充分展开战争过程、渲染战争场面，实现历史故事的类型化表述。在前 30 分钟的铺排之后，战斗场面一个接一个，密度之高、强度之强，在中国电影中都是极为罕见的。其中，既有对空战也有坦克大战，有野战也有巷战，有大规模战斗也有突击队战斗，有遭遇战也有阵地战，可以说将各种战争形态、战争方式、战争手段都最大限度地呈现出来，而且在动作、炮火、场面的渲染上也达到了极致。战争具有了某种类型片的紧张感和奇观性，

---

① 参见徐展雄、尹鸿、孟琪《〈革命者〉：写实与写意融合的"诗史"叙述——徐展雄访谈》，《电影艺术》2021 年第 4 期。

在一定程度上体现了中国战争片在视听呈现上所能达到的最高水平。第三，为今天的观众强化了战争的正义性，为历史提供了爱国主义解释。影片从中国领土、中国老百姓的安全受到威胁，人民翻身解放、当家作主的成果面临侵略作为出发点，阐述了志愿军为了"保家卫国"的目的入朝参战，从而为影片所表达的英雄主义提供了家国情怀的坚实基础。为了后代们不经历战争，志愿军战士们选择了赴汤蹈火，这一主题唤起了观众的现代共鸣，建立了历史与现实的共情通道。

当然，《长津湖》虽然借助国庆档的特殊消费期取得了很高的票房，也得到了各方面的高度评价，但是如何处理好历史真实与类型假定的关系、如何处理好战争场面与人物塑造的关系、如何处理好局部战斗与整体战役的关系、如何处理好视听渲染与戏剧性真实的关系，依然是这类电影创新所要面对的重大问题。

《我和我的父辈》作为该系列的第三部，选择了4个年代的4个故事，用微观来呈现宏观，用中国故事来表达中国精神。4位导演吴京、章子怡、徐峥和沈腾最大的共同点是他们都是声名显赫的演员、明星。虽然我们不能否认这种导演的选择可能有商业因素的考虑，但更确切地说，还是因为他们相对年轻，而且有丰富的表演经验，对观众、对市场、对现代电影语言的理解更为准确和接近。4位明星导演这次联袂出场，基本以父母与子女的关系为核心展开，以子一代对父一代的观察为视点，从而使4个故事有了一种亲情的代入感，许多场面和段落也因为这种亲情的代入而让观者为之所动。4个篇章的故事、风格、样态各不相同，吴京的战争动作片、章子怡的年代抒情风格、徐峥的生活闹剧模式、沈腾的喜剧科幻片，共同构成了电影的集锦组合，给了观众不同的惊喜、不同的选择、不同的满足。当然，如何让组合电影更加具有内在的有机性和完整性，如何让"我"作为艺术形象的丰满与"我的时代"的宏大之间形成现实主义的戏剧性审美张力，都是"组合式主题创作"正在努力回答的考题。

取材于新冠疫情的电影《中国医生》则在真人真事基础上，采用了疫情灾难片的叙事方法，在危机、困境中塑造人物形象，并赋予主要人物以中共党员的身份。虽然由于各种复杂原因，影片前半部对武汉当时复杂的内外环境和普通人境遇的呈现没有完全达到观众的期待，救助行为过早进入了常规状态而显得后半部比较平淡，并比较外在地承担了"宣传"的功能，影响到影片整体的叙事力量，但是影片对灾难氛围的营造，对各种人物形象和处境的真实呈现，视听语言上的紧张流畅，现实场面和内心焦虑的准确表达，都使影片在歌颂中国医生的同时，完成了歌颂作为共产党人的中国医生的功能。影片在创作和制作水平上的确达到了中国电影的头部水准。特别值得一提的是，影片没有用类型片的假定性来冲淡其现实感，而是采用了"真实改编"的创作方式，用生活本身的"戏剧性"而不是假定的"戏剧性"来呈现故事，体现了中国电影"真实创作"上的可喜突破和变化。

此外，电影《守岛人》以王继才夫妇守岛卫国 32 年的事迹为原型，一方面用最大限度的现实主义手法表现日常坚守的日日夜夜的平凡、单调、艰辛，另一方面用浪漫主义手法表现人物内心的坚守、信念、爱情。"一生守好一座岛"，不仅成为一个故事，更成为一种生活方式的象征，坚守具有了普遍性价值和意义。[①]虽然真实人物改编使得人性刻画的深度和边界受到一定的制约，但其外在的真实性与内在的理想性所形成的对比强化了现实越真实、理想越灿烂的艺术感染力。《我的父亲焦裕禄》则是用"女儿"视角，呈现了作为父亲和丈夫的焦裕禄形象，这种视角深化了对焦裕禄个人性格、个人情感的刻画。虽然影片由于比较散文化、碎片化的叙事影响了故事和人物的饱满度，某些场景的呈现和调度还不够逼真，但整体上体现出了"无情未必真豪杰，怜子如何不丈夫"的英模形象的立体性，同时也呈现了共产党人永远把党的利益看得高于个体利益、家庭利益服从于人民利益的价值观选择。

---

① 参见牛梦笛《情满开山岛 忠义风骨存》，《光明日报》2021 年 7 月 9 日第 9 版。

主题性创作，由于主题的规定性和题材的有限性，创作难度越来越大，但应该说，百年建党的献礼片显示了创作者们自觉的创新追求。有的转换新的叙事角度，有的追求不同的审美风格，有的更加追求个体性的介入，有的追求更加诗意的表达，有的重视现实主义的质感，当然更多的是寻求类型化的努力。在大历史的微观化、典型人物的平凡化、故事的戏剧化、场面的类型化、风格的多样化等方面都取得了突破性的成绩，也探索了整合资源、组合创作、大制作支撑、明星加持、现代电影节奏推进等生产和创作方式。可以说，主题性创作在创新上的努力取得了显著成果，出现了一批被观众接受的具有市场头部效应的"新主流电影"和风格各异的不同形态的电影。

三、作为方法论的历史与美学的统一

建党百年的献礼电影，对国家主流意识形态建构、社会共同历史意识的形成产生了重要影响。但是，我们也需要意识到，随着主题性创作的题材空间逐渐饱和、创作惯性的渐渐形成，类似作品创作质量参差不齐的现象也比较突出，主题性创作的市场影响也有渐渐减弱的态势。除少数优秀作品之外，题材重复、人物脸谱、主题概念、桥段僵化、修辞造作、戏剧性设计套路等现象比较常见。即便前一阶段获得成功的《建国大业》所开启的"典型性场面+代表性人物"的模式、《我和我的祖国》所开启的组合模式，近年来也面临越来越大的创新性挑战。主题性创作是否能够达成思想深度、历史深度、艺术深度的统一，在很大程度上决定着这类电影的未来走向。

对于主题性创作来说，题材只能决定电影的重要性，但是不能决定电影的艺术性，更不能决定电影的影响力。在这方面，同样是建党献礼的电视剧《觉醒年代》提供了很好的范例。它不是历史文献的影像还原，也不是对历史人物的"概念化"重现，更不是历史事件的编年堆砌，它没有用政治标签去脸谱化人物的道德品行，而是借助于历史文献的支持，利用创作者的大胆想象，确定每个人物的性格之核,甚至他们的形态动作和语态,同时也找到了他们共处一个特殊时代的历史共性,使得这些人物的思想动机、行为方式、道路选择、情感冲突得到了内在性格支撑,同时也体现了鲜明的时代烙印。人物的复杂性、多样性统一在人物性格的内在一致性中,所以每个主要人物真正都具有了"内在生命",成为马克思所谓的"这一个"①,成为具有内在生命力的"典型环境中的典型人物"②。这部剧在尊重历史的前提下,艺术地"活化"了历史人物。

主题性创作多年以来形成了一些比较固化的题材区域。一方面,题材不断重复;另一方面,一些在中国近代史、中国革命史上具有重大影响的人物、事件却又"自然而然"地成为创作死角。固定的题材、固化的创作模式,成为创作上的所谓"舒适区",也成为主题创作难以突破的难题,一些作品既缺乏艺术的新鲜感,也缺乏生活本身的丰富性,从而失去了对观众的吸引力。主题性创作要突破创作惯性的舒适区,放弃庸俗的人为的戏剧化情节,真正从历史和生活的丰富性、人物和人物之间的真实关系中去发现戏剧性,以历史的质感和人物的真实感征服观众,而不是用一种浅薄的戏剧性和艺术技巧,用一种消解了历史质感的动作、场面奇观去取悦观众。

归根结底,主题性和题材重大并不能决定作品的成功。追求历史深度、思想深度和艺术深度的统一,实际上体现的正是恩格斯所说的"美学观点"和"历史观点"的统一。这种统一所形成的方法论,就是坚持以人为本的创作方向,追求"较大的思想深度和意识到的历史内容,同莎士比亚剧作的情节的生动性和丰富性的完美的融合"③。陈凯歌、黄建新导演在总结《我和我的祖国》的创作经验时,提出"历史瞬间、共同记忆、迎头相撞"④十二个字,对于电影

---

① 参见《马克思恩格斯选集》第4卷,人民出版社1972年版,第453页。
② 参见[德]弗里德里希·恩格斯《弗·恩格斯致玛格丽特·哈克奈斯》,载《马克思恩格斯选集》第4卷,人民出版社1972年版,第462页。
③ [德]弗里德里希·恩格斯:《致拉萨尔》,载《马克思恩格斯选集》第4卷,人民出版社1972年版,第343页。
④ 尹鸿、黄建新、苏洋:《历史瞬间的全民记忆与情感碰撞——与黄建新谈〈我和我的祖国〉和〈决胜时刻〉》,《电影艺术》2019年第6期。

的主题创作依然具有方法论意义：让个人命运与历史大潮迎头相撞的戏剧性瞬间，被电影化的方式呈现出来，往往才能真正唤起并创造观众的共同记忆。而这共同记忆就是电影的魅力，是电影所创造的"盗梦空间"。如何让思想倾向更天衣无缝地从情节、场面和人物中自然而然地流露出来，如何塑造更有电影感、艺术感的"典型环境中的典型人物"，如何避免类型化的假定性破坏历史本身的真实性，如何避免让波澜壮阔的历史质感被奇观化，将是主题性创作未来需要探索的新课题。

（原载《电影艺术》2021年第6期）

元宇宙、叙事革命与"某物"的创生

周志强

2016年被诸多媒体称为虚拟现实元年。当年1月，高盛发布报告预测，2025年全球虚拟现实（VR）市场年度营收将超越电视机市场，未来10年虚拟现实的市场额将达1100亿美元，而电视机的市场额仅为990亿美元；4月，北京国际电影节VR国际趋势主题论坛举办；而这一年，用户在YouTube上观看VR视频的时间已经超过了35万小时。这几年随着VR技术的小型化、便携化，越来越多的人成为虚拟现实游戏的"俘虏"；而MR、AR技术也风生水起，人们开始喜欢把实物与虚拟信息叠加在一起，形成截然不同的身体体验。与此同时，中央电视台也开始VR直播，观众只要戴上VR眼镜，就可以置身大型阅兵或者综艺节目现场，"成为"其中的一员。这种把身体体验裹挟其中，并可以令我们亲眼见到完全不存在的世界的技术文化，立刻激活了人类的巨大想象力：虚拟现实不再是对现实的虚拟，而可以直接创造出相对于身体经验而言的"新现实"；它穿越实在现实的逻辑和序列，痛快淋漓地把欲望实现的快感变成一个按钮就能完成的事情。这个新的现实世界与体感技术、物联网、社会规则相互交织，一种叫作"元宇宙"的东西应运而生。

"元宇宙"，即meta和universe的组合，前者有"继""在……之后""介于……之间"的意味，后者则包含"世界""领域"的意思。两者的组合，旨在表达在我们身体和现实的世界之间，存在另一种生活的领域。在1992年美国作家尼尔·斯蒂芬森的科幻小说《雪崩》中，作者想象了这样一种情形：电脑通过激光识别人类大脑，从而构建或呈现出与现实世界平行的虚拟世界，也就是元宇宙。①小说描绘主人公阿弘进入自己建立起来的街区:"那是超元域的百老汇,超元域的香榭丽舍大道。它是一条灯火辉煌的主干道,反射在阿弘的目镜中,能够被眼睛看到,能够被缩小、被倒转。它并不真正存在;但此时,那里正有数百万人在街上往来穿行……和现实世界中的任何地方一样,大街也需要开发建设。在这里,开发者可以构建自己的小街巷,依附于主干道。他们还可以修造楼宇、公园、标志牌,以及现实中并不存在的东西,比如高悬在半空的巨型灯光展示,无视三维时空法则的特殊街区,还有一片片自由格斗地带,人们可以在那里互相猎杀。"②斯蒂芬森这一开创性的想象,形成了有趣的平行世界故事的起点。

今天,小说中的想象竟然正在变成"事实"。换言之,以前平行宇宙只停留在诸如《盗梦空间》(克里斯托弗·诺兰,2010)或者《头号玩家》(史蒂文·斯皮尔伯格,2018)等电影故事中,现在,元宇宙却让故事存在于我们的实际生活之中。进而言之,元宇宙有可能创生新的"神话时代":人们不是生活在自己的现实中而把神话讲成故事,却是直接生活在神话故事之中而用这种故事来为现实编制意义系统。

一、元宇宙叙事,人类与故事关系的"倒写"

从技术伦理的角度来说,元宇宙是把人的整个身体都作为"感觉幻觉节点"来使用的方式。此前,人类生活在"双重故事"之中:人类把自己生活的世界由陌生神秘的大自然,逐渐"生产"为按照人的意义来理解的"世界",即一种因果关联的故事化世界——这不仅是通过"夸父逐日"这样的神话来把江河湖海转为人的身体的隐喻,还包括在大地上建造乡村、城市以及四通八达

---

① 小说译本将此概念翻译为"超元域",从语义上讲似乎更贴切。参见[美]尼尔·斯蒂芬森《雪崩》(*Snow Crash*),郭泽译,四川科学技术出版社2018年版,第19页。
② [美]尼尔·斯蒂芬森:《雪崩》(*Snow Crash*),郭泽译,四川科学技术出版社2018年版,第30页。

的交通，令陌生的地球整体性地变成人类世界的象征；同时，人类还不断制造符号性故事，诸如小说、传说、医学、物理、哲学……随着科学主义的确立，人类自身的故事与人类创造出来的故事，界限日渐分明。康德的"审美无功利说"，鼓励人们相信艺术的世界是象征性的，而现实的世界则是实在性的。然而，以元宇宙为标签的虚拟现实时代到来了，一个有趣的现象很快就要发生：人类完全可以把现实的生活看成异化的、机械的与无聊的，而把虚拟技术所创生出来的故事化生活当成具有真情的、有机的、生动的生命经验之来源。小说《雪崩》中，阿弘现实中的贫穷与在虚拟街区里拥有豪宅的情形形成了鲜明的对照：过去，虚拟世界的豪宅会映衬出现实的贫穷及其中的精神困顿与情感挫伤；现在，现实的困顿与挫伤被元宇宙中的酷帅豪奢驱逐得无影无踪。愿望被想象改写，现实生活中的匮乏所造就的欲望与焦虑，反而激活了元宇宙中人的自由洒脱与豪爽不羁。

在这里，元宇宙叙事，不是用想象出来的欲望满足来替代现实的苦闷，即元宇宙叙事不再是现实人生矛盾之想象性解决（阿尔都塞坚持认为，故事就是现实之不可化约的矛盾在想象中解决的一种方式），而是直接把"人"作为想象性存在来看待，或者说，只有想象性活过的人，才被看成真正的人。

元宇宙叙事，"倒写"了人类与故事的关系。元宇宙改变了人类与故事的"物理关联"方式。如果说，电影的出现集合视听技术，创造出"不应该被看见的现实"，那么，虚拟现实所创生出来的元宇宙则将通过"视、听、触、识"的闭合方式，创生幻觉性的沉浸意识和交互体感，最终形成崭新的故事情境。这是一种"主体身体化"的情形，它首先违背传统主体哲学的逻各斯规则，其次也与传统的叙事艺术分道扬镳。此前，叙事艺术致力于人的心灵与身体的"剥离"，在叙事活动中，人的精神世界的打开，"淹没"身体的存在感，身体欲望的压抑，成为其核心特征；虚拟现实则截然相反，它只有先让身体沉浸在故事情境之中，才能带领意义前进。"身体先行"和"媒介消失"，成为虚拟现实媒介叙事的起点和预设。

借助拉康的三界理论，可以把这种转变表述为这样的过程：传统叙事乃是象征界（符号体系）与想象界（自我镜像）巧妙的结合，"放逐"了实在界（身体），"主体"乃是故事的产物或者预留的位置；元宇宙颠倒了这个秩序——实在界借助象征界和想象界的重组，始终处于两者构建其现实景观的核心视角位置。传统叙事通过故事的生产，把"人"的精神从身体中剥离出来，将其推送到"主体位置"上，成为高高在上的抽象物；而元宇宙则把"身体主体化"，令其成为故事的核心部分，实实在在地掌控了叙事。换言之，元宇宙乃是一种"身体的直接现实"——它让人的身体本身变成了人的世界（虚拟现实）的主人；传统叙事则以身体的消失作为人的世界（现实人生）成熟的标志。

有趣的是，元宇宙并不是仅仅允许单个人的欲望设计，而是允许不同欲望主体的经验共享，即每个人都在其中塑造各自为主角的故事，这就实现了"故事的自然化"：元宇宙的故事仿佛不是被人类设计出来的，而是"自动发生的"——这体现的不正是现实人生的硬核逻辑吗？从这个角度来说，元宇宙不同于电影和小说里的"平行世界"，因为这类故事乃是按照单个人的视角和意志构想出来的，其内在意义总是呈现出单向性的主题。比如列子所讲的"昼夜各分"的故事，算得上是古人幻想出来的平行世界：

> 有老役夫筋力竭矣，而使之弥勤。昼则呻呼而即事，夜则昏惫而熟寐。精神荒散，昔昔梦为国君。居人民之上，总一国之事。游燕宫观，恣意所欲，其乐无比。觉则复役。人有慰喻其勤者，役夫曰："人生百年，昼夜各分。吾昼为仆虏，苦则苦矣；夜为人君，其乐无比。何所怨哉？"（《列子·周穆王》）

这个故事的特点就是白天（现实）与黑夜（梦境）的"互文性"：所有梦境中的快乐，都是现实仆役生活的反面；这位辛苦的劳作者享受着梦境中锦衣玉食的帝王生活，每天如电视剧一样，故事情节具有惊人的连续性，并受其愿望支配。但是，虚拟现实所带来的元宇宙却与此既相似又不同。相似的乃是元宇宙同样以个人生活的欲望化幻象为总体目标，如同此仆役之人生；不同的则是元宇宙并非单纯的个人构想，而是人类欲望的大集合，是各种各样的人类欲望在虚拟现实中蜕变、改造、转生和重生之地。所以，元宇宙的叙事，不是单向的，而是多维的；不是个人化的，而是社会性的；不仅是想象的，也是不同人的意志、愿望和欲望交织碰撞的。简言之，元宇宙不是传统叙事中的平行世界这一版本，而是将故事现实化，全方位创造出崭新人生的另一个版本。

因此，元宇宙不是凭空捏造的，而是不同人的真实的人生，是人们一起在幻想中结成不同伙伴，创造想象出的"大同现实"；它隐含着"幻想的现实化"内涵，也可以导向真实现实的彻底虚渺化。

二、"小故事"与高度社会化的"非社会"

美国学者瑞恩（Ryan）曾经借助德勒兹的"根茎"（Rhizome）概念来形容虚拟现实的叙事景观。在她看来，20世纪戏剧美学的发展，带来了沉浸理念的变化。"欣赏者"，也就是读者、观众等，参与到艺术创作活动中；而在前文艺复兴时期，绘画这种艺术体现出的是对事物精神本质的象征意义的追求，而不是试图传达对事物存在的暗示。所以，中世纪艺术家更关注玛格丽特·威特海姆（Margaret Wertheim）所说的"灵魂的内眼"（the inner eye of the soul），而不是"身体的物理眼"（the physical eye of the body）。[1] 按照这样的逻辑，元宇宙构成了真正意义上的"超文本"——一种与现实人生贴合得最为紧密的文本，而不是仅仅通过一个文本指向另一个文本的链接。与之相应，利奥塔所谓的宏大

---

[1] Dr. Marie-Laure Ryan, *Narrative as Virtual Reality: Im-mersion and Interactivity in Literature and Electronic Media* (Parallax Re-visions of Culture and Society), Baltimore and London: The Johns Hopkins University Press, 2001, pp.2, 13.

叙事在此失效，被瑞恩称为"小故事"（little stories）的东西则疯狂生长。元宇宙天然成为这样一种空间：它可以形成有组织的总体故事，但是，却只能依赖不愿意被各种宏大意义规划的"小故事"来结构——这就是德勒兹的"根茎"形态。

这如同VR游戏中的场景，其并非现实世界的表征情形，即不是所谓的丝织物，而是德勒兹所描绘的那种毯状物：各种事物不是因为因果序列或者支配性关系被连接在一起，而是浸润交织、环丝相系。在这里，重要的不是观众或读者被故事引导的线性过程，而是元宇宙中不同的角色扮演者如何积极行动，开拓想象性场景。正如杰伊·大卫·博尔特（Jay David Bolter）所提到的，虚拟现实使用的是感知媒介而非符号媒介[1]，所以，"感知逻辑"而不是"观照逻辑"才是元宇宙叙事的核心。元宇宙追求身体的沉浸，但是这种沉浸不是消极的、被动的，而是积极的，是需要参与者积极参与文本并进行严格的想象的。在这里，场景（setting）、情节（plot）、角色（characters）才是关键，叙事者消失，故事永远没有结局，也不需要结局。[2]

显然，元宇宙创生出一种"叙事的永远现实态"，它改变了现实生活以丛林规则为第一逻辑的状况，成为"非社会的社会"——它更巧妙地掩盖了市场垄断、利润剥夺和价值操控的存在，人们不必用"规训或惩罚"的条令来管理自己，而可用"平等和自由"来放松自己。在这里，元宇宙轻轻松松地实现了人们的"平等感""自由感"，并用这种"感知性存在"取代了社会平等和政治自由本身。

那么，瑞恩所说的"小故事"真的会成为元宇宙的核心吗？不妨看一下元宇宙的一系列相关事件：2021年3月，元宇宙概念第一股罗布乐思（Roblox）

---

[1] Jay David Bolter, *Writing Space: The Computer, Hypertext, and the History of Writing,* Hillsdale, N.J.: Lawrence Erlbaum, 1991, p.230.
[2] Dr. Marie-Laure Ryan, *Narrative as Virtual Reality: Im-mersion and Interactivity in Literature and Electronic Media* (Parallax Re-visions of Culture and Society), Baltimore and London: The Johns Hopkins University Press, 2001, pp.2, 13.

在美国纽约证券交易所正式上市；5月，"脸书"（Facebook）表示将在5年内转型成一家元宇宙公司（并于10月28日更名为"Meta"，该词来源于"元宇宙"Metaverse）；8月，"字节跳动"斥巨资收购VR创业公司Pico……[①]另据报道，11月23日，在虚拟世界平台Decentraland里，一块数字土地被卖出243万美元（约合人民币1552万元）的高价，这一售价比之前的虚拟房产纪录91.3万美元高出一倍多，也比现实中美国曼哈顿的平均单套房价要高，更是远高于美国其他行政区的单套房价。[②]如果瑞恩看到了虚拟现实中各种"小故事"的可能性，她是否会想到，这些小故事背后隐藏着的正是整齐划一、气势磅礴的现代社会的"大故事"的主宰力量？

那么，元宇宙所带来的"叙事革命"只是故事的玩法的变化，还是潜存着人类不同的活法呢？

在这里，元宇宙对人类的"征服"是把身体感知系统完全纳入社会化体系的那种征服，它通过号召体验另一种现实或者说另一种宇宙，并以解放人的身体的方式把"感知"纳入现代社会政治经济的规划之中。所以，元宇宙叙事有两个版本：一个是元宇宙所依托的虚拟现实技术所生成的感知方式的转变，另一个是形成这种转变的元宇宙之外的力量对元宇宙叙事充满激情的生产。两者的关系决定了元宇宙叙事的最终形态。元宇宙是一次仿佛超越时空的旅行，还是一种打开人类经验的崭新叙事？这乃是关于元宇宙叙事研究的首要命题。

英国文化研究学者尤瑞曾经研究过大众旅游的社会政治。在他看来，"旅游这种实践活动涉及'离开'（departure）这个概念，即有限度地与常规和日常活动分开，并允许自己的感觉沉浸在与日常和世俗生活极为不同的刺激中。通过考虑典型的旅游凝视的客体，人们可以利用这些客体去理解那些与它们形成反差的更为广阔的社会中的种种要素。换句话说，去思考一个社会群体怎样建

[①] 百度百科，https://baike.baidu.com/item/%E5%85%83%E5%AE%87%E5%AE%99/58292530#reference-[2]-33626919-wrap。
[②] 知乎·世界经济报道，https://www.zhihu.com/question/501503416/answer/2244362370。

构自己的旅游凝视,是理解'正常社会'中发生着什么的一个绝妙途径"①。通过大众旅游,人们可以忘记现实人生每天单调重复的劳动之烦恼,可以把300多天的上班时间理解为没有意义的时刻,而只把旅游的时光当成人生真谛实现的高光时刻。同样道理,元宇宙完全可能成为更加便捷和快速的大众旅游式文化政治实现的新途径。在虚拟的世界里,符号成为建造房子的材料,想象成为打拼人生的驱动力;对现实人生丛林规则的恐惧使人们一往无前地化身为厮守虚拟体验、沉浸梦境的"漫游者"。一种无脑化的叙事时代会不会因此开启?

与此同时,元宇宙的技术投资者也会积极倾向于对"沉浸"的疯狂开发,因为"沉浸"才是元宇宙带来利润的真正入口。在这里,"沉浸"并非愿望的实现这么简单,更是一场欲望的光辉灿烂的演出。按照弗洛伊德的方式解释,如果饥饿的人梦见了鱼子酱,这是梦境满足了"愿望";但是,按照拉康的方式分析,则问题的关键是为什么是鱼子酱而不是三明治、饺子或者羊肉泡馍?显然,食物的对象是"愿望"(will),而鱼子酱的对象是"欲望"(desire)。在这里,真正让做梦的人沉浸梦中的不是食物,而是鱼子酱:鱼子酱隐藏了对哪一家高档餐厅的馋涎欲滴,又包含了怎样的过一种奢侈生活的隐秘冲动。显然,现代社会对元宇宙的"沉浸"的生产,必然是欲望型的生产;与此前网络文学欲望生产零敲碎打的方式不同,这一次将是大规模的"欲望人生"的社会性大生产。

三、沉浸与"某物"的创生

然而,我们也可以这样积极地设想元宇宙的叙事革命:元宇宙归根到底是人的内在感知力量的释放,它会天然地服从人们对享乐沉浸的追求。元宇宙的"小故事"必须是也只能是带有"享乐沉浸"内涵的小故事;每个"小故事"

---

① [英]约翰·尤瑞:《游客凝视》,杨慧等译,广西师范大学出版社2009年版,第3页。

的特性不是通过与他人一致（内在他者的主导性体现）而获得存在价值的，反而是由绝对不可复制的独特性构成意义硬核。它之所以让人们沉浸其中，不是因为可以让人们日复一日地重复单一型快乐，而是因为可以使他们走向完全不接受现实规划的多样性世界。

在这样的时刻，人类的"快感"第一次不是只存在于故事中，而是存在于对故事的创造性活动之中——创造性的想象，将成为元宇宙叙事的第一生产力。事实上，元宇宙浮出水面，恰恰是现代虚拟技术对快感的实体化诉求的结果。今天，快感已经不只是我们的心理现实，从经济学的角度来讲，快感已经可以成为财产。我们为了快感而在游戏中储币，更会"氪金"；在游戏中成长的过程，也是付出精力和财力的过程。未来，元宇宙叙事正是完全鼓励这种快感或者说享乐实体化的形式：它将伴随人们的生命历程和心理成长，也会创造出财富收益的崭新形式；它会让文学艺术和社会生活越来越趋于快感化。只要给身体制造相应的感知设备，提供快感场景，那么，人就会被机器制造出来的快感直接支配。

总的来看，元宇宙叙事存在这样的未来："小故事"激励着无数人去首次体验不受现实异化逻辑、物化理性支配的人生，即元宇宙叙事的根本性意义也许不在于它能够带给人们怎样确定的快乐，而是可以创造出莫名的无法用现有的意义体系来处置的生活。换句话说，元宇宙的秘密应该是这样一种秘密：它把现实的确定性映射为新的可能性，即把真实的"事物"——那些我们不得不尊重的东西——转换成了"某物"。"某物"（并非 thing，而是 something）指的是特定的事物形象和符号命名中处于游移不定位置的东西，那些令既定的语言、符号、话语和形象都失效的东西。弗洛伊德创造了一种"心理动力学"，把精神世界看成围绕无法说清楚的"某物"自动运转的过程。拉康则通过"信"显示"某物"的规定性力量，把"故事"阐释为围绕"信"——总是可以抵达收信人的一种"内潜规则"——的运转过程。马克思的理论令"商品"神秘性的一面得以彰显，阐释了资本主义社会逐渐"清晰化"的情形——商品以神秘的力量为现实重新排序，令其整饬统一；按照马克思的逻辑，商品收编了"某物"，让它的魅影以消费主义的光辉呈现。然而，资本主义又是自我颠覆的，以齐泽克的方式来说，资本主义是"症状式"的——它总是假装实现了伟大的意义，却潜在地回归"某物"的召唤。

  我期待元宇宙的叙事指向"某物"，因为它能够给予"享乐沉溺"以新的意义。换言之，享乐是对"某物"的固着：享乐不仅仅是"脏物"（dirty）——不被纳入资本社会清洁规划的污点，如那些沉迷游戏的孩子；不仅仅是"抵抗"——如费斯克所说的那些牛仔裤上的破损，拒绝的是中产阶级服饰所代表的道德律令；更不单纯是"躺平"——对于宰制性力量的"冷漠"。享乐事实上乃是不可化约的矛盾爆发的时刻，它将自身构造为"某物"：多种截然不同的对立性力量被关闭在身体之中的节点；以安静的方式凸显矛盾的"否定性"；在身体层面上打造否定性客体；令享乐者变成了"某物"或者体验了"某物"；令元宇宙叙事中积极扮演创造性角色的"漫游者"不再进入现代社会总体意义规划而"存活"。简言之，元宇宙叙事之革命性，乃在于它隐藏着创生不可能性的现实——"某物"之可能性。

（原载《探索与争鸣》2021 年第 12 期）

播客：声音里的情感共同体

许苗苗

播客是在线音频的一种，即由网民自制发布的网络广播。它对应的英文单词"Podcast"来自苹果公司对其音频播放器（iPod）和传统广播（broadcast）的技术组合。[①]在汉语语境里，播客的意思有很大不同，它既指音频节目，也指录制节目的人。播客与博客、拍客、闪客等词语出现于相近时期，迄今已有十余年"网龄"。然而，比起几个同辈，它的知名度却低得多。2012年，苹果正式以"播客"命名中文系统的"Podcast"功能，为此前分散在网页上零散的个人广播提供统一平台，其基于播放数、完播率、下载量等数据的精选榜单也成为评价播客的重要依据。随着智能手机的普及，一大批国产音频平台在2013年左右建立起来，为扩充内容，这些商业性应用向自媒体人敞开大门，播客借此机会登上更加广阔的舞台。

如今的中文自制播客以群聊和对谈形式为主，虽然话题大多是一些"有趣而无用的知识"，但胜在轻快生动。那诙谐幽默、温暖动人的词句，突破听觉单一的维度，演变为可见、可触的通感。借助手机之类新媒体的传播，个人化的口语在播客里带上公共性，成为新媒介口语。主播和听友在相互沟通、彼此参与、携手生产的氛围中，构建声音里的情感共同体。

---

① 参见肖文杰《中文播客的进化之路》，引自公众号"第一财经YiMagazine"，2019年5月30日，https://mp.weixin.qq.com/s/ETUJBB-IgdNo3MS22aqWgw。

一、议题趋同与个性化讲述策略

大众文化常见议题趋同，但这一趋势在原本就不大的播客圈中却分外突出。如"元宵说吃""中元讲鬼"之类是一年一度的选择；《流浪地球》与国产科幻、"乐队的夏天"和摇滚综艺，则是当季话题焦点。2019年4—5月，打开苹果播客列表，你会惊讶地发现其中足有70余部以"复仇者联盟4"为题的单集。这些音频并不是跟风点赞的闲言碎语，相反，它们多半由知名播客精心制作，时长往往超过一个小时，且在好几周之后依然牢牢占据精选榜单前列。

"复仇者联盟"（也称"复联"）是由美国漫威公司旗下漫画改编的系列电影，讲述"漫威宇宙"中身负异能的"复联三巨头"美国队长、钢铁侠、雷神带领众多超级英雄伙伴，联手对战外星邪恶势力、拯救亿万生灵的故事。由于其话题性、商业性和超高人气，该系列电影备受媒体眷顾。在当今信息过载的环境中，调动受众的主动注意力越发重要，报纸电视用议程设置看点，云计算借数据推送消息，社交应用通过关系亲疏构筑话题分层的朋友圈。而以声音为传播手段的广播，则在视觉感官能力方面"先天不足"，既不可能用文字聚拢"标题党"，也不可能在图像里夹杂"软植入"。播客作为网络广播，弱势更明显，它缺少传统广播电台那种象征意义的权威，不可能迫使受众凝神静听。人们听播客常常并不专注，多半在运动、开车时或者睡前进行，因此，播客必须以仅有的声音元素抓住听众涣散的注意力，利用偶尔听到的言语碎片传递最大的信息量。既然无法屏蔽环境杂音，它就选择公众熟悉的话题作为钓饵，以众口一词的议论对象为倾听者预置知识准备，同时借助主播灵活的口语魅力，吸引听友自发跟随。

2019年春夏，诸多播客的关注点不约而同投向"复仇者联盟"。作为最热门的文化现象之一，"复联"进入诸多录音室并非偶然：其集锦式的议题涵盖炫酷科技、时尚消费、当红明星和热门金曲，为播客提供了延宕生发的机会。播客之间不回避相似的选题：针对同一现象展开各具特色的声音表演，即同源异质的讲述，正是其独特策略。"复仇者联盟"话题虽然趋同，但它知名度高、理解难度低，即便当作背景音，也能让听友在三言两语之间抓住重点、跟上进度，最大限度地赢得听觉注意力。另外，"漫威"和"复联"已从漫画电影转换为流行文化的"宇宙"，播客们可以尽情拣选化用、各取所需。难怪已经做过20多期"漫威"相关节目的播客"黑水公园"，依然信心十足地为《复仇者联盟4》安排出两期时长。熟悉听友品位的主播对话题有充分把握，知道"聊过的可以再聊"。[1]

仔细听不难发现，这些播客虽然话题趋同，叙事风格却各有千秋，他们并不只是将相近的信息告诉耳朵，还用活灵活现的言语把神态各异的形象带到听友眼前，让人们感触到细致微妙的情感温度，甚至在听友间构造心灵通感。高度依附于主播的个体化口语，构成播客独特的声音表现力。围绕"复仇者联盟"的诸多讨论，就是播客同源异质讲述策略的集中体现。

《复仇者联盟4》上映前一周，播客"黑水公园"即以"漫长的告别：复仇者联盟4"为题，拉开讨论序幕。主播金花擅长讲故事，他首先回顾"复仇者联盟三巨头"各自的成长经历，"总复习"后又带听友预测终局剧情，并在一周后的《再见了，〈复仇者联盟4：终局之战〉》中检阅预测结果。"黑水公园"主播将电影中的包袱一一对位解密，揭示出《复仇者联盟》系列7年间4部独立影片的前后勾连，把零散的镜头连缀成宏大神奇的"漫威宇宙"。"复仇者联盟"本就老少皆宜，"黑水公园"的解读更没什么特殊"技术含量"：预测剧情就是反复看片花，判断人物性格则依原著脉络——和大多数剧迷毫无两样。尽管办法笨拙、观点也不稀奇，但与普通人知识水平贴近的讲述者特别容易让倾听者产生代入感。因此，当主播在趋同的公众话题中谈论独特的个人经验时，他们一次次的疑问、解释和重复使模糊的线索变得清晰，复杂的内容变得浅

---

[1] 本文播客网址均选自苹果播客，也可在喜马拉雅、荔枝、网易云等声音平台查询。"黑水公园"谈论"复仇者联盟"内容，均出自《漫长的告别：复仇者联盟4》，2019年4月19日，https://podcasts.apple.com/cn/podcast/ 黑水公园 /id1078007055；《再见了，〈复仇者联盟4：终局之战〉》，2019年4月26日，https://podcasts.apple.com/cn/podcast/ 黑水公园 /id1078007055。

白。哪怕再高深玄妙的道理，也能在"黑水公园"的津津乐道中降低难度，令人乐此不疲。

老牌播客"三好坏男孩"成立6年，200多期节目都从忆旧展开——4个光鲜体面的中年"社会人"，在录音室里变成白球鞋、蓝校服的中学生，用喁喁的低语倾泻听友来信中的倾心、失落与人情冷暖。在《那些我们丢掉的超能力》①里，几位主播分别代入"复仇者联盟"角色忆旧——像雷神一样天生神力，挑衅老爸百战百胜；学会红女巫幻术后，干坏事连老师都看不见……成年慢慢到来，儿时百思不解的谜题豁然开朗，世界却就此索然无味。主播大肠说："过了30岁才知道自己庸碌无为，我甚至忘记拥有超能力的事实。直到这几天看完《复联4》才如梦初醒，那些丢掉的超能力，我好想你们！"整部节目谈电影不足5分钟，却施展"回忆杀"，带听友重返童年亲情浓郁的小窝。对听友来说，无论头戴耳机还是外放声音，听播客都是一种孤单的沉浸，在这个世界里，只有主播的声音贴身相随最亲近。那些匿名投稿的讲述者，期望与共同倾听者抱团取暖，因此，温暖是怀旧类播客的声音特色。主播同情的唏嘘和宽慰的开解，传递共通的人情冷暖。无形的声音又远、又近、又安全，就像一双看不见的手，穿透世事喧嚣，把一个人的体温轻轻传到另一个人的心上。

在播客中，轻松煽情者居多，但冷峻忧郁甚至"中二蠢萌"②等也不罕见。围绕"复仇者联盟"的声音混响罗列出性格、眼界和专业性的差异：《复仇者联盟4》首映当天凌晨，播客"硬核电台"便响了起来，受邀参加全球首映"宠粉专场"的两位主播一出影院就迫不及待地在车里录制《194.复仇者联盟4观后：光明正大来剧透》。③

突破单一声音维度的播客开放而丰富，在流行文化中左右逢源，这正是由

---

① 本文"三好坏男孩"谈论"复仇者联盟"内容出自《那些我们丢掉的超能力》，2019年4月29日，https://podcasts.apple.com/cn/podcast/ 三好乱弹 - 那些我们丢掉的超能力 /id703350893?i=1000436788173。
② 中二蠢萌：中二是源于日语的网络流行语，指像中学二年级学生那样叛逆、自我、容易冲动。蠢萌也是近年来的网络流行语，指傻呆呆又带着孩子气的可爱。
③ 硬核电台：《194.复仇者联盟4观后：光明正大来剧透》，2019年4月23日，https://podcasts.apple.com/cn/podcast/194- 复仇者联盟4观后 - 光明正大来剧透 /id1178583723?i=1000436210355。

于其话题要么出自日常熟知领域,要么撷取大众流行热点。作为当下热门现象之一,"复仇者联盟"因漫画的持续连载、当红明星的曝光宣传、系列电影将近十年的故事编织等优势,已不只是一部电影,而是内蕴丰富的流行文化数据库。播客由此引发话题,扩容声音,从听觉进入观看领域,承载起展示个人品位、勾勒身份层级、传达情感抚慰的多重任务。在声波起伏之间,播客构造起言语和知觉的通感。

二、多重语境中的个体互动

"复仇者联盟"在播客里高频率出现,是由于它的超高人气和知名度。这种名声宛如热帖的"10万+"标签或小视频中的"网红脸"一样,能在听觉之外,调动联想、议论和转发。在收听有关"复仇者联盟"之类的播客前,听友就已经浸没在海量画面和讨论中,议题越趋同,听友前期感官准备就越充分,越容易产生联想,能够以生动的情感共鸣和具体的形象细节完善单一的声音。显然,播客离不开孕育它的语境。声音的专有性和互联网的分享性,造就了播客开放对话、相互参与的情景语境;智能终端和多进程并行的应用,为播客提供可拓展的媒介语境;而网民多角度、全方位的应援则构成了播客聚集能量的粉丝文化语境。

口语的交流效果在很大程度上取决于说话时的情景,主播交谈对话中的沟通和互动构成播客的情景语境。声音因人而异,多个主播客串对谈时,对同一话题的不同表达更能彰显个体无可替代的魅力。许多播客节目都是集体智慧的产物。"1983毁三观"和"一番调贫"自称官配友台,主播不仅常替对方打广告,还不时去对方节目客串发声"秀恩爱"。"日谈公园"和"跟宇宙结婚"长期共享两名主播,甚至不惜将同一专题分成上下部分别播出,为对方拉人气。"黑水公园"交际面极广,主播金花去别家"串门聊天"已成常态;"套瓷FM"爆料《黑水公园的秘密》,"别的电波"海侃《金花宇宙》,新节目《奇妙电台》

里也有一期《和黑水公园金花一起聊〈黑镜〉》。好的播客让人从头笑到尾，搞笑程度类似相声。但主播们的机智表现在节目中彼此帮衬、解围和圆场，与相声捧逗间以"砸挂"显示灵活应变的能力根本不同。播客没有固定程式，是每个人鲜活的声音赋予其鲜活的表现力，因此，不同主播谈论同样的话题时，不会担忧自己的光彩被别人遮蔽。作为与互联网共生的一代人，播客们深谙分享的可贵。对他们来说，分享就是拓展，他们以对话在节目里重现朋友聊天般亲切的社交情景，为播客整体营造细节丰富、情谊深厚的氛围。

传播技术的快速发展和个人终端的私有性质，为播客搭建起层次多样的媒介语境。麦克卢汉把媒介看作人的延伸：眼睛、耳朵、嘴巴、手脚……不同媒介应用各尽所能，无限增强各个独立感官。而我们可以将如今多任务并行的联网智能媒介，比作人类的中枢神经，它同时调动多重感官。在网上，同一个主题既能看也能听，能自录卡拉OK，也能阅读和写作同人文，甚至还能换脸把自己"P"进主角的怀抱中。在谈论"复仇者联盟"的播客周围，关注这一话题的听友不是那些买票进影院、远距离端坐的观影群体，而是二刷、三刷的深度爱好者。他们看的不仅仅是电影，还是视频、头像和表情包，他们停顿看、放大看、反复看。他们是兴趣各异的零散个人。所以，一旦播客开始谈"复仇者联盟"，这些听友也自然脑补出形态各异的细节和亮点。对各类新媒介程序的使用经验，在网民这里表现为声音、色彩和行动的联动共通：叮咚一声是新到邮件、屏幕狂闪是QQ召唤，嫩绿色是微信、粉红色是美颜，而紫底搭配白色叹号就是听播客聊天。新技术以数码形式的思想和全息投影的人物形象，降维简化三维世界。互联网融合超级大脑的通感，头像、声音、颜文字则移情为真实人格的外显。浸没在网络环境中的新技术居民，不介意将媒介构造的虚幻景观，等同于真实世界予以接受。这就是播客置身其中的媒介语境，也是数字化世界认识论的哲学基础。

网络文化与口语文化、印刷文化的不同之处，在于公众参与的创造性活力。听友对播客的多方应援就体现在这种创造性活力之上。他们用外部资源充实播客，用付费打赏来供养播客，用组织和参与活动使播客成长"出圈"，为播客构造起前后照应、上下关联的粉丝文化语境。

一部大众文化作品在网上收获的点赞、P图、弹幕越多，就越容易成为播客选题，这是因为各抒己见的网络话语为播客提供了庞大的外部叙事资源。当粉丝们在网上增删故事情节、篡改人物结局的时候，他们的行动类似美国学者詹金斯所谓的"文本盗猎"。"文本盗猎"指粉丝"洗劫大众文化，从中攫取可运用的资源，并在此基础上二次创作，作为自己的文化创作与社会交流的一部分"①，包括"挪用或混剪流行文化，以此为基础，创造出同人小说、视频、角色扮演和音乐"②。网民的"盗猎"为播客提供多样的评述角度，播客用声音归纳、筛选网络意见，对原作集中表态，成为粉丝"盗猎"的代理。"黑水公园"主播多次向提供视频种子、翻译外网消息的网友表示感谢，承认侃侃而谈、无所不知的"金花老师"少不了听友留言的支持；"三好坏男孩"在微信公众号上征稿，鼓励"说出你或身边朋友的故事，让经历打败圈套"；"日谈公园"时常发布微博调研，用听友票选歌曲配合阶段性单集的主题。部分人的献声形成示范，吸引更多人投入。"黑水公园"的15个听友群里，每天更新信息上千条；"大内密探"微博粉丝已超过14万人……网络广播用日常话题发出邀请，延时互动让听友从不同时点介入其中。听友需要谈论喜爱的话题，播客需要群体的生产力，每一期播客节目，都是双方互为代理、各取所需的成果。

听友对播客的支援不仅限于订阅、收听和点赞，也有打赏、付费、寄礼物的实质性回馈。金钱并不亵渎情感——对于这些免费下载的播客来说，"嘘寒问暖不如打笔巨款"。在有些主播常驻的听友群里，网民热衷发红包。"三观听友群"早上有叫醒包、深夜有晚安包、生病烦躁时还有安慰包；"5.20"（我爱你）、"1.20"（一块儿"二"）之类则以金额的数字谐音作为即时的调侃和表白；

---

① ［美］亨利·詹金斯：《文本盗猎者：电视粉丝与参与式文化》，郑熙青译，北京大学出版社2016年版，第17页。
② 张琳：《〈文本盗猎者〉在中国：亨利·詹金斯采访》，引自［美］亨利·詹金斯《文本盗猎者：电视粉丝与参与式文化》，郑熙青译，北京大学出版社2016年版，第7页。

每次新节目上线，群里更下起"红包雨"，"感谢包""慰劳包""庆更包"接踵而来。听友"赞赏"播客的微信公众号，或者在微店购物、捐款等，也十分常见。"三好坏男孩"微店里，以"真爱捐""双飞捐"命名金额不等的捐助。付费额度定义亲密关系，听友按下支付键，就能与"真爱"的主播们比翼双飞。《跟宇宙结婚》每期节目之后，都会按照公众号赞赏金额的高低顺序念出打赏听友的名字，颁发"大红花"以示嘉奖。虽然对于自媒体来说，确实稍有不慎就会掉粉，导致很多播客不敢尝试内容收费，但随着"用金钱说爱"日益被网民接受，为内容买单也变成"铁粉"身份的见证。"黑水公园"在"荔枝FM"上第一期付费节目收获18.1万销量，"三好私房课"最高播放量超过12万，这些播放数据都远超两档播客在付费平台上的粉丝数量。这是因为，平时听友们使用习惯各不相同，"苹果播客""网易云""喜马拉雅"等分散着收听数据。而一旦播客在某个新平台推出新节目，听友们就会主动聚集起来壮声势，不仅慷慨解囊，有时还重复购买、分发转赠，刷榜助威的表态性质远远大于收听行为本身。忠实的听友们乐于以经济援助激励内容生产者，让喜爱的主播了却后顾之忧。这种为"真爱"付出真金白银，以网络支付把情感强度变现，保障原创作者长期投入的做法，是粉丝们在"用爱发电"。

在对播客的共同喜爱中，零散的听者越走越近，他们集体行动，为播客跨界出圈、从虚拟步入现实做好接应。"黑水公园"每次讲完一部电影，都会有大批带"黑水"关键字的弹幕，在哔哩哔哩（B站）刷屏。不甘寂寞的听友自发组织"黑水霸屏计划"，表达对播客的感想。"机核Gadio"最初是"一帮喜欢玩游戏的程序员朋友想分享下自己对游戏文化的看法，就做了个电台玩"[①]，如今却在网友支持下，变成包括网页、小程序和五档音频的综合游戏媒体品牌。他们每年一度的嘉年华"核聚变"活动，更把声音世界的听友变成线下游戏的搭档。类似行为看似是网友个体的激情爆发，实际却是对群体号召力的回

---

① Mihawk：《机核网，将一个游戏故事好好说给你听》，2016年1月15日，https://36kr.com/p/5042286。

应。播客中的听与说虽然不同步,但听播客的人们却在微博、微信和更多网络技术的全方位支援下,以反馈参与生产,共同营造立体的文化氛围。

在对不同播客同一话题的比较之间,在交流分享、技术协助和粉丝应援的多重语境中,听友兴趣得到最大满足,播客也因而具备以兴趣为核心的吸引力,挣脱媒介形态控制。它不再是单向发声、诉诸听觉的"自媒体",而成为话题不断、兴趣先导的交互式"群媒体",成为由声音聚合的群媒体文化场域。

三、新媒介口语的传承与拓展

被称为网络广播的播客,其初始技术构想是将广播节目放到网络和手机上,在数字世界延续广播的生命。但实际的播客却与广播相去甚远,它运用的既不是广播之类电子媒介的"次生口语",也不是自然对话的"原生口语",而是一种将制作者和倾听者整合起来的新媒介口语。

播客借助电子媒体传播声音,却不同于广播,因此,也就与沃尔特·翁在《口语文化与书面文化:语词的技术化》一书中描绘的次生口语不同。在翁看来,次生口语是"文字和印刷术的产物,且依靠文字和印刷术"[1],这孕育出独特的播音腔——以文字稿为中心,预先安排事件的叙述次序和语调的轻重缓急,通过隔绝噪声、背景声效和事先排练,突出声音的特异感、重要性,使节目效果完美。播音员是专业声音生产的一个步骤,必须观点明确、叙述清晰,不允许像真人一样犹豫、结巴、读错字。播音员和听众之间存在一种绝对的距离,这种距离由事先写就的播音稿制造。文字"使言语产出的结果更加精确,因为文字使言语脱离口头表达丰富但混乱的生存语境"[2]。而播客口语则恰恰是"丰富但混乱"的,他们虽然也会提前准备提纲,但谈话聊天却不打底稿,采

---

[1] [美]沃尔特·翁:《口语文化与书面文化:语词的技术化》,何道宽译,北京大学出版社2008年版,第133页。
[2] [美]沃尔特·翁:《口语文化与书面文化:语词的技术化》,何道宽译,北京大学出版社2008年版,第79页。

用即时应对、充分体现个人性格的口语。

在言说目的和对象方面，播客与广播也有所不同。作为最早的电子信息传媒之一，广播曾被用作大众化的宣传工具，甚至可以成为批判、威慑、恐吓的武器。播音员语言斩钉截铁、理直气壮，但表达的观点是机制剪裁的产物，与发声者无关。播客的语言却是自己的想法，当然也掺杂着网民的声音。每一次新媒介的普及，都会吸引新的群体参与信息生产，而广泛人群的参与则改变以往精英垄断的品位，把高深玄妙变得俚俗浅白。网络公众人人都想跨界言说，虽然引用普通知识，传递的却是独到视角，表述各自心中专属的世界。在"黑水公园"节目里，主播们曾用动漫附会《论语》名句、用《孙子兵法》指挥宇宙战争，虽然与权威解释相去甚远，却流露出借助新媒介优势，在声音领域开辟新空间的企图。播客不是意见领袖，也没有专家赋权，他们只是想发言。虽然有时偏颇、有时犯错，但"别深究，连专家讲的都不一样，没准儿多想想也会觉得我说的有点道理"①。遭遇反对时，播客宁可沉默也不论辩，作为浸淫于网络的媒体人，他们承认不同个体间知识的差异和局限，也不想被低成本骂战的键盘侠纠缠。他们坚持的不是某个观点，而是发声这件事本身。借助播客新媒介，新的知识群体试图获取打破既定格局、争取新文化资本的契机。广播向广泛的大众播音，其"次生口语文化产生的群体比原生口语文化产生的群体大得多"②；而播客无法像广播那样实现"对听觉的'霸占'或者'盗用'"③，甚至都还不算"大众传媒"，他们只是向"三观和我们一样"④的自己人说话。因此，播客口语与广播等电子媒体的次生口语并不相同。

播客口语对原生口语表达手段的沿用使二者十分相似。沃尔特·翁曾以《荷马史诗》为例揭示原生口语的秘密：古代说书人之所以能将鸿篇巨制娓娓

---

① 黑水公园：《漫长的告别：复仇者联盟4》，2019年4月19日，https://podcasts.apple.com/cn/podcast/黑水公园/id1078007055。
② [美]沃尔特·翁：《口语文化与书面文化：语词的技术化》，何道宽译，北京大学出版社2008年版，第104页。
③ 周志强：《声音与"听觉中心主义"——三种声音景观的文化政治》，《文艺研究》2017年第11期。
④ 引自"1983毁三观"播客片头语："三观正？什么是三观正啊？""就是三观和我们一样呗！"

道来，并不是拥有超人的记忆，而是借助大量固化的套语、陈词、格言警句，把重要信息聚合在一起并不断重复。[①] 无独有偶，非洲部落口述史传承人的讲述也具有句子长短对称、错落有致的特色，反映出节奏和迂回对口语传播的重要性。[②] 今天，网络时代的播客与讲故事大师一脉相承，只不过他们的语料往往来自网络，例如"尴尬又不失礼貌的微笑""我常常因为贫穷感到跟你们格格不入"[③] 等。这些网络流行语，你可能在微博里刷到过，在朋友圈转发过，甚至在微信自定义表情里添加过。它们在网络聊天中诞生，在网络传播中存活，经无数人的修改和挪用变得越来越朗朗上口，并成为群体记忆和认同的线索。播客对它们的运用正是其与原生口语的差异所在。当听友的耳朵捕捉到网络热词时，不仅可能跟读重复，还会联想起相应的颜文字。[④] 这种联想和记忆线使播客不再是自说自话的私人口语，他们的每一个词都指向网络听众最熟悉的表意链系统。而这一表意链对于网络生态之外的人来说，却是断裂不知所云的。在口语中，重叠的段落加强重点，缓慢的节奏容纳记忆，格律、比兴和冗余信息使之获得歌唱般的韵律。这些传统口语传播的技巧通过播客复兴，并获得网络语料新血的滋养。

作为面向公众的媒体，播客必须面对听友选择。不是每个能聊天的人都能当主播，"保持日更的一年时间里，身边能担任主讲人的朋友已经消耗了大半"[⑤]。如今当红的"三好坏男孩"主播小明，曾令朋友们颇费脑筋，因为他

---

① 参见 [美] 沃尔特·翁《口语文化与书面文化：语词的技术化》，何道宽译，北京大学出版社 2008 年版，第 25—27 页。
② Keyan G. Tomaselli, "Orality, Rhythmography and Visual Representation", *Visual Anthropology*, Vol. 9, No. 2,1997,pp.93—116.
③ "尴尬又不失礼貌的微笑""我常常因为贫穷感到跟你们格格不入"，均为网络表情包配图常用语。
④ 颜文字一词源自日语，即网络聊天使用的图标与文字的结合体，是网络交流的次文化与萌元素之一。参考萌娘百科颜文字词 https://zh.moegirl.org/%E9%A2%9C%E6%96%87%E5%AD%97，搜索时间 2020 年 1 月 12 日，引用时有删节。
⑤ 播客头条：《7亿人都在听的"独立电台"，播客营销潜力有多大？》，2019 年 3 月 31 日，https://www.jianshu.com/p/617319e37944。

"虽然能说能侃,但聊着聊着就下三路"①,常常忘掉手机终端还有诸多听众。在线听友可能分辨不清各位主播的容貌,但他们对声音的态度却爱憎分明。"日谈公园"的 Hoocky 一口"台湾腔"又软又甜,成为这档男性节目里唯一常驻的女性声音;"日谈看世界"的史里芬原本只是赞助方的代表,却因贱里带萌的腔调颇有异性缘而被强留下来为女听友们"发福利";"黑水怪谈"热心听众铁探长声音嘶哑紧张,却彰显了灵异内容的恐怖效果,就此被发掘成栏目主持。各具特色的口语使身份不同、经历各异的嘉宾变成播客,受众对声音和表达方式的选择偏好,为播客口语增添了公共性。

在播客中,不仅有人声、配乐和节目音效,有时还夹杂监管噪声。作为没有受过专业训练的主持人,主播的口语往往缺乏节制,有时离话筒太远,有时呼吸声太重,聊得忘形时还可能飙出脏话。"三好坏男孩"里坦白的私密性体验,"1983 毁三观"对娱乐圈指名道姓的奚落和挖苦,都是不宜出现在大众媒体中的声音。早在苹果"Podcast"中国区刚成立时便获评最佳播客和最佳新播客的"坏蛋调频",同时也因传出明显的吸烟声和脏话而成为第一个被打"脏标"的播客。②如今,后期剪辑帮大多数播客删除或掩盖了不恰当的词汇,但编辑软件刺耳的"哔哔"声夹杂在播客放松的口语中,却像一种强调和提醒,使原本随意的口头禅成为刻意冒犯。即便在播出的节目中,人们也会不时听到压低的询问"这能不能说啊?""没事我一会儿把它哔掉!"③

口传时代,人们围在市集中心听行游诗人吟唱英雄传奇;电子时代,人们听播音员准点播报重大消息;而随着声音传播媒介的更新和多样,播客里的声音已不再是单向的声波,也不是面对面的口语。它汲取网络用语、掺杂监管噪声,突破声音序列,是身体与网络媒介共同构造的新媒介口语。

---

① 三好坏男孩:《江湖越老,朋友越少》,2019 年 7 月 28 日,https://podcasts.apple.com/cn/podcast/ 三好乱弹 - 江湖越老 - 朋友越少 - 老魏 /id703350893?i=1000445489367。
② 参见刘鑫:《中国播客人:再过十年才有商业模式》,原载微信公众号"壹娱观察"(ID:yiyuguancha),转自 https://36kr.com/p/5165839,2018 年 12 月 7 日。
③ 三好坏男孩:《三好人生——在工体开夜店是种怎样的体验》,2017 年 4 月 19 日,https://podcasts.apple.com/cn/podcast/ 三好人生 - 在工体开夜店是种怎样的体验 /id703350893?i=1000384551751。

四、情感共同体的生成

播客所营造的语境使新媒介口语有特殊的亲和力,这种亲和力一方面源于主播和听友之间形成的情感联系;另一方面又得益于公共传播广泛的感染力。由此,播客将一对一的亲密情感辐射扩散,变成更宽广厚实的集体情感酿造。

播客调动情感共鸣的能力来源于自身口语塑造的形象。这一形象不仅限于声音唤起的通感,也指由亲和力和号召力带来的播客自身的人格化形象。人们听播客并不是捕捉外在的抽象声音,而像是在听熟悉的老朋友聊天。"他"不是专门团队打造的"完美偶像",只是一个你需要时就出现在身边的熟人。听他讲话,可能学不到什么有用知识,却不会像听"罗辑思维"时一样自我逼迫,也不会像钻研"名校公开课"时那样唯恐掉队。播客的情感魅力就在于朋友般的轻松,所以亲切有趣才是关键。浸淫于网络生活的人,习惯将在线身份等同于真实个性,因而也更容易接纳虚拟伙伴。播客取消了口语面对面的即时互动,却依然具备口语交谈的亲密感,它是听友之间彼此认同的归属,所以,做播客不光找到了喜欢的东西,其实也找到了喜欢你做的东西的人。[①] 以播客为中心,那些为之投入、受其感染的群体,就是播客构建的情感共同体。

有人声称,随着互联网的兴起,社会日趋原子化。人与电脑、手机寸步不离,却畏惧面对面交谈。实际上,这也许意味着媒介变化带来的交往方式更新。媒介构建场景,新媒介和新场景引发新的行为方式,群体身份的形成基于"共享但特殊"的信息系统。[②] 如今,越来越多的人经由网络获取归属感,借智能终端将个体嵌入群体。媒介不仅缩紧了空间距离,也改变了人际关系

[①] 参见刘鑫《中国播客人:再过十年才有商业模式》,原载微信会众号"壹娱观察"(ID: yiyuguancha),转自 https://36kr.com/p/5165839,2018 年 12 月 7 日。
[②] 参见[美]约书亚·梅罗维茨《消失的地域:电子媒介对社会行为的影响》,肖志军译,清华大学出版社 2002 年版,第一部分、第三部分。

和社交模式。从乡村大喇叭到迷你随身听，声音媒介在转变；从波形图到比特值，声音形象在转变；从大众传播到定向推送，倾听方式在转变。人们通过智能手机、蓝牙耳机听播客时，将遥远的主播以及其他收听者带向贴身距离，营造起肉身缺席、情感在场的新式社交。播客和播客之间、播客与听友之间，是一种温情脉脉、随身陪伴的氛围，听友们期待熟悉的声音在固定时间响起，就好像期待老朋友如约而至。一次套瓷FM因故延迟12小时，凌晨3点新节目刚刚上线，粉丝留言就立即出现——原来有人一直在焦急地等待和惦念。"他们都知道更新时间，就等着你发。"[1] 越是受欢迎的播客，被"催更"的压力就越大。对倾听者来说，主播面貌如何不重要，但脸颊边亲密的声音却不能改变。播客是提供安全感的情感陪伴，稳定的播出规律意味着稳定的情感联系，所以才会有那么多人追求第一时间收听。在这种对虚拟朋友的情感依赖中，播客关系升华为基于媒体技术体验的情感关系，情感让空间离散的人彼此更紧密。

"一个人向听众说话时，听讲的人一般就成为一个整体，不仅自己觉得是一个整体，而且和说话人也结为一个整体。"[2] 播客具备"新新媒介"第一要义，即每个消费者都是生产者。[3] 听友分头贡献、集体创作，主播独立拣选、以个人声音呈现，在这一自发组织衔接的流程中，播客成为集体产物。不同的声音经由口语构成不同声部，语气、腔调、象声词以及语义的故意曲解和外部话题的插入借用等，都使播客从个人的声音变成一群人的复调和声。由此，播客才从制作者的声音产品变成"人"，变成听与说的群体共同培育的对象。

虽然面向公众，播客却并非完全敞开。听播客是一种情感认同，听友将主

---

[1] 刘鑫：《中国播客人：再过十年才有商业模式》，原载微信公众号"壹娱观察"（ID:yiyuguancha），转自 https://36kr.com/p/5165839, 2018年12月7日。
[2] [美] 沃尔特·翁：《口语文化与书面文化：语词的技术化》，何道宽译，北京大学出版社2008年版，第56页。
[3] 参见 [美] 保罗·莱文森《新新媒介：第2版》，何道宽译，复旦大学出版社2014年版，第5页。

播看作自己人。但播客的情感共同体却也并不总是其乐融融。面对盗版牟利者，他们义愤填膺；面对边缘话题的监管，他们相互开脱；面对喜爱的文化形式，则是义不容辞、各尽所能。同仇敌忾的氛围凸显了口语自身"参与的神秘性、社群感的养成和专注当下一刻"[①]等特点，听友与主播凭借独特的语言结成秘密同盟，例如"日谈公园"自称"English No Good"，以带有地方口音和语法错误的句子将自嘲和暗号连接在一起；《跟宇宙结婚》用"大牲"这样略带欺侮意味的词语指称听友，实际传递的却是不见外的亲昵。对新听友或不熟悉网络、二次元文化的人来说，这些说法无异于黑话和切口，以语言构筑群体边界，屏蔽"非我族类"的入侵。

马尔库塞在《单向度的人：发达工业社会意识形态研究》一书中，认为缩略语、组合词等，遮蔽了词语背后复杂的生成语境和社会含义，造成话语领域的封闭，是单向度思想的语言。然而，他所面对的缩略语和新词语是在社会交流系统中自上而下生产的，播客的新媒介口语却并非如此，它们来自大众，是新的民间语言。因此，这些缩略和新词恰恰能够"带着尖刻而轻慢的幽默来攻击官方和半官方话语"，在播客口中，"俗语和俚语很少像现在这样有创造力"[②]，它们在自身时尚、幽默、亚文化身份等标签之外，携带反讽特质和抵抗意味。播客中的语言不断生长，听友在时间线上为其增加平行维度，这种不断变动和生成，使文本研究无法以播客语言为对象，只有真正的倾听和使用者才能掌握。

借由声音的分享，一个新的共同体在播客中显现：它的情感对象和出发点即新型口语塑造的人格化播客形象。播客是看不见的朋友，它风趣、博学又时尚，它和你、你们之间，用心知肚明的小秘密彼此甄别：用排他的行话和切口，划定边界；通过新媒介口语的生产搭建起半封闭的文化圈。这个情感共同

---

① [美]沃尔特·翁：《口语文化与书面文化：语词的技术化》，何道宽译，北京大学出版社2008年版，第103页。
② [美]赫伯特·马尔库塞：《单向度的人：发达工业社会意识形态研究》，刘继译，上海译文出版社2014年版，第74页。

体的能量来自互联网上无限的互文空间和连续蔓延的时间；而维系关系的手段，则是越来越难与人体分离的智能终端无孔不入的陪伴。

［原载《首都师范大学学报（社会科学版）》2021年第3期］

数字化参与：虚拟空间中的公共艺术

潘鹏程

在后工业时代，数字技术的普遍应用必然导向日常生活的虚实难分。这意味着数字形态的存在，与物理世界的交互随处可见。也就是说，数字技术有力地重塑了现实，改变了人类个体对世界的感知。有学者总结道："数字化媒介的出现，使人类进入网络时代，世界变成地球村，人变成实在世界与虚拟世界的两栖动物，并被置于人—机共存与对抗的崭新现实中。"[①] 因此，对虚拟公共空间的发现与发掘，是当代艺术不可忽视的面向。

事实上，虚拟公共空间的生长并不难以察觉。例如，以社交软件为枢纽的虚拟行为，沉积、分发、生成了海量的信息，每一普通个体都自觉、不自觉地卷入其中。因此，与物理意义上的公共空间类似，基于互联网技术的虚拟公共空间，同样是意见交换与意义生发的重要场域，公共艺术在虚拟空间中的出现，也就有了必需的基础与必要的价值。

2020年疫情的出现与蔓延，使得虚拟公共空间的价值被充分重视。人们开始习惯在线上学习、办公以及娱乐。数字技术从增强现实，转而成为维系社会的重要资源。

---

① 唐小林:《符号叙述学视野与人类社会演进》,《符号与传媒》2020 年第 1 期。

一、媒介特性与新交流状态的生成

场域是当代艺术的关注重点之一，在此意义上，一件艺术作品必然与特定语境有关，即其创作与解读都变得依赖场域（Site-dependent）。把目光转向虚拟公共空间，不可忽视的是它基于全球数字网络生成，具有相当程度的匿名性，与传统公共空间的特殊性形成鲜明对比。因此，必须要追问的是，与实在世界中的创作相比，虚拟公共空间内的艺术创作，与空间以及观众之间的关系发生了何种改变，以及它以何种方式提示了空间本身的特性。

麓湖·A4美术馆组织的"艺术家隔离日志"（60 Days of Lockdown）可被视为利用虚拟公共空间进行艺术创作与展览的有效尝试。该项目首先在整体上，对信息网络本身有所回应。贯穿该项目的一个关键词是"社交距离"（social distance），与之对应的则是疫情之下艺术家被迫搁置创作计划、居家隔离的状态。依托于互联网的跨地域特性，背景各异的艺术家在项目中寻找到集体的归属，通过数字信息的流动，打破了彻底的居家隔离状态。应当说，该项目在此意义上，构建出了一个新的共同体。

虚拟公共空间内，共同体的活动与物理世界中的最大区别在于，对特定主题表示关切的同时，其私人目的与表达并不会被淹没。换句话说，艺术家在参与共同话题的同时，被赋予了充分的自主权。他们可以用任何自己喜欢的方式去进行讨论，在此，个体与集体之间的结合是富有弹性的。

这是由于虚拟公共空间本身并不是线性和单向度的，它恰恰具有始终处于变动与双向互动中的不稳定结构。在"艺术家隔离日志"于哔哩哔哩上的播放页面可以发现，它采用了"分P"的形式进行呈现。这意味着，观众完全可以按照自己的偏好自由地选择观看的内容与观看的顺序。于是，艺术家的表达也就获得了独立的空间。因此，在最终的呈现上，该项目保留了不同艺术家迥异的风格。

例如，在《疫情中的日常生活》中，伊扎贝拉·尚齐克（Izabela Chamczyk）

以视频的方式呈现身体的行为，用从有序到失控的混乱象征疫情之下的现实生活。而同样是对身体行为的记录，克劳迪娅·瓦斯奎兹·戈麦斯（Claudia Vásquez Gómez）在《移动时间》里则更加冷峻地对时间与独处进行了探讨，视频的景别更远，风格也更加沉稳。在线性空间中，需要依照动线对艺术作品进行处理。但在非线性的虚拟公共空间中，无须同时也在根本上不可能对其进行控制。将其并置，留待观众进行选择，成了自然而然的策略。

与艺术创作的私人特征相对应的，是观众在虚拟公共空间内的观展活动是在更加平等的位置上进行的。实在世界内的公共艺术，所能够覆盖的范围受到物理边界的限制，公众参与的前提是其身体的在场。其艺术欣赏过程，以生理层面的刺激为起点，是借助身体对各类材质的反应所展开的立体感知。在此意义上，观众—参与者的观展，以对作品的浸没而展开，是迈克尔·弗雷德（Michael Fried）意义上的"剧场式观看"。

而虚拟公共空间，形成了"更灵活、普遍渗透和反身性的信息发展模式，它的原料和产品都是信息，因而由信息构成了流动的空间"[1]。进入虚拟公共空间，只需要拥有基础的网络设施与上网设备，不受时间与空间的限制。因此，观众可以任意、多次进入数字网络的公共艺术作品中。应当说，"数字时代又强化了公共艺术的可及性和参与性"[2]。

值得注意的是，观众此时的参与不再是浸没式的，其观看也不再是剧场式的。在进入和退出虚拟公共空间上，观众拥有绝对的自主权。物理限制的消失，将艺术家与观众摆在了同一水平面上，没有哪一方可以对另一方的行为进行规划与限制。因而，在虚拟的公共空间中，观众与艺术家之间的对话更为直接。

可以发现，"艺术家隔离日志"的基本框架，实际上暗合这一对话的概念。通过线上渠道，策展团队向艺术家提了五个问题，例如："能分享一下你的近

---

[1] 张钟萄：《数字时代的艺术风险：公共艺术与大数据资本主义》，《公共艺术》2020年第3期。
[2] 张钟萄：《数字时代的艺术风险：公共艺术与大数据资本主义》，《公共艺术》2020年第3期。

况吗？你是否有计划被搁置？或者也许你有了新的灵感？"这些提问，直接关涉艺术家的日常生活。它以第二人称提出，通过信息技术传达，消弭了物理距离。

有意思的是，当艺术家以对问题的直接回应作为创作的主要内容时，他们往往在对镜头的直视中进行叙述，构成了人们所熟悉的视频聊天形式。在此情境下，虚拟公共空间收缩为一个私密的聊天室，观众则扮演着发问者的角色参与到谈话中去。此种私人关系的生成，让人不自觉地联想到玛丽娜·阿布拉莫维奇（Marina Abramović）的作品《艺术家在场》(The Artist is Present)。在该作品中，艺术家在纽约现代艺术博物馆与轮流登场的观众对视，表演共计约736个小时。虽然时间已经不短，参与其中的观众数量也不少，但相比于理论上可以永远持续下去的"艺术家隔离日志"，阿布拉莫维奇能够提供的私人体验，显然是短暂的。

二、数字形态与参与的新形式

虚拟公共空间内的公共艺术创作是数字艺术之一种，且由于其极度依赖互联网进行，它必然将是"非稳态的"[1]以及"非线性和多向度的"[2]。这意味着，它没有物理意义上的本质，可以在数字手段下不断变形。同时，对其的观看也就具有了多种可能。

对艺术家而言，挪用这一手法在数字艺术中具有全新的意义。在非数字艺术中，挪用并不改变被挪用对象的特征。例如在波普艺术的拼贴中，艺术家借助拼贴将作品与社会文化进行勾连，从而表达对大众文化的某种态度。理查德·汉密尔顿（Richard Hamilton）的代表作《究竟是什么使今日的家庭如此不同，如此吸引人呢？》(*Just What is It that Makes Today's Homes so Different, so*

---

[1] 马立新：《数字艺术本质新论》，《浙江艺术职业学院学报》2011年第2期。
[2] 马立新：《数字艺术本质新论》，《浙江艺术职业学院学报》2011年第2期。

Appealing?），就利用拼贴完成了对消费社会的戏谑。它恰恰依赖于被挪用事物与原语境的关联，从而利用语境之间的冲突，引起人对日常生活元语言的反思。

数字艺术的挪用，则意味着对既有材料的重新格式化与转码，它所进行的是对现有文件永久性的修改。利用数码技术，艺术家可以实现对既存题材的重构，将其置于自己的脉络中进行全新的表达，被挪用的对象之间相互结合，构成同一主题。在此，"它们不仅是被重新拼贴在一起，更创造出更多的可能性，也反映了使用者的意向"[1]。其挪用"反映着使用者的选择、兴趣与意向，同时也反映着使用者的存在脉络"[2]。换句话说，相较于实在世界内的创作，在拥有对材料更为彻底的掌控后，虚拟空间中的艺术创作能够更加明显地体现艺术家的选择与意向，更好地反映其当下的处境。在新时线媒体艺术中心主办的群展"We=Link：Sideways 辺"中，可以发现大量实例。例如，乔纳斯·隆德（Jonas Lund）的作品《互联网·点击》（*The Internet.Click*）是一款依托于浏览器的网页游戏。在该作品中，艺术家将大量互联网公司的图标与网页广告挪用进来。参与者需要点击这些图标，并避免误触广告文本，以获取尽可能高的分数。在此，艺术家以电子游戏这一媒介，强有力地统摄了异质性的材料，将其转码为作品的原生要素。

再如，陈朋朋等人创作的《岩间瘴气》，则进一步赋予互联网数据以物理特性，将其转化为红酵母的养料。该作品由活动网页与红酵母供养装置两部分组成，艺术家团队将承载网页的服务器置入作品中，以其运行时候的热量供养红酵母的生长，如此联系起虚拟空间与实在物理世界。在网页部分中，艺术家团队利用"爬虫"软件，让采自互联网的文字与影像以弹窗的形式不断涌现。同时，观众的访问则会在线下反馈到作品的气泵系统中。如此，一系列原始材

---

[1] 邱志勇：《新媒体美学——兼论数字艺术的本质与特性》，《现代传播（中国传媒大学学报）》2013年第1期。
[2] 邱志勇：《新媒体美学——兼论数字艺术的本质与特性》，《现代传播（中国传媒大学学报）》2013年第1期。

料在新的语境下重组，成为整个作品的有机构成部分。

艺术家表现出对艺术创作绝对控制权的同时，由于数字艺术的特性，观众同样在进入虚拟公共空间的公共艺术上，寻找到了相当程度的自由，乃至于形成二次创作。

首先，由于数字艺术形态可变的特性，观众可以自由地选择观看设备，设备的不同直接影响着作品的形态。以"We=Link：Sideways 边"为例，选择用何种尺寸的屏幕对其进行观看，将极大地改变其形态的呈现。其次，网络因素也会使得观看的过程发生变化，网络欠佳时的缓冲将极大地损害作品的完成度。在该群展中，存放艺术作品的服务器各有不同，因此，作品呈现的速度也会有所差异。再次，由于无法控制观众的观看行为，观看地点与环境的迥异成了必然，这无疑会影响观看的整体体验。最后，观众可以通过易用的接口改造作品。比如，在"We=Link：Sideways 边"的网页上，观众可以自由地选择语言、字体等，这些选项会极大地改变展览的形态。

以上只是对观众可能行为的不完全罗列，事实上，此种对现象的描述是无法真正完结的。因而，重要的是虚拟公共空间的公共艺术在根本上如何激活与改变了观众的参与。总的来看，面对数字形态的公共艺术，观众保有高度的自由，其可以自主地选择观看的途径与方式，从而以更加个性化的方式参与到讨论中去。实际上，这背后所体现的正是一种"去中心化和非等级制的社会想象"[1]。在此种想象中，艺术作品不再是漫溢灵韵的静观对象，而是可自由重构的数据集合。"在艺术批判传统中，'参与'主要由艺术家牵头，使观众从'被动'参与和表达转变为'主动'诉求；如今，在很大程度上，'参与'则是通过技术的支撑，使得个人的自我表达转变成更积极的主动诉求。"[2]技术手段为观众的自我表现提供了便捷的入口，虚拟空间中的公共艺术在此意义上，成为

---

[1] 张钟萄：《数字资本主义的文化逻辑：从艺术批判到数据生产中的"参与"》，《文艺理论研究》2020 年第 4 期。
[2] 张钟萄：《数字资本主义的文化逻辑：从艺术批判到数据生产中的"参与"》，《文艺理论研究》2020 年第 4 期。

参与者自我表达的重要场域。

三、物理空间的迁移与精神空间的重构

无论是平等交流状态的生成，还是数字形态的不稳定结构，从虚拟公共空间的公共艺术的实践中，不难发现其对公共艺术传统的延续，即突破"白立方"的限制，在艺术体制之外的公共空间，尽可能地触及公众与公共议题。

对于虚拟公共空间的"虚拟"而言，其重要作用在于"打破了社会公共空间中阶层排列结构，不同阶层主体源于'深层心理感知'，在虚拟公共空间对流、重组、互动"[1]。互联网空间的扁平化特性，让每一个参与者都有了自我表达的可能，虚拟公共空间的这一特性，与公共艺术的价值取向天然地契合。这意味着，虚拟公共空间以及数码技术的应用，可以为公共艺术的发展提供重要的支撑与灵感。虚拟公共空间可以推进公共艺术的大众化，从而提升其公共属性，通过时空距离的缩短乃至于消弭，让艺术作品成为中介，将艺术家与观众置于私密封闭空间中，使意义的生产在相遇和交流中进行。

当艺术作品以数字形态在虚拟公共空间中进行传播时，其传播方式较之于线下发生了翻转。具体而言，即"传播信息的结构不是平面的，而是立体的；传播渠道不是树状的权威结构，而是网状的多元结构"[2]，此时，信息传播方式"不再是复制，而是共享；不是单向的灌输，而是交互的心灵沟通"[3]。艺术作品不再锁闭、清晰与完整，而变得开放、模糊与破碎。虚拟公共空间内公共艺术的未完成特征，召唤着观众的进入。权威与中心的隐匿，意味着在观众的参与中，自我主体意识得到彰显。艺术家、艺术文本与观众之间，构成多向度的合

---

① 汪波、赵丹：《中国虚拟公共空间的内在逻辑：五重效应》，《福建论坛（人文社会科学版）》2013年第2期。
② 李于昆：《数字艺术与技术的审美关系审视》，《新美术》2006年第2期。
③ 汪波、赵丹：《中国虚拟公共空间的内在逻辑：五重效应》，《福建论坛（人文社会科学版）》2013年第2期。

作与共谋，构建出新的意义文本。

实际上，在虚拟公共空间中，公共艺术最大的价值，或许正在于提供交流的场域，以供匿名的个体在此获得共同的群体身份认同。此种现象与诉求，广泛地见于各类网络空间，例如网络直播、在线电子游戏、论坛与社交媒体……公共艺术进入虚拟公共空间，不可避免地与其本身的特性发生碰撞与交流。在这期间，二者互相建构。对于公共艺术而言，对共同价值观的挖掘成了当务之急。毕竟，当脱离了实体资源之后，群体身份的生成只能够依靠非物质领域内的运作，公共艺术需要通过对思想、知识、信息等的组织与传播，生成新的价值体系与利益共同体。

艺术作品的数码化，最大的意义正在于将线下空间迁移到线上，依托于数字技术形成了基于互联网的精神空间。受疫情影响，中央美术学院将2020年的毕业展放置在虚拟的线上美术馆中，而清华大学美术学院则建构出一条五公里的"云端画廊"。应当说，数字化的参与，为艺术家和观众提供了重构共同体的宝贵机会。虽然，线上展览的此次盛行是紧急状态下的例外，但它同时也是非常规的有效尝试。而虚拟公共空间内的公共艺术创作仍有大量的可能，留待进一步挖掘。

（原载《公共艺术》2021年第3期）

网络文艺的实践生成和理论构建

徐粤春

在中国共产党迎来百年华诞的重要时刻,聚焦"网络文艺的时代声音与百年梦想"这一时代课题,既回望历史,又关注前沿;既立足当下,又着眼未来,很有意义。近年来,互联网信息技术的迅猛发展,已经深刻影响了经济社会文化发展的方方面面,也深刻改变了文艺发展的整体格局和行业生态。2014年10月,习近平总书记在文艺工作座谈会上明确指出:"互联网技术和新媒体改变了文艺形态,催生了一大批新的文艺类型,也带来文艺观念和文艺实践的深刻变化。""要适应形势发展,抓好网络文艺创作生产,加强正面引导力度。"2015年10月,中共中央发布《关于繁荣发展社会主义文艺的意见》,提出要"大力发展网络文艺"。作为一种新兴的文艺形态,网络文艺从诞生之初到今天经历了二十余年的发展,作品数量呈井喷式增长,发展势头突飞猛进,发展路径日趋清晰,发展模式也日益成熟,从题材体裁、创作理念、表现方式、传播渠道等各方面都发生了翻天覆地的变化。可以说,网络文艺已经跻身当代中国文艺的主流行列,成为新时代文化建设特别是文化产业的重要组成部分,在充分反映时代发展要求、满足人民群众多样化审美需求方面发挥了重要作用,彰显了前所未有的生命力、创造力和社会影响力。与此同时,相较于网络文艺创作实践的庞大体量和飞速发展,事关网络文艺的理论建构和学理探索则显得相对滞后。这里,我想重点围绕网络文艺的实践生成和理论构建简要谈谈自己的理解。

一、网络赋权：从文艺的网络化到网络文艺

网络社会的发展使得网络日益成为人们现实生活的有机组成部分，网络空间成为各种社会实践的主要传播场域。网络赋予了人们话语表达的便利条件和有效渠道，让每个人都有机会参与进来，极大扩展了社会生活空间和话语表达空间。从1998年蔡智恒（痞子蔡）《第一次的亲密接触》所引发的网络文学热潮，到"榕树下"等第一批文学网站的兴起，网络为文艺爱好者提供了自由发表个人作品的空间，不再受传统媒体烦琐流程的规范和内容约束，因此越来越多的人开始自发在网络上发表自己的作品。历史经验证明，任何一种新的传播媒介的出现和应用，必然会催生出新的艺术表达方式。起初的网络文艺作品，充其量只是将作品内容从线下搬到了线上，借助互联网这一载体来进行传播。在这里，网络仅仅是一种工具，所改变的只是写作手段和传播方式，并没有内化为文艺的新的特质。从这个意义上说，早期的网络文艺还只是网络和文艺的简单物理嫁接，其艺术的场景、样态和本质并没有发生根本性变化，仅仅是传统文艺的一种"网络化"。

随着移动互联网的广泛普及、新媒体技术的不断发展，2015年3月，第十二届全国人大三次会议提出"互联网+"行动计划，"互联网+文艺"的结合使传统文艺和网络文艺不断融合，获得了新的生长点。在政策和技术的双重驱动之下，网络文艺的表现形式不断创新，内容丰富多样，再加上付费模式的兴起，越来越多的人开始为优秀的网络文艺作品买单，推动了网络文艺的提质转型。从文艺的"互联网化"到"互联网+文艺"再到网络文艺，网络文艺已然实现了从量变到质变的根本性飞跃。如今，网络与文艺已经逐步完成了从形式融合到实质融合的转变，从边缘走向中心、从小众走向大众、从非主流走向主流，最终发展成为一个与此前传统文艺样式既有区别又有联系、相对独立存在的全新的艺术门类。从长远来看，云计算、大数据、区块链、网络远程教学等技术手段的广泛运用，也必将更加全方位地赋予网络文艺新的想象空间和创作天地。

二、网络文艺的外部考察和美学特征

当下人们的生活形态也发生了前所未有的变化。随着网络社会的日趋成熟，现实社会和网络社会界限的消失，融合物理空间和网络空间的实时在线生活已成为当今社会的新常态。人与人之间的连接、互动从现实生活开始转向虚拟社区。以手机为载体的微信、微博、视频播放应用等传播形态成为大众获取知识、信息资讯及消遣娱乐最主要的方式和渠道，甚至像天气预报、外卖购物、大众点评、视频网络日志制作（vlog）这类生活服务应用也同样具备了社交功能，形成不同类别的虚拟社区。尤其是受新冠疫情的影响，疫情的隔离使得各行各业纷纷开启线上办公，更加速形成了人们对网络空间的高度黏性和日趋依赖，可以说这是一个万物互联、即时互通的时代。

随着生产方式和生活方式改变，物理时空距离会影响人们的心理效应，审美情感也会改变，用以表达审美情感的审美范畴会发生改变，其中一些会逐渐消亡。在当今信息时代，随着移动互联网的发展普及，人们相互间的物理联系发生了剧变，从固定有限的连接到移动即时的连接，从单点垂直的连接到多点普遍的连接，所谓万物互联、即时互通。在时空折叠条件下，人们的物理距离和心理距离极大拉近，通过即时通信工具人们可以随时与想联系的人联系，或语言文字，或电话视频，在这种交往模式下，思念、离愁无法产生。在时代更迭的交汇期，人们对已有作品中"思念"和"离愁"的美学意象还能够理解和鉴赏，但已不会把它当作文艺表达的主要题材，这是信息时代文艺发展的重要变化。随着信息时代的深入，年青一代成长，他们可能会不能理解思念和离愁，就会丧失对过去作品的感受力和欣赏力，这时候审美的代际跃迁便真正完成。

加大感官刺激，提高受众对作品的注意力，是网络文艺创作者的最先策略。特别是在信息技术的帮助下，动捕、渲染、抠图，三维、四维、五维（3D、4D、5D）的升级，人工智能和虚拟现实的运用等，把作品感知做到了无以复加的顶峰。更有甚者，一些从业者通过互联网大数据技术，掌握你的审美感知偏好，精准投放艺术作品，完全包裹你的生活空间，形成无形的艺术"茧房"，使你一次又一次重复你的审美感知。

在压力大、节奏快的当代社会，用户使用短视频提高社交效率和降低社交成本，用更少的时间和精力在族群中交换到更多的情感能量和符号资本。基于虚拟空间的族群式审美是普罗大众的艺术狂欢，审美体验仍然无法比肩传统审美形态，但它适应了当代社会生活特点，满足当今人们的精神文化需求，特别是实现个体与群体的意义链接和价值确认，从而使它作为新的审美形态得以确立。

信息时代审美形态的另一个动向就是交互式审美。与传统审美形态不同，交互式审美没有固定的审美对象——作品，没有固定的审美主客体关系，创作者即鉴赏者，鉴赏者即创作者，创作鉴赏交互作用，相互成就。网络文学的交互性特征尤为突出，文学生产者与消费者双方由二元对立转变为相互融合，且两者之间可以自由地进行身份互换。网络文学提供了开放的、活的文本，向读者提供不同结局选择或者没有结局选择的超文本。在网络文学超文本中，作品的意义和价值在消减，创作本身比作品更重要。读者通过转变身份介入创作，发挥主体精神，在文学世界里开掘自己的第二人生，文学艺术演变为行为艺术。虚拟现实（VR）电影采用的仿真技术、计算机图形学以及传感技术等多种技术，在仿真呈现360°空间环境的同时，实现了多感官实时交互。VR技术创造高沉浸的情感体验，这与电影造梦的艺术理想相契合。当前VR电影与电子竞技越来越相像。事实上，轻叙事重游戏的电子竞技是体育运动的一种，早就被纳入艺术范畴，具有自身的美学品格。

如果说族群式审美是在审美主体之间的交互关系中寻求美学坐标的话，那么交互式审美则是审美主体在自我发展建构中确立美学价值。前者是空间关系，后者是时间关系，族群式审美和交互式审美成为网络文艺美学形态的时空延展。

三、发展适应网络文艺实践的网络文艺理论

如何在推动网络文艺的车轮高速前进的同时还能保持健康、高品质的发展，这是当下文艺界从顶层设计到创作一线必须共同面临的重要课题。因此，迫切需要文艺理论界建构一套更加学理化、深度化、体系化的理论框架，从而推动这一新兴文艺实践逐步从"野蛮生长"走向"精耕细作"，从"技术依赖"转向"内容王道"，从他律走向自律，从自发走向自觉。一是要有"往后站"的思维。人工智能、虚拟现实、大数据、云计算、区块链等新技术的应用使当下的文艺传播大大摆脱了时空的束缚，未来第5代移动通信技术（5G）的应用会使传播速度再上一个新的台阶。因此，我们也应跳出现有的文艺理论范式，跳出具体的学科藩篱，用一种更宏大的视野，从哲学、美学、心理学等学科门类中汲取养分，乃至放眼人类学、自然科学、脑科学等更广阔领域，探索建构跨学科、跨门类的网络文艺理论体系、学术体系和学科体系。二是从实践出发探索规律。理论是实践的基础，实践是理论的来源。建立网络文艺理论我们还应从网络文艺实践本身出发，研究网络文艺的生长环境和生长点，循序渐进地从大量的网络文艺实践中去提取概念、归纳特征、探索规律，进一步触及网络文艺的本质属性和深层学理，逐步建立起科学规范的网络文艺评价体系，从而为网络文艺实践提供根本性、系统性、可操作性的理论指导。三是积极开展网络文艺评论。网络文艺评论应是网络文艺的评论，而不是来自网络的文艺评论。要做好网络时代的文艺评论，首先需要我们读懂这个网络时代，在此基础上科学认识和理性把握新时代网络文艺评论的职责使命、内涵外延、评价标准和文体文风，积极探索新形势下激活文艺评论资源的有效办法，以评论推动网络文艺实践，发展网络文艺理论，引领网络文艺的高质量发展。

近年来，中国文艺评论家协会一直积极致力于网络文艺评论的理论建设，凝聚新型文艺评论人才队伍，推动构建良好网络文艺生态。我们于2018年举办了首届网络文艺评论大赛，并取得良好的社会效果，2020年全新升级为第二

届网络文艺评论优选汇，每两年举办一次。我们还创办了"艺见"发声平台，对文艺界热点话题组织文艺评论家撰写专题评论文章，得到文艺界和评论界的积极评价。近日"艺见"正在启动第三期，聚焦当前网络漫画主题，邀请"老树画画"和"小林漫画"等画家以及多位评论家一起探讨，希望大家能够多多关注。随着网络文艺实践向纵深发展，我们将持续关注飞速发展的信息科技对网络文艺创作、传播、鉴赏、消费的深刻影响，努力培养一支有情怀、有担当、专业化的网络文艺评论队伍，推动网络文艺与时代精神同频共振，为社会主义文艺事业的繁荣发展发出网络文艺评论的时代声音！

（原载《广西文学》2021年第8期）

网络文学评价体系的"树状"结构

欧阳友权

如果试图构建一种文学的评价体系，思维的触须必然要延伸至这样的理论视域：这个评价体系包含哪些指标要素？这些要素具有怎样的结构形态和功能模式？它们对文学评价构成怎样的观念有效性和目标针对性？等等。这些对于诞生时间不长、理论积淀不多、批评实践较为薄弱的网络文学评价来说，是十分重要且极富挑战性的话题。

一、网络文学评价体系的维度选择

文学评价是基于主观认知的理性行为，又是一种需要贴近评价对象、切中客观实际的价值评判活动。不同的评价者，或面对不同的评价对象，其所持论的价值立场及其评价标准是不同的，既没有一成不变的评价体系，评价一个对象时也无须持用所有的评价维度及其标准，而可能是有所侧重或着意选择的。鲁迅先生说，任何文艺批评都"需有一定的圈子"，称没有"圈子"的批评家"那才是怪汉子呢""我们不能责备他有圈子，我们只能批评他这圈子的对不对"。[①] 这里的"圈子"即文学评价的标准或主体选择的评价维度。维度不同，标准各异，评价的侧重点就不同，评价的结果势必个个有别，足见在文学评价领域，主体有立场，维度有选择。

---

① 鲁迅：《花边文学·批评家的批评家》，载《鲁迅全集》第5卷，人民文学出版社2005年版，第349页。

那么网络文学评价可以选择哪些评价维度呢？从"文学"与"网络"的双重属性看，对网络文学的评价既要有"文学"的维度，如思想性维度、艺术性维度，也不可脱离"网络"的评价维度，如媒介维度、产业维度，还需要有二者融合而成即"网络文学"的整体评价维度——影响力评价。也就是说，思想性维度、艺术性维度、媒介性维度、产业性维度和影响力维度，便是网络文学评价体系构建时需要持论的基本维度。

（一）基于网络语境的思想性维度

思想性是文学作品蕴含的人文审美的正面价值和意义，网络文学也不例外，同样具有自己的思想性。评价网络文学作品首先需考察其是否蕴含正确的思想性，以评辨作品的内容、倾向和创作者的价值立场是否对历史、对社会、对人生、对人们的精神世界产生正面的积极影响，这是没有疑义的。问题在于，为什么要在思想性评价维度前加上"网络语境"的限定呢？其原因在于，网络文学的思想性评价有其特殊的生成背景。譬如，在一般读者的心目中，网络文学并非以传统的"文学"二字即可论之，亦即说，如果它有思想性也只是或然的而非必然的，因为与印刷文化时代的纯文学（或精英文学）相比，网络文学主要是满足娱乐市场的"爽感"（或称"代入感"）之需，而不是要表达某种思想。对于类型小说而言，创作就是讲故事，如唐家三少讲的是主角"打怪成神"的故事，天蚕土豆讲的是男主"废柴逆天"的故事，我吃西红柿所讲的则是人物"极限修炼"终于成功的故事，至于这些故事中有没有思想、有什么样的思想，一般读者大都不以为意，作者也未必有这种自觉意识，此其一。其二，网文作品写什么、怎么写，往往取决于消费端而非创作端，消费者对网文的心理期待主要是快乐消遣，需要以"爽"为卖点的"金手指""玛丽苏"或"打怪升级换地图"，而不是思想的深刻或意义的重大，思想和意义不过是爽感以后的"观念附加值"。臣服于文化资本和市场选择的网文创作，把传统文学"以作家为中心"的前端倚重，"下移"至"以读者为中心"的后端规制。此时，消费者就是作者的"衣食父母"，网文作者只能适应和满足阅读市场的需求，不可一厢情愿地"投喂"某种宏大叙事的思想或观念。这就是网络文学思想性评价必须面对的现实语境。

当然，网络语境并非要消解网文作品的思想性评价或者回避对它的价值判断。许多网络作品，特别是那些优秀的网络小说，并不缺少思想性，它们常常蕴含正确的社会历史观，有对真假、善恶、美丑的正确分野，有对人生、人性、人心、人伦的深刻揭示和独到表达。且不说如《浩荡》《网络英雄传》《大国重工》《最强特种兵》《朝阳警事》这类现实题材作品不乏观照世道人心的价值判断，那些描写玄幻、武侠、修真、穿越等幻想类题材的小说，对其思想性的发掘和把握，同样是评价这些作品不可忽视的重要维度。萧鼎的《诛仙》用"天地不仁，以万物为刍狗"的文化观念，写凡人成长中的正邪之争，反叛暴力道德化，描写个人欲求与道德准则之间的艰难选择，渗透其中的东方文化、传统宗教、世俗情爱和人性伦理，难道不是它的"思想性"吗？愤怒的香蕉的《赘婿》设定一位现代金融大亨穿越到武朝（宋代）的架空世界，成为江陵布商之家优游度日的赘婿，然后由商贾家园到朝廷庙堂再到治国平天下成为一代枭雄，将中国的历史之轮从宋代推衍到近代，把"天下兴亡"落实到"匹夫之责"。如果评论家评价《赘婿》而不关注其蕴含的思想性，是很难探得其精髓的。被赞为"四大文青"之一的猫腻，其小说以有立场、有哲理、有文采而声名远播，有评论者曾这样解读他的作品："从《映秀十年事》自我意识的觉醒和直面世界规则的'起点之问'，到《朱雀记》建构起自我在这个世界的行事哲学，到《庆余年》坚持自我的哲学，对规则利用、对抗甚至颠覆，直到《间客》《将夜》《择天记》一直在东方西方、国家和个人、浩瀚星球和渺小如蚁之间寻找个人的生存和生活哲学……猫腻的作品，都是在寻找自我在这个世界中的意识、身份和位置：我是谁？我应该如何活着？我怎样活着，才能活得美好?"①类似这样寓人生哲学思考于玄幻故事的作品向我们表明,网络文学并不排斥思想,"网络语境"给创作披上了"爽文"的外衣,但其包裹的仍然可以是有思想深度的"走心"之作,思想性评价应该是评价网文不可或缺的有效"抓手"。

（二）不脱离爽感的艺术性维度

艺术性是文艺作品的魅力所在。在文学评价中,考察一个作品的"艺术性"就是看它的文学性,即阅读一个文学作品时所得到的从情绪激动到心灵共鸣的心理感受。网络文学作品的艺术性通常要通过阅读"爽感"来实现,需经历"可读→悦读→爱读"或"爽感→喜感→美感"的接受过程,最终形成从情绪情感到志趣情怀的深刻代入。网络文学属于数字传媒时代的大众文学、通俗文学或"新民间文学",它有别于书写印刷文化塑造的"深文隐蔚""曲径通幽""言有尽而意无穷"的佳构曲笔范式,常以"爽感"为第一美学,以"好看"为作品艺术性的"准入证"。如果作品不好看、不能吸引读者而无人问津,传统文学还可以物质形态将其"束之高阁",网络文本则难以生存而只会沦为"网海僵尸"。事实上,"爽感"不是文学原罪,拥有阅读爽感也不是对网络文学的"矮化",相反,它可能是对一种艺术本色的认知。因为爽感本身并不是外在于艺术性的,而是艺术性的一种功能形态,任何艺术性的实现都需要经由爽感才能将观念上的艺术性变成体验中的艺术美感,无论是阅读文学经典还是"扫读"网络小说,概莫能外。传统文论"寓教于乐"的"乐"其实也就是"爽"的另一种称谓,阅读的快乐或快乐地阅读难道不就是"爽"吗？只不过在传统文学看来,在"寓教于乐"的功能模式中,"教"比"乐"（爽）更重要,"乐"是为"教"服务的,"乐"的目的是"教";而在网络文学看来,"爽"（乐）居首位,它不再是手段而是目的。因为"爽"（乐）本身就成了目的

---

① 庄庸、王秀庭:《网络文学评论评价体系构建：从"顶层设计"到"基层创新"》,福建教育出版社2016年版,第248—249页。

之一，评价网络文学的艺术性，首先就得通过"乐"即"爽感"，才能把阅读欣赏引渡到艺术审美的殿堂。

当然，我们评价网络文学的艺术性时，并不是有了爽感就有了一切，让艺术评价止步于爽感评价。对于那些优秀网文作品而言，赋能爽感只是入门之功，艺术性的所有元素，如精彩的故事创意、个性鲜明的人物塑造、新奇别致的矛盾设置、不落窠臼的情节、细腻逼真的细节、生动传神的语言，以至整体呈现的叙事节奏、艺术风格和文学情怀，等等，均是网络文学艺术性评价绕不过去的持论依据。文学评论家雷达在评价网络小说《网络英雄传Ⅰ：艾尔斯巨岩之约》时说，这部小说"技巧的运用，语言的生动性，细节的饱满性，故事的戏剧性，词语的熟练准确，都达到了相当成熟的程度。这是一部有生命和温度的作品"[1]。白烨在评价该小说时也说："这部作品还有一个特点是文学性特别好，故事编排特别精彩。小说讲的是创业故事，但也有悬疑故事，整个故事跌宕起伏，悬念丛生。创业故事里头又加了四角恋情，所有故事交织在一起，很吸引人。从作者叙事来看，环环相扣，构思跟叙事都非常棒，文学性非常强。"[2] 雷达和白烨都是当代著名文学评论家，他们对这部网络小说艺术性的评价使用的是传统文学的评价尺度，可谓切中肯綮，说明网络文学的艺术性并不是外在于传统文学艺术性的另起炉灶，而是传统艺术性在网络时代的延伸。

（三）源于技术传媒的网生性维度

网生性也称"网络性"，是网络传媒深度介入文学生产的特性。与传统文学由创作者个人独立书写不同，网络文学创作是在适应市场、调剂需求、粉丝不断干预的境况中完成的，网络不仅是文学的媒介和载体，也是文学作品的

---

[1] 雷达：《〈网络英雄传Ⅰ〉一部有生命和温度的作品》，载孙溢青主编《创造我们这个时代的英雄：〈网络英雄传Ⅰ：艾尔斯巨岩之约〉评论集》，江苏凤凰文艺出版社2019年版，第7页。
[2] 白烨：《郭天宇是这个时代有筋骨、有道德、有温度的人物》，载孙溢青主编《创造我们这个时代的英雄：〈网络英雄传Ⅰ：艾尔斯巨岩之约〉评论集》，江苏凤凰文艺出版社2019年版，第14—15页。

"生产车间"。网文作品脱胎于网络又受制于网络,从而被深深打上了"网络生产"的印记。网络规制了文学的生成,也制衡着网文作品的价值律成,因而评价网络文学不能没有网生性维度,它是网络文学评价有别于传统文学的一个特殊维度。

首先,网生方式限定了作品的结构形态。网络文学作品尤其是网络长篇小说,一般都是"续更"连载而成,作者每天更新数千上万字不等,在万千读者的期待中,形成"续更—追更""需求—供给"的生产模式。这种生产模式带来两个结果:一是"压强效应"对创作者构成日日续更、不可懈怠的心理压力,由此形成创作驱动,激发主体潜力,或因"压力山大"难以收场造成断更而"烂尾",所谓"太监文"就是这么产生的;二是"速度写作"直接影响作品质量,常常因为"粗放式"码字致使作品粗糙而不堪卒读,甚至出现前后矛盾、有"坑"未填、表述不当、错别字常有等"文学幼稚病"。

其次,文学"网生"会因粉丝"吐槽"干预创作过程。网文作品以"过程生产"代替作品的"一次性"呈现,这让昔日"当局者迷"有了"旁观者清"的矫正契机。追更的粉丝,特别是那些"忠粉""铁粉",出于对作品的喜爱而吐槽指摘,或为了更高的期待而"好为人师",对作品的人设、故事走向甚至知识性错误提出自己的看法,往往直言不讳,如鲁迅所说的"好处说好,坏处说坏"。有的还会因对作品的喜爱(或不满)而写出"同人文"。特别是"本章说"应用程序上线后,从技术层面拉近了读写互动的距离,让粉丝的干预变得更加便捷和直观,读者在创作中的作用越来越明显。如卖报小郎君在续更《大奉打更人》时,不断与粉丝交流,常常在一章续完后提出"为×××盟主加更一章以示答谢",或"今日三更,月票在哪""错别字就靠众亲帮我挑了""你们提出的××问题我会在后面交代的",等等,足见作家心目中一直装着读者,粉丝对作品生成有着不可小觑的干预力量。

最后,网民的互动影响作品的价值判断。对一部网络作品的评价不能不关注线上的网民评价,中国作协网络小说排行榜和国家广电总局的网络文学优秀原创作品推介，也把"网民的在线评价"作为衡量作品的条件之一。众多网民粉丝在互动中形成的"舆情判断"会形成引导性力量，产生"马太效应"，对他人、对线下、对传统学人的评价都将产生"同好"之感。会说话的肘子的新作《夜的命名术》2021年春季上线后，有网友在知乎上发起了"如何评价会说话的肘子新书《夜的命名术》?"的讨论，一个叫"跳舞"的网友说："开之前看过肘子的稿子，聊过几次，相对外界，我对于他的创作思路算是知道比较多一些。这个创意和写法我觉得很赞的，如果不出意外，按照肘子的水准好好写下去，就又是一本大热之作。"网友"今夕何夕"跟帖道："个人觉得非常的棒，这倒不是在无脑吹。只是在看完几章过后，就能很明显地感受到，肘子大佬这次想要出来的世界，不是潦草地概述，而是细致地描写。一个赛博朋克式的未来世界，就像是作品的简介一样。"紧接着就有"黑山门""烽火戏乌贼""白非非白"等一众网友呼应赞同，虽然也有"五角子""郝多钱"等网友略有微词，但对作品的肯定性评价几乎是压倒性的。特别是网友"有颜有甜"贴出了《夜的命名术》的市场数据，并将其与同期发布的爱潜水的乌贼的《长夜余火》、跳舞的《稳住别浪》、我吃西红柿的《沧元图》等作品反响做了比较，知乎网友的肯定性评价几乎是众口一词。[1]可见网民对作品的互动性评价不仅是有效的、及时的、靠谱的，也会以"影响"评价形成"影响力"评价。

（四）依托市场绩效的产业维度

网络文学源于技术传媒，而成于市场机制。自2003年起点中文网创立"VIP付费阅读"商业模式后，中国的网络文学便迅速走出低谷，以"马鞍形"上扬态势持续高走，并催生出类型化超长小说的爆发式增长，打造了世界上独一无二的网络文创产业。这一产业由文学网站平台负责经营和打理，其业态由三个板块组成：一是由付费订阅、打赏、月票、盟主模式和广告组成的线上

---

[1] 参见知乎话题"如何评价会说话的肘子新书《夜的命名术》?"，https://www.zhihu.com/question/455219054，2021年7月7日查询。

经营；二是由网文IP版权分发、孵化、改编影视、游戏、动漫、图书、听书、演艺、周边而形成的网文产业链和产业集群，它们是源于网文知识产权的全媒体、多版权线下产业；三是从作品传播到模式输出构成的网文出海产业，它们成为中国文化"走出去"的重要组成部分，为中国文化外贸从逆差走向顺差贡献市场份额。于是，以市场绩效评价网络文学逐渐成为网文行业评价网络作家作品的经济尺度和效益指标。阅文集团的网络文学原创IP风云榜、橙瓜网的网络文学"网文之王""百强大神"榜单、速途研究院的"网络作家影响力年度TOP50榜单"等许多网络文学排行榜单，即以此为评价标准的。

我们把产业绩效作为网络文学评价体系构建的一个重要维度，在于它无论对网络文学本身还是对网络文学评价，都有着不容忽视的影响力。首先，市场绩效形成的经济驱动，成就了网络作家、网站平台、读者粉丝的"利益共同体"，让整个行业有了生产与扩大再生产的经济基础。1997年"榕树下"网站上线运营时，日收揽原创稿件5000篇左右，每天可择优刊发500余篇，一时风头无两。但"烧钱"三年后便入不敷出，网站难以为继，不得不出让给贝塔斯曼公司，随后又被转手欢乐传媒，其没落的最大原因就是没有找到自己的商业模式，无从盈利便难以生存。而起点中文网从一个小网站成长为男频网站的领头雁，其根本原因恰恰在于其商业经营的成功为作家也为自己赢得了市场竞争的优势地位。其次，市场经营的绩效评价让网络文学以"经济的触须"与社会建立起密切关联，不仅以新型的文创产业为社会贡献了GDP，还能传承文化、书写时代，以丰富的想象力展示人与现实之间的审美关系，以文化建设的前沿姿态创造时代的网络文化、青春文化和二次元文化，而这些文化均可在网络文学中承载和传播，并可以市场化绩效的量化指标去检验与评价。此外，市场绩效评价开启的产业与艺术的博弈，在经济效益与社会效益之间形成一定的文学张力。网络文学二重性应该在"精神与经济"之间形成一种正相关的平衡关系，但资本的逐利性与文学的人文性、审美性之间不时会出现不兼容乃至相冲突的情形，此时，应该以社会效益优先原则追求"双效合一"而不是相反，网络文学的发展和进步就是在这个博弈过程中不断开辟前进道路的。

（五）聚焦传播效果的影响力维度

无论是评价网络作家、网文作品还是评价文学网站平台，其实都是一种影响力评价。如果说"注意力"是网络文学行业的起点，那么"影响力"则是行业成效的落脚点。影响力评价的实质是一种价值评判，网络作家作品和网站平台在行业内外、社会大众中的影响力大小，通常即可看出其价值的大小或品质的高低，而对象的价值和品质通常都是通过传播效果来体现的。因而，聚焦传播效果的影响力评价便成为网络文学评价体系绕不过去的一个有效维度。

影响力评价是一种后置评价，也是不断累积、持续渐变的终极评价。影响力有正面的也有负面的，有现实的影响力也有历史的影响力，进行影响力评价需要对其做出区分。只有那些正面、积极、持久的影响力，才是值得肯定的、具有较高价值的影响力。有的作品在其诞生时红极一时、影响广泛，但随着时间的流逝，其光芒便日渐暗淡，不久即销声匿迹，这样的影响力可能是廉价的、有限的，价值不高，意义也不大。我们所需要的是那种"立得住、传得开、留得下"的持续影响力，历史上的文学经典就是这样形成的。

影响力是一种口碑评价、直观印象，又是一种目击道存的综合判断。这种判断来自判断者的日常阅读和阅读感受，是在真切感受中积淀起来的心理印象。例如，血红创作了《光明纪元》《升龙道》《邪风曲》《神魔》《巫神纪》等众多有影响的小说，不仅高产，而且品质上乘，网友 Wewewezard 评价说："血红的书，我从《光明纪元》开始看。血红的书既有网文的爽快，又不像其他的一些网文那样幼稚单纯。他的书情节不落俗套，引人入胜，既心思细腻，又振奋激昂。血红的文笔最值得称道，不见华丽辞藻的堆砌，却油然而生一种文字的魅力。就如那百川到海，奔腾浩荡；又如春雨入夜，润物无声。着实有一种大巧不工的感觉。"①这样的印象经口碑相传，就会形成影响力，成为影响力的综合判断。

影响力是客观化的主观评价，它基于作品阅读，源于主体判断，但需要避免"信息茧房"的误导和误判。决定影响力大小的根本是文学品质，通过阅读精准把握作品品质，做出符合客观实际的主观评判，是影响力评价的常规模式。但在实际评价中，由于主客观限制，如作品阅读不精细、理解不深或把握不准，都可能做出浅判、误判甚至错判。有时，由于信息渠道单一，很容易为他人（特别是名人或众人）所左右，或者为某种舆情所裹挟，让自己做出不切对象实际的评价。比如"网络文学都是垃圾""好作品还会发布在网上么""类型小说都是套路，没什么创新价值"等诸如此类的评价，不仅以偏概全，还会对网络文学的影响力评价产生误导。要矫治这类片面评价，一是坚持"从上网开始，从阅读出发"，从大量的阅读、比较和思考中得出自己客观化的主观判断；二是广泛接触线上和线下的不同评价，兼听不同观点再做比较分析，避免单一信息的"茧房"模式对判断的干扰，让符合客观实际的判断成为影响力评价的基础。

二、网络文学"评价树"构想

网络文学评价不是某个单一评价维度的功能行为，也不是各评价维度的简单相加，而是由各主要维度构建的一个立体的、丰富的、可辨识、可更新与成长的完整系统。这个系统的五个维度即五个评价指标的重要性和逻辑持位并不对等，它们不仅有轻重主次之分，而且倚重的对象也有所区别。大体来看，依据它们在评价体系的地位，五个评价指标可划分为三个层次，以此构成网络文学评价体系的"树状结构"。

① 西篱：《血红与〈巫神纪〉》第一辑，作家出版社2019年版，第98—99页。

第一个层次是核心层，由思想性、艺术性构成，它们处于"评价树"的根基部。将这两个指标置于评价体系的核心层，是因为任何文学作品都具有思想性和艺术性（至少在理论上是如此），因而任何文学评价都离不开思想性和艺术性评价。这两个评价指标的每一个要素对于网络文学的价值判断都有着举足轻重的支撑作用和核心影响力，构成了对文学作品最基础也是最基本的价值评判。

第二个层次是中间层，由网生性、产业性构成，它们处于评价树中段，是评价体系主干的一部分。网生性和产业性制约着网络文学的生产过程和网文行业的经济基础，对于网络文学人文审美判断的作用可能是间接的，但却能影响作品创作，制衡行业发展，为网络文学输出动力、引导走向，并且这两个要素也是网络文学评价有别于传统文学的特殊衡量指标。

第三个层次是外围层，即网络文学影响力评价，它处于"评价树"的末端。将影响力置于外围和末端位置，并不意味着它不重要，而是以空间结构换取意义蕴含——影响力大小总是在一个事物完整出现后才能显现出来，因而是一种置于时光之境的"后置延伸"效应，离开时间的后置将无从真正评价其影响力的大小，因为一时之"热"并不能准确评判一个作品的价值，只有代代相传的口碑，甚至随着历史发展而不断增值的传承，才能显示作品"永恒的魅力"亦即作品的影响力。另外，影响力评价是一种综合评价，它不取决于某一个或某部分要素的"做功"情况，常常需要把当下的大数据指标评价与模糊综合评价、数字人文集值统计评价、逻辑与历史相统一评价等结合起来，才可能得出影响力的有效结论。故而，影响力评价就如同一棵树开出的花朵或结出的果实，为网络文学评价呈现出多彩的效果景观。于是，我们便有了网络文学评价体系的"树状"结构图（见下页）。

这个网络文学"评价树"所构成的评价体系由 5 个一级指标、21 个二级指标和相应更为细化的三级指标组成。

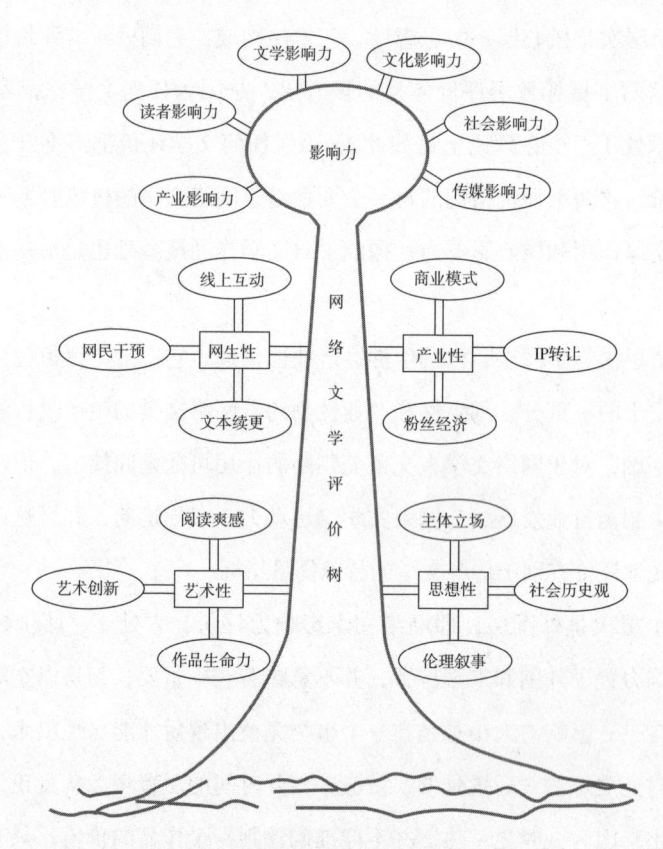

网络文学评价体系的"树状"结构图

　　思想性评价含三个二级指标，它们是：（一）主体倾向的立场站位（三级指标含：1.对真善美与假恶丑的分野；2.悲悯苍生，敬畏自然；3.三观正确，思想格调健康；4.对终极意义的信仰与虔敬）；（二）社会历史判断的价值观（三级指标含：1.作品反映生活的深度、广度和真实度；2.思想境界上对国家民族的担当、扪心行文的历史责任；3.价值引导和文化传承）；（三）伦理叙事的人性化表达（三级指标含：1.作品对人生苦痛的敏锐感知；2.对人性丰富性的发掘与批判；3.对弱者的同情与关爱；4.对人的精神世界的永恒探寻）。

　　艺术性评价的二级指标是：（一）阅读爽感的代入性（三级指标含：1.故事抓人，形象生动；2.情感的共鸣性；3.人物、情节、细节生动传神；4.语言、结构、表现手法等文学形式的独创与完美度）；（二）艺术创新力（三级指标含：1. 故事架构的创意力；2. 题材类型出圈的拓新力；3. 多媒体、超文本或AI创作的艺术表现力；4. 鲜明的个性化风格）；（三）作品的生命力（三级指标含：1. 作品价值与审美意蕴；2. 作品立得住、传得开、留得下）。

网生性评价的二级指标是：（一）作品互动的生成性（三级指标含：1. 读者与作者交流频度；2. 读者与读者互动密度；3. 作者与网站编辑交流深入度）；（二）粉丝干预效应（三级指标含：1. 粉丝数量；2. 新媒体指数；3. 贴吧话题量、超话数等全网热度；4. 粉丝对创作过程的影响度；5. 作者对粉丝干预的态度）；（三）文本的特异性（三级指标含：1. 续更延异的长度与时间密度；2. 网络文本的容错率；3. 作品的线上反响）。

产业性评价的二级指标是：（一）网站商业模式（三级指标含：1. 付费阅读模式；2. 免费阅读模式；3. 内容、制作、渠道综合模式）；（二）平台经营举措（三级指标含：1. 经营流量与投送效能；2. 做客户端，开拓变现渠道；3. 推出白金、大神及青年作家培养；4. 榜单发布、活动经营；5. 线上广告经营业绩）；（三）IP版权盈利（三级指标含：1. 版权管理与版权转让；2. IP转让作品数及频次；3. "文→艺→娱→产"的长尾效应）；（四）粉丝经济指标（三级指标含：1. 壮大"书粉"，提升黏性；2. 粉丝社群文化经营；3. 粉丝共创，开发消费新品；4. 本章说、角色应援、衍生创作、社交安利、AI智能伴读等应用程序的吸粉力）；（五）自媒体及作家自主经营（三级指标含：1. 微博、微信、手机等自媒体文学经营；2. 作家公司，自主内容开发；3. 定制化创作的一条龙经营）；（六）社会效益优先，平衡功利与审美（三级指标含：1. 社会效益优先的具体举措；2. 履行社会责任与公益服务；3. "双效合一"的市场体量与绩效；4. 无违规违纪事件，违规一票否决）。

影响力评价的二级指标是：（一）文学影响力（三级指标含：1. 人文价值方面的影响力；2. 艺术审美的影响力）；（二）文化影响力（三级指标含：1. 线上作品的文化认同；2. 线下"泛娱乐"文化市场影响）；（三）读者影响力（三

级指标含：1.线上传播时效的应然热度；2.线下的读者评价）；（四）社会影响力（三级指标含：1.社会评价和荣誉奖项；2.社会主流意识形态的建设性；3.社会文化建设的有效性；4.青少年成长的引导性；5.网文出海的国际影响力）；（五）产业影响力（三级指标含：1.在线订阅量和粉丝打赏数；2.线下产业链"长度"与"宽度"）；（六）传媒影响力（三级指标含：1.新媒体影响力，作家作品全网热度，如百度指数、微博指数、微信指数、微博粉丝量、贴吧热度；以及作家作品平台热度，如订阅、打赏、月票数、点击量、推荐量、评论量、收藏量、粉丝量等；2.线下媒体影响力，如报刊评论、发布的榜单、研讨活动、获得的荣誉等）。

  对于这个评价体系的指标设计需做几点说明：

  首先，指标体系的5个一级指标是基于前述的核心层、中间层和外围层"逻辑层级"提出的，其21个二级指标（内含69个三级指标）则是根据我国网络文学现有的发展状况和水平，以及笔者数十年跟踪研究网络文学的经验而设计的。新媒体技术的矢量性和国家干预力度的趋强性，使这些指标仅适用于当下（或一段时期内）的网络文学评价现场，却无以囊括未来变化了的网络文学现实。在文体上，更适合可以实施商业性评估和产业性经营的叙事性作品，特别是网络长篇类型小说，对于诗歌、散文、纪实文体和那些篇幅相对短小的中短篇小说来说，需对其做选择性应用处理，这一点下文还会提及。

  其次，在评价实践中，各指标体系均需设计权重系数，而权重系数的大小是根据该项评价内容在网络文学评价系统中的重要程度来赋值的，并不意味着单独评估时可以低估或高估哪一评价要素。指标设计的赋值应使用阶梯值而非精确值，一方面在于文学本身就具有模糊性和不确定性，对侧重情感、价值、信仰、理性逻各斯领域的评判难以精确量化；另一方面，评价体系设计的分级和分类也不是截然区隔、不可僭越的，相反，许多评价指标都是相互影响、彼此关联的。比如思想性指标中的个人价值立场，就包含对社会历史和人文伦理的表达与判断，而创作者的人文伦理也一定会体现他的社会价值立场和历史站位，它们之间常常相互印证、互为因果，这在任何一个网络文学作品里都能找到实证，因而需以相对分殊为要，同时避免彼此割裂。

最后，在产业性评价中，设计了社会效益优先、平衡功利与审美的二级指标，以及履行社会责任与公益服务、实现"双效合一"、无违规违纪事件的三级指标，在权重系数里有"违规一票否决"的标注，这是"中国特色社会主义文化"对网站平台和网文创作者的基本要求。2015年9月14日，中共中央办公厅、国务院办公厅印发的《关于推动国有文化企业把社会效益放在首位、实现社会效益和经济效益相统一的指导意见》提出："正确处理社会效益和经济效益、社会价值和市场价值的关系，当两个效益、两种价值发生矛盾时，经济效益服从社会效益、市场价值服从社会价值。"2017年6月14日，国家广电总局出台的《网络文学出版服务单位社会效益评估试行办法》第十三条明确规定："网络文学出版服务单位出版作品出现严重政治差错、社会影响恶劣，在平台首页或重点栏目推介导向有严重问题的作品，违反政治纪律和政治规矩等，社会效益评估实行'一票否决'，评估结果为不合格。"同时出台的《网络文学出版服务单位社会效益试行评估指标和计分标准》，规定了社会效益不达标的扣分项，表明了这一问题的特殊重要性，这也是笔者设置该项指标的初衷。

三、评价指标的适恰性倚重

任何一种评价体系都有其针对性和局限性，网络文学评价体系也不例外。短短30年间，网络文学爆发式增长的身姿迅速占据了时代的文学场和大众娱乐场，却忽然发现这一文学的评价体系、批评标准与它的增速和体量之间存在巨大的豁口，这种不协调与不平衡构成了一段时间内"评价的焦虑"，于是呼唤建立网络文学的评价体系和批评标准庶几成了学界和业界的共识。①

不过我依然要对此浇一点凉水——对构建网络文学的评价体系和批评标准不可期望值太高，这倒不是为自己的探索寻找退路，其真正原因在于，不仅这个建构过程将会漫长而艰难，即使构建起了某种评价体系或批评标准，也将会是见仁见智、难有定评的。譬如，在传统文学观念中，马克思提出"人民历来就是作家'够资格'和'不够资格'的唯一判断者"②，选择的是人民维度和效果评价；恩格斯把"美学观点和历史观点"作为文学评价的"最高的标准"③，其所倡导的是艺术审美和历史逻辑相一致的评价维度；孔子提出"兴观群怨"的"诗教"观、"思无邪"的中正立场和"词达而已"的论诗尺度，认同的是一种艺术社会学的伦理维度等。刘勰提出"六观"④标准，毛泽东提出"政治标准第一，艺术标准第二"的基本标准，文学评价的尺度、理论和观念一直都是随着社会历史发展和文学变迁而不断变化的，并没有一成不变、四海皆准、万应万灵的评价标准和体系。及至20世纪以降的西方文论界，俄国形式主义倚重对语言"陌生化"的强调，法国结构主义基于语言的整体性、系统性表意方式来探讨对象文化意义的深层结构，而英美新批评则立足文本的语义分析"细读"出对象的独立自足。此后的女性主义文论、后现代文化研究、新历史主

---

① 从政界的领导讲话到业界的精英发言，再到学界的理论评论研究，这类呼声都很高。代表性学术成果如：陈崎嵘《呼吁建立网络文学评价体系》，《人民日报》2013年7月19日；王国平《网络文学亟待确立批评"指标体系"》，《光明日报》2012年7月3日；周志雄《中国网络文学评价体系的维度及构建路径》，《中国文艺评论》2017年第1期；李朝全《建立客观公正的网络文学评价体系》，《河北日报》2014年12月5日；欧阳婷《网络文学评价体系构建刻不容缓》，《中国艺术报》2016年8月29日；康桥《网络文学批评标准刍议》，《光明日报》2013年9月3日；夏烈《网络文学批评的三个学理支柱》，《光明日报》2016年9月3日；张柠《网络小说的文学性和新标准》，《文学教育（上）》2015年第2期；欧阳友权《建立网络文学评价标准的必要与可能》，《学术研究》2019年第4期；孙美娟《构建网络文学评价体系》，《中国社会科学报》2019年3月19日；李玉萍《构建新时代网络文学评论体系》，《中国社会科学报》2019年12月9日；张立等《网络文学发展现状及其评价体系研究》，中国书籍出版社2016年版；等等。
② 马克思：《第六届莱茵省议会的辩论》（第一篇论文）(1842年)，载《马克思恩格斯全集》第1卷，人民出版社2006年版，第90页。
③ 恩格斯：《致斐·拉萨尔》(1869年5月18日)，载《马克思恩格斯选集》第4卷下，人民出版社1972年版，第347页。
④ 刘勰在《文心雕龙·知音》中说："是以将阅文情，先标六观：一观位体，二观置辞，三观通变，四观奇正，五观事义，六观宫商。斯术既形，则优劣见矣。"

义、后殖民主义、文化多元主义等,又从作品文本中抽回目光,聚焦作品蕴含的性别、种族、政治、权力、身体、媒体、消费、解构、后现代等"外部研究"问题,可见不同评价者都有意无意地对文学评价的持论维度有所选择。网络文学历史短暂,变幻无定,从技术传媒的成熟、创作形态的辨识到理论观念的积淀,均处于不确定性与可成长性并存的历史阶段,此时冀望于构建一个统一的标准体系来评价复杂而变化难测的网络文学现象,只能是一种美好的愿望。

对一个未知问题的理论探讨应该允许试错、容错和纠错。学术辨析或观念建构不能陷入不可知论的迷宫,也不可盲目乐观、过于自信,此时我们能做的和应做的,就是在现有条件和自我认知能力的基础上,提出我们自己的构想,并承认构想的局限性和有限性。就本设计的评价体系和批评标准看,在对它的理解和具体评价实践中,则需要把握好三个方面的适恰性倚重。

一是适应对象的有限性。该评价体系及其指标设计只适应网络原创文学,而不是所有"网络上的文学"。我们知道,网络文学的概念是有区分、有限定的。笔者在十多年前出版的《网络文学概论》中曾对网络文学做出过三重界定:从广义上看,网络文学是指经电子化处理后所有上网了的文学作品,即凡在互联网上传播的文学都是网络文学,不仅涵盖了在网上首次发表的原创作品,也包括古今中外已有的印刷品文学的电子化转换作品,这种网络文学同传统文学只有媒介载体和传播方式的区别;从本义上看,网络文学是指发布于互联网上的原创文学,即用电脑创作、在互联网上首发的文学作品,这个层面的网络文学不仅有媒介载体的不同,还有创作方式、作者身份和文学体制上的诸多改变,与传统的纸介印刷文学已经有了很大区别,也是目前被许多人认可的网络文学概念;从狭义上看,网络文学是指那种只能在互联网上"数字化生存"的超文本链接和多媒体制作的作品,或者是借助特定的创作软件在电脑上自动生成的作品,这种文学具有网络的依赖性、延伸性和网民互动性等特征,最能体现网络媒介的技术特色,它们永远"活"在网络中,不能下载做媒介转换，一旦离开了网络就不能生存。这样的网络文学与传统印刷文学完全区分开来，因而是真正意义上的"网络"文学[1]，代表了网络创作的媒介和技术特色，当下兴起的人工智能（AI）创作也许就是它的发展方向。

这个十多年前对网络文学的界定，在今天看来依然是有效的。简单来说，广义的网络文学是指所有上网了的文学作品，本义的网络文学是指网络原创文学，狭义的网络文学则是指借助网络创作的多媒体、超文本或人工智能形成的文艺作品。今天我们所说的网络文学主要是第二类，网络文学评价体系所适应的也主要是指这类网络原创文学。其实，第三类狭义的网络文学也是原创的，但因为它的创作技术门槛相对较高，在我国呈"前高后低"之势——在20世纪90年代末和21世纪初，网络上曾有过不少多媒体和超文本作品，如《平安夜地铁》《哈哈，大学！》《晃动的生活》等，但一直未能形成规模，难以通过经营获得商业利益，2003年网络文学商业模式出现后，随着类型化长篇小说的大范围兴起，这类视频、音频与文字相交织的超文本之作在我国网文作品中几乎销声匿迹。于是，我们设置的网络文学评价体系，其适应对象就是当下最为常见的网络原创文学，更具体地说，它适应的就是网络原创小说特别是续更式创作的长篇类型小说。

二是对象倚重的选择性。从评价指标体系与网络文学要素之间的适恰度看，各指标设计的系数赋权是有所侧重、有所选择的。例如，网络文学思想性标准、艺术性标准的适用对象主要是针对网络文学作品，它们是作品品质与价值的根基，其系数赋值当是五个要素中最高的。网生性标准只适用于网文创作，是对作家创作过程中互动生成的粉丝干预度评估，它对网络文学价值评判分量相对较轻，不过系数分量虽然占比不重，但却是网络文学有别于传统文学评价的特殊要素之所在，是不可或缺的。产业性评价标准的适用对象是网站平台经营方，其评价指标涉及平台采用的商业模式、线上用户流量、线下IP版

---

[1] 参见欧阳友权主编《网络文学概论》，北京大学出版社2008年版，第3页。

权与融媒体经营等，其对整个行业的良性运营与生态状况，以及传播半径延伸和"双效合一"的文化市场繁荣，均有不可小觑的影响。最后一个评价要素是影响力标准，如文学影响力、文化影响力、读者影响力、产业影响力、社会影响力和传媒影响力等。影响力评价是一种综合评价和后置评价，侧重消费者口碑、历史存留的长线效应，它以网络作家作品影响为主，也包含网生过程和产业效益评价，既有现实考量，也蕴含历史检验。为区分评价对象倚重的选择性，我们一方面通过赋权系数的差异，体现它们在整个评价体系中的地位和作用；另一方面，也要求人们在使用这个评价体系时，注意区分评价的是哪一个对象（譬如是作家、作品还是网站平台），再根据对象的不同选择性设置不同的倚重系数。

事实上，在实际评价过程中，其具体情形是十分复杂的，需要有"一品一策"的准确勘定。例如，一个网络作家可能登上了富豪榜，某一作品可能线上线下均创造了良好的经济效益，但并不能据此判定该作家、此作品就必然得到高分评价，因为作家作品的评价主要不是商业性评价，而是考辨其人文审美、艺术创新、价值内涵等文学性或人文品貌方面的贡献，其经济收益、商业价值只是一种参考性因素，不是决定性因素。再比如，要评价一个文学网站平台，需要从产业经营、商业模式、经济效益和社会责任等方面入手，用文化企业的标准去衡量它，从而与网络作家、作品的评价标准大有不同，这正是评价对象选择性倚重时必须注意的。

三是系数赋权的针对性。为了操作的方便，在指标设计中，需要为网络文学评价体系设置三级（甚或四级）指标，给每个指标进行系数赋权，那么，不同的评价指标的权重系数的依据是什么呢？或者说是根据什么来确定不同指标的权重系数呢？这或将给评价体系及其指标设计的科学性与可信度带来困惑和质疑。没有参照对象，也没有经过准确计算，系数的大小由谁确定又如何确定？要说参照，只能参照"经验指数"——基于千百年来文学传统积累的历史经验，并得力于指标设计者对中国网络文学30年的发展状貌和存在方式的长期浸淫与了解。不可否认，将网络文学评价体系置于这个价值理性的"经验"系统中予以勘定，所给出的权重系数可能会带有一定的主观性，但总体上看，其堪用度仍然是可以信任、能够参照使用的。因为这种"经验"蕴含着对文学（包括网络文学）的理性认知和价值积淀。按照李泽厚先生的说法，文艺审美的"积淀"是一种"理性的内化（智力结构）、凝聚（意志结构）的呈现""因为审美既纯是感性的，却积淀着理性的历史。它是自然的，却积淀着社会的成果。它是生理的感情和官能，却渗透了人类的智慧和道德"[1]，最终化作了人的审美心理结构。从"积淀"的视角看"经验"，我们对于文学和网络文学的经验，虽然带有个人性的主观臆断，但本质上却是人类经验积淀与个人理性认知的交织与统一，既是客观价值理性的个人文学审美经验呈现，也蕴含着公共理性的客观价值。

回到网络文学评价，既然任何文学批评都不能没有自己的评价尺度和评判标准，而任何一种文学评价尺度和评判标准都不是既定律条、一成不变的，根据当下网络文学的发展水平设置一个评价体系和批评标准就不仅是可能的，也是十分必要和有价值的，为这一体系的指标设计不同层级，并赋予其不同的权重系数也将势在必行。有鉴于此，笔者以网络类型小说为主要评价对象，兼顾其他文类形态预设了5个一级指标和相应的二级指标，其权重的大小可根据这些指标在网络文学中的地位和作用来考量与验证（此当另文探讨），这样的设计方式既可分辨对象倚重的选择性，也庶几能切合评价对象的针对性。

（原载《当代文坛》2021年第6期）

---

[1] 李泽厚：《美的历程》，安徽文艺出版社1994年版，第224页。

不辨主脉，何论源头？
——再论中国网络文学的起始问题

邵燕君　吉云飞

在《为什么说中国网络文学的起始点是金庸客栈？》(《文艺报》2020年11月6日，以下称"前文")一文中，笔者提出，中国网络文学的起点必须是新动力机制的发生地，"因为只有新动力机制产生的内在影响力，才能推动这一新媒介文学高速成长20余年，形成自成一体的生产机制、社区文化、文学样态、评价标准"。由此，确定中国网络文学的起点是开启了论坛模式的金庸客栈。这个观点被欧阳友权概括为"论坛起源说"(《哪里才是中国网络文学的起点》，《文艺报》2021年2月26日，以下称"欧阳文")，对于这一简洁准确的概括，笔者欣然接受并致感谢！但对欧阳文提出的"网生起源说"以及马季随后主张的"现象说"(《一个时代的文学坐标——中国网络文学缘起之我见》，《文艺报》2021年5月12日，以下称"马季文")，笔者不能认同，借此回应机会，对前文观点做进一步阐述。[①]

[①] 非常感谢欧阳友权老师和马季老师的回应，使"如何确定网络文学的起点"这一重要问题得到更多关注。2020年11月，笔者在《文艺报》主持的《网络文学的历史与前沿》开栏，发表的第一篇文章就是《为什么说中国网络文学的起始点是金庸客栈？》，后来也陆续发表了几篇文章。在撰写本回应文章的过程中，笔者的观点也得到深化。此番再度抛砖引玉，期望得到更多学者批评指正！相信在如此健康诚恳的争鸣环境中，网络文学一些最基本的定义、定性问题将得到有效探讨。无论最后是达成共识，还是各方坚持己见，都将使研究获得扎实进展。

一、"生于北美"的网络文学并非"成于本土→走向世界"的网络文学

欧阳文的主要观点是,中国网络文学的起始点应该是最早产生汉语网络文学原创作品的"现场",基于"网络无国界"的观念,这个"现场"的地理位置可以不在中国大陆;基于发展的目光,早期机制可以不那么成熟。文章认为,"网生起源说"是更具"历史真实性与逻辑合理性"的,"如果我们抛开其他附加因素而回归'起点'的本意;抑或说,如果我们承认网络文学是基于互联网这一媒介载体而'创生'于网络的新型文学,那么,就只能回到这一文学的原初现场,选择'事实判断'而非'价值判断',即'用事实回溯的办法,而非概念推演',我们将会得到一个简单而明确的结论——中国的(汉语)网络文学诞生于1991年的美国,1994年中国加入国际互联网后才穿越赛博空间而挺进中国本土,并延伸壮大出蔚为壮观的中国网文世界"。文章最后总结道:这条"生于北美→成于本土→走向世界"的生长线,"让源自海外的网络文学以文化软实力的自信开启'出海'之旅,打造了世界网络文学的'中国时代'"。

"网生起源说"的原理确实简单明确:有网络的地方自然有网络文学,就像有水土的地方自然有植物。马季的"现象说"也主要是这一逻辑,但选择了一个更加成熟的"成于本土"的节点并依据《第一次的亲密接触》的连载(1998年3—5月)和榕树下的建立(1997年12月)将之确定在了1998年,而非更早的"生于北美"的1991年。"若是对中国网络文学做一句话溯源的话,顺序应该是这样的:北美留学生邮件和论坛+少君——黄易+《风姿物语》——《第一次的亲密接触》+榕树下文学网,1998年瓜熟蒂落钟声响起,一个时代新的文学坐标由此建立。"但如果此二说成立,我们就无法解释,为什么网络革命在全世界发生,却只有中国出现如此蔚为大观的网络文学生态,而引领互联网革命的欧美并未生长出一种有别于印刷时代文学工业的网络文学

工业？由此也引出第二个问题，那条"生于北美→成于本土→走向世界"的生长线是否仅存在于研究者的理论构想之中？因为，欧阳文中"生于北美"的网络文学，并不是那个"成于本土并走向世界"的网络文学；马季文中"瓜熟蒂落"的网络文学，也并非之后高速成长、今日用户数以亿计的那个网络文学。

在提出"论坛起源说"时，笔者之所以强调"用事实回溯的办法，而非概念推演"，就是担心，如果按照某些"简单明确"的概念去推演，很可能找到一个符合定义，但事实上和中国网络文学实践不大相关或没有明确演进路线的"源头"，这个源头很可能就是最早使用互联网技术的北美留学生创作（由于篇幅所限，前文只谈到了超文本，未能涉及这一复杂问题）和痞子蔡的《第一次的亲密接触》。其结果是，研究界确认的源头网文界不认。这倒不仅是圈子意识，而是在以趣缘划分的互联网空间，这几个"部落"间确实没有什么交集。

"概念推演"的方法可能产生按图索骥的偏差，原因是，目前研究界能达成共识的网络文学概念太基础了，基本就如欧阳文所说的"网络文学是基于互联网这一媒介载体而'创生'于网络的新型文学"。这个概念里只有媒介属性这一个规定性条件——当然，将网络性定义为网络文学的核心属性，这本身是包括欧阳友权老师、马季老师以及笔者在内的网络文学研究者多年努力的成果——在网络文学兴起之初，为与纸质文学做区分，尤其是为了反抗将网络文学仅仅视为通俗文学网络版的传统精英文学观念，强调媒介属性是十分必要的。但是这个"抛开其他附加因素"的概念内涵却不足以支撑对中国网络文学发展史的解释。

所以，在判断中国网络文学的起源时，性质判断是必要前提。笔者所说的"事实"，并非仅仅是历史上发生过的事情，而是特定的中国网络文学发展史。前文使用"事实"一词确实有含混之处，如果更大胆一些，直接用"史实"会更明确。前文提出的"论坛起源说"就是基于对中国网络文学主脉性质的判断：中国网络文学的主导形态是商业化类型小说，其生产机制是起点中文网于2003年10月成功运行的VIP付费阅读制度，这一制度将消费经济的基因和互联网的基因相结合，从而产生了中国网络文学独特的商业模式和文学模式，即基于用产原创内容UGC（User Generated Content）的粉丝经济模式和"以爽为本"的"爽文"模式。在此判断的基础上，通过对网络文学发展早期的文学原创社区的运行进行考察，发现金庸客栈代表的论坛模式具备了以上核心要素，因此被定为起始点。当然，如果笔者对中国网络文学主脉性质的判断不能得到公认，也只能是一家之言。

在笔者提出的"论坛起源说"里，论坛模式提供的"新动力机制"是必要条件，而非欧阳文所说的"附加条件""充分条件"。笔者同意欧阳文中所说的，新事物的功能范式不可能一开始就是完善的，但雏形里必须具备核心要素。相对于起点中文网的VIP付费阅读制度，金庸客栈的论坛模式也是不成熟的，但具备了UGC模式的基础。而《华夏文摘》等平台的网刊模式，其成熟形态是"榕树下"式的编辑主导型网站模式。新生事物总是在发展中成熟起来的，但稻子再怎么进化也进化不成麦子，因为基因不同。这个基因就是网络性——不是因为诞生在互联网空间就天然具有的媒介属性意义上的网络性，而是将网络基因内化为平台基因的网络性。

二、并非所有的网络平台都具有网络基因

欧阳文认为，"网生"文学需要两个逻辑关联的基本条件：一是技术基础，二是文学制度。"前者为网络文学的出现提供媒介载体和传播平台支持，后者则让网络文学形成机会均等的生产机制和互动共享的话语权分发模式，而1991年诞生于北美的汉语网络文学就最早具备了这两个要件。"

对于"网生"文学的两个基本条件，笔者是同意的，但结论却不能同意。笔者认为，1991年诞生于北美的华语网络平台，其文学制度恰恰尚不具备网络基因，甚至，当时还不具备支撑文学制度发生变革的技术基础。

欧阳文一直将"网生"文学的起源地指认为1991年的北美，而没有直接

指定为1991年4月5日创刊的《华夏文摘》，应是为了强调万维网发明的意义，"1991年伯纳斯 – 李研发的万维网（WWW, World Wide Web）实现商用，消除了Internet去中心化平权架构中信息共享、多点互动的技术障碍，使下移的文学话语权在消解传统的文学圈层后，实现了'人人皆可创作''时时都能评说'的新型文学制度。这个被尼葛洛庞帝称为'划时代分水岭'的媒介革命，唤醒了文学网络化的努力，促成了文学与网络的'联姻'，文学才有了实现'网生'而登上历史舞台的技术和制度基础"。

遗憾的是，这里的时间点有一定失误。万维网在1989年3月由蒂姆·伯纳斯 – 李提出设想，当年12月首次编写网页，但最初几年只在研究机构间使用，直到1993年4月底才宣布开放给公众免费使用。《华夏文摘》是在1994年6月才推送到万维网上的，此前一直靠群发邮件的方式发行，即使有了万维网，也不过多了一个推送方式。

作为最早的华语网络平台，《华夏文摘》在华语世界产生了巨大影响，这一点是毋庸置疑的。但是限于文化理念和技术限制，《华夏文摘》的性质确如其名，是一份定期出版发行的网络文摘杂志，网络在这里只是一种更先进的传播媒介。《华夏文摘》在内容上有强烈的精英导向，以政治文化为主，文学只占很少的栏目，原创内容也是两三年后才逐渐多了起来。如欧阳文谈到的"创刊号上发布的《太阳纵队传说》是目前发现的最早的一篇汉语网络原创散文"，其实也是转载，文章底部标注有"本文转载自《今天问》文学杂志1990年第2期"（《今天问》为《今天》笔误）。马季文谈到的"被认为华文网络文学开篇之作"的《奋斗与平等》（《华夏文摘》第4期，作者马奇，本名钱建军，其另一广为人知的笔名是少君），文章底部也标注"由《中国之春》供稿"。没有注明出处的，是否为网络原创，其实也不能确定。①

海外华人网络平台进入文学原创时代，应该以方舟子等人创建全球首个原

---

① 参见《华夏文摘》创刊号、第2期、第4期。

创性中文综合类网络杂志《新语丝》(1994年2月)为标志，随后又有《橄榄树》《花招》等原创文学网络杂志问世。孕育它们的母体 ACT 中文新闻组（alt.chinese.text，1992年6月）倒是一个类似中文网络论坛的环境。但因后期帖子多污言秽语而被很多人称为"公共厕所"。从中出走的活跃分子建立的原创文学平台，依然采用编辑部统摄的网刊模式，这一模式一直延续到榕树下和早期的红袖添香。

马季文认为，"1997年12月朱威廉创建'榕树下'文学主页，及1999年8月'红袖添香'书站开启，网络文学的大众性和广泛性才真正得以实现"。在当时以文学期刊为绝对主导的当代文学生产环境下，主页、网刊、书站的出现，确实会产生大众性和广泛性的影响（但为什么是榕树下而不是黄金书屋，是红袖添香而不是晋江文学城？这里面仍难免有传统主流文学视野的局囿[①]）。然而，由于其内在模式是延续传统期刊的，其大众性和广泛性是受限的，后来证明也没有强劲的生长力。编辑部的"把关系统"就像给网络的汪洋大海装上了一个水龙头，使互联网去中心化、多点互动的技术特性没有发挥出来。真正实现了"基因突变"的是论坛模式，它把互联网技术上的突破，落实为平台运行模式的突破，从而形成"人人皆可创作""时时都能评说"的新型文学制度，把印刷文明"精英中心"主义制度下被压抑的文学力量大大解放了出来。因此，笔者虽认同马季文认为的"中国网络文学是多源头的"，但更强调真正的变革是自论坛开始，而非编辑主导的带有过渡性质的榕树下。

在媒介变革时期，早期探索者具有过渡性质是最正常不过的现象，不仅有媒介技术和路径依赖的限制，也有文化观念的限制，或者坚持。在彻底网络化的时代，以编辑为主导的文学网站或许还会存在，在人人自我中心化的"茧

[①] 榕树下1997年12月建立时只是朱威廉的个人主页，产生更大影响是在1999年7月设立全球中文原创作品网编辑部以及随后正式建站之后。黄金书屋建立于1998年5月，一度主导了网络阅读风向，甚至有"上网读书不识黄金书屋，再称网虫也枉然"之说。晋江文学城第一阶段始于1999年7月，福建晋江电信局"晋江万维信息网"建立文学站点"晋江文学城"，比红袖添香还早一个月。但榕树下和红袖添香与传统文学界合作较多，气息也更相近，更能进入传统研究者的视野。

房"中，甚至可能成为新的精神标尺——即便如此，这一脉网站也只能以小众的方式存在，可以视为精英文学传统的不绝如缕或网络重生，但不适合作为新媒介文学的起点。

马季文将笔者"中国网络文学的起点应是金庸客栈"的观点称为"站点说"，"'站点说'相对简单，谁建站最早自然那里就是发端之地。这当推1995年8月中国大陆第一个出现的BBS'水木清华'和1996年8月新浪旗下的'金庸客栈'，但这两家前者是局域网，不对大众开放，后者则是金庸武侠小说拥趸聚会的场所，后期才逐步演变为开放性的大众写作平台。1997年6月，网易公司成立，8月向用户提供免费个人主页，这是网络小说站点得以发展的基础。此后的'碧海银沙''黄金书屋'，以及相继出现的'龙的天空''西陆论坛''旧雨楼''西祠胡同'等BBS合力形成了网络文学最初的联盟"。

"站点说"的概括，远不如欧阳文"论坛起源说"的概括精准，在这里，个人主页（完全受控于主页创建者）、书屋（读者只能阅读作品不能上传和交流）、论坛（BBS）、网站是混为一谈的。事实上，笔者将中国网络文学的起点定为金庸客栈不是因为它建站早，而是因为它开启了论坛模式。至于为什么不选择比它更早的水木清华BBS或比它更晚但孕育了龙的天空、起点中文网等网站的西陆BBS，笔者已在前文中阐明，不再赘述。

三、"生于论坛"的网络文学才具有与世界网络文艺的联通性

如果我们说网络文学是一种新媒介文学，那么其新媒介性如何体现在文学性里？换个更明确的问题，作为印刷媒介高度成熟期的类型小说代表（以报纸为载体的"日更"），金庸小说（包括被认为是玄幻鼻祖的黄易）和与之类型相近的网文（玄幻、修仙）区别在哪里？一个重要区别在于，网文生成于一个即时互动的趣缘社区，其核心套路体现了这一"愿望—情感共同体"（王祥语）

的欲望投射。但最硬核的区别更在于，网文接受了电子游戏等网络文艺的影响，包括世界设定和升级系统，这直接影响了其世界建构的虚拟性质和"升级打怪换地图"的叙事模式。这也是就作品而言，最初以游戏同人小说面目出现的《风姿物语》会被"大神们"视为网文正根的原因。

《风姿物语》对网文早期作者的影响是实实在在的，而非马季文所说的象征意义大于实际影响。马季文做出这样判断的依据是"2003年4月，《风姿物语》转发于起点中文网之前，尚未见到在大陆有传播的记录"，但这一史料观察有误，应该是早期中文互联网的历史记录多已消失的缘故。据笔者对早期文学网站创始人的采访，当时大陆网民访问台湾站点是没有障碍的，很多人是罗森成名的元元讨论区（巨豆广场的一个论坛，鲜网前身）的常客。幻剑书盟前主编邪月谈道："1998年能接触到网络时（拨号时期），通过各种搜索找到了鲜网的前身巨豆广场和六艺藏经阁等台湾网站。"他也支持《风姿物语》为网文源头的说法："《第一次的亲密接触》说是网络文学，但从来不是幻想类网络文学，更不是后来网络文学里的主流，在网络上的人气远低于《风姿物语》这样的幻想类作品。真正对整个现有网文模式和写法有影响的，的确是《风姿物语》。"[1]这些经常被大陆网民光顾的台湾网站上的文章会很及时地被"搬运"到大陆站点，《风姿物语》在1998—1999年就被转到黄金书屋等书站、论坛并逐渐产生影响。龙的天空创始人段伟（weid）在接受采访时说，他在黄金书屋就看过十几本网络小说，"我还没到西陆的时候就看过网络小说，肯定有《星战英雄》《星路谜踪》，《风姿物语》至少'太阳''月亮''星星'那三篇应该是有了"[2]。《紫川》（2001年开始连载，被认为是大陆早期玄幻小说的代表作，也是作者老猪的处女作）的作者老猪也曾在访谈中谈道，"成为写手之前"，他"最

---

[1] 邵燕君、肖映萱主编：《创始者说：网络文学网站创始人访谈录》，北京大学出版社2020年版，第115页。
[2] 邵燕君、肖映萱主编：《创始者说：网络文学网站创始人访谈录》，北京大学出版社2020年版，第95页。

喜欢的前辈作家"是罗森、莫仁、田中（芳树）[①]。2001年11月宝剑锋成立中国科幻文学协会（起点中文网前身），罗森被列为居首的名誉会员（笔者存有页面截图）。

  电子游戏是网络时代"最受宠"的艺术，因为它与网络媒介最匹配，而文学则是在印刷时代成长起来的，在网络空间生长起来的是电子游戏，在文学方面是基于电影、电视剧、电子游戏的二次创作，即同人写作。欧美和日本的同人写作都对中国网络文学，尤其是"女性向"网文的发展，产生了重要影响。至于电子游戏和日本ACG文化对中国网络文学的发生和发展产生了怎样的内在影响，这是目前特别期待网络一代学者深入研究的新课题。至少，我们今天可以认识到，文学只是滋养网络文学发生发展的一个艺术资源脉络，甚至未必是最强大的那个脉络——这一点，随着网络文学的进一步发展，网络性的加深，正越来越明显地显露出来，这是特别需要文学研究者跳出自己的专业局限认识到的。笔者曾在多篇文章和研讨会上称网络文学是"印刷文明的遗腹子"，这一说法是为了打破在印刷文明中形成的"文学中心"的惯性思维，今天看来，这一说法仍受制于线性思维的模式。网络文学的血统恐怕没有那么单纯，它不是文学的一脉单传，而是在网络文艺这一"块茎结构"中重新生长出来的。所以，它既不是通俗文学的网络版，也不是文学的网络版，而应该被视作网络文艺中的文学形态。

  对于网络文学中非"文学基因"的部分，绝大多数传统文学研究者至今都是相当陌生的。所有这些陌生的元素，在网络文学发展初期，也都只能在论坛平台上找到，如海峡两岸的高校BBS、金庸客栈、元元讨论区等论坛，桑桑学院、露西弗等"女性向"论坛。其中，日本ACG文化的影响很大部分是经由台湾传入的。而在《华夏文摘》及榕树下等编辑主导的平台上，延续的仍是

[①] 详见健康的蛋、老猪《〈紫川〉作者老猪访谈录》，起点中文网，2005年8月31日。原帖已不可查，目前可见的最早转载来自2005年9月25日的百度"紫川吧"，https://tieba.baidu.com/p/43594643，查询日期2021年6月14日，笔者存有截图备查。

传统文脉，发表作品也是按传统体裁划分，如诗歌、散文、杂文等。产生差异的原因，与平台建立时间无关，主要与运行方式和主导者的偏好相关。这一时期文学平台的创建者都很有情怀，基本延续了五四运动以来的"严肃文学"传统，或是"纯文学"的追求（如榕树下艺术总监陈村就认为网络文学应有先锋探索精神），包括类型小说在内的通俗文艺，都难登大雅之堂。只有在人人可以发帖的论坛上，各种"精灵古怪"的东西才有机会冒出头来，并形成气候。早期能上网络论坛的人大都是理工科出身，他们在文学上不居于正统，因此也少桎梏。他们又是一群敏锐逐新之人，胃口强健，是各种世界流行文艺饥渴的消费者。

无论是电子游戏、日本ACG文化还是好莱坞大片、纸质类型小说，都是成熟的文化工业的产物。由其消费者组成的论坛，自然携带了商业基因。消费文化的商业基因和论坛模式的网络基因叠加，形成基于UGC的粉丝经济模式，终于在以起点中文网为代表的商业网站那里，创造出了VIP付费阅读制度。这一中国大陆原创的网络文学生产机制，是网络文学高速成长的核心动力机制，使类型小说在欧美网络环境中被压抑的潜力爆发了出来。或者说，由于中国网络文学的发展繁荣，补齐了世界网络文艺中相对薄弱、处于式微阶段的文学短板。所以，中国网络文学是世界网络文艺的一部分。

"成于本土"的中国网络文学为什么能不期然地"走向世界"？为什么粉丝渠道那么畅通？为什么那些老外粉丝会自发地翻译几百万字的中国网文？为什么翻译中国网文可以盈利，近年来更成为各大网站争抢的盈利增长点？因为中国网文满足了海外消费者的刚需。在世界网络文艺的整体脉络中，中国的网文作者、读者与海外的译者、读者是同根同源的，分享着共同的底层逻辑和数据库资源，除了汉语的阻隔和中国文化的新鲜感，一切都是相通的，连气息都是熟悉的。

而在传统文学这一脉，榕树下最终没有找到有效的商业模式。中国网络文学如果只有这一脉，现在的状况应该和其他国家一样，处于自娱自乐的状态，不可能形成具有"文化软实力"的规模力量。

四、"中国网络文学"不同于"华语网络文学"和"汉语网络文学"

最后，谈一谈中国网络文学起源的"国界"问题。

欧阳文认为："对于没有国界的'网络地球村'来说，计较诞生于哪一个国家是没有意义的。网络文学的辨识只有语种区别，并无国家或地区的界限，世界上以汉语为母语的网络文学都可算作中国网络文学，何况诞生于北美的网络文学本是出自华人留学生之手。"

对于这个观点，笔者也不能认同。原因也正如欧阳文所说的，网络文学的诞生需要两个逻辑关联的基本要件：一是技术基础，二是文学制度。在互联网诞生之初，人们普遍有过"地球村"的幻想。今天，人们越来越认识到，互联网是有国界的，网络文学也是有国别的。

中国大陆网络文学之所以这么早诞生，发展得这么迅速，得益于当时中国科技兴国的发展战略。从互联网基础设施的建设进程来看，中国大陆并不比欧美晚多少，在亚洲地区，与日本、韩国、中国台湾差距也不大（按照建立教育研究网的时间点，韩国 1982 年，日本 1984 年，中国台湾 1987 年，中国大陆 1990 年；进入 ADSL 普遍商用的时间点，日本、韩国，以及中国台湾都是 1999 年，中国大陆是 2002 年）。这对冷战格局下的中国大陆绝非易事，需要改革开放的大好环境和国家领导人的高瞻远瞩。

欧阳文使用的"中国的（汉语）网络文学"这个概念令人迷惑。笔者的理解，莫非指"中国的（汉语）网络文学"之上，还有一个范畴更大的概念"中国网络文学"，包含非汉语的少数民族语言文学［比如"中国的（藏语）网络文学"］？抑或只是表达"世界上以汉语为母语的网络文学都可算作中国网络文学"？

按照目前学术界通行的概念划分方式,"中国文学"的概念中自然包含"少数民族文学"和"海外华语文学"(但一般具体说到后两者还需特别提及),如果只强调语种的区别,可用"汉语文学"的概念。

对于网络文学的概念界定,笔者认为最好沿用这些既有的学术概念。一方面,网络文学研究也逐渐纳入学科化体系;另一方面,这些概念经多年使用,尽管还会有矛盾含混之处,但错误率更少些。在笔者的概念里,"中国网络文学"是以中国大陆的网络文学为主体的;"华语网络文学"指的是中国大陆以外的华语创作,包括中国港澳台地区。如果实在需要一个概念涵盖所有使用汉语创作的网络文学,那么,"汉语网络文学"似乎更合适。这一概念只强调语种的区别,国族、地域概念会被大大虚化,不能说以汉语为母语写作的网络文学就是中国网络文学。因为有些语种是很多国家的母语,如英语网络文学,你说它是英国的、美国的,还是澳大利亚的?

对于中国网络文学这个概念而言,中国大陆的地域属性绝不能虚化,因为文学制度不是虚化的。北美的网络文学、中国台湾的网络文学,即使对中国大陆网络文学的发生产生过重要影响,其平台运营模式和文学样态也不能照搬。

比如,《华夏文摘》时政色彩极其浓厚,文学创作以留学生的表达乡愁为主。所以,虽然在文体上基本延续纸刊传统,以杂文、散文、诗歌、中短篇小说、回忆录为主,但仍能聚拢人气,引发共鸣。而当朱威廉把他的个人主页榕树下移到中国大陆成立编辑部后,他首先考虑的就是政治安全,编辑部审稿,首先严把的是政治关,艺术标准反而很宽松。[①] 于是,散文、小说更多的是"网络文青"的自我抒情、自我表达,很难形成社区讨论,也缺乏商业价值。

再比如,台湾元元讨论区(1998)曾聚集了海峡两岸及港澳地区的早期网民,龙的天空、幻剑书盟、起点中文网等多家早期网站、书站创始人都曾混迹于此。2000年元元创始人沈元想走商业化道路,就自己成立出版社,利用台

---

① 参阅邵燕君、肖映萱主编《创始者说:网络文学网站创始人访谈录》,北京大学出版社2020年版,第6—7页。

湾类型小说出版和出租书屋的渠道，实现了"线上连载—线下出版"的商业模式。这一模式也支持了中国大陆第一家商业网站龙的天空的商业化道路，可以说，中国大陆网络文学商业化发展的"第一管血"是台湾出租屋市场注入的。[①]但这个市场对于大陆网文作者而言毕竟太小，而在大陆出版，就会遇到如何与出版社合作等一系列问题。最终，龙的天空商业失败，起因就是与合作出版社的一场官司。[②]起点中文网之所以孤注一掷，走当时人人不看好的线上收费道路，是因为实在没有别的路可走。没想到，绝处逢生，创出奇迹。

从以上发展史实中，我们可以看到，考察中国网络文学的发生和发展问题，离不开对中国大陆的具体制度环境和消费环境的考察，终归是一方水土才能养一方文学。

关于中国网络文学的起源问题，笔者赞成多起源说。每一条大江大河都是由多条河流汇聚而成的，何况互联网本身就是去中心的。《华夏文摘》可以作为北美华人文学的源头，但难说是华语网络文学的源头。因为中国台湾的网络文学自有其源头，笔者倾向于定为元元讨论区（1998）或诞生了《风姿物语》（1997）、《第一次的亲密接触》（1998）的高校 BBS（始建于 1990 年年底），甚或上溯到 Tigertwo（虎二站）BBS（1994 年 10 月）。如果超越国别、地域，单以语种论，以《华夏文摘》为代表的网刊平台，或可作为汉语网络文学最早的发生地。之所以不称源头，是因为源头便意味着源流。互联网空间理论上是相通的，但事实上被无数趣缘空间所阻隔。没有明显渊源关系的文学，只能按时间节点排序。但中国网络文学的源头只能在中国大陆，也可以分为几个脉络。以起点中文网为代表的网络类型小说（网文）的源头，可以追溯到开启论坛模式的金庸客栈（1996 年 8 月）；榕树下（1997 年 12 月）开辟的则是与纸质文学传统更具连续性的精英文学脉络；"女性向"文学也可以梳理自己的脉络，

[①] 参阅邵燕君、肖映萱主编《创始者说：网络文学网站创始人访谈录》，北京大学出版社 2020 年版，第 70—100 页。
[②] 参阅邵燕君、肖映萱主编《创始者说：网络文学网站创始人访谈录》，北京大学出版社 2020 年版，第 52 页。

其起始点应该是桑桑学院（1998年5月）。虽然源头各异，但正源只能找主脉。恰巧，金庸客栈建立时间也是最早的，既是主脉又是最早，免去了很多麻烦的论证。

将起始点锚定在金庸客栈，可以更加明确中国网络文学的独特性质及其在世界网络文艺中的定位：中国网络文学是世界网络文艺的一部分，它的诞生深受世界流行文艺的滋养，以中国原创的生产机制为动力，为类型文学这一在印刷媒介中成熟的文学形态插上了网络的翅膀，使其在总体数量规模和类型丰富度等方面都获得了长足发展。当中国网络文学再次走向世界时，不但展现了中华文明的传统魅力，也使文学这一古老的艺术形态焕发青春，继续成为当下世界网络文艺中的活跃部分。中国网络文学对世界流行文艺"反哺"，也在一定程度上加速了世界文学的媒介变迁。

（原载《南方文坛》2021年第5期）

网络文学的经典化是个伪命题

黎杨全

在新媒介带来的文学新变中，需要注意与反思印刷文化的意识形态。网络文学的经典化一直是网络文学研究的热点，但在笔者看来，这在很大程度上是一个伪命题。文学经典的概念及其建构本身是印刷文化的产物，这决定了经典的固化特点："经典的本质是固定的、独立的、封闭的、模范的和规定性的。"[①] 经典的这些属性与网络文学形成了根本性的冲突。

一

文学经典（Canon）的概念首先指向的是客体、文本的观念，经典往往与恒常性、"伟大性"（greatness）相关，是指文学史中的优秀作品，文学经典是"精选出来的一些著名作品，很有价值，用于教育，而且起到了为文学批评提供参照系的作用"[②]。在这种观念下，常见的经典化手段就是编订选集，被选中的文本被看成经典，它们构成了神圣的共同体，选集确认了经典的序列与新发展，也建立了传统经典与当下经典的历史联系。在恩斯林（Astrid Ensslin）看来，经典化是文学制度的结果，而制度化的经典化（institutionalized canonization）通过文学选集的手段得到最有效的加强。通过创建不同类型的文

---

① Astrid Ensslin, *Canonizing Hypertext: Explorations and Constructions*, New York: Continuum International Publishing Group, 2007, p.48, p.50.
② ［荷］佛克马、蚁布思：《文学研究与文化参与》，俞国强译，北京大学出版社1996年版，第50页。

集，权威化的编辑可同时执行两个任务，一方面，再次强调了先前经典文本（历史经典）的文化重要性；另一方面，又有能力建立和推广"另类"的、替代的新经典，从而与传统的准则形成对比，但又不会完全破坏它。[1]在网络文学的经典化过程中，同样延续了这种客体观念，一些学者采用了编订选集、选出经典作品的常规化手段，比如邵燕君主编的《中国网络文学二十年·典文集/好文集》《网络文学经典解读》等，其目的也是建构经典在传统与网络之间的传承序列，完成"主流文学的重建"。

将文学经典视为客体、文本的观念还体现在对网络文学的收藏及博物馆体制上。"艺术博物馆的首要任务是从大量的艺术作品中选出有美学价值或有重大历史意义的作品来，剔除二流艺术品或毫无价值的作品。"[2]2019年8月，阅文集团与上海图书馆达成网络文学专藏战略合作协议，并举办签约暨入藏仪式，宣布设立"中国网络文学专藏库"，选入的作品包括《将夜》《大国重工》《写给鼹鼠先生的情书》等，这被视为网络文学经典化的重要里程碑。[3]而在今年，中国国家图书馆又与阅文集团达成合作，对上百部网络文学作品进行收藏。在国外，一些艺术家或文艺组织也试图对数码艺术进行收藏，比如美国明尼苏达州阿波利斯市的"沃克艺术中心"（The Walker Art Center）就收藏互联网艺术，接受此类艺术赠品。

不管是编订选集，还是进入图书馆收藏，都是将经典视为一个可拥有、可收藏的文本，这种客体观念显然与印刷文化紧相联系："一旦印刷术在相当程度上被内化之后，书给人的感觉就是一种物体，里面'装载'的是科学的或虚构的等信息，而不是早些时候那种记录在案的话。"[4]在文学理论方面，印刷术

---

[1] 参见 Astrid Ensslin, *Canonizing Hypertext: Explorations and Constructions*, New York: Continuum International Publishing Group, 2007, p.50.
[2] [匈] 阿诺德·豪泽尔：《艺术社会学》，居延安译编，学林出版社1987年版，第173页。
[3] 参见《阅文集团与上海图书馆达成战略合作 全国首个网络文学专藏库设立》，2019年8月28日，https://www.sohu.com/a/337070240_115433。
[4] [美] 沃尔特·翁：《口语文化与书面文化：语词的技术化》，何道宽译，北京大学出版社2008年版，第100页。

最终导致了形式主义和新批评的诞生,这两种理论相信,每一个语言艺术文本都封闭在自己的空间里,成为一个"语言图像"。在印刷文化语境中,这种观念具有合理性,因为我们面对的总是一个文本,但以这种观念来衡量网络文学时,就会出现理论与实践上的困难。网络文学很难说只是一个文本,它是一种(虚拟)社区性的文学,不仅包括文本,也包括在社区中的互动、讨论等,而后者甚至成为读者体验中更重要的部分。

在印刷文学语境中,作者与读者是割裂的,缺乏一个可以验证的语境。这种割裂甚至成为艺术家的刻意追求:"只要艺术家抱着严肃的态度,就会不断尝试切断他与观众之间的对话。"[①] 这是有效实现个人心灵独语、摆脱世界奴役的保证。这种孤独者的自我哲学,具有浓重的精英主义与先知者的自我想象,预设了读者的缄默与被动性。网络文学却不是这种类型的文学,网络社会的崛起,促成了"受众的终结与互动式网络的出现"[②]。波斯特对言说与书写进行了区分:"当交流手段被理解为对言说与书写的选择时,交际的所有参与者的在场或缺席往往是其鉴别特征。言说是信息传输者和接收者都在场的交流;而书写则是只有一方在场的交流。"[③] 网络文学既是一种书写,也是一种言说,后者是网络文学与印刷文学根本的不同点。印刷文学缺乏在具体情境下的交互所具有的复杂性,即便没有某个背景内共同在场的语境要素,文本的阐释也照样可以发生,然而网络文学的合法性不只是源于文本的自我结构,也在于语境的相互作用。陈村曾将网络文学比喻为"唱卡拉OK",吴过认为这个比喻"很形象":"一大帮热爱文学的网虫聚集到因特网这块崭新的天地里,自娱自乐地唱卡拉OK,在BBS上发帖子,是再正常不过的事,唱得好,有人吆喝几嗓子,

---

① [美]苏珊·桑塔格:《沉默的美学——苏珊桑塔格论文选》,黄梅等译,南海出版公司2006年版,第52页。
② [美]曼纽尔·卡斯特:《网络社会的崛起》,夏铸九等译,社会科学文献出版社2001年版,第405页。
③ [美]马克·波斯特:《信息方式——后结构主义与社会语境》,范静晔译,商务印书馆2000年版,第115页。

拍几下巴掌；唱得不好，有人拍砖、骂娘。"① "唱卡拉 OK"与众人的叫好或拍砖，形象揭示了网络文学现场的群体氛围，读者的阅读快感既来自故事文本，也来自社区的互动。

显然，经典化暗含的客体、文本的观念阉割了网络文学，因为它看重的只是（故事）文本。20 世纪 70 年代以来，欧美理论界就文学经典问题进行了广泛的争论，不管是侧重社会性还是审美性、历史主义还是形式主义、本质主义还是建构主义，都是针对文本本身来说的，这种文本观念在印刷文学语境中具有合理性，但当面对网络文学时，就值得反思。网络文学的欣赏方式与体验结构不同于印刷文学，编订选集或收藏进图书馆的经典化方式，保存的只是故事文本，而非完整的网络文学。一些精英知识分子对网络文学不感兴趣，这是因为这些书面文化的读者无法复原网络文学的现场氛围，而这种氛围、互动与语境本身才是网络文学的重要目的。美籍华裔学者王靖献用口头诗学来解读《诗经》，相关专著《钟与鼓》的书名取自《诗经》首篇《关雎》中的"钟鼓"一语，意在希冀现代读者能像诗中主角及生活于类似文化环境的古人那样去"阅读"这些诗歌②，去感受那种现场的吟唱氛围，这种要求，同样适合于网络文学的欣赏。这涉及文学观念的转变，需要从将文学视为客体，转而视为一种过程、互动的"事件"。客体及其意义阐释适合于印刷文学，但对网络文学来说，重要的是互动实践："在前远程通信时代，我们认为世界充满意义，是一个需要解读的文本，是一本待读的大部头。现在，是我们书写自己的现实并且通过互动来修订其中含义。"③

---

① 《吴过专访：网络作家之十"拓展另一个空间——访王猫猫"》，《互联网周刊》1999 年第 48 期。原文中"帖子"写成了"贴子"，已更正——引者注。
② 参见[美]王靖献《钟与鼓——〈诗经〉的套语及其创作方式·序言》，谢濂译，四川人民出版社 1990 年版，第 1 页。
③ [英]罗伊·阿斯科特：《未来就是现在：艺术，技术和意识》，袁小潆编，周凌、任爱凡译，金城出版社 2012 年版，第 98 页。

二

与这种客体意识、编订选集及博物馆体制相对应的是静止的观念，即将文学经典看成静态的存在。追求永久的恒定性与不变性是经典内在的要求，刘勰在《文心雕龙》中对"经"的解释是："三极彝训，其书言经。经也者，恒久之至道，不刊之鸿教也。"① 在西方，"Canon"这个词最早出现于公元4世纪，与宗教的教义、律法有关，主要指早期基督教神学家的《圣经》之类的典籍。② 这些典籍是教会活动的标准与律法，是神谕的语言，具有神启性、真理性，由宗教机构勘定，要求绝对的准确性，杜绝任何随意的篡改与假托。

文学经典的这种静态观念同样与印刷文化有关："印刷术促成了一个封闭空间（closure）的感觉，这种感觉是：文本里的东西已经定论，业已完成。"③ 这种封闭或完结的感觉是一种不折不扣的物理感觉，它给人的印象是，文本里的材料同样是完全的或自给自足的，这导致了叙事与论证的更为封闭的线性形式。印刷文本是桀骜不驯的，印制出来的文本不可能再做改变（删除、插入），它不再是同外部世界的对话。在此意义上，印刷书籍似乎是保护经典的理想媒介："书籍象征着连贯性、密集性、封闭性、完整性、统一性和物质性，所有这些都是使文学作品不朽所必需的。"④

在对网络文学经典化的过程中，同样延续了这种静止的观念。编订选集、收藏进图书馆，目的就是求得经典的准确性与永恒，前面提到上海图书馆对网络文学的保存就充分表现了这一点，这次活动特别强调，在对网络文学作品的保存上，选用的载体是三防加强型移动硬盘，据说这种硬盘是数字信息存储

---

① （梁）刘勰：《文心雕龙·宗经》，徐正英、罗家湘注译，中州古籍出版社2008年版，第56页。
② John Guilory, "Canon", In FrankLentricchiaetal. eds., Critical Terms for Literary Study, Chicago: The University of Chicago Press, 1995, p.233.
③ ［美］沃尔特·翁：《口语文化与书面文化：语词的技术化》，何道宽译，北京大学出版社2008年版，第100页。
④ Astrid Ensslin, Canonizing Hypertext:Explorations and Constructions, New York: Continuum International Publishing Group, 2007, p50.

的首选，具有防水、防震、防火等功能，理论保存年限是100年。然而网络文学却很难说是静止的，它的本质精神是动态的世界。从网络文学的故事文本来看，它具有动态性。希利斯·米勒认为："你不能在国际互联网上创作或者发送情书和文学作品。当你试图这样做的时候，它们会变成另外的东西。"[①]把故事重新置入新的语境是网络的典型特征，故事的作者已经无法控制他所写的东西。网络文学当然也有相对稳定的一面，但从理论上来说，只要它在网络上，就随时面临着被改写的可能。文学在纸媒语境中也会被改编，但操作起来相当繁难，印刷品要修改，只能是重新印刷一次，网络文学的改写则是随心所欲的。从文学的存在论来说，网络文学永远是一种"草稿"形态。不能从静止的意义上去理解网络与网络文学，"在网络逻辑中，存在着从名词向动词的转移"[②]。

网络文学的动态性还在于它本身就是不断延伸与发展的动态存在。如前所述，完整的网络文学不仅是故事文本，还包括故事文本之外的社区互动实践，这就让网络文学处于不断的共生性语境之中，故事文本与互动实践之间的回应与修改不停改变着它的整体存在状态。莱文森以博客为例来说明这种原理：博主可以很容易在博客发布以后，对博客做重大的文字修改和意义修改，这带来的结果是，如果你修改一个许多人评论过的文本，肯定会引起混乱。博客的网络式存在让它不可能保持原初版本，不断的反馈回路带来了意义的持续生产，在此意义上，"博客绝不会真正结束"[③]。曾尝试网络写作的旅美作家张辛欣有相似的看法："反馈性的交流，在曾经热闹的BBS，在仍然被情人们爱慕着的ICQ上，无限穿梭着，延伸着，所谓一部作品的完整性，可能在新的阅读方法下遭到'破坏性'的彻底改变？"[④]将这种独特状态视为"混乱"或"不完整"，是源自印刷文学的观念预设，实际上，这表现的是网络文

---

① [美]J. 希利斯·米勒：《全球化时代文学研究还会继续存在吗？》，载易晓明编《土著与数码冲浪者——米勒中国演讲集》，吉林人民出版社2004年版，第98页。
② [美]凯文·凯利：《失控：全人类的最终命运和结局》，东西文库译，新星出版社2010年版，第40页。
③ 参见[美]保罗·莱文森《新新媒介》，何道宽译，复旦大学出版社2011年版，第25页。
④ 张辛欣：《独步东西：一个旅美作家的网上写作》，知识出版社2000年版，第149—150页。

学的动态性。

在此意义上，网络文学是一种永远不会终结的开放叙事。可以把印刷文学与网络文学作一番比较。印刷文学有固定的开头与结尾，具有信息完结性的特征，常常表示"作者的语词已经定稿"，成为"终极的形式"，"这是因为印刷术只接受已经定稿的文本"。[①] 与之相比，网络文学则处于互动实践之中，难以完结，成为一个在双向交互中不断更新的 β 版媒体。这种互动与衍生情境实际成为整个网络文艺的基础性的架构（Architecture），这种变形的能力是新媒介自身独有逻辑的展开，构成了主体、符号的相互连接与不断生产。鲍曼甚至不无夸张地认为："人类操作员不再是那一动力的一部分；他们引发了不能对之引导、调节和监控的进程。没有人能控制发生于电脑空间内的那一文化驱动的逻辑。"[②]

在网络文学的发展过程中，可以清晰地看到印刷媒体向网络媒体转换的过程中的这种困境。当时的亲历者"笨狸"（张震阳）曾敏锐地意识到这一问题，他在谈到网络文学的特点时说：

> 从目前的状况来说，网络作品的短小是因为带宽和阅读问题而造成，是静态可见的特点。而精悍是由其无限度可修改性形成的，是动态的特点。这些特点，反而在那些著名的网络文学刊物上没有能够表现出来，多是在个人站点性质的作品中得到体现。也许，那些已经成名的网络刊物受传统观念束缚过多，而他们所拥有的传统媒体的编辑经验又反过来影响了其对于网络媒体的敏感。[③]

在这种过渡时代，一些印刷文学书刊也试图呈现完整的网络文学及其动

---

① ［美］沃尔特·翁：《口语文化与书面文化：语词的技术化》，何道宽译，北京大学出版社 2008 年版，第 1 页。
② ［英］齐格蒙·鲍曼：《后现代性及其缺憾》，郇建立等译，学林出版社 2002 年版，第 197 页。
③ 笨狸：《织文成网》，2001 年 6 月 19 日，http://bbs.tianya.cn/post-no01-4091-1.shtml。

态性，比如著名的《风中玫瑰》，其在出版的同时保存了故事文本与读写双方的交互实践，但我们也能发现其中存在深刻的困境：一方面，尽管试图呈现现场的交互实践，但由于受"篇幅所限"，纸质版《风中玫瑰》只能"保留少数跟帖"①，然而网络的跟帖却是无限的、不断生长的；另一方面，它虽然保留了故事内容与部分跟帖，却变成了一种铭写，失去了现场的、正在"上演"的氛围。正如陈村所说："网上的聊天，经常可以查到记录。可惜的是，再好的聊天，一变成记录，立即有种被阉割之感，原本的参与变作旁观，气氛和情绪都不对头了。"②这种困境，实际上正是纸质媒体试图呈现网络媒体交互实践的困境，也正凸显了印刷文化与网络文化之间的深刻差异。与此相似的是，2008年7月，德国出版商贝塔斯曼（Bertelsmann）宣布将出版纸质版的维基百科，这是一部包含了9万名作者的2.5万篇最受欢迎的文章的维基百科。这种宏伟的出版规划试图以纸媒的方式呈现网络资源，然而这不是真正的维基百科，维基百科是动态性的，是生生不息的，"它不再像书籍在物质领域和叙事情节在观念领域那样意味着一个统一的整体。文本不再被预设为一种总体性，而是作为一种互文本，无休无止地向四面八方蔓延"③。印刷书籍显然"冻结"了这种不断扩张的活力，哪怕它以"百科全书"的面目出现。

显然，对网络文学来说，静止的观念是不合适的，准确的说法是"流"的观念。在网络时代，艺术流动化的理论有了新的发展。白南准（Nam June Paik）在卫星中看到了交流技术将心灵联系在一起、促成新思维方式的可能。通过这种联结，艺术成为无休止的"流"与动态存在，带来了所有文化超越边界的"整合"。④这种流的观念非常适合网络文学，网络文学是流动的、开放的、不

---

① 参见风中玫瑰《风中玫瑰》，人民文学出版社2001年版，第7页的编者说明。
② 陈村：《'99中国年度最佳网络文学·序言》，漓江出版社2000年版，第2页。
③ [荷] 约斯·德·穆尔：《赛博空间的奥德赛：走向虚拟本体论与人类学》，麦永雄译，广西师范大学出版社2007年版，第213—214页。
④ Nam June Paik, "Cybernated Art" (1966) and "Art and Satellite" (1984), In *Multimedia: From Wagner to Virtual Reality*, Expanded Edition by Randall Packer and Ken Jordan, Lodnon, New York: W. W. Norton &Company, 2002, p.40.

断打破框架与限制的文学。

在此意义上，用文学经典的"版本"问题来衡量网络文学就变得不合适。印刷文字漠视任何攻击，它更容易确立相对稳定的内在规范，这就带来了"定稿""权威版本""精校本"的说法。而网络文学却难说有一个"定稿"的精校本：一方面，从故事文本来看，它本身具有易变性，"下一个版本将使上一个版本不复存在，它抹去了引导我们处于现在位置的道路的所有痕迹。计算机写作取消了神圣的'原版'的观念"[①]；另一方面，它又不只是一种故事文本，完整的网络文学包括社区实践，构成了生生不息的动态情境，是难以终结的开放叙事，这是"版本"观念难以容纳的。

这种动态性是否意味着网络文学丧失了经典的准确性？实际上，这涉及如何理解准确性（Accuracy）的问题。印刷文本特别强调准确性："印刷术培育了词典发展的气候。从18世纪起到过去的几十年间，英语词典一般只把印刷品作者（当然并非所有的作者）的用法当作语言的规范。其他一切人的用法只要偏离印刷品的用法，一概被认为是'错讹'。"[②]这养成了给语言的"正确性"立法的欲望。文学经典的魅力之一也正源于这种准确性："古典教育预设了这样一种信念：那些伟大古老的作品不仅凭借最高贵的形式包含了人类最高贵的精神食粮，而且这种高贵的精神与生俱来地就与这些作品采用语言的语法和词源紧紧联系在一起。"[③]与之相比，网络文字与网络文学似乎由于易变性而欠缺准确性。迈克尔·海姆在他的著作中引用了一则奇闻逸事来阐明这一点。根据犹太法律，上帝亚卫之名一旦写下来就禁止人们抹去，当一个以色列大学意欲制作电子版《圣经》供大家使用时，这需要征求拉比议会（council of rabbis）的意见，以弄清犹太法律是否允许这样做，因为在这一过程中，文档不可避免地

---

① [英]齐格蒙·鲍曼：《后现代性及其缺憾》，郇建立等译，学林出版社2002年版，第196页。
② [美]沃尔特·翁：《口语文化与书面文化：语词的技术化》，何道宽译，北京大学出版社2008年版，第99页。
③ Gerald Graff, *Professing Literature:AnInstitutional History*, Chicago & London: The University of Chicago Press, 1987, p.29.

会被新的、正确的版本覆盖。拉比们最终不反对这样做，理由是《圣经》文本的电子存储具有稍纵即逝的特征，因此根本就不被视为一种书写形式，所以不可能存在抹去亚卫之名的问题。①对此，恩斯林强调应一分为二地看，她认为电子文学是否比印刷文学更容易消失是一个耐人寻味的问题：一方面，鼠标的确很容易就可以删除超文本和万维网的重要链接；但另一方面，数字媒介的存储能力与经济性显然超过了印刷文学，因此不能贸然说电子保存就容易丢失。②从实际情况来看这颇有道理，电子保存虽然具有易变性，但由于很容易被复制、分享与转发，反而在网络上成为不死的生命，因此代码是否具有比装订、纸板和纸张更强或更弱的防腐能力，确实是一个微妙的问题。不过我们认为，恩斯林在这里纠结于数字媒介能否具有印刷文化一样的保存能力，实际上偏离了问题的中心，在某种意义上，也许正是由于电子文本的动态性，才导致了它的准确性。

文本似乎能够反映并包含现实，但实际上也许静态的文本远离了真相。它是静态的，它总是某一时空对现实的选择与捕捉，总是一种对现实的特殊理解与采样，文本永远是部分的解决方案，它难以改变，也难以适应不断变化的环境，这也让它日渐脱离现实，丧失了准确性。与之相比，网络是动态性的，生生不息。"随着时间的流逝，作者与读者都（或者能够）给它添加新的因素与链接，显示出与人类存在模式极为相似的开放性与易变性。"③它的忠实度与准确性，针对的不是具体的对象，而是整个系统或现实。

如果为了准确性而将网络文学转化为一种静态文本，必然会让活力的现实变成了冻结的过去。在网络上，我们只有感受到多重版本、变化的版本，才能了解现实的多面性与复杂性。网络的精确性就体现在它不是一个不断被编辑的

---

① 参见［荷］约斯·德·穆尔《赛博空间的奥德赛：走向虚拟本体论与人类学》，麦永雄译，广西师范大学出版社2007年版，第213页。
② Astrid Ensslin, *Canonizing Hypertext:Explorations and Constructions*, New York: Continuum International Publishing Group, 2007, p.50.
③ ［荷］约斯·德·穆尔：《赛博空间的奥德赛：走向虚拟本体论与人类学》，麦永雄译，广西师范大学出版社2007年版，第180页。

事件，也不是放在盒子里归档的照片。网络与现实是实时的伙伴关系，读者读一部网络文学，退出时的情况不会被原样保存，当他再次进入时，由于网络跟帖的发展，整个阅读情境与体验已发生了变化。它不会是原样地重来，也没有独立的对象或项目可以回收，现实不会静止不动，它充满了种种偶然性，难以预测。印刷文本总是试图避免偶然性、随机性，而在网络文学中，它总是一种突发的、即兴的、面向过程的体验。

这种区别实际上也就是对象与系统的区别。艾柯曾谈到文本与系统的区别。他认为，语法、辞典和百科全书是系统，可以用它们创造出所有想要的文本，但一个特定的文本却降低了系统构建封闭宇宙的无限可能性。艾柯认为超文本就是这样一种系统，这是在电脑发明之前人们就梦想的完全开放的文本，也是马拉美所赞美的"书"（Le Livre）的理念。[①]不过艾柯对超文本的理解并不准确，超文本的特点并不在于他所说的似乎只是给故事提供多种路径与可能性，而是指网络本身形成了阿赛斯所说的具有随机性、偶发性的遍历文本模式。这种遍历性，也真正体现了网络文本存在跟现实相似的开放性。

显然，在对网络文学经典化的过程中，将其理解为静止的存在，体现了印刷文化对确定性的执着。这是对网络文学的冻结与阉割，将网络文学理解成静态文件时，现时的生活、持续状态、当下、以事件为中心的特质就都消失了。在经典的伟大序列中矗立着一件艺术品，它是一座丰碑，它本身似乎很完整，但实际上它只不过是一种剥离的标本。对网络文学来说，它的生存之道正在于动态与变形，它表现的是系统相对事物的优势。这种网络的动态性，更接近于我们生存的真实性与开放性。

[①] 参见［意］翁贝托·艾柯《书的未来》（下），慷慨译，《中华读书报》2004年3月17日。

三

从前面关于经典的客体观念与静止观念来看，经典化在根本上对应的是传统"作品"的科学与自律艺术体制。所谓经典，实际上就是作为"幻象"与"偶像"的"艺术品"。① 这种作品观念与特定时代的主导媒体有关。印刷媒体让印刷品成为可触可感的研究客体，文本被看成稳定的固体、静态化的文本，作家的个人意图被视为文学阐释的终极依据。文字把人和认识对象分离开来，并由此确立"客观性"的条件。所谓"客观性"就是个人脱离认识对象，或与之拉开距离。作品的科学形成了艺术的框架，建构了艺术与生活的边界，它对应的是西方现代美学主张的静观欣赏与艺术博物馆体制。

在艺术史上，历史先锋派试图打破自律艺术体制，消解艺术与生活的区隔。他们将日常生活引入艺术，摧毁了传统的有机艺术品概念，并意图以艺术重新组织生活实践。这对后现代艺术有很大影响，观念艺术的先驱人物意大利艺术家封塔那，在20世纪50年代发表了《空间主义宣言》，他用刀划破画布，让人们看到图画之后的内容，表明艺术从传统的画布走出，融入真实的空间。与此相似，装置艺术反对博物馆艺术体制，而将艺术品搬到日常环境中展览，或将物件由实用情境转而安放于审美情境，并赋予其新意义。网络文学显然在客观上也具有破除艺术体制的意义，它反对的是现代美学对象的封闭性，强调的是开放性、动态性与交互性，它打破了艺术与现实、阅读与欣赏、作家与读者之间的二元框架："电子语言则不适宜加上框架。它既无处不在又处处不在，既永远存在又从未存在。"②

先锋派艺术的悖论在于，反对自律艺术体制，却又重新陷入了体制的牢笼，他们试图以"拾得物"的观念摆脱艺术家的个人生产幻象，将艺术重新引

---

① 参见[法]皮埃尔·布迪厄《艺术的法则：文学场的生成和结构》，刘晖译，中央编译出版社2001年版，第275页。
② [美]马克·波斯特：《信息方式——后结构主义与社会语境》，范静晔译，商务印书馆2000年版，第117页。

入生活实践，但是他们的"现成品"艺术在今天又重新成为经典，成为博物馆中与其他展品一样的自律作品。后起的先锋派将先锋行为本身体制化了，从而否定了真正的先锋主义的意图，扬弃艺术的努力变成了艺术的展现，不管生产者的意图如何，这种展现获得了作品的性质。[①] 不难看出，网络文学的经典化同样如此，它重蹈了先锋派的覆辙，意味着网络文学这种动态化的、打破框架的、反对"作品科学"的艺术，又重新进入了博物馆，重新成为一个"作品"与"对象"。

显然，目前网络文学的经典化命题仍然深刻受限于印刷文化思维。网络文学的经典化实际上是试图在传统的印刷文学序列中获得一个名分。博尔特曾提出"印刷晚期"概念，意在表明印刷文化已经进入了晚期，但仍是一种重要的文化理想，人们仍将印刷物理解成最有声望的文本。[②] 从网络文学的发展来看，获得纸媒的"收编"与"招安"一直是其梦想，这从一开始就表露出来了，不少网络作家在线上成名后纷纷转向线下市场。有人描述了当时的状况："现在的网络文学还不是文学，只能算'小样文学'，最终网文还是要印成书，还要在书店卖。目前网络只是文学的排练场、试验田，网络作家只是在隆中的孔明、梁山的宋江，或四处卖弄或大吵大嚷或暗下苦功，时刻等待的是被临幸、被招安。"[③] 纸面媒体的发表或出版，成为衡量网络文学成功与否的重要标准。网络文学的"十年盘点"同样延续了这种印刷文化惯例。"十年盘点"对网络文学的评价侧重四条标准："文本价值，是否在叙事语言上有创新和突破；记录价值，是否表达了时代或时代的某个侧面的情绪、动机或景色；边际学术价值，是否在人性探索上有创新和突破；娱乐价值，是否让你读得情绪高涨。"[④] 不难看出，这些评价标准都是将网络文学视为传统的文本。现在有些学者提倡

---

① ［德］彼得·比格尔《先锋派理论》，高建平译，商务印书馆2002年版，第129—131页。
② J.D.Bolter, *The Remediation of the Bookinan Age Computer Graphics*, New York: Continuum International Publishing Group, 2000, p.531.
③ 关孙六：《等待临幸的COM文学》，2000年6月8日，http://culture.163.com/edit/000710/000710_31594.html。
④ 《"网络文学十年盘点"活动成果将编辑出版》，2009年3月24日，http://www.chinawriter.com.cn。

的"审美—技术—商业"的多维评价标准说,试图在评价方式上有所突破,但还是把网络文学视为一个文本,从中挖掘其中的审美、技术与商业的因素。显然,这里的核心问题在于我们对线上内容的评价总是以能否转换到纸质书本为基础。

网络文学不只是一种故事文本,更是一种活生生、现场的社区行为。寿生在论文《莫把活人抬在死人坑》中说:"'事物'有死活,研究的途径也就不能尽同,我们不可把活歌谣与古史一样看待……'歌谣'还是个活的玩意,它的环境还'未变',它的音调正年青,唱它的人正多,在它未倒床时它是怎么就是怎么,有目共睹,用不着我们费大劲故分派别说红道白。"[①]歌谣不同于古史,古史只是历史事件的文字记载,而歌谣既有歌词的部分,同时也有歌唱的部分、现场的要素与语境,如果只留下歌词的部分,歌谣也就不成为"活歌谣",而成为死物了。实际上,博物馆也被称为陵墓:"在这个陵墓中,艺术作品过着一种抽象的、与世隔绝的生活,它们已经与产生它们的生活、与它们曾在这种生活中完成的实际任务隔断了联系。当它们按照某种与现实或作品本身无关的原则被放在或挂在博物馆里的时候,它们失去了与现实的原始联系,而进入了某种新的、与其他陈列品的联系。"[②]博物馆使艺术作品失去了其原有的实际功能,博物馆的围墙让艺术作品石化了,让它们成了展览品,笼罩在它们身上的是一种供人瞻仰的地下圣堂里才有的气氛。如果说,这种博物馆体制对印刷文学具有一定的意义,这是因为印刷文学主要是孤独的阅读,而对网络文学来说,它就被排除了最重要的现场的、社区的交互实践。借用拉康的话来说,网络文学被画上了斜杠,被印刷文学观念窃取了主体位置。一位读者在网络文学刚兴起时曾表示:"进入新千年后,出现了一股网络文学的出版热……这就是我看印刷成册的网络文学的感觉,好像是受招安的宋江,被扶正的平儿,虽然终成正果,但有一种不伦不类的感觉。"在他看来,"真的网络文学是不需要

[①] 寿生:《莫把活人抬在死人坑》,《歌谣周刊》1936年第9期。
[②] [匈]阿诺德·豪泽尔:《艺术社会学》,居延安译编,学林出版社1987年版,第173页。

印刷出版的，这是网络文学发展的终极目标。"[1] 真正的网络文学也是不能经典化的，我们永远无法将活生生的现实压缩到哪怕是最精致的书中去。网络文学是一种动态化的事物，是一种在线的冲浪，我们不能将它变成一种离线消费的文本。

（原载《文艺争鸣》2021 年第 10 期）

---

[1] 《写作领域正在进行的一场革命？传统文学必须面对的挑战？你如何看网络文学》，《黑龙江日报》2000 年 11 月 14 日。

后疫情时代的网络电影：
影游融合与"想象力消费"新趋势
——以《倩女幽魂：人间情》为个案

陈旭光　张明浩

一、后疫情时代网络电影勃兴与《倩女幽魂：人间情》的"出圈"

2020年，受新冠肺炎疫情影响，电影行业面临极为严峻的挑战。在当下疫情放缓的后疫情时代，中国电影能否重新唤回观众？能否度过寒冬？能否可持续良性发展，重新出发而再度辉煌？面对这些严峻问题和态势，需要我们直面现实，认真思考并切实探索相关问题。

后疫情时代，我们应该明确如下几种现实境况：其一，疫情后，与我们的生活、工作、娱乐更加密切的互联网语境。疫情后电影业应该充分利用互联网，更积极地探索"线下＋线上"新模式，与时俱进，有效推动电影业。其二，疫情后人们的心理现实与心理需求语境。此次疫情给人们的心理、生活、观念等带来巨大冲击，使一部分人遭受了身心创痛——长期宅居、隔离、小心翼翼，遭受恐惧、孤独甚至伤病，心理压抑。疫情后影视产品应该致力于创作能够满足受众"梦幻"、超验想象、游戏娱乐、心灵抚慰等需求的影视作品。其三，疫情后的经济状况。必须考虑疫情后经济遭受重创，资金不足，热钱有限，要过紧日子等经济因素。故更应该生产发行渠道多元、生产资金回笼快的"短平快"型影视作品，如中小成本、"中等工业美学"电影、网络大电影、网剧等。综合这几个方面的现实境况，拥抱互联网，呼唤"想象力消费"[①]，发展中小成本影视剧生产，包括网络大电影和网剧等，当为电影产业优先考虑的重要策略。

　　针对电影行业的发展现况与疫情防控期间受众的审美/消费新变，笔者认为，后疫情时代影游融合类作品将会有广阔的发展前景，因为"疫情期间受众游戏化的审美趋好新变、游戏产业的高速发展以及影游融合的发展趋势为它的发展提供了强大的现实基础和心理需求及消费空间。"不仅如此，"影游融合类电影有其显而易见的产业优势，一方面是 IP 品牌、中小成本、投资与回收的快捷，网影两栖的灵活性，全媒介宣传营销，受众的跨媒介、跨阶层、跨文化等天然优势，这是影游融合电影发展的产业、工业基础；另一方面，影游融合类电影不是小众化的艺术电影，天然具有青年亚文化性、商业性，具有较为驳杂广阔的受众基础"。[②] 网络电影也与之相似。近年来，网络电影发展规模逐渐扩大，不断年轻化的消费群体和市场份额渐趋加大，但依然面临着"出圈难"、精品难、同质化、影响力较小等问题。毋庸置疑，就当下现实境况而言，疫情后电影产业更需要"短平快"、中小成本、与网络拥抱的电影生产。就此而言，网络电影前景广阔，因其相对而言较为灵活，资金回笼压力不大，且还具有很大的受众群体——网生代青少年受众，具有天然的青年亚文化特性优势，可以满足青少年受众群体"部落划分"、身份认同与"想象力消费""符号经济消费"的需求。[③]

　　与此同时，疫情防控期间网络电影的傲人票房与表现出来的巨大发展潜力也为其疫情后"更上一层楼"提供了明证。据云合数据显示，2020 年 1 月至

[①] 所谓"想象力消费"，指受众（包括读者、观众、用户、玩家）对于充满想象力的艺术作品的艺术欣赏和文化消费。这种消费不同于人们对现实主义作品的消费，我们也不能以认识社会这样的功能来衡量此类作品。互联网时代，这种狭义的"想象力消费"主要指青少年受众对于超现实的科幻、魔幻、玄幻类作品的消费能力和消费需求。
[②] 陈旭光、张明浩：《论后疫情时代"影游融合"电影的新机遇与新空间》，《电影艺术》2020 年第 4 期。
[③] 参见陈旭光、张明浩《论电影"想象力消费"的意义、功能及其实现》，《现代传播（中国传媒大学学报）》2020 年第 5 期。

3月上线的160多部网络电影中，超过20部分账票房突破1000万元。另据公开数据资料统计，2020年上半年分账票房破千万元的网络电影达到30部，是2019年同期15部的两倍；累计票房5.28亿元，较2019年同期的2.05亿元增长157.56%。

疫情期间，不仅出现了《大蛇2》《奇门遁甲》《鬼吹灯之龙岭迷窟》等多部热度、话题性、分账票房都较高的作品，而且还出现了一部能够代表当下网络电影的工业化新高度，能够代表疫情后网络电影勃兴与影游融合、"想象力消费"新趋向，且能够为今后网络电影跨媒介改编提供参考借鉴的"头部"网络电影《倩女幽魂：人间情》。该片投入4000万元左右，在上线首日点击量便突破了200万次，上线10天单平台（腾讯视频）分账票房更是突破了3000万元，上线22天播放量超1亿。自该片上映后，围绕其展开的"网络电影出圈""网络电影新高度""网络电影工业化"等热议话题，吸引了业内人士的关注。

毋庸讳言，该片的成功离不开"倩女幽魂"系列IP的支撑。"倩女幽魂"作为一个十分经典且历史较为悠久的大IP，具有广泛多元的受众群体。影片改编自经典文学《聊斋志异》，具有深厚的文学根基与夯实的受众基础；此外，影片的改编或衍生覆盖了多种重要媒介（如电视剧、电影、游戏等）。就电影来讲，在华语电影史上，"倩女幽魂"系列IP已有60年历史。自第一部《倩女幽魂》（李翰祥导演，1960年出品）上映后，其系列IP作品开始不断出现：1987年程小东导演、徐克监制的《倩女幽魂》（又名《神剑斩妖》）上映；此后，两人又一起合作推出了《倩女幽魂2：人间道》（1990年上映，又名《乱世伏魔》）与《倩女幽魂3：道道道》（1991年上映，又名《金佛喋血》）；徐克在1997年担任监制与陈伟文导演合作出品了动画片《小倩》；步入21世纪后，香港导演叶伟信执导推出了《倩女幽魂》（2011年上映，又名《新倩女幽魂》）。由此可见，"倩女幽魂"系列IP可谓源远流长，历久弥新。值得一提的是，网络电影《倩女幽魂：人间情》项目方在跨媒介改编之前花费半年时间寻找最终版权方，并且"将徐克三个版本的《倩女幽魂》都买下来"①。这样的操作流程与制作配置，给当下网络电影的IP开发提供了一个正向参考与正面赋能，也有助于网络电影IP开发的规范化与精品化。

此外，"倩女幽魂"IP在游戏领域也占据了十分重要的地位，且成功实现了影游融合与影游联动。2012年，网易游戏旗下雷火工作室出品了同名电脑客户端游戏《倩女幽魂》（2015年9月改名为《新倩女幽魂》），并于2016年与电视剧《微微一笑很倾城》进行了成功的影游融合与影游联动：电视剧将《新倩女幽魂》中的场景、角色以及关卡、任务等进行了影像化转化，并将《新倩女幽魂》这一款游戏设置为影片的情节推动点与主人公的感情升温中间站，受众通过电视剧跟随主人公在虚拟中恋爱、游戏中成长，在满足身份认同、情感共鸣式消费的同时，也满足了奇观化审美消费需求。在此过程中，该剧依靠融合游戏、"模拟游戏"②吸引了大量游戏玩家以及具有景观③消费需求的普通受众，而游戏《新倩女幽魂》也因此"圈粉"了诸多新玩家并获得了巨大的经济收益。网易在《微微一笑很倾城》首映之前便推出了《倩女幽魂》手游，充分抓住了电视剧《微微一笑很倾城》的红利期，并取得了"连续三年（2016—2018）稳占游戏产业畅销TOP10"④的成绩。

综上，这些不同时期、不同媒介的"倩女幽魂"叙述，都打造了这一故事的经典性和品牌性，也都在一定程度上成为网络电影《倩女幽魂：人间情》的IP。值得强调的是，同为网生代，生活在网络时代的网络电影受众与游戏玩家具有着较高的黏合度。因此，游戏版《倩女幽魂》IP（手游、端游）在该片吸

---

① 左柚：《专访林珍钊：从〈大蛇〉到新〈倩女幽魂〉的"导演之道"》，2020年5月8日，https://mp.weixin.qq.com/s/kpqOJA36N0jhnNY-Ko862g。
② 所谓"模拟游戏"，是指影片在某种程度上具有游戏的特质，如奇观化的场景、互动感、体验感以及"升级打怪感"等，具有"身体介入影像"的美学特质，有效的互动感、沉浸式体验、适度挑战、明确的目标与及时的反馈等都可以促使受众身心"介入"影像。（具体论述参见陈旭光、张明浩《论后疫情时代"影游融合"电影的新机遇与新空间》，《电影艺术》2020年第4期）
③ [法]居伊·德波：《景观社会》，王昭凤译，南京大学出版社2006年版，第99页。
④ 火龙果、欣欣：《〈倩女幽魂〉上线近三年为何能稳占畅销TOP10？》，2019年2月2日，https://www.sohu.com/a/296532000_120099899。

引受众、取得成功的过程中也发挥着重要的作用。据此我们可以说，网络电影《倩女幽魂：人间情》也是一部影游融合作品。

无论如何，在当下网络电影蓬勃发展的态势中，《倩女幽魂：人间情》都颇具代表性。该片既借力经典性的多种大银幕版《倩女幽魂》系列电影，也利用了游戏版《倩女幽魂》的游戏品牌，从而大大扩大了网络电影的影响力，一改网络电影"出圈难"、影响力小的问题。该片中小体量的成本及优良成绩昭示了网络电影的产业价值，预示了疫情后网络电影的广阔发展空间。作为"想象力消费"电影重要类别之一的魔幻、玄幻类电影，该片充分证明了魔幻类、玄幻类和亚文化转化类电影符合疫情后"想象力消费"增长的趋势，体现了网络电影"想象力消费"美学的探索，佐证了开发"想象力消费"类电影的必要性。

笔者认为，疫情后网络电影及"想象力消费"类电影如魔幻、玄幻类电影和影游融合电影以及灾难电影、科幻电影等将有更多的新机遇和新空间。《倩女幽魂：人间情》作为魔幻、玄幻类网络电影和影游融合作品"出圈"的代表，作为借力 IP 改编的影游融合作品，无疑具有多方面的、较为典型的个案研究价值。

二、经典改编与 IP 转化：立足网络媒介特性的跨媒介重写

IP 改编是影视剧创作的重要品牌战略。虽然 IP 改编具有产生"互文记忆"从而吸引 IP 粉丝等品牌优势，但也需要面对把握受众审美、经典的现代化转化等问题。约翰·M. 德斯蒙德和彼得·霍克斯强调改编"着重的是电影改编者如何用不同的方式演绎文学素材"[①]，进而强调改编方式和创新性的重要性；亨利·詹金斯也表示"重复冗余的内容则会使粉丝的兴趣消耗殆尽，导致作品系

---

① [美]约翰·M. 德斯蒙德、彼得·霍克斯：《改编的艺术：从文学到电影》，李升升译，世界图书出版公司北京公司 2016 年版，第 4 页。

列运作失败。提供新层面的见识和体验则能更新产品,从而保持住顾客的忠诚度"①,进而强调了创新性、现代性以及保持顾客(受众)忠诚度的重要性;贝拉·巴拉兹也有类似的主张,他认为一位名副其实的艺术家在改编过程中应该"把原著仅仅当成是未经加工的素材,从自己的艺术形式的特殊角度来对这段未经加工的现实生活进行观察,而根本不注意素材所具有的形式"②。托·M.利奇以受众为出发点,强调受众对于重拍的重要性,他认为重拍片需要注意以下几类观众:不了解原片的观众;看过原片但并不记得的观众;对原片并不满意的观众;原片的粉丝。③著名剧作家夏衍先生则认为改编过程中要充分尊重原著:"假如要改编的原著是经典著作,如托尔斯泰、高尔基、鲁迅这些巨匠大师们的著作,那么我想,改编者无论如何总得力求忠实于原著,即使是细节的增删、改作,也不该越出以至损伤原著的主题思想和他们的独特风格。"④《倩女幽魂:人间情》作为一部经典IP转化电影,一部魔幻、玄幻类电影的网络大电影改编,同样也面临着如何应对IP粉丝、如何创新、如何传承等问题。

《倩女幽魂:人间情》是一部以经典IP(《倩女幽魂》系列大银幕电影与《倩女幽魂》系列游戏)为依托的跨媒介(大银幕/网络电影,游戏/网络电影)改编电影。媒介是一种传达方式,也直接介入创作思维和作品构成,正如麦克卢汉所言"媒介即是讯息"⑤"媒介决定了信息的清晰度和结构方式"⑥。媒介既是形式、媒材,也是内容、思想、形象即艺术本体。媒介对于电影创作的影响不言而喻。而从大银幕电影到网络电影,创作思维、受众群体、媒介讯息、视听审美等都有较大的变化。

---

① [美]亨利·詹金斯:《融合文化:新媒体和旧媒体的冲突地带》,杜永明译,商务印书馆2017年版,第157页。
② [匈]贝拉·巴拉兹:《电影美学》,何力译,中国电影出版社1978年版,第280页。
③ 参见[美]托·M.利奇《两次叙述的故事:重拍片的修辞学》,《世界电影》1993年第6期。
④ 夏衍:《写电影剧本的几个问题》,中国电影出版社1980年版,第97页。
⑤ [加]埃里克·麦克卢汉、弗兰克·秦格龙:《麦克卢汉精粹》,何道宽译,南京大学出版社2000年版,第227页。
⑥ [加]马歇尔·麦克卢汉:《理解媒介——论人的延伸》,何道宽译,商务印书馆2000年版,第1页。

在观影时空方面，大银幕电影以影院为依托，为受众提供一个相对安静、集中的观影时空，受众在观看影片的过程中与世隔绝如做"白日梦"。网络电影则具有观影的灵活性与碎片化特质："'比特'影像是网络电影的'言说—交流'载体。"① 数字化技术是网络电影的媒介基础，观影的随意性与无边界性（没有固定的空间，碎片化观看）是网络电影的时空方式。在视觉呈现方面，大银幕电影天然具有给受众视听震撼、满足受众奇观化审美消费需求的优势，网络电影以显示屏为影像载体，画幅较小，音响效果也不如影院 3D 环绕式音响，无法制造出震撼、刺激、逼真的景观。在受众主体方面，网络电影的受众群体相对于院线电影来说更为青年化，多为网生代受众群体。

从媒介讯息的角度看，网络电影还因网络媒介的特质而具有独特的媒介讯息生成与传播特点。麦克卢汉曾用铁路的例子论述在讯息生成过程中媒介本身的作用，强调媒介本身对于事物的影响。② 换言之，网络电影因其具有不同于银幕电影的媒介性而产生了不同于银幕电影的讯息，如游戏性、趣味性、奇观性等美学特征与青年文化性等文化特性。

因此，讲述话语的媒介非常重要。《倩女幽魂：人间情》正是一次依托网络电影媒介的独特性，在充分尊重网生代受众群体的审美趣味与网络观影特性以及尊重原作观众或粉丝的前提下进行的 IP 转化与跨媒介改编。

首先，影片比较尊重原作及原作粉丝，是一种紧密型的改编。约翰·M.德斯蒙德和彼得·霍克斯提出紧密型、松散型与居中型三种改编类型：紧密型指原作品大部分故事元素都被保留在电影中，只放弃或添加很少部分元素；松散型指大部分情节被舍弃，或者说只是简单拿出原创中的一个情景；居中型则是介于紧密型与松散型之间。③ 在剧作结构方面，影片的新旧两个版本都是按

---

① 李显杰：《"跨媒介"视野下的电影叙事二题》，《上海大学学报（社会科学版）》2008 年第 6 期。
② 参见 [加] 埃里克·麦克卢汉、弗兰克·秦格龙《麦克卢汉精粹》，何道宽译，南京大学出版社 2000 年版，第 228 页。
③ [美] 约翰·M.德斯蒙德、彼得·霍克斯《改编的艺术：从文学到电影》，李升升译，世界图书出版公司北京公司 2016 年版，第 4 页。

照"穷书生赶考—宁采臣、小倩相遇—产生爱意—抵御姥姥—抵御黑山老妖—小倩投胎"的线索进行总体布局与情节设置。不仅如此，新版与旧版关键节点的出现时间也较为接近，如宁采臣与小倩第一次正式介绍自己都是在影片的第26分钟左右，小倩与宁采臣一起抵抗姥姥都是在第60分钟左右，小倩介绍自己身世也都是在影片的第65分钟左右；在人物塑造方面，新版的主要人物及其性格是对旧版的延续：憨厚、老实的宁采臣，耿直的燕赤霞，温柔、本质善良的小倩等，主要人物性格并未发生明显变化；在主题表达方面，新版延续了"人鬼情""人间有真情"等旧版主题。由此可见，新版影片的总体样貌与内在逻辑与旧版基本一致，此种经典重现不仅可以满足原版粉丝怀旧式消费需求，还充分尊重了并未看过《倩女幽魂》系列的新受众的艺术要求。

其次，影片在叙事与人物设置方面遵照了网络大电影创作的普遍逻辑，表现出明了的叙事线索、紧凑的节奏、集中的人物、清晰的人物关系等特点。影片在叙事方面相对于原作更为清晰、明朗、直接，节奏也更为明快。1987年，《倩女幽魂》的总体叙事较为细腻，叙事重点为宁采臣与小倩的相恋过程，在描绘宁采臣与小倩相遇、相知、相恋的过程中层层递进，环环相扣，此种叙事方式需要受众进行连续性观看，对完整性观影环境（时空）要求比较高，这也是大银幕电影的普遍性特征。与大银幕电影相比，网络电影没有一个完整的、相对隔绝的时空，线上观影常常有可能被打断，时空连贯性并不是很好（如可能会被网络广告弹窗分散注意力），而且线上自主观影的受众大多喜好倍速观看或跳跃式观看。《倩女幽魂：人间情》在改编时显然考虑到了网络观影的这种特殊性，将以往环环相扣的叙事变成更为直接、更为简单明了的叙事，对以往的叙事重点（感情线）以及叙事支线（社会现状支线，如官员腐败等）都进行了简单化处理，将多个情节加以删减，加快了叙事进度：旧版中小倩真正意义上解救宁采臣发生在影片的第45分钟左右，但新版将这一情节提到了第26分钟；原版小倩与宁采臣决定相守、恋爱高峰以及"鬼娶亲"等事件发生在第80分钟左右，新版则将其置于第60分钟。

综上，尽管影片情节关键节点的出现时间设置大体与原版相似，但影片在保证基本节点（即相遇、互道姓名、小倩解释真相）发生时间一致的基础上将大部分具有冲突性质的情节点尤其是宁采臣与小倩的感情情节点提前呈现，进而使整个叙事节奏变得十分轻快明朗：以"初遇小倩—产生爱意—对抗小妖—对抗姥姥—道明真相—被迫嫁人—黑山界救人—对抗黑山老妖—杀死黑山老妖"为故事主线，并且以20分钟左右的时间重点描绘了宁采臣在黑山界解救小倩的故事，增加了故事的对抗性，加快了叙事的节奏。

这种叙事方式不仅可以解决受众观影可能被打断的问题，而且还可以满足疫情后青少年受众游戏消费的需求：一方面，整个叙事以简单线型为主，前后的连接点也不是很多，受众的观影过程即便被打断、被影响，也不会影响到后面的观看与理解。另一方面，影片整个叙事设置如游戏关卡一般，小妖们、姥姥、黑山老妖分别代表着三个关卡，三个关卡越往后越困难，主人公只有全部通关才可以解救真爱，这样的闯关式设置也满足了网生代受众游戏化审美／消费趋好。

总之，相对于旧版娓娓道来的叙事，新版叙事更具节奏感，叙事线索更为直接、集中，将不能带来"爽感"的叙事支线进行了删减，使其符合大部分网生代受众以及网络电影受众快节奏的观影习惯。

此外，与旧版相比，新版影片在人物及其关系设置方面更为简化、集中、明确，人物之间的对抗性也更为强烈。在人物设置方面，新版将旧版的夏侯、知县、侯爷等人物都进行删减，旧版影片对每个人物都进行背景塑造与立体化形象营造，新版影片在人物塑造上更集中于主人公塑造，并没有对次要人物进行深入刻画，如双双、知秋一叶等辅助性人物，他们只承担解救主人公的作用。与此同时，新版影片次要人物的目的与动机也更为直接、明了，旧版的各色人物具有不同的人物动机，如知县是为挣钱，夏侯是为名利，小青是为取代小倩，但新版的次要人物的目的十分明确且集中，姥姥就是为了吸取纯阳精气而杀宁采臣，天魔二组的目标也是杀宁采臣，燕赤霞与知秋一叶的目的就是除妖。这样的人物塑造方式无疑是立足于网生代受众审美趣味的一次"网络化"转化：网生代受众尤其是经常玩游戏、观看网络大电影的受众，似乎更关心人物之间的对抗性以及"爽"感，过多塑造与主角无关、与对抗性故事无关的人物会阻碍"爽"感的产生。

在人物关系方面，相对于旧版重情感、弱对抗的人物关系设置，新版的人物关系十分简单，并且强调人物之间的对抗性。旧版与宁采臣相关的人物有知县、师爷、捕快等，是一个较为庞杂的网状关系图；但新版宁采臣只与小倩、燕赤霞两人进行过较多接触，人物与人物之间的关系较为清晰明确。不仅如此，旧版因为多讲述爱情，对抗式阵营并不明显，但新版在第22分钟众人第一次抵抗姥姥时，便明确形成了两大对抗阵营，即宁采臣阵营（宁采臣、燕赤霞、知秋一叶、小倩、双双）与坏人阵营（姥姥、天魔二组、黑山老妖、小青）。此种设置可以保证网生代受众在开头就明确对抗性关系，促使他们在代入角色后较快明确身份，并在主人公杀敌、升级的过程中获得"爽"感与升级快感。

综上可见，《倩女幽魂：人间情》的创作定位比较精准：一方面明确IP改编的前提，充分利用受众的怀旧消费心理与创新性审美期待消费心理；另一方面强化网络电影定位，在进行IP转化与跨媒介改编过程中尊重网络电影的媒介特性与网生代受众的审美趣味以及线上观影的特殊性。

三、奇幻性与想象力：疫情后受众的奇观消费与符号经济消费

除了叙事、人物设置等剧作方面尊重网络电影的特性外，《倩女幽魂：人间情》的成功，还与影片对虚拟美学、想象力美学的呈现，对视觉奇观美学的营造，以及对疫情后受众"想象力消费"需求增长的满足等因素密切相关。

受技术、工业等因素的影响，1987年版的《倩女幽魂》在视觉呈现上并不

是很惊艳，对于妖魔世界的呈现与诡异气氛的营造并不突出，并不能给当下受众尤其是从小生活在超现实、虚拟化、影像化世界的青少年以视听"震撼"式满足与虚拟性的想象力满足。当下受众更期待看到一个能够满足他们奇幻性梦幻式"想象力美学"需求的超验性的灵异世界。而在互联网新媒介的影响下，受众对超验性想象、虚拟性消费的需求日益增加，疫情的发生更是加强了"想象力消费"需求——人们遭受的身心创痛，需要具有梦幻移置、超验想象、游戏娱乐等功能的影视作品以慰藉心灵、超越现实。

《倩女幽魂：人间情》无疑符合疫情后"想象力消费"勃兴的趋势，它不仅满足受众艺术审美消费的需求，也满足受众符号经济消费的需求。

（一）艺术审美消费：工业支撑下视觉奇观美学呈现与中国传统美学精神的转化

笔者认为，好的中国电影应该传承传统文化精神，但这是一种通过现代影像并尊重当下观众的艺术化转化，这样的电影作品呼应国人的内在文化传统和美学精神乃至审美潜意识，富有文化底蕴和艺术生命力。

《倩女幽魂：人间情》在这方面颇有代表性。与近年其他以传统边缘性亚文化即妖仙鬼魅传说为题材的魔幻、玄幻类电影一样，该片通过妖仙鬼魅的传奇叙事对中国传统文化中居于边缘地位的亚文化进行现代转化和影像表达，触发了中国人隐秘潜在的鬼神文化情结或无意识心理。同时，在视觉奇观表达、特效等方面强化玄幻色彩，以奇观化的场景、服装、化妆、道具等营造出一种有别于好莱坞魔幻、科幻大片的东方式幻想和奇诡，以此完成受众对妖仙鬼魅魔幻的超验世界的"想象力消费"。

无疑，影片想象力美学的呈现离不开电影工业的支撑。与以往大部分网络大电影轻制作、重噱头，轻视效、重后现代性拼贴的制作理念不同，《倩女幽魂：人间情》更为注重工业化制作与视觉景观的营造：4000万元左右的总成本；多个实力较强的特效公司联合制作、系统化运作，影片由墨攻视效、霖云映画等多个公司联合制作；超过8000坪的实景摄影棚；1423个特效镜头；29天的高效拍摄，历时370天的后期制作；数百人的特效和后期制作人员以及对CG、3D面部捕捉等技术的使用等，这些高标准的拍摄要求、高速的拍摄过程、精益求精的镜头打磨、高要求的工业制作、高水平的技术运用，使《倩女幽魂：人间情》成为网络电影工业化制作和工业美学追求的典范。影片达到的工业化水准，为影片的想象力美学呈现提供了强有力的支撑。

首先，影片通过呈现优美、灵动、飘逸的奇观化场景，满足了受众对中式古典美学的想象，并传承了传统的意境美学与乐舞精神。影片总体基调以低饱和度、轻淡、柔和、优美的色调为主；景别也多以具有诗意特质的远景、全景为主；构图更是以具有中和之美、对称之美的开放式构图与水平式构图为主；几处富丽堂皇的场景呈现，也充满着东方式的对称之美、典雅之美。静穆、高雅的优美景观使影片整体上如一幅隽永、流动的画作，将书生与小倩的故事娓娓道来，促使受众进行联想与想象，吸引着受众在想象中将"身体介入影像"，进入"虚境"。如在呈现姥姥的居住地船屋时，影片以长镜头、对称式构图等视听语言营造了流动性的外貌与优美、典雅的东方之美，但错彩镂金的背后却是"虚拟"的，破败、阴森、荒凉才是它的"实在"。虚虚实实、真真假假的氛围基调传达出了一种虚实相生的美学格调。

宁采臣与小倩一同入画的设置颇具超现实美学特质。入画本身就表现出一种由实入虚、物我合一、人与境谐的美学精神。画作中不仅有典雅优美的景观，而且还有质朴、纯净的爱情，情景交融之下，画作总体表现出一种出世的恬淡、清新自然之感，这也许可以满足当下受众逃离城市、回归田园的精神需求，促使受众完成心灵的解放。

其次，影片对在传统文化中处于边缘、民间的关于妖仙鬼魅的"炫奇神秘的边缘亚文化和另类中国艺术精神"进行"现代影像转化"[1]，通过营造鬼怪景

---

[1] 参见陈旭光《试论中国艺术精神的现代影像转化》，《北京电影学院学报》2018年第6期。

观、呈现震撼式视觉美学的方式，给受众带来了视听与心灵上的双重震撼，满足了受众对妖魔世界、灵怪事物的想象。影片开场画面就表现出一种阴森、压抑、萧瑟的基调，进而奠定了影片幽森、炫奇的总体美学基调：本该正襟危坐、充满光泽的大佛却在阴森的天气中斜着出现；本该一尘不染的石碑也接近倒塌；本应是无妖魔鬼怪的、充满生机与活力的寺庙却表露出一种萧瑟、荒凉之感，充满着杀气，这些奇观化场景在阴森音乐的辅助下冲击着受众对崇高事物的印象，预示着一种神佛无助、妖魔横行的总体环境，进而满足了受众对鬼怪世界、灵异地区的想象。影片"小倩出嫁""鬼王抢亲"的一幕值得称道：飘逸的轿帘、一袭红衣的装扮、幽暗的红灯笼、刺耳的唢呐、无脸的阴兵以及瑟瑟的阴风将"飘逸"与"混浊"、"优美"与"丑陋"杂糅在了一起，使这场阴婚充满着萧凉与诡异之感，营造出了一种诡魅的奇观感，满足了受众对冥界的想象。此外，影片中的打斗场景，如"棺材阵""万剑归一""阴兵摆阵"以及主角与姥姥、黑山老妖的决斗等，也都具有强震撼力与刺激性，营造出一种阴沉、震撼、刺激的视觉奇观美学。

该片对鬼神炫奇美学的现代性转化还体现为对鬼怪等灵异事物的塑造。吹着唢呐、手指干瘪、面部虚无的阴兵，阴阳脸的姥姥，穿着肚兜、有着类似京剧脸谱的小妖们，等等，这些人物造型满足了受众对鬼、怪、妖的想象。当然，影片将黑山老妖这一终极大 boss 设置为没有人性、没有实体、不会计谋的大怪物，不太符合影片总体基调。它的出现打破了影片之前建立的独具东方意味的灵境，似乎成为了一种单一的符号化能指——一个主人公游戏中"推塔"的障碍或关卡。

（二）符号经济消费：部落划分与意识形态再生产

"想象力消费"具有重新部落化与意识形态再生产功能。在互联网时代下，对作为影视受众主体的青少年受众而言，"想象力消费"是他们进行社群认同、重新部落化的选择，也是其意识形态再生产的途径——生产、流通属于他们的青年亚文化、青年意识形态。

让·波德里亚认为我们生活在被物包围的消费世界中，物不仅是指实体的物，也是指物背后的符号："人们从来不消费物的本身（使用价值）——人们总是把物（从广义的角度）用来当作能够突出你的符号，或让你加入视为理想的团体，或参考一个地位更高的团体来摆脱本团体。"[①]也就是说，人们所消费的物，并不是简单的物的表面，而是一种符号。迈克·费瑟斯通也曾言："就经济的文化维度而言，符号化过程与物质产品的使用，体现的不仅是实用价值，而且还扮演着'沟通者'的角色。"[②]就此而言，物背后所指代、蕴含的符号起到一种沟通的作用，人们的消费由最初为实用之需的消费转变为当下为符号化精神满足之需而进行消费。

进而言之，后疫情时代，需要进行"象征性权力表达"[③]的网生代青少年受众，试图通过一种符号来进行部落划分，证明身份，找到同类，满足认同需求。就此而言，具有想象力、超现实、虚拟美学等特质的"想象力消费"类电影是疫情后进行符号化表达与部落划分的首选。一方面，魔幻及玄幻元素、超现实、想象力美学等本来就是青年亚文化与部落特质的代表；另一方面，这种虚拟的、规避现实的元素也符合疫情后青少年受众的消费心理。

此时具有魔幻及玄幻色彩、亚文化特质、超现实美学、想象力美学特征的《倩女幽魂：人间情》便成了他们证明身份、重新部落化、自主编码的一个符号，这也是影片吸引受众的一个关键因素：受众可以通过观看影片寻找到自己的部落，在部落中发表观点，满足自己"象征性权力表达"的欲望（通过弹幕发表自己的观点，批判或赞美影片及影片中的角色等，并与同伴、同类、同部落的受众进行交流），进而确定自己的身份归属，获得身份认同感与存在感，完成一次自主编码。

---

① ［法］让·波德里亚：《消费社会》，刘成富、全志钢译，南京大学出版社2000年版，第48页。
② ［英］迈克·费瑟斯通：《消费文化与后现代主义》，刘精明译，译林出版社2000年版，第123页。
③ 陈旭光：《青年亚文化主体的"象征性权力"表达——论新世纪中国喜剧电影的美学嬗变与文化意义》，《电影艺术》2017年第2期。

四、影游融合实践：游戏美学与青年亚文化的显影

近年来，游戏产业的发展势如破竹。作为一种文化和文化载体，一种新兴的数字媒体、电子媒介、文化产业或新型艺术（有人称"第九艺术"），电子游戏的影响力与日俱增。在今天，电影与电子游戏成了人们不可或缺的想象力消费品。电影与游戏互相吸收、融合，互为IP的影游融合作为媒介融合发展的新趋势也势不可当。

鉴于2012年网易游戏旗下雷火工作室出品了名为《倩女幽魂》的电脑客户端游戏（2015年9月改名为《新倩女幽魂》），游戏版与网络电影版《倩女幽魂》形成了某种跨媒介互文，出品在先并有众多玩家的游戏版《倩女幽魂》肯定成为网络版电影据以借用、开发的IP。就此而言，《倩女幽魂》也是疫情后影游融合发展的重要实践。

首先，影片总体上表现出一种近乎游戏化的视听影像风格，具有游戏版《倩女幽魂》的诸多特质，传达、呈现出一种团队协作、升级打怪式的游戏文化与游戏美学精神。如前所述，影片在叙事方面表现出一种紧凑的游戏化风格，将原版环环相扣的叙事变成更为直接、明了的"游戏线型叙事"。[1] 这种升级打怪式的叙事方式与游戏版几乎完全相同，而在升级过程中主人公们依靠合力才得以成功"推塔"（打败黑山老妖）的设置，传达出了一种团队协作式的游戏美学精神。

其次，该片在人物造型、角色设置等方面也可能受到游戏版的影响，表现出一种游戏化风格。一是影片增加了类似游戏辅助性质的人物，双双与知秋一叶两个角色承担着"打辅助"的"游戏位"，影片并没有对两人进行深入刻画，只是在危机时刻使两人出现，以牺牲或辅助的形式帮助游戏玩家（主人公）完成任务，这种对只在"推塔"时才出现的游戏伙伴的设置，就恰如真实游戏一

---

[1] 参见陈亦水《降维之域："影像3.0时代"下的游戏电影改编》，《电影艺术》2019年第1期。

般：只在游戏合作时出现。二是影片的人物造型与游戏版《倩女幽魂》极为相似，小倩的整体人物造型与手游版中的画魂、医师、方士等职业（女性角色）的造型几乎相同；小倩与小青在画作中相互依偎的画面也与手游网页版的宣传图极为相似；宁采臣的造型则与手游版方士、医师、魅者等职业（男性角色）造型相近；知秋一叶与燕赤霞的造型则类似于游戏中射手、刀客职业的造型。三是影片的场景设置汲取了游戏场景设置的经验，表现出游戏化特质：影片中宁采臣前往黑山界时过河的场景与手游版《倩女幽魂》的开头动画几乎一致，而影片中不同的几个场景也仿佛如游戏场景一般分别代表着不同的关卡——蓝若寺是主人公（游戏玩家）的栖息地或营地，营地虽然常常面临着外来的入侵，但是总体上可以保护玩家；黑山界则为对手阵营，玩家需要前往攻敌，才可以完成任务（解救小倩）；与姥姥决斗的树林是"打野地"，玩家可以经过此次游戏打野通过关卡获得成绩。此外，影片场景内的工具也具有触动游戏关卡的作用，比如宁采臣在黑山界解救小倩时，场景内穿红衣的阴兵都为游戏机关或游戏陷阱，一旦宁采臣触动一个便会面临被杀的风险；再如最后众人合力打大 boss 时的佛经，那本解救众人的书就类似于游戏之中的法宝、武器，发挥着制服怪兽的游戏工具功能。

由此可见，影片在改编过程中汲取了游戏版作品的经验，汇入了游戏美学：无论是叙事主线、环节设置、人物造型还是人物行动等，都使影片成为一个大型"推塔"类（推倒黑山老妖）游戏或角色扮演类游戏（选择小倩便要完成姥姥的任务且要逃离阴婚；选择宁采臣则要扮演好进京赶考、胸怀苍生的书生身份，并且要完成解救小倩的任务；选择燕赤霞则需要完成捉妖的任务），边缘文化的世界架构与妖鬼事物在影片中变为游戏世界与游戏英雄。影片也于此传达或者说再生产了某种游戏美学和游戏文化。

当然，建基或生成于游戏、网络、电影这些新媒介或艺术之融合发展的《倩女幽魂：人间情》还具有青年亚文化的"意识形态再生产"的功能，甚至悄悄、隐秘地传达着除了游戏文化之外的耽美文化、二次元文化等青年亚文化，促成青年亚文化的衍生与多元化。如相对于旧版中小倩与小青的矛盾关系以及夏侯与燕赤霞之间的厮杀关系，新版着重刻画了"基友情"与"百合情"：燕赤霞与知秋一叶相爱相杀，仿佛是一对"欢喜冤家"，虽表面竞争但到危险时一同抗敌、不畏艰难拯救对方的行为表达出一种"惺惺惜惜惺惺"的情感；小倩与双双之间更是表现出为情牺牲、为爱奉献等超出普通友谊的情感。小倩、双双两人相互依偎、互诉衷肠的一幕将相互爱慕的"百合"情谊表现得颇为明显。基于上述论述，笔者认为，延伸开去，《倩女幽魂：人间情》也为影视剧与游戏的融合发展提供了多方面可资借鉴的探索与尝试。

五、结语

从疫情期间受众线上观影习惯的养成以及经济受创后电影投资资金不宜过大等现实因素来看，后疫情时代，充分拥抱互联网，呼吁"想象力消费"与影游融合，发展中小成本影视作品尤其是网络电影，将会有效推动疫情后电影业重振旗鼓，再创辉煌。

诚然，《倩女幽魂：人间情》的成功一定程度上投合了疫情后受众"想象力消费"增长的趋势与居家线上观影的需求。如果按照大银幕电影的美学标准、剧作标准来评判，《倩女幽魂：人间情》还存在很多问题，如叙事上没有处理好男女感情线，人物塑造上没有处理好人物动机，价值观念的表达上还需处理好细节，等等。

但影片的成功绝非偶然，即使没有新冠疫情这一背景：一是影片改编自经典IP，本身便具有粉丝基础与受众群体；二是影片具有一定的工业化制作水准；三是影片的跨媒介改编与IP转化立足网络电影媒介的特性，尊重网生代受众的审美趣味；四是影片展现了影游融合的跨媒介叙述，体现出游戏美学特征；五是影片的想象力美学满足了受众奇观消费、符号经济消费和青年亚文化生产的需求。因此，影片代表了网络电影的新高度，为IP改编和影游融合发展提供了鲜活的、可资参照借鉴的现实案例。

从题材、类型、美学形态方面看，作为魔幻、玄幻类电影的《倩女幽魂：人间情》昭示了"想象力消费"对于网络电影的重要性与必要性。因为以青少年为受众主体的网络电影，更需要满足青少年对于虚拟、游戏、想象、体验等新型消费的需求。"想象力消费"类电影（如影游融合类电影、魔幻玄幻类电影等）可以成为推动网络电影"出圈"的关键路径。此类影视作品不仅能够满足受众奇观化审美需求，也可以满足受众情感宣泄式的心理消费需求，并实现网生代的"重新部落化"与青年亚文化的"意识形态再生产"。

我们期待"想象力消费"类电影的开发，也属望网络电影发展的新时代！

［原载《上海大学学报（社会科学版）》2021年第3期］

网络游戏中民间文学资源的创新转化

程 萌

近年来，中国网络游戏大量改编历史、武侠、科幻、神话传说等题材内容，形成了当下朝气蓬勃的游戏产业新业态。本文基于网络游戏对民间文学资源包括一些非遗资源的开发实践，剖析民间文学进入新空间的生产逻辑，并思考当前转化实践中存在的问题，以期为民间文学资源的开发及保护和网络游戏的健康发展提供借鉴。

一、民间文学在网络游戏中的重要作用

全球网络游戏史于 1961 年以麻省理工学院学生史蒂夫·拉塞尔开发的"太空大战"网络游戏拉开帷幕。20 世纪 90 年代初，我国网络游戏起步，在"西游东渐"的游戏代工和模仿的年代，我国游戏从业者出于文化焦虑，把目光投向中国的文艺传统，并转化"中国意象"，将玩家凝聚成一个民族共同体以抵抗游戏文化殖民，由此推出了如"兵圣孙子""西游记——齐天大圣""格萨尔王""水浒英雄传——火之魂"等具有中国气质的游戏。[①] 进入 21 世纪，网络游戏成为新的经济增长点，进入国家发展规划。我国先后启动了民族网络游戏出版工程（2004—2016）和原创游戏精品出版工程（2016—2020），助力我国游戏产业发展。

---

① 参见邓剑《中国电子游戏文化的源流与考辨》，《上海文化》2020 年第 12 期。

（一）增强了游戏产业的文化认同

在社会转型时期，改革开放实现了人的"第二次解放"，我国国民心态发生了深刻的变化，人们追求继承、发扬中华民族优秀品格和积极进取的民族精神，扬弃传统文化中落后、消极的内容，这种变化烙印在网络游戏中。如我国早期单机游戏"仙剑奇侠传"创造性改编自民间传说《白蛇传》，女主角赵灵儿是一条神化的蛇，和传说中的白素贞一样被锁在塔中。在儒家正统文化里，妖魔鬼怪作为异类违反天道，应当被清除。但游戏中的锁妖塔却倒塌了，这种颠覆传统的设计让玩家油然而生出强烈的认同，这也记录了这个时期人们冲破旧的伦理道德、积极追求的精神诉求。

在当前中华民族伟大复兴战略全局和世界百年未有之大变局交织的新语境下，"阴阳师""剑与远征""王者荣耀"等一系列优秀游戏汲取了日本妖怪文化、凯尔特神话、希腊神话等异域文化，这正呼应了我们追求坚持全球视野、对外开放、合作共赢的心声。一路摸索中，民间文学资源参与了中国网络游戏的成长，既满足了人们的精神文化需求，也增强了人们对游戏产业的文化认同。

（二）促进了游戏产业的快速发展

21世纪初期是端游和页游的时代，国外游戏横扫我国市场。我国游戏业本就起步晚，游戏企业又大都是小团队，自身技术和硬件条件远远落后。2004年，国家启动"中国民族网络游戏出版工程"，投资3亿元扶持和指导开发中国历史、古典文学名著、神话传说及益智类游戏。到2006年，我国民族游戏就扭转了外国游戏独占和主导我国游戏市场的局面，成为市场主导，市场占有率达64.8%。[①]在这个阶段，对神话传说等资源的利用主要是为了打造民族品牌游戏，推动国产游戏的竞争力，利用民族传统吸引本土玩家，形成本土市

---

① 参见《新闻出版总署署长柳斌杰：民族网游成市场主导》，2020年12月18日，新浪科技网（https://tech.sina.com.cn/i/2007—07-11/09381609630.shtml）。

场。比如我国第九城市开发的"快乐西游"、金山公司的"封神榜"等备受市场喜爱，体现出鲜明的民族文化特色。

随着智能手机的兴起，网络游戏进入手游时代，我国游戏业也迎来了腾飞的机遇。在流量井喷的趋势下，为避免游戏企业追求流量红利、粗制滥造，2016年，国家启动"中国原创游戏精品出版工程"，以引导游戏企业培育精益求精的工匠精神，打造更多传播中国价值观念、反映中国人审美追求的"既叫好又叫座"的游戏精品。[1] 民间文学资源的创造性融入，加强了游戏内容建设，传递了中华文化精神。比如首批入选工程的"传奇世界"就是一款传递中国文化精神内涵的精品。其中架构的太初创世神话，及乘云气、御飞龙的遥远上古生活无不折射出古老的"天人合一"自然观；另外，其恶念招致了灭世之灾，惩罚着人类失当的道德和行为的游戏世界观，也具有中国灾害神话伦理教诲意义。

自工程启动以来，已出版运营273款民族网络游戏，取得了良好的经济和社会效益。从2002年到2020年，我国网络游戏收入从10亿元翻至2800亿元。在收入排名前100的游戏产品题材中，神话、传说题材类游戏的收入占12.30%，相关的文化融合类占15.06%。[2] 总之，民间文学推动了我国网络游戏产业实现内容思想性与艺术性的统一，提高了游戏思想品质和文化内涵，创建了优质品牌，促进了民族游戏产业的快速发展。

（三）消弭了虚拟体验困境

2016年，VR虚拟现实游戏成为游戏重点领域。VR技术突破了传统的传播形式，以沉浸式感知体验创造了一种虚拟认知实践，极大地延伸了玩家的视觉、听觉、中枢神经系统能力。但虚拟世界以其高度沉浸式、逼真性引起了学

---

[1] 参见《新闻出版广电总局关于实施"中国原创游戏精品出版工程"的通知》，2020年12月18日，中华人民共和国中央人民政府网（http://www.gov.cn/xinwen/2016-11/24/content_5137162.htm）。
[2] 参见中国音数协游戏工委《2020年中国游戏产业报告》，2020年12月18日，游戏产业网（http://www.cgigc.com.cn/）。

者们的担忧。浸入无限接近真实的虚拟空间的人们如同"缸中之脑"无法分辨虚实处境：是自己变成了蝴蝶，还是蝴蝶变成了自己。如若碎片化的歪曲信息和虚拟观念重组到我们的认知中，则会让我们陷入感知错觉、虚实倒置、精神"成瘾"困境。[①]

在技术意图模糊现实与虚拟界限的新时代，划清虚实界限，让玩家回归现实，民间文学发挥了重要作用。"传说之下"是一款让众多玩家潸然泪下的游戏。玩家扮演一名落入地下怪物世界的少年，在寻找家的途中，需选择与怪物搏斗或选择仁慈。杀的怪物越多，玩家的暴力指数LOVE（level of violence）就越高，玩家就越难被伤害，因此就越偏离自己的本心，也就越容易伤害别人，最后就越难在游戏中收获爱（LOVE）；如不战斗，可能会被怪物夺走灵魂，进而人类遭毁灭。追寻母题和考验母题体现的是人类文明发展的一种永恒的精神动力，这些古老的母题在游戏中得到创造性再现，让玩家在相同的人性、友情、信念考验中不断进行自我确证，追寻着个体存在的认同，体验到真实的人生。民间文学使虚拟的体验与真实生活形成一个连续体，此时，虚拟的游戏只是作为一个"空间性"的中介，尽管它可"欺骗"玩家的感官系统，但蕴含丰富的民族记忆和集体价值的民间文学激活了玩家的感知系统，以其贴近日常审美文化和心理情感，带给玩家真实的情感共鸣。

二、民间文学资源在网络游戏中的转化路径

网络游戏是数字社会变革催生的新空间，也是一种新的生产力。网络游戏通过再造民间文学空间，实现人的主体性和空间认同，游戏化生产民间文学资源完成了民间文学资源的创新转化。

[①] 参见钱振华、宋子铃《虚拟现实技术的认知困境分析》，《北京科技大学学报（社会科学版）》2018年第2期。

（一）民间文学空间的再造

游戏空间通过消除玩家对获取民间文学的空间限制，为民间文学创造空间。这种空间生产实践是基于马克思主义理论家列斐伏尔"通过占有空间，通过生产空间"①，来实现一种"差异性空间"，即游戏通过对民间文学的消费为它生产了空间。民间文学变得可视化、体验式化，成为高质量的文化供给。列斐伏尔将空间生产分为空间实践、空间的再现以及表象性空间三元形态，美国学者迪尔将其概括为我们的知觉、我们的概念、生活空间。每种社会生产方式都有其独特的空间，生产方式的转变势必产生新的空间。②

空间实践，是可感知的社会生产，体现一种物理性，网络游戏将民间文学资源进行空间生产。口头或书面的民间文学资源经游戏化实践生成为可体验式的文学形式，口头故事中的能工巧匠鲁班变成了游戏中的天才机关造物，神话传说中的上古神器变成游戏中神奇的道具等，民间的织女、财神、灶神在游戏中可提高纺织厂、商业建筑和餐饮业效益。此时文本资源既是虚拟空间本身，也是虚拟的产物。

再现的空间是主体所概念化的空间，是一种精神空间。在游戏的生产空间中，游戏开发者结合网络游戏中的生产关系，将民间文学资源概念化为一种全新的空间。比如自古以来，在民间生活中，人们就崇拜和敬畏老虎的自然属性，"王者荣耀"的开发者将民间化身型虎故事中的老虎建构为一名代表非凡力量的强势打野英雄。民间文学是一个民族集体创造和传承的口头文学，承载了丰富的民族集体价值，玩家在游戏竞技对战和集体记忆的空间下，构想虎的神性，及人化虎、虎化人的神奇景象。

表象性空间是主体所体验的日常生活的生活空间，表现为社会性。当前技术阶段的网络游戏借助游戏平台、同人创作、衍生文化平台、BBS论坛等玩家

---

① Lefebvre H, The Survival of Capital, *Reproduction of the Relation of Production*, trans by Frank Bryant, Allison and Busby, London, 1978.
② 参见[美]米切尔·迪尔《后现代都市状况》，李小科等译，上海教育出版社2004年版，第60—61页。

线上线下社区和民间文学符号让玩家切实体验实践活动及其新的生活方式和社会关系，满足了生活需要和精神需求。

列斐伏尔的空间生产理论虽是基于物理空间，但在虚拟的游戏空间表现出适应性。随着生产力的革新和人们发展的需要，民间文学从作为简单的"意象"呈现，到现在为玩家提供浸入式虚拟体验，实现了空间的再造。新空间也为民间文学带来了新的传承方式和生命。

（二）人的主体性和空间认同的实现

实际上，列斐伏尔的空间生产理论存在不足，它无法体现人的主体性和空间认同。相反，空间生产作为"主体"，考察人们日常生活生产实践中的行为和生活方式，并根据人们的需求表达，赋予空间新的意义，以此为空间生产与满足人自身生存和发展需求给予真正创新与革命的力量。[①] 这种不足之处在虚拟的空间生产中同样存在。但民间文学资源有助于弥补游戏空间中的此处不足。在游戏空间生产实践中，首先，作为生产资料的民间文学，其变异性和传承性实现了玩家的主体性及空间认同；其次，作为民间文学主体的玩家与空间生产一同参与了游戏空间的生产，玩家通过游戏劳动和游戏英雄叙事，完成了主体性建构及对游戏空间的认同。

1. 民间文学作为生产资料

从语言学的角度出发，于传统的交流场景而言，游戏空间是康拉德·埃里希定义的"延伸的场景"，空间可根据文本的类型及流传方式生产出不同的新场景。当文本以文字、图片、声音、动画等物理形式进入空间实践，民间文学在新的生产方式下"以一种社会或者文化自身进行再生产，它通过一代代人以相同或者至少可以再次认出的形式进行"。[②]

[①] 参见陈波、宋诗雨《虚拟文化空间生产及其维度设计研究——基于列斐伏尔"空间生产"理论》，《山东大学学报（哲学社会科学版）》2021年第1期。
[②] 冯亚琳、[德]阿斯特莉特·埃尔主编：《文化记忆理论读本》，余传玲等译，北京大学出版社2012年版，第12页。

民间文学的传承性保证了其稳定因素在新空间中以被再次认出的形式进行再生产，实现玩家的空间认同。以"王者荣耀"嫦娥英雄同人创作活动为例。嫦娥，我国上古神话中的仙女，因偷食后羿自西王母处所求得的不死药而奔月成仙，居住在月亮上面的广寒宫之中，并有负责捣药的仙兔相伴。在同人创作活动中，游戏方将飘带和玉兔限定为游戏英雄嫦娥的核心特征，这与民间神话中的稳定因素"奔月"和"仙兔"一致，因此很容易得到玩家的认同。民间文学的变异性——大量体现在语言、情节、主题、形象、结构等要素上——赋予玩家在嫦娥作为"法师"类英雄的文化"场景"中，根据自身的审美情感使这些稳定特征产生变异的权力，玩家从而在空间生产中完成了主体性建构。最终，最佳创意奖"拒霜思"以渲染了一种每逢萧瑟秋风、等待故人归来的期盼之情，及自成清寒风格、天然去雕饰之美，得到4326万玩家的认同而胜出。无数的玩家将通过嫦娥纯洁空灵、清冷疏离的英雄皮肤气质感受民间神话中嫦娥的与月同美、孤独地居住在广寒宫寂寞清苦的故事。

2. 玩家作为空间生产主体

玩游戏，就是自愿尝试克服种种不必要的障碍，哲学家伯纳德·苏茨对游戏的这一定义指明了游戏带给人类动力、奖励和乐趣。任何精心设计的游戏都是在邀请玩家自愿从事不必要的艰苦劳动，真诚地看重自己努力得来的结果，其首要目的是鼓励、满足玩家的情感渴望。[①]玩游戏是一种劳动行为，国内外众多学者也从传播与媒介、游戏模组经济、商品论、文化实践等角度讨论了游戏的这种劳动特性。玩家在克服游戏障碍的劳动中，在体验自我成长的冒险故事中，成为游戏空间生产主体。

玩家作为劳动者，是游戏劳动主体。数字化劳动类似农业文明时代的劳动，为民间文学在网络游戏空间中的生产和流传提供了生存的空间。民间文学是农业文明时代的产物，由劳动人民创作，并在人民群众中流传。团结一致、

---

① 参见［美］简·麦格尼格尔《游戏改变世界：游戏化如何让现实变得更美好》，闾佳译，浙江人民出版社2012年版，第22—27页。

辛勤耕耘、惩恶扬善、仁爱精神等民间传统思维模式被内化到游戏劳动中，成为玩家们在游戏劳动中的精神追求。玩家共享同一虚拟空间，身边永远围绕着其他真正的玩家，即使是性格内向而独来独往的玩家也会体验到高度的"社会临场感"[①]。"社会临场感"创造了一种扩展的社交，吸引着"劳动者"聚集在自发性质的游戏空间中探索未知的虚拟世界、建造自己的游戏世界，从而形成游戏空间特有的文学内容或文化表达，并在游戏社会以及更广阔的社会环境中流传，诉说着玩家们的思想感情、审美观念和艺术情趣。

玩家作为"英雄"，是游戏叙事主体。神话、传说等民间文学题材类型的游戏往往构建了一个足以引起玩家敬畏和惊奇感的宏大虚拟世界，邀请玩家探索，如"剑与远征"中藏着上古诸神创世的伊索米亚大陆，"一念逍遥"中凡、灵、仙三界，"妄想山海"中上古异兽的《山海经》无缝开放世界。这个探索冒险的游戏叙事再现的是约瑟夫·坎贝尔的"单一神话"原型——分离→启蒙→回归，英雄自日常生活外出冒险，进入未知领域，在那里经历转变性的历险后回归。在游戏中，玩家离开现实生活进入游戏，在游戏中去克服种种障碍，获得游戏奖励，优化装备性能，最后，在游戏劳动所带来的明显而即刻的成就与能力的提高中，获得了满足感和愉悦感。美国心理学家米哈里·希斯赞特米哈伊认为在游戏这个高度结构化、自我激励的艰苦工作中，玩家有规律地实现了人类幸福的最高形式：紧张、乐观地投入周围的世界。[②] 网络游戏实现了服务于日常生活的目的，以让玩家更加积极、乐观地回到现实。而这正是民间文艺所具有的净化与情感宣泄、娱乐与愉悦身心的审美功能被玩家以游戏的形式接受。

---

① [美]简·麦格尼格尔：《游戏改变世界：游戏化如何让现实变得更美好》，闾佳译，浙江人民出版社2012年版，第93页。
② 参见[美]简·麦格尼格尔《游戏改变世界：游戏化如何让现实变得更美好》，闾佳译，浙江人民出版社2012年版，第37页。

（三）民间文学资源的游戏化生产

作为一种以群众为受众、超越时间的、经典化的、处在封闭历史视野中的文化文本，口头形式的民间文学借助聆听和观赏方式，书面形式的民间文学借助阅读方式，来实现记忆媒介功能。[①]在新的空间中，游戏结构解构民间文学资源，玩家在游戏交流和游戏算法机制作用下，经文化记忆重构了民间文学。

1. 游戏结构解构民间文学

抛开网络游戏类型的差异和复杂的技术，网络游戏有四个决定性结构特征：目标、规则、反馈系统和自愿参与。[②]它们建构了游戏的叙事，即告知玩家需要了解并愿意接受的目标、规则和反馈，如同普罗普民间故事形态中两个最基本的叙事因素："功能"和"行动范围"。正如所有神奇故事都是几种"功能"和"行动范围"的不同组合，网络游戏的叙事也是在玩家的自愿参与下，由不同目标、规则、反馈系统组合而成的。因此，古今中外不同题材和类型的民间文学资源被解构，并可在同一个游戏空间中生产为一个游戏故事。齐天大圣孙悟空在"剑与远征"中接受伊索米亚诸神邀请共拒邪魔，凯尔特神话"光之子"库·丘林和希腊神话女巫美狄亚在"Fate/stay night"（命运之夜）中追寻传说中的宝物圣杯，等等。游戏保留了这些神话传说的稳定性特征，从而满足了玩家"自知之明"中对他们的想象，并赋予了新的故事体验。

2. 游戏互动和游戏机制重构集体记忆

康拉德·埃里希认为信息是文本的元形式，它使语言行为脱离直接的交流场景得以保存。文本信息经"延伸场景"的传达进入游戏玩家的交流空间。在玩家与文本信息及与玩家群体的一次次交流中，民间文学本文实现了一种互动中的循环，个体关于民间文学的记忆被唤醒，构建出游戏空间中的文化认同，形成了集体记忆。莫里斯·哈布瓦赫认为集体记忆是立足于当下而对过去的重

[①] 参见黄景春《中国当代民间文学中的民族记忆：游戏化如何让现实变得更美好》，上海大学出版社 2020 年版，第 26 页。

[②] 参见 [美] 简·麦格尼格尔《游戏改变世界》，闾佳译，浙江人民出版社 2012 年版，第 21 页。

构。个体根植于特定的群体情景，在情境中记忆和再现过去。作为个体的玩家在游戏互动交往中产生了回忆，个体的记忆产生于这个集体，群体的记忆构成集体的记忆并作为一个集合体存续着。①

"阴阳师"和"鬼谷八荒"正是通过营造了一个未知的远方异域环境，借助签文和算卦的游戏情节，唤醒了玩家行人遇害（离家远行者在途中遇害）母题的民俗记忆。"阴阳师"构建了一个"百鬼夜行"的人鬼交织阴阳两界，"鬼谷八荒"视觉化了《山海经》奇山异兽的世界，置身其中，玩家犹如离家的远行者，产生强烈的宿命感。进入"阴阳师"，玩家先签到以获得每日登录奖励，签到以签文的形式展现，有大吉、末吉和凶等七种签文，以预测玩家在探索中的运势。当玩家抽到不祥的签文，如"莫与独鬼相语，所经之途必遭祸"时，会不由得产生不好的预感，而无法抽到心仪的御魂或奖券似乎对此进了验证，进而生发出"在劫难逃"的宿命感，有玩家甚至担心不祥签文会将坏运气带到现实生活，为此还跑到游戏社区寻求其他玩家的建议。"鬼谷八荒"综合修仙体系与《山海经》背景，玩家会与《山海经》中各种妖、兽战斗。当玩家在地图中探索时，会突然跳出一个算命先生来预测玩家接下来的奇遇。假如不走运，算出的是"太岁冲克引血光"之类的大凶时，玩家也无须担心，算命先生会提供一个化解之策，只需支付一定数额的灵石（做任务可获得）。不祥的卦象会吓得一些玩家选择"破财消灾"。如玩家坚信命运由我不由天，不为所动，那接下来在与其他玩家的交流中，将遭遇灵石失窃、仇人挡路、树下遇袭等未知危险，这加剧了玩家"在劫难逃"的宿命感。

一个人的行为方式离不开其生活的社会群体的文化传统。游戏中的自我并非像通常认为的那样沉浸于虚拟世界，而是流淌在虚拟世界和现实世界之间，因为玩家往往会带入现实的角色感和情绪。②玩家在游戏中的自我与现实世界

---

① 参见[法]莫里斯·哈布瓦赫《论集体记忆》，毕然、郭金华译，上海人民出版社2002年版，第40—59页。
② 参见刘玲、于成、孙希洋《电子游戏中的自我——基于ESM方法的个案分析》，《自然辩证法通讯》2020年第1期。

中的文化传统是相关的。受日月运行、四时相继的启发，"反者道之动"思想成为千百年来中华民族的心理武器。因此，即使在科学昌明、繁荣稳定的当今，我们也知道危险会随时出现，需保持谨慎之心。这也是遇害危险能引起玩家真实的情感反应的心理依据。但网络游戏毕竟是一个虚拟的数字世界，游戏规则不同于现实的风俗传统。当玩家无法用现实的知识体系与人生经验为游戏反馈找到合理解释时，那无法抽到心仪御魂或奖券、灵石失窃等游戏体验带来的无力感似乎就是游戏中"命"中注定的遭遇。总之，在游戏的反馈以及与其他玩家的互动中，"行人遇害"这种带有宿命性质的民俗记忆在玩家的互动体验中被重构。

　　游戏重复机制也有助于实现民间文学文本与集体记忆的关联。从微观的游戏机制出发，以主流的多人在线竞技游戏为例，玩家们经算法机制被随机调入重复的游戏地图，在单位时间内打兵线、提高经济、提升装备性能、配合队友以竞赛的方式完成游戏。① 这种重复性的游戏行为，具有扬·阿斯曼所认为的"借用重复举行的仪式和重复阐释的文本来维持文化记忆传承"②的功能，保证了游戏空间中民间文化意义的认同的再生产，集体（玩家）由此获得文化记忆。在以上两款游戏中，解签和算命奇遇是玩家都会重复经历的游戏内容。

　　类似无文字社会对"仪式关联"以及文字社会对"文本关联"的依赖，游戏空间提供了一种"体验关联"。在某种程度上，"体验关联"是"仪式关联"的数字化再现，但它比定期才能举行的仪式更唾手可得，比需要注解和阐释的文本更直截了当。

---

① 参见邓剑《中国电子游戏文化的源流与考辨》，《上海文化》2020 年第 12 期。
② ［德］扬·阿斯曼：《文化记忆：早期高级文化中的文字、回忆和政治身份》，金寿福、黄晓晨译，北京大学出版社 2015 年版，第 87—88 页。

三、民间文学资源转化实践策略

传承和保护民间文学资源，文旅资本助力乡村振兴，引导和满足新时代的精神文化需求，网络游戏作为新的生产方式，潜力无限。但当前网络游戏存在不足，以下从民间文学角度提出具体对策。

（一）多元化游戏叙事模式

当前大量游戏采取通过积累游戏资本以探索未知世界的叙事机制，游戏任务同质化严重，耗时耗力。如"刺客信条：奥德赛"中重复性的任务和严苛死板的数值体系常让玩家在这趟古希腊旅途中刷得悲愤交加。完成一定重复性劳动才能解锁新征程的模式需时间成本，使得拒绝通过氪金来抵扣时间成本的玩家自嘲为"肝帝"，最后望而生畏，放弃游戏。重复性劳动及氪金盈利手段构成的消耗模式于无形中对玩家施压了一种"匿名的权威"[1]。法兰克福学派的弗罗姆认为这种权威隐而不显，命令和命令者踪影全无。它不用给玩家发号施令，也无须给玩家施加压力。看似自由的玩家被这种匿名权威引导和控制，受到了看不见的敌人的攻击，束手就擒。

丰富民间文学资源类型可多元化游玩模式，实现玩家不"肝"不"氪"的游戏自由，满足新时代精神文化需求。评分高达9.5分的功能游戏"榫卯"摒弃消耗型叙事，开发民族传统榫卯工艺，让玩家在体验精巧的嵌合、完美的连接中感受古代工匠的智慧。网络游戏可充分利用我国丰富的岁时节日资源，其游戏叙事模式可创造性开发传统的季节游戏：鞭春牛、放爆竹、元宵观灯、元宵节转黄河、斗百草、乞巧、走月亮与圆月、重阳登高、九九消寒图等；关于民间谚语、俗语、地方知识等资源，游戏模式可借鉴猜谜语、射覆与猜枚、绕口令、翻交交与折纸、解九连环、拼七巧板等；关于极富民族性和地域性的民

---

[1] ［美］埃里希·弗罗姆：《逃避自由》，刘林海译，国际文化出版公司2002年版，第119页。

间歌谣、民间短篇诗歌、民俗音乐资源，《中华好诗词》栏目引进并改良的对抗赛"飞花令"也可为模式开发提供启发；关于小戏、音乐舞蹈、图案造型艺术、民间说唱等资源，可在游戏模式中以皮影戏、木偶戏、拉洋片儿等传统艺术结合民间故事一起呈现。多样化游戏叙事可丰富网络游戏的游玩体验，赋予玩家更多体验自由，远离"匿名权威"的操纵和同一化。

（二）引导游戏伦理内容生产

网络游戏被广为诟病的问题是其中挑战社会伦理、误导玩家的伦理价值观设计。众多学者已讨论了网络游戏的负面影响，如吴月华基于上海七所中学1200多名学生的实证研究数据，佐证了网络游戏中的非道德行为和道德环境确实可以显著预测青少年道德意识和行为的不良表现。[①] 深入对民间文学伦理价值的开发，引导游戏伦理，从根源上解决游戏中伦理误导的负面问题。赫伊津哈（Huizinga）将游戏空间称为"魔法圈"，即正常的社会互动规则被暂停，一个新的、暂时的社会契约形成[②]，如游戏对攻击性行为的认可，给那些社会伦理所认为不合情理的行为提供奖励，玩家的暴力、欺诈、偷盗以及一些破坏行为都可获得额外奖励。民间文学是以普通人的日常生活为叙事中心，哺养人们的精神活动。将民间文学融入网络游戏，打破"魔法圈"，让玩家沉浸在符合现实的伦理实践场中。例如，"王者荣耀"虽是一款主打竞技对战的游戏，但在其亚瑟王传说骑士精神的氛围中，玩家们自发形成了很强的团队精神；印尼民间悬疑传说解谜类游戏"鬼妇：印尼民间恐怖传说"中，如玩家按任务做事可得到"将就"结局，如玩家不断触怒鬼魂则得到"业报"结局，如玩家不完成任务但敬鬼神则得到"慵懒"结局。作为一种必然的伦理律令、伦理规则，佛教伦理因果律充分运用到玩家的所做所想所得中，游戏反馈未违反现实的伦理

---

① 参见吴月华《网络游戏对青少年道德的影响机制研究》，《上海交通大学学报（哲学社会科学版）》2020年第4期。
② Johan Huizinga, *Homo Ludens: A Study of the Play — Element in Culture*, Boston: Beacon Press, 1971, pp.20-28.

价值，从而指导了玩家的伦理认知。

虽然网络游戏有其自身的属性，它的虚拟性、竞技性等因素要求它设计冲突以提供现实中不易获取的即时、明显而生动的快乐反馈，但这不应该以违反日常生活实践，肢解和扭曲优秀伦理传统为出发点，这势必误导玩家的道德发展。尽管优秀游戏设计的目标并不一定要与反映道德决策的现实相一致，但是游戏开发者是游戏空间的重要生产者，是游戏行为的最终仲裁者，有责任在游戏空间中建构道德教训相互关联的意识。对民间文学资源的创造性借鉴和开发可将游戏空间概念化为符合现实的空间，形成符合现实的社会关系，引导玩家在面临道德困境时做出正确的选择，以更有助于网络游戏健康长远发展。正如恩格斯在《德国的民间故事书》中所言，民间故事书同《圣经》一样培养他的道德感，使他认清自己的力量、自己的权利、自己的自由，激起他的勇气，唤起他对祖国的爱。[1]

（三）坚持玩家主体地位

如前文所述，网络游戏的空间生产给了玩家很大的主体性。但在游戏过程设计中，玩家的主体地位易被冷落。游玩中玩家主体地位的获得与游戏交互性的实现休戚相关。在资源转化实践中，一方面，应避免顾民间文学资源的呈现而失游戏的交互性。"皮影：哪吒"在传承皮影戏和民间故事叙事方面是成功的，勾起了玩家小时候看皮影戏的回忆。但基于 App Store、Tap Tap 社区、知乎等平台上下载及玩家评分数据发现，这款游戏市场很小。众多玩家抱怨游戏在放动画片。因为玩家可操作的空间很小，且进度主要由游戏控制，玩家反倒成为被操控的一方，难以"回应"游戏。究其原因，游戏致力于皮影戏和民间故事的数字化呈现，让玩家成了游戏中皮影戏的观众，而非表演者，而皮影戏是表演者一边操纵影人，一边用当地流行的曲调讲述故事，操耍技巧和

---

[1] 参见《马克思恩格斯论艺术》（第四卷），人民文学出版社1966年版，第401页。

唱功离不开表演主体的参与。另一方面，应利用游戏结构叙事，避免陷入文学叙事结构。学者克里斯·索拉斯基（Chris Solarski）认为游戏作为一种规则系统是激活故事叙事的载体，能给人带来动态的叙事体验。由于游戏媒介的动态性和交互性，即使是传统的游戏，都能让游戏者在内心诱发叙事内容[1]，如国际象棋，不同的棋子变成不同的故事角色，每一局都在游戏者的内心构成一个故事。而这种动态的叙事体验需玩家作为主体参与其中。在叙事类游戏巅峰之作的"最后生还者2"中，在主角艾莉的整个复仇过程中，游戏未给玩家任何选择的权力，全程被动，以至于艾莉进行了一场激烈的厮杀过后，玩家在结局时只能眼睁睁、充满疑惑地看着她痛心疾首地放过仇人。很明显，游戏意图让玩家在传统的叙事模式下生发思考的初衷以玩家被动的方式是不易实现的。然而，备受玩家追捧的"画境长恨歌"游戏巧妙利用解谜模式，以"改画""作画""寻画"三种极具东方美学的玩法，让玩家在做任务的过程中一步步感受和理解白居易经典叙事长诗《长恨歌》中杨玉环与李隆基的回旋婉转的爱情悲剧，在这种交互性的叙事作用下，让玩家感慨万千。

当游戏忽视玩家的主体性地位时，玩家屈尊降贵于网络游戏，这势必导致了如法国后现代理论家让·波德里亚在讨论媒介与受众的权利关系中所言的：受众不能对媒介有所回应，媒介因此具有无可拒绝的权力。[2]而正是赋予受众以"回应"的权力打破了这种垄断关系，实现了游戏的交互性。坚持以玩家为本，让玩家能够"回应"游戏，进而促成游戏互动是实现玩家主体地位的一种有效途径。

（四）构建游戏虚实世界

随着游戏产业的成熟，开发网络游戏与现实生活空间相结合的平行实境

---

[1] "The Aesthetics of Game Art and Game Design", GAMASUTRA, accessed June 2, 2021, https://www.gamasutra.com/view/feature/185676/the_aesthetics_of_game_art_and_php?page=6.

[2] 参见单世联《文化大转型：批判与解释——西方文化产业理论研究》，中国社会科学出版社2017年版，第653—654页。

游戏（Alternate Reality Gaming），助力民间文化资源的传承及保护和乡村旅游。平行实境游戏是以真实世界为平台，融合虚拟的游戏元素，玩家可亲自参与到角色扮演中的一种多媒体互动游戏，在虚实相嵌的空间中，它可充分发挥群体的智慧。比如蚂蚁森林种树公益游戏、英国"调查你处议员的开支"实现政府财务监督的游戏，玩家在游戏中都是为了实现现实生活中的一个目标而参与其中。

当前资源转化主要在虚拟层面为游戏赋能，如人物皮肤、台词、场景布置、游戏叙事等方面，游玩内容脱离了现实空间。而民间文学是一种关于日常生活的文化实践，且很多非遗项目的保护也离不开地方认同感和传承人，需要生活空间的参与。在民间文化资源的传承及保护方面，像"榫卯""折扇""匠木"这类功能游戏，如果脱离实际的民族传统工艺实践，最后也容易变成传统工艺的电子博物馆或教具。在乡村旅游方面，结合真实的山川风貌、人文风俗，"家国梦"游戏做了线上尝试，将家乡实景绘图、祖国大江南北的地域文化特色、国家真实发展政策（扶贫攻坚、绿色出行、减税降费）融入游戏，让玩家模拟实施最合适的政策，完成家乡的发展任务，能激发玩家家乡文化归属感，但它很难让玩家对不熟悉的他乡产生认同感。基于这种尝试，如果将游戏与现实生活相结合运用于乡村旅游，便可丰富和指导旅游内容，更重要的是会让玩家跳脱虚拟的现实，去真实而全面地感受真实的现实。将民间文学资源创造性地融入线上线下游戏过程助力乡村振兴具有现实意义。

（原载《文化遗产》2021年第5期）

交响合唱《江城子》的人文意涵与音乐修辞
——兼论"响晕"概念在交响修辞中的美学意义

孙 月 张 玄

熙宁八年（1075）正月二十，苏轼夜梦亡妻王弗，茫茫十年旧情未了，让这位豪放派词人不禁畅抒细密情思，写就一篇悼亡词的典范，凄美动人。千年之后，陈其钢初涉合唱，萦绕不绝的便是这首《江城子·乙卯正月二十日夜记梦》（1075，下文简称"记梦"），京腔戏韵反复吟诵，合唱双缀交叠助推，谱成一曲当代人声交响力作《江城子》（2017），蜚声国际。

2018年5月在英国的世界首演之后，音乐学家杨燕迪在社交媒体上盛赞《江城子》为"中文合唱的里程碑"，原因是"达到了某种深邃、苍凉和精美的极致"[1]。的确，这部作品中蕴藏"深邃、苍凉"的精神气韵与形态结构的"极致精美"，不得不令人赞叹。问题在于，陈其钢的《江城子》是如何通过"合式"[2]的音乐修辞表现诗词的人文意涵并又彰显出超越诗词的意境，以及音乐修辞本身是否构成某种独立的意义？

---

[1] 杨燕迪的评价，参见"爱乐评"微信公众号文章《格拉摩根音乐节聚焦陈其钢交响合唱〈江城子〉英国首演》（作者：云水）文末精选留言，2018年5月12日。
[2] 不同于"合适"，意为合乎理式的、合乎规范的。相应的英文表述应为 well-formed 或 fit（形容词）。

一、《江城子》的人文意涵

（一）苏轼词作的《江城子》

诗词的格律有严格的规范，本就蕴含着丰富的音乐性。但这还只是形式，真正让名篇佳作流传千古则须有更深邃的人文意涵。王国维在《人间词话》开篇对词的品格有所断言："词以境界为最上。有境界则自成高格，自有名句。五代、北宋之词所以独绝者在此。"[1]显然，苏轼之词当在此列。

从历史上看，苏轼词作的文学价值之高，不仅因为提倡"以诗为词"，将诗的题材、形象、意境和创作方法引入词的创作，促成了词的雅化并提高了它的文学地位，他还以自己的词作开豪放派之先声，突破音韵格律之束缚，"新天下耳目"[2]。如果说苏轼的豪放词以《江城子·密州出猎》与《念奴娇·赤壁怀古》最具代表性，那么《江城子·记梦》则是这位豪放派词人的婉约之作，亦是其诗化词作的典型。

> 十年生死两茫茫，不思量，自难忘。千里孤坟，无处话凄凉。纵使相逢应不识，尘满面，鬓如霜。
> 夜来幽梦忽还乡，小轩窗，正梳妆。相顾无言，惟有泪千行。料得年年断肠处，明月夜，短松冈。

这首词虽然多有假借古言锦句，却仍情真意切，自然中畅抒悲慨，平和中意达超旷。[3]长短节奏，自由而不失格律。押韵在"唐""阳"，开口度大，彰显悲怆与气度。[4]

---

[1] 王国维撰，黄霖等导读：《人间词话》，上海古籍出版社1998年版，第1页。
[2] 宋人王灼在《碧鸡漫志·卷二》中称赞苏词"指出向上一路，新天下耳目"。参见朱靖华《苏轼论》，京华出版社1997年版，第228—230页。
[3] 参见王泽文《关于苏轼悼亡词〈江城子〉的讨论》，《中国苏轼研究》2018年第2期。
[4] 参见刘石主编《宋词鉴赏大辞典》，中华书局2011年版，第209页。

内容上，此词通过现实与梦境不同世界的并置，串联起幽明相隔、恩厚情深的夫妻二人。"十年生死两茫茫"，平铺直叙地交代出真实的事件背景。"不思量，自难忘"，转折中饱含未了相思，情不自已。无论相隔"千里"还是作别"十年"，皆已时过境迁，即便重逢也面目全非，难以认清了。这种超越现实的想象，用"尘满面，鬓如霜"那般以实写虚的描绘，既呼应了"不思量，自难忘"的心境，又为后续记述的梦境做了铺垫。下阕笔锋顿转，将积思成疾之梦娓娓道来，"小轩窗，正梳妆"，以当下之象追忆过往之貌，栩栩若在眼前，留下无尽美好的情景画面。然而毕竟梦一场，"无处话凄凉"终于凝成一股"泪千行"的喷涌之力，飙升至全词的情感巅峰。末尾又重回现实，"年年断肠处"唯见月下孤坟，情景交融的描写，透露凄凉与无奈，绵延不绝，词尽意犹。

（二）交响合唱的《江城子》

传统与现代的千年裂隙，时空交错反倒成为富集作曲家创作经验与音乐想象的游刃空间。交响合唱《江城子》通过现代音乐技艺将诗词的雅韵吟咏编织起来，十年追忆反响千秋。正如陈其钢本人坦言："《江城子》是那种在生命里反复吟唱，静夜中不断怀思的乐音。无数人毫不吝惜地把'绝唱'的美名赠予这首词。"即便对苏词的理解已然深入通透，作曲家仍苦心寻求着恰如其分的音乐形式，为要"揭示原词中深刻的寓意和内涵"[①]。

那么，原词中的深刻寓意和内涵究竟何在？无论是词作还是合唱，内容上都没有高言大志，唯有以艺术形式表达的真实情感。那种至亲挚爱猝然离世的伤痛，是苏轼和陈其钢共有的人生经历。然而，"苏词"中是"无处话凄凉"的心灵伴侣，在"陈曲"中则很可能融入了子殇之痛的切身体会。亲故间的生死离别不仅仅造成情感上的巨大创伤，更显出精神上的孤寂无助。可贵的是，

---

① 陈其钢《江城子》CD 内页作曲家题记，北京国家大剧院古典音乐有限责任公司 2019 年版。

古今两位文人不约而同地将悲苦情思化为艺术创作的泉涌动力，抒情蓄志中或隐或显地表露出泰然超拔的人生态度。就像陈其钢给自己的小提琴协奏曲命名为《悲喜同源》(2017)，似乎在某种意义上已经回答了上述问题。也许他早已领悟到，悲与喜这两种看似相对的情感一旦发展到极致，在本质上却是同出一源的，这些情感的真正本源就是生命。生命的意义高于情感，既超越作为个体情感的极致的悲，又超越作为个体情感的极度的喜，是一切艺术创作和美感表达中最本原性的寓意与内涵，值得纪念与歌颂。于是就在交响合唱《江城子》中，我们听见为文豪代言的现代音乐家的心声，仿佛他就是当代的苏东坡，为古老作品中蕴含的人文精神在当代的继续传播竭尽所能。从首演前作曲家的讲话中也不难发现，陈其钢将"苏词"的意涵作了拓展，不止于儿女情长的表达，更是融入生死观的哲学思考，歌唱出超越生死的情感存在与永恒尊贵的生命价值，这也恰是苏轼与陈其钢在精神上的共鸣与追求。

（三）《江城子》中的哲学精神与美学特征

从根本上来说，苏、陈二人之所以跨越千年仍旧惺惺相惜的共鸣，就在于他们的艺术作品中同样内蕴着中华传统哲学精神与美学特征。那种高于一般情感、超越生死的生命意义，既是维系苏轼与亡妻、陈其钢与爱子、词作者与作曲家的关键所在，也是艺术作品沟通其创作者与受众之间的精神要旨所在。这样的精神内涵由交响合唱《江城子》的音乐表现出来的，是一种氤氲美学的典型特征。从学理渊源上来看，氤氲美学衍生自气论哲学，是气论哲学中独特的组成部分。在《江城子》中，氤氲美学尤其显现为一种雅致而精妙的感性行态，这种行态即本文"响晕"概念的主要指向。

1. 气论哲学

"气"是中国传统文化与哲学的元范畴。不同于印度和西方的原子论解释世界的方式，中国哲学认为"气"是构成宇宙世界的基本元素，也是人之生命的内在能量，更是化合天人关系的重要载体。

首先，"气"作为世界万物的本源，充满宇宙，运动不息。"天有六气，降生五味，发为五色，徵为五声，淫生六疾。六气曰阴阳风雨晦明也；分为四时，序为五节，过则为灾。"①"六气"在此指自然现象，六种不同天气状况形成的自然规律影响着地上之人的味觉、视觉与听觉等多种感官活动。可见，中国传统观念中的"六气"不仅代表着构成世界的基本元素及其运行规律，而且还对应着人的感性经验。一旦这些元素摄取过量、声色泛滥就会造成人的疾患，一旦自然规律遭到破坏就会招致天气灾害。进而，气的运动还产生了音乐。"声亦如味，一气，二体，三类，四物，五声，六律，七音，八风，九歌，以相成也。清浊，小大，短长，疾徐，哀乐，刚柔，迟速，高下，出入，周疏，以相济也。"②这段文字常被视作中国古代音乐生成论的发端，说明古人观念中的和谐乐声是以气行声，诸声相辅相成、相反相济的运动结果。此外，老子"道生万物"的基本原理中，"气"的运动更是中国第一审美范畴"和"的本源。"万物负阴而抱阳，冲气以为和"③，说明"和"是由阴阳二气不断运动、交互和合而成的万物和谐的理想化美学生态。

其次，"气"不仅蕴含在自然万物中，也是人作为生命体的内蕴所在。"气，体之充也"④与"人之生，气之聚也。聚则为生，散则为死"⑤，都说明生命与气的充盈、生死与气的聚散有直接关系。

最后，"气"在中国古代"天人合一"思想中，是不可或缺的中介和载体。"民有好恶喜怒哀乐，生于六气"⑥以及"通天下一气耳"⑦，表明气的生息变化不仅形成不同生命形态，也影响着人的情绪、性格与气质。故此，庄子还强调以"气"的方式达到与道合一的最佳审美状态："无听之以耳，而听之以心；无听

---

① 《左传·昭公元年》，载《十三经注疏》，上海古籍出版社1997年版，第2025页。
② 《左传·昭公二〇年》，载《十三经注疏》，上海古籍出版社1997年版，第2093—2094页。
③ 汤漳平、王朝华译注：《老子·四十二章》，中华书局2014年版，第165页。
④ 《孟子·公孙丑上》，载方勇译注《孟子》，中华书局2010年版，第49页。
⑤ 《庄子·知北游》，载方勇译注《庄子》，中华书局2010年版，第359页。
⑥ 《左传·昭公二五年》，载《十三经注疏》，上海古籍出版社1997年版，第2108页。
⑦ 《庄子·知北游》，载方勇译注《庄子》，中华书局2010年版，第359页。

之以心，而听之以气！听止于耳；心止于符。气也者，虚而待物者也。"①可见，"听"这一行为，从作为外在感官的耳，到作为内在感官的心，再到作为连接宇宙本体与生命实体的气，步步转换层层深入，才能真正达到"去形离知"、物我两忘、天人合一的至高境界。

由此可见，"气"作为世界万物的构成元素，既是物质生命与精神生命的存在方式，又是弥合天人之际的中介。气充满天地而自由运行，当然也能够串联现行世界与往昔世界的不同境遇，超越时空而成为不可见的情感纽带。

2. 氤氲美学

先秦诸子著述中作为重要哲学范畴的"气"，到魏晋时期发展成为核心的美学范畴，又衍生出一系列审美范畴、命题，如气韵、风骨、神思、气象、情志等，使得中国古代美学思想和艺术理论突破了言志和教化的束缚。②北宋思想家、理学创始人张载集历代气论思想之大成，将气论哲学发展到了一个新阶段，为后世所推崇。③张载认为，"太虚无形，气之本体，其聚其散，变化之客形尔"。④意思是说，宇宙初始虽无具体形象，但被气所充满。气的聚散形成万物，万物不过是气运动变化的不同形态。张载又云："太和所谓道，中涵浮沉、升降、动静、相感之性，是生氤氲、相荡、胜负、屈伸之始。"⑤氤氲是道的体用与表现，表明了气的运行规律和运动状态。这种描述万有之初氤氲混沌现象的世界观念，战国时期的《易传·系辞下》已有记载："天地氤氲、万物化醇。"⑥以"氤氲"之态表明气的升降循环，是万物得以化育的根本所在。

从物理学的角度而言，氤氲体现的是气因轻扬而浮升、因重浊而沉降的转换，又因湿热而形成蒸腾和弥漫的效果。现代物理学的量子场论认为，场是连

---

① 《庄子·人间世》，载方勇译注《庄子》，中华书局2010年版，第53页。
② 参见王振复主编《中国美学范畴史》（第三卷），山西教育出版社2006年版，第39页。
③ 参见王振复主编《中国美学范畴史》（第三卷），山西教育出版社2006年版，第41页。
④ （宋）张载：《正蒙·太和》，载（宋）张载撰，（清）王夫之注，汤勤福导读《张子正蒙》，上海古籍出版社2000年版，第86页。
⑤ （宋）张载：《正蒙·太和》，载（宋）张载撰，（清）王夫之注，汤勤福导读《张子正蒙》，上海古籍出版社2000年版，第85页。
⑥ 朱高正：《易传通解》，华东师范大学出版社2015年版，第70页。

续而具有粒子性的，粒子可以看作量子的凝聚。因此，张载的气论不仅把无形的宇宙空间看作一种物质实在，还在一定程度上猜测到了"场"的存在。[①]可见，氤氲不仅是气的一种交密之状，呈现出浓郁而弥漫的可感形态，同时也是微观物质的运动。这种逐渐而绵长的微妙运动，虽柔韧却又极富力量。

在美学上，氤氲是气的一种感性状态。与氤氲相关者，不仅有水、光、气等物质及其湿度、温度、密度等物理性质，还有人的视觉、嗅觉与触觉等感官方式及其形成的思想观念。因此，氤氲也是人与气相遇而产生的感性经验。唐代名相张九龄在其诗作中就有"灵山多秀色，空水共氤氲"[②]的形容，这既是视觉上的朦胧，又是触觉上的湿润，形成浑然一体的感性经验。另有唐代诗人温庭筠的《觱篥歌》，通过对音乐声情的生动描述而寄托哀思，一句绝妙的"情远气调兰蕙薰，天香瑞彩含氤氲"[③]，更是将嗅觉的熏陶颐养、视觉的光晕异彩与内心的忧思深情结合在了一起。

氤氲作为人视觉、嗅觉与触觉的感性对象，是否也可以是一种听觉的对象？笔者认为，这种听觉上的氤氲感性行态在当代音乐作品中得到了恰如其分的直接表现，如匈牙利作曲家利盖蒂的《大气》(1961)，又如陈其钢的《江城子》。为此，本文将这种由音乐作品的艺术化音响构成的、作为听觉对象的氤氲感性行态称为"响晕"。

3. 响晕作为一个美学概念

响晕，英文可译为"aura of sonority"，即音响的光晕。作为一个美学概念，它指一种具有特殊力量的声音状态，以及与此相应的聆听方式。这个概念不同于本雅明（Walter Benjamin）所论的艺术作品的"灵晕"（aura），而是更向前追溯到自然现象中的光晕，以及人们通过艺术制造出来的光晕，如摄影等。当代德国美学家波默（Gernot Böhme）倡导的"气氛美学"，强调现代音乐中的一种

---

① 参见王振复主编《中国美学范畴史》（第一卷），山西教育出版社 2006 年版，第 51 页。
② 张九龄：《湖口望庐山瀑布泉》，载熊飞校注《张九龄集校注》，中华书局 2008 年版，第 239 页。
③ 温庭筠：《觱篥歌》，载刘学锴《温庭筠全集校注》，中华书局 2007 年版，第 50 页。

类空间性（raumartigkeit），即所谓的"气氛"，它作为音响客体与经验主体之间的中介，通过某种空间设置情调。①响晕也不同于物理学和音乐声学中的"声场"（sound eld）概念，它不是外在于感受着的主体的纯粹客观声响空间，而是指一种具有特殊力量的音乐状态，以及由经验主体在临响中与音响客体发生交互关系的一种听觉感性行为，它与人的听觉感性意识活动密切相关。这种听觉行为，既不存在于创作者主动构想音响结构的纯智力活动中，也不存在于非音乐性听觉接受（如语义性接受）的意识活动中。因此，"响晕"所建构的不是一种客观的声场，而是有明确的意义与美学指向。正如波默所强调的那样，"气氛是某个空间的情感色调，在场的人通过自己的处境感受而知觉到该情感色调"②，这种气氛既包括由一件音乐作品等艺术品所营造，也包括由一个日常对象或一栋建筑物所产生的。当气氛由特定音乐作品产生，并被在场的人体验到，它就可以称为"响晕"。

"响晕"对领悟与阐释如交响合唱《江城子》等音乐作品的美学品格与哲学内涵起到至关重要的作用。除了唱词所表达的语义外，音乐修辞让作为交响合唱的《江城子》基于又超越了作为词作的《江城子》，开启非同一般的意义世界。这种非凡的意义主要表现在整体结构修辞、戏韵唱腔修辞与人声的器乐交响化修辞三个方面。其中，"响晕"在交响化修辞中又主要表现出音响的气氛化、空间的流动化与渐变的微妙化等感性特征，是氤氲美学以及气论哲学在音乐中的典型表达。

二、交响合唱《江城子》的音乐修辞

与古典诗词创作不同的是，现代音乐在交代诗词内容时，往往不囿于格律

---

① 参见[德]格诺特·波默《气氛美学》，贾红雨译，中国社会科学出版社2018年版，第4页，第74—75页。
② [德]格诺特·波默：《气氛美学》，贾红雨译，中国社会科学出版社2018年版，中文版"前言"第6页。

限制，可以作出更加自由的艺术化处理。问题在于，音乐修辞是更好地彰显还是遮蔽诗词原有的音乐性？在《江城子》中，作曲家对部分词句作强化反复，由合唱与独唱、戏曲韵白与美声歌唱不同的方式来演绎诗词，通过对位形成内容的时空交错，足以将深藏积淤的情感内涵发展到极致。另外，这也是音乐修辞在表达特定内容时的必要手段。反复又多变、积聚又蔓延的音调能够强化听觉记忆，语词通过线性的音调与立体的响晕深植人心。

（一）结构修辞

1. 主题修辞

通过临响与读谱都能见到，全曲的两个音乐主题分别来自上下阕的首句"十年生死"与"夜来幽梦"，在音乐上两者几乎同出一源。显然，主题的音调与节奏均遵循了文本修辞的4+3方式。乐如文义，开篇叙事"十年生死"，音调平铺直叙，级进回旋；哀叹抒情"两茫茫"，音调突然四度下坠，低沉悲郁。尤其是点睛于夫妻生死相隔的"两"字，给出一个耐人寻味的 #F 音（e 羽调式的变宫音），成为文字与音调的双重转折点，细细品来已颇具全曲悲情基调的意味（见谱例1）。

谱例1："十年生死"主题，第37—41小节

下阕"夜来幽梦"主题不但在节奏上作了加紧处理，还在音调和句式上进行扩张。

"夜来幽梦"四字的加快与反复，有效加剧了梦中的欣喜之感。五声音阶的上下走句，舒畅自然，恰如其分地表现了梦境的美好意象与喜悦心情。将以上两个主题句结合起来看，它们不仅有相近的行态与相仿的力度，而且最终都归于 E 音（"夜来幽梦"主题句落于 C 宫调系统角音），完成了押韵与行腔（见

谱例2）。

谱例2 "夜来幽梦"主题，第148—153小节

夜来幽梦　夜来幽梦忽　还乡

2. 曲体布局

《江城子》词的上下阕结构对音乐的曲体结构有着显著的影响，以"十年生死"与"夜来幽梦"两个主题各自展开为曲体的两个主要部分。音乐在字里行间起到穿针引线的编织作用，赋予诗词强化的情调与格外的氛围。引子与尾声宛若诗词的言外之意与韵外之致，前者引人入胜，后者耐人寻味。

表1 曲体总览

	引子	十年生死	夜来幽梦	尾声
小节	1—36	37—147	148—232	233—292
功能	（确定）基调氛围	（对应）上阕	（对应）下阕	回顾收束
板式	散	慢	中、快	散

"引子"敞开了一片想象的空间。按作曲家指示，这里是"布满秋叶的墓地"，空寂无人，混沌氤氲。虽无语词，但有音乐绵延生展。在极其微弱的力度上，乐器、人声、戏腔先后发响，各声种逐一登场。单音、和声，时值很长，缓缓蠕动、渐次挪移。整体音响构成的氤氲空间，朦胧幽谧，若隐若现，为全曲奠定了柔软中略带诡异的神秘基调。

"十年生死"上阕主题段的音乐修辞可细分为三个部分（见表2），充分彰显音乐自身的结构力。完整上阕由混声合唱咏唱呈示，依句变换形式（第37—41、44—51小节）[①]，戏韵独唱作为辅助（第42—45、47—49小节）。起初温柔甜润的音响叙事后来逐渐变得阴郁凄婉，字腔拉宽，半音扩充，张力越来越

---

① 全文插注均以简单的数字标示小节数。

大，空间越来越满（第68—92小节），直至怪诞的"无处话凄凉"由叹息式独唱表达出来，才标志着该部分的高潮收束（第93—98小节）。无节拍束缚的展开段，让独唱者在淡淡的乐队背景上有了自由抒情的宽广空间，韵白与歌唱相间展开。撕心裂肺的韵白、失落苍凉的吟唱，在力度的两极之间来回撕扯抻拉，既将原词中的情绪畅快倾泻，又让独唱的上阕连同呈示中的首句一起交代完整。妙笔更在于，先唱后韵的末句"鬓如霜"（第117—123小节），余响延绵之际，合唱担当了"韵外之致"的角色，女声逐层渐次进入，杂而不乱、此起彼伏的哭泣声，既押在了"霜"字的"Ng"音上，又将悲恸之情巧妙而音乐化地修辞衍展。此后，温润美好的基调再度浮现，独唱哼鸣"十年生死"的音乐主题，再韵以"不思量，自难忘"，为进入下阕的梦境做好气氛与情意上的过渡准备。

表2 "十年生死"主题段

	呈示	展开	再现·过渡
小节	37—98	99—131	132—147
主要形式	合唱	独唱戏韵+合唱哭腔	独唱+戏韵

"夜来幽梦"下阕的音乐修辞秉承了上阕的写法，但更注重对个别字词的强调与修饰。起句的音乐主题平稳叙事，此后句式发展则更紧凑也更有动力。自"小轩窗，正梳妆"开始发力（第158小节起），通过反复与半音助推逐渐趋紧，至"相顾无言，惟有泪千行"，通过极度夸张的反差性力度对比，将"啊"的哭腔在打击乐重锤与铜管的猛吹中喷薄而出（第172、174小节），以超强力度的两声撞击来修辞"千"字的千钧一发之势。后续独唱展开进一步情感修辞，在充满哭腔的戏曲韵白中，将"泪千行"作出特殊强调，"千"字上的"一峰突起"（第191—193小节），突然拔高由韵转唱，触发心如刀扎般强烈的听觉感受。合唱展开延续了独唱的"念念有词"状，"异口众声"以至于"众口难调"的纷乱交杂，铺满整个音响空间并在时空中绵延伸张，欲以振聋发聩之轰鸣去穷尽下阕未竟之恩情（见表3）。

表 3 "夜来幽梦"主题段

	呈示	展开	再展开
小节	148—176	177—210	211—232
主要形式	合唱	独唱戏韵+美声歌唱	独唱+戏韵

尾声是全曲的回顾总结与收束终曲。合唱的"十年生死"主题、独唱的"惟有泪千行"、乐队的"夜来幽梦"主题，逐一再现，平复回归宁谧安详的基调氛围。最终，在主题音调的引导伴衬下，末句"料得年年断肠处，明月夜，短松冈"用完整清晰的韵白来讲明。余韵袅袅之际，乐队无缝接驳，化于柔美主题，归于寂静无声，成于凄美之境。

（二）唱腔修辞

戏曲韵白，在作品中是非常引人注目的，音乐中所运用的确切来说应该是京剧念白，字正腔圆的吟诵、念白与歌腔的过渡无痕，深沉的慨叹、气势磅礴的呐喊和凄绝的呢喃，无一处不是戏韵的重要表现。

1. 唱腔音色

中国戏曲是建立在角色行当基础上的表演体系，通常将角色按照性别、年龄、职业、性格分类成各种人群之后，再提取某一类人群的共性特征从而形成行当。当在戏剧中对应某一角色时，人们首先想到的是，这一角色是生还是旦，是老生还是小生，是文生还是武生，等等。在听觉上也很容易通过标志性的音色（老生的小龙虎音、鹤音等；旦与小生的凤音、云音等；花脸的龙虎音、雷音等；丑行的鸟音等）迅速和性格化、脸谱化、类型化的人群进行关联，从而获取有助于理解戏剧内容的人物信息。

《江城子》作为一部当代音乐作品，相较于传统戏曲唱腔更具抽象性。作曲家自序："本人多年来苦苦寻找，始终没有碰到一位既擅长中国传统戏曲，又受过良好声乐教育，同时音乐感和理解力均佳的男声演员。为此作品，原想让孟萌女扮男装，但试验之后觉得做作了，最终决定索性由女声担此角色。"①这看似无奈之举，实则一次高妙的选择。因为，如果独唱部分由男声完成，就很容易给听众造成其在扮演苏轼的联想，这样一来所有歌唱中的表达都会使人完全对号入座为苏轼对亡妻的悼念，而果真这样的话，词作的格局就解读小了，音乐作品的深刻性也变浅了。由女声来演唱，能够让听众轻松地摆脱角色扮演的感受，而更容易引向人类共通的情感这个层面，引发更广更深的共鸣。

　　女高音孟萌对作品的演绎无疑是成功的，她游刃有余地在戏曲真假嗓和美声之间无痕地切换，对于青衣、老旦、老生、武生特点的念白都能够信手拈来。在一个字上自如地做着从念到唱的转变（如"泪千行"的"千"字）。那些戏曲的元素不再是碎片化的拼贴，而是重新被打破、碾碎、熔化后的再次熔铸成的新器。国内新近评论说："在这些片段中，陈其钢在乐队的背景之下，亲自演唱韵白部分，或是低声呢喃，或是扼腕兴叹，与演出录音中女高音孟萌的演唱相比，更有作曲家本人所特有的那种浑然天成。相比于有明确音高、节奏的演唱部分，韵白的表现形式更加自由，也更加贴近说话、呼号时抑扬顿挫的语调，用来表现激荡起伏的内心再合适不过。"②可见，那些戏韵的念白不仅是作曲家运用的素材，而且早已经内化为作曲家表达情感的必要方式。首演当天就有外媒评论说："慢速和快速音乐的交错以及高潮的管理均以极高的技巧处理，而复杂丰富的纹理结构从未失去和谐。音乐如何与这首诗逐行对应是一个谜，但音乐与（苏轼的）诗不可抗拒地融为了一体。"③其实这并不是难解的谜题，运用中国千百年来积淀下来的情感表达程式——戏曲韵白，去读解苏轼的词作，古亦是今，今亦是古，亦古亦今，宜古宜今。

---

① 陈其钢《江城子》CD 内页作曲家题记，北京国家大剧院古典音乐有限责任公司 2019 年版。
② 在陈其钢《江城子》CD 中，特别收录了作曲家亲自试验的三个唱腔片段。参见李诣諴《从人出发——评陈其钢〈江城子〉》，《天津音乐学院学报》2020 年第 1 期。
③ 英国艺术台新闻网评论。参见 Stephen Walsh, www.theartsdesk, 12 May 2018. 中译文转引自陈其钢官方网站，http://www.chenqigang.com/yueping.php?action=list&channel_id=14，登录时间：2020 年 7 月 31 日。

2. 唱腔"板式"

之所以在板式二字上加上引号，是因为这里不是真正的戏曲唱腔的板式，而是在速度变化、情感起伏上与戏曲板式的大致对应。无论作曲家有意或者无意，在唱腔部分确实呈现出一种与板腔体戏曲唱腔相类似的板式变化内蕴。开头的引子部分，类【散板】唱腔，缓缓地行进，营造氛围、铺垫情绪。"十年生死"，是类【慢板】唱腔，进入词作正题后，较为规整的句读，像由散板类转向上板类的唱腔，一板三眼将积攒了十年的悲愁缓缓道来。"夜来幽梦忽还乡"通过复叠，逐步让速度紧凑起来，有类【慢板】唱腔转向类【原板】唱腔的特点，重复了一遍之外，又重复了两次"夜来幽梦"，之后由上、下阕撷取的词句，打乱了顺序被重复、交错、叠加在一起，形成了类【快板】唱腔的乐曲高潮，直到"料得年年肠断处，明月夜，短松冈。"叫散，在句中转板，转入自由速度。这样一首当代音乐作品，看似与戏曲音乐结构没有太大的关系，然而，就在作曲家精妙的布局下，板式变化的因素成为暗藏于文学结构、音乐结构之下的隐秘的结构力架构起全曲，也成为词乐相融的有效的黏合剂（见表1）。

3. 戏曲润腔

在《江城子》的曲谱中，有作曲家许多精细的标注（见谱例3、谱例4）。

谱例3：戏曲润腔，第19—21小节

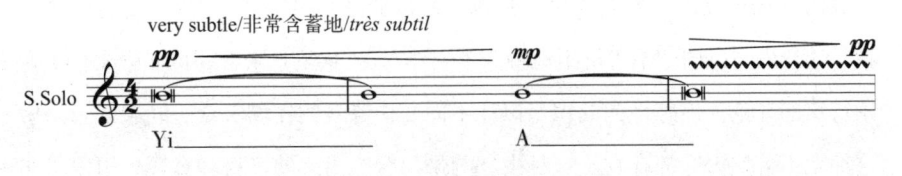

谱例4：戏曲润腔，第29—32小节

这些颤音（vibrato）的标注实际上是戏曲中的"卖腔"，即在某个音上作比

较长时间的停留和润饰，并以气息带动上下波动的音高，从而达到渲染气氛的效果。作品中的卖腔，显然比传统的戏曲唱腔更加夸张和凸显。传统唱腔中的卖腔常出现在唱腔的高音，或者唱腔的筋节处，为能够在华彩后获得观众的喝彩声而设置，而《江城子》中卖腔的运用完全不是这个出发点，是为取得一唱三叹、悲戚和感怀的效果而设。因而在传统卖腔的基础上，作曲家将弱唱—重响—弱收（中国戏曲中的橄榄腔）做了夸大的处理，将线条尽可能地拉长，而颤音中波动的频率减缓，将字头—字腹—字尾（归韵）的意涵做了最大限度的彰显，因而能够取得更加摄人心魄的力量。

对于《江城子》这部作品而言，戏韵无疑对于阐释苏轼词作、彰显作品的内在张力有着重要的作用，然而比这更为深层的则是：在作曲家注入作品的生命中，这些戏韵的声音是血液中流淌着的、最为直接又最为深沉的情感表述方式，是凝结那种怅然、悲恸与和解的最有力的链条，从而在作品展现出的对于生命的理解上，时隔千年的词作家与曲作家达到了深刻的共鸣。因而，唱腔修辞，是修辞，又不止于修辞。

（三）交响修辞

《江城子》最令人过耳不忘、震撼心灵的，是由交响化人声与管弦乐织造而成的直观意境，一种被誉为"充满神秘与敬畏"的气氛。[①]这样的意境与气氛，让音乐与诗词"不可抗拒地融为了一体"[②]。这虽是来自一位非中文母语音乐行家的评论，但感性的共识足以让不同文化背景的在场听众一同亲证音乐中这种"不可抗力"的存在。这种由"响晕"营造出来的气氛和意境，引发了非凡的听觉空间体验。作为一种特殊的音响氛围，"响晕"是《江城子》这部交响合唱作品最重要的修辞特色之一。要说明"响晕"为何是这部作品特殊的修

---

① 《卫报》评论。参见 Rian Evans, The Guardian,14 May 2018. 中译文转引自陈其钢官方网站，http://www.chenqigang.com/yueping.php? action=list&channel id=16, 登录时间：2020 年 7 月 31 日。
② 英国艺术台新闻网评论。参见 Stephen Walsh, www.theartsdesk, 12 May 2018. 中译文转引自陈其钢官方网站，http://www.chenqigang.com/yueping.php?action=list&channel_id=14, 登录时间：2020 年 7 月 31 日。

辞方式，有两个问题必须澄清，即合唱与管弦乐对作品建构的作用，以及它们之间有着怎样的相互关系。

虽是作曲家初涉合唱之作，却并不因此而平庸，《江城子》是以纯熟个人风格与精湛管弦乐技术"反哺"人声的交响合唱。在艺术音乐的历史上，声乐早熟于器乐，但器乐的发展"后来者居上"，其复杂性和表现力大大超过声乐，反过来影响声乐的修辞。浪漫主义时期对这种反超最典型的表述莫过于将声乐直接称作"人声乐器"。[①] 因此，不论在观念层面还是实践层面，这种影响一直持续至今，《江城子》就是明证。例如，陈其钢一再要求合唱声部如同乐器般精确控制稳进稳出，在极微弱的力度中不要有音头，也不要戛然而止，而是要悄然进入和无声无息地消失。[②] 在演唱主题时，作曲家反复强调"咬字不要太强调，不要太清晰"，还要用循环呼吸法去克服声乐的困难，以维持超长的器乐化持续性，等等。显然，作曲家的用意并非让合唱去辅助唱词的表达，而是始终以音响为主导，用器乐思维去决定声乐形式，以至充分实现有别于文字修辞的交响修辞。交响修辞不止于提供营造特殊氛围的声音背景，它自身就是一种"有意味的形式"，经过严密的声音组织与精妙的音响设计显现出来的形而上意蕴。

1. 和声 / 响晕

和声是《江城子》音乐发展推进的主导因素，它们犹如一排排立柱一样支撑起整部作品的音响结构，形成特定的听觉风格。勋伯格就曾对20世纪和声的功能转型作出概括："我们转向了一个新的复调风格时代，而且，就像以往的时代一样，和音的形成将是声部进行的结果：根由仅仅在于旋律性因素。"[③] 相隔半个多世纪之久，这种强调旋律性因素的和声观念与写法在《江城子》中

---

① 参见 [德] 费利克斯·玛丽亚·伽茨选编《德奥名人论音乐和音乐美——从康德和早期浪漫派时期到20世纪20年代末的德国音乐美学资料集（附导读和解说）》，金经言译，人民音乐出版社2015年版，第353页。
② 参见《江城子》总谱说明页，Boosey& Hawkes，2018年，第6页。
③ 转引自 [德] 瓦尔特·基泽勒《二十世纪音乐的和声技法》，杨立青译，上海音乐学院出版社2006年版，第19页。

仍可谓比比皆是。

以引子部分为例，七和弦及其上的各种叠加，构成了这部作品的主要和声语汇。在四五度基础上构筑的四音和弦及其序进模式，能够"窥一斑知全豹"地说明全曲和声的基本走向与总体框架。（见谱例5）

谱例5：引子部分和声序进，第1—36小节①

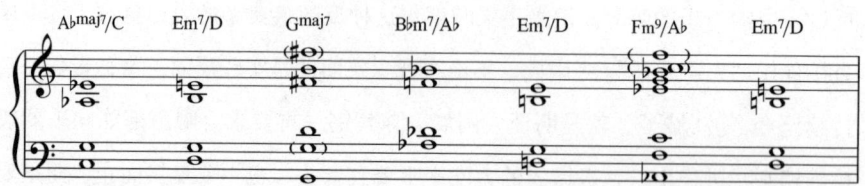

这种半开放式的和弦结构，事实上是各种七和弦的转位、变形甚至复合。它们音响饱满，又通过缓步的半音变化呈现出音响色彩上的渐变。半开放排列构成的四五度的音程间隙，既有中国传统韵味又有一定松弛度。声部进行灵活自由却不乏内在逻辑，兼顾横向的旋律性与纵向的丰富性。例如，开始的两个和弦 ♭Amaj7/C 与 Em7/D，通过共同音 G 维系着内部贯穿统一，其他三个声部分别通过小二度、大二度与增二度的挪移产生渐进式变化。Em7/D 和弦持续贯穿，时而扩张（Gmaj7, Fm9/♭A）时而平移（♭Bm7/♭A），如同气的倏忽聚散。更重要的是，这两个和弦的置换，配合两支合唱团力度上的此起彼伏，不知不觉中从量变发展到质变，一定时间内两个和声并行共存、持续交叠，形成复合状态。在听觉上，它们都极其微弱，营造出一种轻雾弥漫的氤氲生态（见谱例6）。

---

① 谱例中的和声标记均采用国际通用的音名标记法，因为本文的研究重点既不在于通过分析判断作品的调性与非调性，也不在于得出作曲技法中的具体和声逻辑结论，而是示意和声造成的一种独特的听觉状态。和弦的运动与织体、特殊处理等其他因素合力，共同建构起这部音乐作品的"响晕"。因此，音名标记法在本文中旨在明确谱例与修辞之间的一种对应关系。

谱例6：和弦交叠（$^\flat$Amaj7/C 与 Em7/D 的复合状态）

"十年生死"主题部分，合唱和声主要依据主题旋律走势而行动，即对旋律线条实施"加粗"操作，产生引人入胜的"响晕"，把听众带入特别的空间氛围，一种非同于当下现实世界的艺术世界。这些和声平稳渐变，依随旋律起伏（如诸多依旋律而动的平行和弦），听觉上给人以饱满又不饱和的温暖。与引子部分相似，这些和声的种类显得十分传统，但它们的序进方式却灵活自由（见谱例7）。这样配置和声的好处，主要有两方面：一是主题被清晰地表达，和声起辅助作用；二是七和弦及其叠加在听觉上保留了古韵，与词的意境相衬。值得关注的是，第三个和弦 $^\sharp$F6（+2）（等同于 $^\flat$G 上的五声性纵合和弦）这样的半音变轨制造出意外的色彩突变，直观而适恰地表现出"不思量，自难忘"意义转折中的情感张力。

谱例7："十年生死"主题和声，第37—51小节

在其后的段落中和声也如是修辞，放宽音程间隙（如排列更开放），扩大音域（延伸至高低两极以至覆盖人声全部音域），以及通过增加音的个数去填满整个音响空间，形成一片"令人目盲之白"（如第217—232小节，因过分密集饱和而造成混沌响晕）。

2. 织体/质地

如果说和声是"响晕"的结构基础，那么真正让"响晕"焕发光彩，制造动态弥漫甚至于围裹笼罩的气氛，则在于合唱与管弦乐织体的交互作用。在《江城子》中，合唱不仅有着管弦乐般高精度的复杂性，管弦乐又常常被指示"淡淡地隐在合唱后面"，成为合唱的辅助性依托。尤其是双合唱团配置，在整体音响上发挥出不同方位的立体空间优势。这难免令人想起莫顿·费尔德曼《罗斯科教堂》(1971)中的某些声音场景，双合唱团不仅为响晕的空间修辞提供了丰富有效的手段，还常常以哼鸣的各种厚薄变化营造气体流动的效果，它们都有着令人难以抗拒的心灵感应影响的神奇力量。①

《江城子》中织体最薄弱处，莫过于从无到有的开端、从有到无的曲终，以及段落间的过渡衔接。例如，从无到有的开端（第1—24小节），通过一支圆号吹奏幽暗的单音进入，加弱音器的弦乐和声在不知不觉中对单音作晕染加粗，大鼓与大锣点磨滚擦，引导由竖琴轻拨泛音单音而起的第一合唱团的哼鸣，构成一种无中生有的音响行态。每一层微声哼鸣的加入，都以竖琴轻拨击发而起，逐渐加粗增厚的织体扩张由虚变实，再由第二合唱团以相同方式逐层加入，由点及面地堆叠生成下一个和声。两支合唱团此起彼伏，淡入淡出，呈现交错旋转的和声行态，灵动绝妙。这种音响的空间感令人难忘，它的无中生有是从一个单一的点开始，由点及面，由面及体。从第一个点（^bE）开始不断扩张，形成一个七和弦的和声之面（$^bAmaj7/C$），再以相同方式从另一个点（E）由点及面逐渐生成另一个和声（Em7/D），两个和声相互依托，此消彼长，虚实交辉，旋转萦绕，形成一个动态立体的鸣响场域，变幻伸张开一片混沌氤氲、青烟缭绕的响晕，营造"无处话凄凉"的孤坟情境。这样的响晕显然有别于谱面上呈现的半满状态，声音如同空气一样弥漫于整个空间，无处不在又极

---

① 莫顿·费尔德曼（Morton Feldman），20世纪美国作曲家，"纽约乐派"代表人物之一。《罗斯科教堂》是一部为女高音、女中音、合唱、打击乐、钢片琴、中提琴而作的作品，题献给画家马克·罗斯科(Mark Rothko)。参见[德]瓦尔特·基泽勒《二十世纪音乐的和声技法》，杨立青译，上海音乐学院出版社2006年版，第135—136页。

其稀薄。

全曲共有三次巅峰巨响，被喻为"心折骨催的裂帛之声"①，情感宣泄突破了音响本身的物理限度，象征着超然于声音之外的人类情感的本体存在。一次是突发的爆裂性哭腔（"啊……啊……"第171—174小节），两次是有充分助推准备的势在必行（"鬓如霜"，第84—91小节；"泪千行"，第215—223小节）。织体最丰满最复杂者，就在后两次之中，是蓄谋已久的撕心裂肺、悲痛欲绝。"纵使相逢应不识"一句的音乐修辞十分耐人寻味。它放弃了旋律性因素的主动牵引，拉宽了和声节奏，以字为句地极慢推进，囤积如满弓张力。开放式和声通过半音向两端音区的挪移扩张，高处有尖锐透亮的女声喧嚣，低处有不绝于耳的鼓声隆隆，又有独唱女高音、双合唱团交替咏唱产生天旋地转般的音响动态空间，此起彼伏地将唱词一字一韵扎入人心，让人无处逃遁、难以抗拒。直到重复出现"应不识"，双合唱团凝成一股劲儿，齐步并进，将"尘满面，鬓如霜"推送至音量与音域的双重极端。此时此刻，在"霜"字的延长音上，持续的擂鼓与声嘶力竭的铜管叫嚣意欲刺穿全满巨响的层峦叠嶂，冲破极限（第67—90小节）。

与上阕在尾句上的发力不同，下阕的造势则提前至中句"相顾无言，惟有泪千行"上。以弦乐、木管的微复调为背景，承托女高音独唱在极高音域上的又韵又唱，两支合唱团从两边包围推进，逐渐加强增厚，最终在"行"字上达到音响极限（第209—211小节），引发人声与器乐整体的微复调行态，造就难以言喻的狂乱境地。此时此刻，谱面的秩序井然已然与听觉的无法辨识相悖，各种念念有词、高声呐喊、奋力倾泻、疾速震颤，都化入了撼天动地的轰鸣。如同在太阳光的高强度直射下，所有可见物都被强光照亮发白而难以分辨各自的色彩，甚至因温度过高而熔化成了无所不在的空气（第211—214小节）。这是一种完全饱和的状态，达到了交响人声的极致，也达到了人类听觉的极限。

---

① 焦元溥：《纪念、蜕变与升华——陈其钢与〈江城子〉》，陈其钢《江城子》CD内页，第9页。

它表征着超越声音存在的情感本身，即使生死分离、阴阳两隔却依然坚不可破的相思真情，一种物质消亡后的精神永在。

3. 陈式修辞 / 特殊处理

上述充满音响立体感与空间流动感的处理手法，是陈其钢创作中经过长期打磨，逐渐成就的一种特殊修辞。在作曲家杨立青看来，这种音响造型的色彩渐变与电子音乐创作思维的影响有关，是一种被戏称为"推子技术"的音响转接与力度对位。早在二十年前的男中音与器乐合奏《抒情诗——水调歌头》（1990）与为交响乐团而写的《源》（1987—1988）中，陈其钢就已经成功地运用这种特殊处理方式来追求音响的空间流动效果。前者追求的是不同音响色块渐次出入的细腻层次与整体音响的自然过渡[①]，后者更是通过乐器组的特殊组合与非常规的乐队位置排布来营造音响循环流动的空间效果。[②]在《江城子》中，这种从微观渐变到整体挪移的音响造型已经成为这部作品最显著、最普遍的交响修辞，它的规模与变化幅度超过了之前的各类作品。这或许正是作曲家要在乐谱开篇提示"布满秋叶的墓地"的真正用意，它需要一种充满温度的场景想象。墓地的空气何如自然无从得知，但音乐中始终弥漫充溢着氤氲之气，仿佛是微观世界中水与光相互交融的湿润而富有灵韵的空气，是哀恸死寂之地在无形中黯然涌动着的生命气息。这种深邃而真切的生命感受常常很难用语言妥帖表述，但音乐中却可以直观地领悟到它。这般诗意化音乐中的生命气息，不仅是作曲家深入骨髓的中华美学精神涵养的显著标志，也是本文之所以创用"响晕"概念来指称这种独特陈式修辞的关键原因。

无疑，陈其钢给予合唱在《江城子》中的地位，也是他以往的创作中前所未有的。他不仅用精湛的管弦乐技法"反哺"了人声，充分发掘了合唱音响在现代交响音乐中的可能性，同时还让中国传统戏曲唱腔与美声歌唱方式相结合，在不同种类的人声与器乐的调配上作出了新的探索。用独唱女声来扮演宋

---

① 参见杨立青《管弦乐配器法教程》，上海音乐出版社2012年版，第1356—1357页。
② 参见杨立青《管弦乐配器法教程》，上海音乐出版社2012年版，第1362—1363页。

词作者苏轼的角色，看似不得已而为之，实则是出于声音自身的考量。正如作曲家坦言：无论男女，只要能够揭示原词中深刻的寓意与内涵，就是成功。[①] 显然，在这样一部大型配置的合唱与管弦乐作品中，也只有女高音的尖厉音色才有可能穿透管弦乐与大型合唱的巨响屏障，掀起滔天翻腾的情绪浪潮。

向来以管弦乐精湛技法见长的陈其钢，在《江城子》中让管弦乐队退而成为辅助者，为人声的精准音高、音响润色、高潮造势、场景转换等提供必要的支持。例如，女声韵白"夜来幽梦"段落中，"泪千行"的"千"字突然拔高到极高音域的美声歌唱状态，便是由第一小提琴高八度的 $^{\flat}$B 音提前引导（第 191—192 小节）。又如，雷霆万钧的合唱"千"字巨响持续音中，铜管乐器在小二度叠置的刺耳和音基础上再用上下滑音来作动态化强调，显著增强了痛苦的撕裂感（第 218—219 小节）。

除了雅致的典型陈式修辞之外，现代人声技法也恰到好处地实现了诗词的韵外之致。例如：韵白"鬓如霜"余音未落之际，第一合唱团各自散开，作自由哭泣，嘤嘤嗡嗡，又让弦乐极其微弱地星点分布，与轰鸣巨响中的情感爆发形成极大的反差，是一种接近于无声的内心抽泣，恰如其分地表现出孤坟内外无法言喻的极度思念（第 123—131 小节）。

三、结语

"天地氤氲，万物化醇。"苏轼的《江城子》读来颇耐人寻味，陈其钢的同名交响合唱作品则进一步对诗词的音韵格律与人文意涵作出了深度阐发与艺术处理。这并非就地取材式的锦上添花，而是让一颗充满人文精神的微小种粒，孕育成长为一棵枝繁叶茂、生气蓬勃的音乐参天大树。简而言之，在静谧无声与全满音响两端之间的回返抻拉，陈其钢将一篇朴素古词编织成富有哲思意味

[①] 参见陈其钢《江城子》CD 内页作曲家题记。

的现代恢宏交响。它的意义不是那种无中生有的创造，而在于用现代器乐的精湛技艺反哺了人声抒情，使得音乐最古老的抒情达意功用，通过一首凝练的诗词得以彰显，焕发出当代辉光。

《易传·文言》："修辞立其诚，所以修业也。"① 诚然，修善言辞与意义建构的关系，在人文学研究领域的作用尤其不容忽视。本文在研究《江城子》音乐修辞的过程中提出了"响晕"这个概念，是一种美学理论术语的建构与设想。它不同于一般音乐理论意义上的声场，暗示着音响自身的空间性与流动性，也是《江城子》在交响合唱同类体裁中凸显独特风格的声音结构之所在。中国传统文化中的气论哲学与氤氲美学，赋予了这种声音结构真正的精神渊源与生命实底。一方面是陈式修辞的一贯作风；另一方面也是合唱这种古老的音乐形式在探索现代人声的可能性追求中与作曲家心灵创造之间的一种"不谋而合"。这种心灵创造的起源是苏轼的词作，但它终成之后的音乐显现却超越了诗词的人文意涵，以鸣响直感的方式取代弦外之音，切近人类情感的本真存在。面对这样一种独特的声音存在，不仅需要纯粹的听觉感官，更需要一种哲学美学的听觉意识，才能真正切中与领悟音乐作品中"响晕"的趣旨与神妙。

不得不说，这部作品在音乐修辞上可圈可点之处远多于本文所列举的部分，它"精美的极致"必定一文难尽。也正因为这种美学上的极致性，它要求独唱者的跨领域才能与超高难度的合唱技术，使得目前所听到的音响仍有不少可优化空间。

[原载《音乐艺术（上海音乐学院学报）》2021年第4期]

---

① 朱高正：《易传通解》，华东师范大学出版社2015年版，第176页。

民间舞蹈创作与原真性
——新中国蒙古族舞蹈创作七十年的形象、观念与美学

毛 毳

在世界范围内，观众追究艺术"原真性"（authenticity）[①]的愿望与20世纪全球化进程息息相关。19世纪之后，西方芭蕾舞中的"代表性舞"在全剧中的重要性大大降低，刻板的域外文化形象退出历史舞台——它一步一步清晰显影了"代表性"的潜在主语是"民族国家"。当芭蕾舞剧被欧洲观众诉诸世界博览会功能时，所携带的殖民主义色彩被凸显出来。到了20世纪，两次世界大战加速了全球交往进程，哲学和人类学推动了对非本土文化被肆意挪用的批判，观众开始产生观看世界原真文化的诉求，身体的"原真性"命题也越来越多地出现在20世纪之后的舞蹈批评标准中。

中国当代艺术在处理"原真性"问题时，总是要面对新中国成立70多年来所进行的乡土艺术城市化和社会主义改造进程：如何迎回曾经付出的历史，如何甄别并鸾胶续弦传统中对当代中国艺术发展仍具有实质性效力的那一部分？艺术家们要一面进行新的创作，一面在作品中对传统的当代化转型给出方

[①] 原真性(authenticity)，中文或译为"真实性"。该概念于20世纪60年代正式引入遗产保护领域。1964年《威尼斯宪章》指出：将文化遗产原地、完整地传下去是人类的责任。自此，原真性成为世界遗产委员会检验世界文化遗产申报的重要原则。1994年12月通过的《关于原真性奈良文件》是有关原真性问题最重要的国际文献。自此，多应用于城市建筑和古迹复建领域；其中较为集中的讨论是认为"原真性"是对城市化，特别是城市更新进程所引发的众多文化焦虑的集中反映。这与当今城市空间的中产阶级化关系重大，由资本、政府、媒体和消费品位共同构成的文化力量推动着城市空间的不断更新和重构，这种更新催生了一种"城市居民对原真性起源的渴望"。在舞蹈领域，美国舞蹈学年会(DSA)2016年会议主题定为"超越原真性与挪用"，笔者与会期间提交了《为什么"原真性"的方法不适合中国舞蹈学研究现状》的论文并发言。

案。这将引来批评话语中来自传统文脉、五四新文化运动、中国化马克思主义文艺批评等各式传统批评话语的不同意见；引来新中国70年传统、前现代传统与当代艺术之间的反复博弈与对峙。最终，最优质的方案将被凸显。

笔者与一位美国青年舞蹈学者关于中国当代舞蹈创作"原真性"与"艺术性"的争论，始于2019年12月15日，在中央民族大学民族剧院上演的一台中国舞协"深入生活，扎根人民"艺术家采风创作5周年纪念演出。编导王玫自内蒙古深扎归来创作了群舞《希格希日——独树》。这个作品采用以西方艺术史框架中可称为"极简艺术"的结构特征，整个舞蹈几乎只采用"走"这一个视觉显著要素，而不见任何我们耳熟能详、凡蒙古族舞必称的"碎抖肩""摇篮步""软手"等民族风格符号，这种新风格导致通过云直播而能天涯若比邻的美国学者不无愤怒地发出"为什么他们在溜达？为什么民间舞不见了？传统舞蹈消失了吗？"之质疑。它既是与美国舞蹈学者朋友的一次偶发对谈，也充分显影了近年来国际舞蹈学会议中，中国舞蹈学学术立场与美国海外中国学文化研究力量的磋商。

一、"合法"的[①]蒙古族舞蹈：文化记忆

"我们今天面临的不是记忆难题的自我消解，而是它的强化。其原因在于，如果不想让时代证人的经验记忆在未来消失，就必须把它转化为后世的文化记忆。这样，鲜活的记忆将会让位于一种由媒介支撑的记忆……这些过程会受到一个有目的的回忆政策或曰遗忘政策的控制。由于不存在文化记忆的自我生成，所以它依赖于媒介和政治。"[②]新中国公共记忆中稳固的蒙古族舞蹈形象，

---

① 本文所使用的"合法性"概念，沿用马克斯·韦伯和哈贝马斯意义上广义的、作为社会道德的层面来讨论。韦伯所谓的合法秩序是由道德、宗教、习惯、惯例和法律等共同构成的广泛社会适用性，而非特指狭义的政治法律范畴。
② [德]阿莱达·阿斯曼：《回忆空间：文化记忆的形式和变迁》，潘璐译，北京大学出版社2016年版，第6页。

自始至今，经历了一代代舞蹈艺术家充满才思、奋力权衡的持续生产。新中国文化建设旨在建立一个官方与民间共同认可的"新文化"。周扬在《中国文学艺术工作者第二次代表大会上的报告》(1953)中指出："现在是恢复和继承民族艺术中现实主义正确传统的时候了。我们民族的文学艺术，经过数千年来无数天才的祖先们的努力，创造了自己独特的、卓越的，表现了人民的心理和风习的因而为人民所习惯和喜爱的风格。没有高度的技巧，是创造不出这种风格来的。但是我们必须同时向外国的先进事物学习，来丰富我们自己的传统，来吸取我们所缺乏的东西。"不必过谦地说，在20世纪五六十年代的艺术实践中，舞蹈稳定而确凿地生产了新中国关于"新人"的身体想象。它独特而强烈的动觉经验非语言文字可以描绘，非绘画雕塑可以捕捉。1959—1964年的舞蹈电影《百凤朝阳》(北京电影制片厂，1959)、《彩蝶纷飞》(北京电影制片厂，1963)、《旭日东升》(八一电影制片厂，1964)、《东风万里》(八一电影制片厂，1964)等，用各民族身体的动态形象和独特镜头语言的拍摄手段，为我们呈现了一大批各民族舞台民间舞创作的丰仪瑰姿。到纪念新中国成立15周年的音乐舞蹈史诗《东方红》(八一电影制片厂，1964)为止，舞蹈已完成了民族遗产的社会主义改造，在新中国重要庆典上的各民族欢庆身体在场成为传统，成为新中国文化记忆中不可或缺的历史面貌。以电影胶片拍摄舞蹈的身体，将舞蹈作品以电影的方式进行公映，则显影了新中国成立的最初十年间，舞蹈所提供和确立的文化政治生产能力与效果——镜头中的各民族舞蹈为我们提供出一种无须讲述的、定格在胜利中的狂欢身体。

  1946年，新中国舞蹈的缔造者之一吴晓邦参加华北联大在张家口成立的文艺学院建设期间，内蒙古文工团在张家口成立。它是新中国成立后建立的第一个民族歌舞建设样板团，早于1952年成立的中央歌舞团。吴晓邦因此赴内蒙古主持舞蹈创作工作。他根据内蒙古人民的生活加以选择、提炼和组合，为内蒙古文工团排演了双人舞《蒙古舞》①和《内蒙人民三部曲》。这是吴晓邦第一次尝试表现少数民族生活的作品。这两个作品的艺术性比较简单，"但因为表现了蒙古族人民的生活情绪，反映了他们在战争年代的精神面貌，所以演出时受到当地群众的欢迎"②。《蒙古舞》于1949年代表中国参加了第二届世界青年与学生和平友谊联欢节。

与吴晓邦仅在内蒙古短暂停留不同，自1947年被吴晓邦推荐来内蒙古工作后的20多年间，舞蹈家贾作光创作完成了《牧马舞》（1947）、《马刀舞》（1948）、《雁舞》（1949）、《鄂尔多斯舞》（1951）、《骑士舞》（1953）、《挤奶员舞》（1954）、《敖包相会》（1957）、《灯舞》（1960）、《盅碗舞》（1960）等作品。与留日归来的吴晓邦相似，贾作光从事蒙古族舞蹈创作之前有学习现代舞蹈的背景。他15岁考入"满洲映画协会"演员训练所，师从日本现代舞者石井漠长达三四年之久，后又跟随崔承喜这位世界知名的亚洲左翼舞蹈艺术家学习。这些训练使得苦于没有舞蹈身体动态素材的贾作光，在萨满教的宗教仪式上获取了最重要的蒙古族身体活态遗存——"在葛根庙，我第一次看到了喇嘛'跳鬼'（查玛）。那些喇嘛头戴面具，牛头马面，骷髅鬼怪，把我吓得够呛！吴（晓邦）老师对我说：'把这个东西记下来，学了以后把它改编一下！'"③新中国文艺发展的历史使命就是以毛泽东文艺思想为新文艺的基本方针，"充分吸收社会主义国家苏联的宝贵经验"，为建设新中国的人民文艺而奋斗，明确了"民族的形式，新民主主义的内容"的艺术标准。④依照这样的身体改造思路，贾作光将跳鬼仪式上"软绵绵，不能反映蒙古族人民精神气概"的"双手前后拉开交替摆动"（又称"撒黄金"）这一提取自当地活态身体资源的动态，变形为在节奏感、空间造型感上充分夸张和放大孔武有力运动过程的舞姿，形成了

---

① 该作品多以《希望》进入历史书写，1948年内蒙古文工团到哈尔滨演出时，周戈觉得《蒙古舞》范围较笼统，改为《希望》。
② 吴晓邦：《我的舞蹈艺术生涯》，中国戏剧出版社1982年版，第78页。
③ 《人民艺术家贾作光》，2010年1月14日，https://tv.cctv.com/2010/01/14/VIDE1354614961551852.shtml。
④ 参见高建平主编《当代中国文艺理论研究（1949—2019）》，中国社会科学出版社2019年版，第37—55页。

我们今天群舞形态（男女混合）最具传播效力的新中国蒙古族舞蹈视觉形象文本——《鄂尔多斯舞》。清华大学舞蹈团在20世纪60年代学习和多次演出这一作品，足以说明这一作品不仅在学科历史上，而且在人民公共记忆中的强度。我们在这里强调"随手可查"的视觉文本，即强调舞蹈动态的特殊传承极大地依赖口传身授和音像摄制，那些历史更为悠久的早期创作，即便曾一度创造出比《鄂尔多斯舞》更为强烈的演出效力，但在其后漫长的文化时空中，唯有它在互联网上的便利程度，可以绵延到文化记忆强烈依赖的媒介支持中。在人民舞蹈艺术家贾作光的众多作品中，《牧马舞》解决了马上民族肩膊颤抖与脚下动作的融合匹配问题，并树立起蒙古族彪悍英武的民族形象，获得"20世纪中华民族舞蹈经典作品"的史学认定。《鄂尔多斯舞》并没有因循《牧马舞》取材牧马动作的现实主义手法，而是转向在群舞调度和动作的力量、节奏上进行艺术性探索。该作品延续《蒙古舞》代表国家走出国门的先例，在1955年波兰第五届世界青年与学生和平友谊联欢节上获得一等奖，并与《牧马舞》一并荣获"中华民族20世纪舞蹈经典"称号。基于同样的国家级公共传播效力和强度，《盅碗舞》（1960）是由贾作光创作的、由新中国第一代蒙古族表演艺术家莫德格玛表演的、深入人心的蒙古族女子独舞作品。如果说《鄂尔多斯舞》是对《牧马舞》现实主义创作手法的艺术性纵深开掘，那么《盅碗舞》则可以说是20世纪60年代中国舞蹈艺术朝着技艺精湛、身体典雅舞蹈美学的完成。而从《鄂尔多斯舞》男女队形的形式美实践，到《盅碗舞》打破中国民间舞蹈以曲线为美的身体美学传统，加入后抬腿，在头顶碗、手拿盅的中正脊椎位置的悄然遮蔽下，将芭蕾舞追求直线、挺拔昂扬的体态放置在以蒙古族舞蹈为名的中国民族民间舞蹈创作美学之中。新中国舞蹈改造的历史语境，以各地民间舞蹈之名，通过"苏联模式的移植、从广场到剧场的脱域改造以及这一过程中引发的从世俗到艺术的审美自律等多种艺术途径"[①]，共同塑形了我们今天

---

① 仝妍：《新中国民族民间舞蹈审美范式的构建——兼论贾作光蒙古族舞蹈的"规范化"》，《北京舞蹈学院学报》2018年第2期。

仍在进行中的"中国民族民间舞蹈"学科职业化之路。1964年,"全国少数民族群众业余艺术观摩演出会"在北京举行。一个月内进行了22场、250个文艺节目的观摩演出。人民舞蹈艺术家贾作光创作的一系列蒙古族舞蹈作品,堪称新中国民族传统舞蹈创建和改造的典范。[①]而之后他创作的《海浪》(1980)等作品,则由于运用了更多西方现代舞对身体的抽象化[②]逻辑,流露出向《天鹅湖》学习的手臂和腿部技术的倾向,被吴晓邦评价"走得太远"。可见,彼时舞台化的中国民族民间舞蹈创作,在《牧马舞》与《海浪》之间,有着清晰的国家性、民族性、人民性的审美选择;而我国舞台蒙古族舞蹈作品,至20世纪60年代,已基本确立起两个坚实的公共文化记忆形象——尤其适合在欢庆节日气氛表演的群舞《鄂尔多斯舞》和技艺精湛、身体典雅的女子独舞《盅碗舞》。

1975年创作的《草原女民兵》随着在冯小刚电影《芳华》中再现而重新回到观众的时代记忆中——一群脚蹬马靴、身着蒙古族服饰的女民兵以横排依次流动出舞台远景处的辽阔草原。延续《盅碗舞》已经初步改写的蒙古族舞蹈的挺拔昂扬,按照样板戏时期舞剧对西方芭蕾技术的推崇,此时的舞台蒙古族舞蹈创作在语言形态上走入了民族舞蹈符号舞姿与芭蕾审美原则的高度合作之中——以芭蕾气质凸显人民的主人公形象;以芭蕾大跳、旋转技艺彰显社会主义身体的战备状态和必胜决心;并以鲜明的蒙古族舞蹈勒马硬腕、硬肩、软手、碎抖肩等动作强调身体延续的战时国家动员。经由蒙古族舞蹈此时越发显影的苏联化倾向,提示我们查看苏联民间舞蹈的发展路径——苏联莫伊谢耶夫民间舞蹈团(The Igor Moiseyev Dance Company)是苏联取得社会主义政权后成立的第一个专业民间舞蹈团。这里指称的"民间舞蹈"(folk dance),并不是

---

① 参见仝妍《新中国民族民间舞蹈审美范式的构建——兼论贾作光蒙古族舞蹈的"规范化"》,《北京舞蹈学院学报》2018年第2期。
② 严格来说,身体的高度具象是不可能依照类似美术等艺术语言进行抽象化实践的,因此这里所谓的"抽象化",沿用了当时舞评对该作品的描述,指称一种非叙事的、非文学性的、舞蹈性很强的抒情舞蹈。

严格意义上的原真形态，而是一种高度混合的现代革命文化创造，对十月革命后仍进行艰苦俄国内战中成立的、团结原俄罗斯帝国境内俄罗斯联邦、南高加索联邦、乌克兰、白俄罗斯等各民族（国家）成立的苏维埃社会主义共和国联盟，进行社会主义的、现实主义化的、战时身体动员的"民族象征性舞蹈"（ethno- identity dance）。[1] 这与我们对新中国成立初期的中央歌舞团、各地各级文工团以及具体到内蒙古地区乌兰牧骑队员们，都具有高度相似的属性。也因中苏同盟战线和苏联老大哥的影响，我国继承了苏联民间舞蹈社会主义化的结构性思路及策略——民间舞蹈是国家性的最佳体现，收集民间舞蹈便成了国家任务。要把原真的、比较有弹性的民间艺术改造为国家高度统一的文化形式。编导莫伊谢耶夫面临如何处理革命前古典芭蕾风格与民间文艺的配比关系。最核心的身体策略在于如何借鉴西欧芭蕾内部的舞蹈审美、视觉、结构逻辑，作为整合和改造俄罗斯原真民间舞蹈的方法，而不凸显任何明显的芭蕾符号——思考建立属于社会主义国家的国家性（Russian identity）。于是，他首先挪用（appropriated）大量来自传统的原真细节形态，使得那种更准确的内在精神获得肉体承载；与此同时，他要用芭蕾群舞的缤纷队列（尤其是符合视觉错觉丰富性的轮舞）、独舞的高度竞技性（体操），以及让男性负责塑造民族不竭力量的肌肉感而女性负责引来惊叹佩服的赞美目光等视觉策略，来统摄和弥补被剔除的那部原真身体形态浓烈文化仪式感的遗憾——删去那些身体意义过于含混的、多义的、滑稽的、忧伤的、情色的、插科打诨的，使其不妨碍编导最终生产出明确的核心身体形象——乐观积极、永不言倦的快乐农民形象。最终，莫伊谢耶夫舞团的政治文化逻辑即民间舞蹈舞台化三原则为：原真的乡村形式、戏剧化的写实主义处理和高度精湛的整齐队列。[2] 全面学习苏联文艺创作思想的新中国舞蹈创作，明确地借鉴了莫伊谢耶夫舞团艺术社会主义改造思想中的"人民性""民族性"，即中国各族民间舞蹈作为新中国舞蹈主体形象的原则，同

---

[1]　SHAY A, *The Igor Moiseyev dance company: dancing diplomats*, Chicago: Intellect Bristol, 2019, p.12.
[2]　SHAY A, *The Igor Moiseyev dance company: dancing diplomats*, Chicago: Intellect Bristol, 2019, p.12.

时因循了舞蹈形态精英化、技艺化，尤其是整齐划一的队列化的舞台策略对各族各地原生民间舞蹈进行再创作。

20世纪七八十年代之后，中国现当代艺术创作不仅关系到自我言说，还作为后冷战之窗，带着一种比较的宿命被全球观看。是继续国家主义传统，还是使蒙古族舞蹈创作归返形态各异的地方讲述？1978年至今的蒙古族舞台代表作呈现出三种典型的舞台形象：第一种是延续《鄂尔多斯舞》形象推出的中央民族大学教授马跃创作的男子群舞《奔腾》(1986)、内蒙古歌舞团编导何燕敏编创的女子群舞《盛装舞》(2006)；第二种是延续《盅碗舞》创作的由敖登格日勒表演的女子独舞《蒙古人》(1993)、何燕敏创作的《顶碗舞》(2001)；第三种是旁逸斜出的、曾引起蒙古族舞蹈作品争议的，由届时还是中央民族大学本科生的万玛尖措编创并表演的男子双人舞《出走》(2001)。《奔腾》延续了《鄂尔多斯舞》注重群舞形式调度的传统，同时延续了《鄂尔多斯舞》向蒙古族舞蹈动作语言内部动律特征去开掘的路子，将十一届三中全会以来新的蒙古族男子的潇洒舞风彰显得淋漓尽致。相比20世纪60年代及"文革"中的身体，此时的《奔腾》身体放松，不再强调外在的民族舞蹈手姿符号等静态造型姿态，而是建立起一种俯仰之间以流动中的圆润为美的，尤其关注呼吸和连接处隐晦动作的、更接近反映人的内在精神状态的新时代身体之美。这样的作品一经推出，便遭到"是不是蒙古族舞蹈""没有使用蒙古族动作"的风格质疑。经过时间的检验，它再一次显影为艺术史上标定新时代的经典。以视觉考古为方法，可以鲜明地看出这一作品为2001年横空出世的《出走》提供的身体资源和精神动力。敖登格日勒创造并塑造的《蒙古人》形象，第一次将创作标的瞄准了大写的"人"，在继承《盅碗舞》慢板、快板两段式结构的基础上，与《奔腾》一样显示出身体和精神的松弛自由，不再以动作来标定人，而是以人的状态反身定义民族属性。这种创作策略的开启，尤其是作品开场时没有使用任何舞蹈技术，缓步徐行，走上舞台的女性坚定形象，不失为编导王玫《希格希日——独树》作品大量使用日常动作的肇起。而《出走》的"出框"之处曾在于：蒙古族舞蹈不再属于整个民族，不再是新中国 70 年来逐步稳固建立的挺拔昂扬的中国人的昭示，而是去城市谋发展的青年人的个体沉吟。他同时打破了《鄂尔多斯舞》的整齐群像和《盅碗舞》的典雅女性形象，和着腾格尔富有识别度的沙哑音色让身体汪洋恣肆，在蒙古族舞蹈的阵营中"出走"……蒙古族舞台作品的历史，同时可以被书写为蒙古族舞蹈自我解禁的历史——去符号、去外在风格、去特定选题、去特定形象的历史。第四代蒙古族舞蹈编导显然更多地带有面朝世界的讲述，但没有落入自我抹除、放弃内在逻辑的窠臼。蒙古族舞蹈形象在这样的反复拉伸实践中，趋向一个开放变动的民族与国家、地方与中央、传统与当代的调色盘。

二、原真的蒙古族舞蹈：深扎采风

其实新中国蒙古族舞蹈里程碑作品中，文献可考其中每一位编创者都有深入内蒙古、扎根生活采风的经历：《蒙古舞》亲历者回忆吴晓邦的创作时说："这个有宗教色彩的女子双人舞动作既不是喇嘛跳神的动作，也不是蒙古族的民间舞蹈。"[1] 吴晓邦自己则记述"我根据内蒙古人民的生活动作加以选择、提炼、组合"[2]。作为舞蹈学者，最怕听到的编导用词就是"选择、提炼、组合"，这六字看似显示了原真舞蹈与创作舞蹈的关系，实质内部却埋伏了艺术学的全部规律：立场与视角、分寸与尺度、策略与方法——全然不可考据。选择的标准是什么？提炼的方法是什么？组合的美学规律又是什么？贾作光谈及原真舞蹈与创作的关系时说得更具操作性："我从生活中去捕捉舞蹈形象，摸索着把男子的骑马奔驰、马蹄步、走骑步、勒马翻身、套马动作，以及妇女生活中挤奶、梳辫子、提桶等动作加以精选，创作为舞蹈元素使用。我为了突出蒙古

---

[1] 巴音孟和：《草原骄子——内蒙古歌舞团老团员回忆录》，内蒙古人民出版社 2012 年版，第 76—77 页。
[2] 吴晓邦：《我的舞蹈艺术生涯》，中国戏剧出版社 1982 年版，第 77—78 页。

族舞蹈特点，首先从最具典型性的肩膀和手腕着眼。如动肩、左右移动、上下移动、双肩颤动、软硬（质感）相加。我把这些动作归纳并命名为：硬肩、软肩、碎抖肩、拱肩、笑肩。把手腕动作命名为：硬腕、软腕、提腕、弹拨腕……马步有马跑步、马蹄点步、双脚交叉摇篮骑步、踢脚碎步圆场……都是经过提炼使其形象化，达到典型化的目的。久而久之，广为普及，形成了蒙古族特有的风格，逐渐被蒙古族人民和专业舞人所承认。"①20 世纪 80 年代迎来蒙古族舞蹈的"马跃时代"。"1980 年，我第一次去内蒙古草原考察……其实已经是在我创作完《奔腾》之后了，我当时去看乌兰牧骑的演出，他们专门为我们又演了一场，我觉得我创作的东西被大家接受了。上学的时候我跳贾作光老师的《鄂尔多斯舞》，另外其实与舞蹈相比，蒙古族音乐给了我更多感触。马头琴拉出的旋律既悠扬又悲凉，我从蒙古族的音乐里面感受到这个民族的精神和情怀，可以说蒙古族音乐是我创作蒙古族舞蹈的原动力。再就是阅读《成吉思汗传》和《蒙古秘史》。既然没有那么多传统资源可以参照，我也不会按照已有的风格去做。50 年代的贾作光老师最先开始创作蒙古族舞蹈，后来又有了《草原女民兵》，抖肩、马步都是那时候出现的蒙古族的基本形象。那时的创作要从政治内容出发，要求很规矩的东西出现。《奔腾》不是歌颂，而是表现蒙古人的自娱自乐，与《鄂尔多斯舞》不是一个风格。我创作的方法是在音乐上花很长的时间，配器、编曲要求也特别高，然后把音乐形象转化为舞蹈形象。《奔腾》主要用的动作质感也不是没有来由的，是 60 年代乌兰牧骑来北京演出，他们的动作是慢的，敞开的，不像《鄂尔多斯舞》那么欢快……"②蒙古族舞蹈创作到了马跃这里，既有关于上一代动作特征和时代精神的拿捏，又有对舞蹈自律性的新认知——蒙古族舞蹈创作早于采风，蒙古族舞蹈创作要捕捉新时代人的精神气质，蒙古族舞蹈创作要深入研究蒙古族音乐。

---

① 参见中央电视台《艺术人生　贾作光：舞动人生》(https://tv.cctv.com/2010/01/14/VIDE1354614961551852.shtml)。
② 参见王阳文《舞蹈艺术创作家马跃访谈录》，《百年潮》2014 年第 6 期。

事实上，深入生活，采撷原真，扎根人民，都无法保障舞台民间舞创作与当地人民群众实际生活状态的纪实关系，舞台民间舞创作的根本属性始终是塑造一种全国性的时代形象——走在塑造兄弟民族形象与服务城市剧场审美的平衡木上。马跃曾清醒地谈及蒙古族舞蹈缺少舞蹈语汇的问题，再次出现在王玫对原真性的思考中："本次'深扎'掐头去尾12天，行程3500多公里……但也有疑惑，那就是看不到真正的民间舞蹈。"① 于是有了王玫对新中国另一位蒙古族舞蹈表演艺术家斯琴塔日哈的一段采访："整个内蒙古自治区原来只有几个地区有民间舞蹈。一个是鄂尔多斯地区，它的民间舞蹈就是'盅子舞''筷子舞'和'顶碗舞'等；一个就是呼伦贝尔的'三少民族'地区；还有呼伦贝尔布里亚特部落；最后是阿拉善盟土尔扈特部落……除此之外，整个内蒙古地区原来基本就没有民间舞蹈……现在的'民间艺人'就是最早的乌兰牧骑队员，他们号称是民间艺人，实际上并不是真正的民间艺人。内蒙古舞蹈的发展和其他民族地区不一样。如朝鲜族、藏族，生活聚居在新疆、云南的各民族等，他们的民间舞蹈资源本身就特别丰富，所以他们的民间舞蹈发展是'自下而上'的。但是内蒙古不一样，它是'自上而下'发展、普及和推广开来的。"因此，王玫意识到内蒙古舞蹈在整个中国民族舞蹈中的影响很突出，原因有两个：一是内蒙古歌舞团是中国最早成立的文工团；二是编创者的编创。随后，内蒙古的老百姓才知道原来有这么个舞蹈形式。② 中国舞蹈学者资华筠也曾在访谈中说："本来鄂尔多斯没有传统的现成的原生态的舞蹈，贾老师通过跳鬼等宗教仪式或人民生活中的动作提炼成一种具有鄂尔多斯审美特征的动作，现在只要一做出场动作，就知道是鄂尔多斯的，以为就是原生态，其实是贾老师创作后又回到民间，被民间接受，也许若干年后人们已经不知道是创作舞蹈了。"③（在

---

① 王玫：《感受可以看到的，思考可以感受的——由内蒙古"深扎"想到的》，《舞蹈》2018年第5期。
② 参见王玫《感受可以看到的，思考可以感受的——由内蒙古"深扎"想到的》，《舞蹈》2018年第5期。
③ 陈琳琳：《贾作光蒙古族舞蹈创作及其审美特征》，《北京舞蹈学院学报》2018年第2期。

全球语境中，一个民族或地区的物质文明与精神文明发展过程中，由劳动群众直接创作的舞蹈形式，又是在群众中进行传承，而且仍在流传的舞蹈形式）与此同时，基于在地文化的冲突及复杂程度，民间舞蹈也会因失去社会功能或群众审美心理的变异而退出历史舞台；同理可知传入的舞蹈经过本民族的承认、接受并与原有文化融合后，也会成为该民族的民间舞蹈。据此，继承性、群众性、自娱性、即兴性、适应性、地域民族性这六个特征，可基本用以判定是不是"民间舞蹈"的判断依据。[1]

按照这一标准，中国民族民间舞台创作民间舞实质上是以民间舞蹈的名义进行的，以服务城市舞台表演功能为文化目标，尤其是承担面向国内外的中华民族形象展示功能的，对原生形态的民间舞蹈进行了文化"脱域"处理的文化现代性产物。一言以蔽：在新中国舞台上被主流文化圈进行改造过的身体，不再具有乡土社会的动态"原真性"。而这正是中国舞台创作民间舞的美学评价系统复杂之由来：能不能、应不应该以"原真性"作为衡量舞台创作民间舞的审美标准之一？如是，则如何面对其本质属性为服务城市舞台演艺？如否，则以民间舞蹈之名进行这场试图连接城市与乡土、当代与传统、全球与中国的文化斡旋策略宣告失败。那些属于原真的蒙古族舞蹈在这场旷日持久的文化记忆之战中，也必定早隐身于载入新中国舞蹈史册的里程碑代表作连缀起的群像之后。中国舞台民间舞蹈创作的复杂性在于，这一时间维度始终处于城市与乡村的双向流动之中。"采风"发动自城市而朝向乡村，但它本身所指涉的文化政治内涵已今非昔比——它不再是一项确定意义的政令指派，而仅仅圈定了具有文化定向扶贫意味的创作区域框架。它所提供的这种新的社会文化政治开放度，使得王玫更具身体审美自觉意识的创作实践成为可能。

---

[1] 参见罗雄岩《中国民间舞蹈文化教程》，上海音乐出版社2001年版，第18页。

三、"冒犯"的蒙古族舞蹈：情感磋商

在与美国同行争论的过程中，究其根本，最令其无法接受的，是王玫破坏进而伤害了她心目中深深认同的对新中国成立以来根深蒂固的"蒙古族"舞蹈的民族情感。但毋庸讳言的是，时代进步的号角催问艺术家对新中国成立70年后新的历史境遇下，文化功能和观念已几经更迭的中国当代艺术，提交可以标定中国艺术进程速度的里程碑作品。此时的王玫像所有纯熟于某种艺术语言进化的艺术家一样，敢于不再认为什么动作是非跳不可的，她开始内在于舞蹈语言，理解风格动作背后的编织逻辑——什么是蒙古族人民由身体行动而反映出的民族文化身份？什么是蒙古族人民无须辩解的情感归属？一种单纯摹写他们在生活场景中插科打诨、幽默逗趣，无论雅俗，俯仰生姿，而不顾及外在于这幅生活长卷的望文生义，这便是她心中确立的蒙古族舞蹈创作的公元2020年坐标。

为什么在舞台上仅仅"溜达"就能构成一个蒙古族舞蹈作品？其实这个问题还可以用另外一种口吻来问出——编导使用了何种身体策略和技术，使得一个动作撑住全场的舞台魔术得以实现？亲眼看过这个作品的人都会发现其核心身体动律极其简单，但也没有人会评价它单调乏味，这两者是如何同时达成的？它始终徜徉在同名歌曲女生独唱和马头琴2/4拍的节奏型中，其中最重要的身体动律技术，便是对歌曲2/4拍排列组合式变形的身体交响中：双脚踩在每一小节的1、2拍上／节奏放慢一倍双脚踩在每两小节为一组的1、4拍上；以及这两者之间千变万化的变体——双人舞平面空间前后错位上的变体；双人舞托举通过空拍实现的节奏变体、大多数人组成的群舞踩踏1、2拍而凸显少数中间人物踩踏1、4拍产生的变体；男女双人舞3只脚舞段（女生的一只脚挂在男生腰际，男踩1、2拍而女踩第4拍）……对身体韵律的精湛准确，使得舞台空间出现一种奇特的视觉景观——踩在1、2拍上的舞者与踩在1、4拍上的舞者虽然比肩而立，却好似两张被精密拼接的拼图一般，被小心地分为两

半，又悄然缝合一处。带有视觉景深效果的舞台，时分时合地被舞蹈编导变换着空间魔术，一种可以标明舞台艺术进程的质量被体现出来。细细察看这个作品的每一帧，你会发现王玫对身体审美的苛刻和挑剔——她没有使用一个重复的手段，作为多种"溜达"节奏变体的接口，而这正是不会引起观众视觉疲劳的密钥所在。观众看到她的简单，却看不到简单是如何连缀而成的。编导因纯熟于动作规律而可逃逸于以往风格，或者说掌握了形成身体风格之宗、精湛揣摩每一处小动作背后的文化隐喻的规律，才能化繁为简，孕变幻于其中，完成了这场技术的革命——主动放弃了高难度技术的动态，而将真正的视觉"技术"，暗暗埋伏在视觉难于捕捉的、深植节奏纹理之中的动觉空间。

说到身体如何实现观众视野中频繁、准确的消失与凸显，这简直是舞台空间的全部技术了——身体并没有真实地退场，它只是在观众的视线中消失了。这种技术带给舞蹈创作的突破堪比短缩法、透视法及描绘阴影所产生的视觉深度，带来类似古希腊雕塑与绘画的冲击。舞蹈空间技术的最终实现，无疑是王玫研究了大量传统舞台（包括戏曲）的视线和身体调度技术的结果。在王玫的身体资源储备中，既有新中国建立的蒙古族舞蹈创造范式；亦有20世纪80年代美学大讨论以来马跃、万玛尖措等解开蒙古族舞蹈的手脚做铺垫。这是一次特殊的创作，作为第三代舞蹈编导的王玫，要在第四代编导之后续写历史。加之王玫此刻处于她人生中饱经探索，看遍中西，并不刻意标新立异，而又必定另辟蹊径的阶段——1958年出生的王玫，13岁起在西安歌舞团跳着民族舞剧《小刀会》《红色娘子军》，22岁起接受了4年北京舞蹈学院民间舞教育专业训练，怀着对民间艺术的敬畏和谙熟，被学校委派参加了中国第一届由美国舞蹈节直接派驻教师进行系统西方现代舞训练的广东舞蹈学校现代舞班。她的业界成绩是时代的产物，亦是一路以作品坚持独立艺术观的公信力。这样的王玫要创作一部标定新时代的蒙古族舞蹈作品，既是万众瞩目的，也是令人忧虑的——冒犯传统似乎在所难免。王玫《希格希日——独树》中一切隐藏的精湛与显现的朴素之悖论，都标定了王玫此刻的心境——自信骄傲与极度收敛的合二为一，一种力求简单、不暴露源头的综合调用。她轻而易举地处理了视觉中的空间复杂性，骄傲地放弃了一切标明蒙古族身份的程式动作，将艺术实践中破解的身体关于节奏（时间）、调度（空间）的规律本身，绕过动作，直接呈现在舞台上。

动作的消失，成就了人的鹊起。行走塑造了始终处于男女两性互动中的人的群像，那样准确地刻画了中国传统社会男女相扶相依、男耕女织、田园牧歌般的最浓烈的身体图景。使我们印象最深刻的男女双人舞体态，一处是女人一只脚挂在男人身上，只有一只脚拖沓在男人身后，两个人3只脚，形成一种隐晦身体性爱色彩的交织造型；另一处是女性整个身体像树懒一样挂在男人胸前，完全不用力气地被拖着附和；最后一处是女性干脆仰面躺在地上，被男性一只手慵懒地拖拽前行。通过身体，读懂王玫内心对两性关系极致化的想象——一种毫不卑微的、对男性力量的推崇。更为绝妙的是，女性被这样在地上拖拽到一段时长，当观众的视觉中建立了以恒定节奏进行横向地面流动的线条后，编导再一次准确地显影了神来之笔的视觉错觉技术——即便此时男性撒开手不再前行，而变为向后退步，由于女性依然遵循着向前的稳定线条，原本和谐的两性关系就这样魔术般地错位而延续下去……王玫的《希格希日——独树》向理论提出了蒙古族舞蹈创作新的美学问题——如何评价没有动作的舞蹈之美呢？它从一种精英式的、技术主体的、可图解的视觉样式，向更关注人体动态规律的，情感复杂而深沉的，在更漫长的历史时空中符合中国人内敛、体悟式艺术传统的路径上接续中国传统。它被讨论和质疑的独特性，恰是这样独树一帜的《希格希日——独树》里程碑意义之所在。她没有放弃中国20世纪80年代以来艺术的现实主义因素和特征，也警惕着以技术化的身体落入商业制作和实验艺术的阵营。她坚持一种接续历史讲述的当代探索，坚持直面属于第三代编导的形式与内容张力之困境。作为民间舞的女儿（而非西方现代舞的），她试图以历史方案作为面向未来的策略，将形式与内容高度融合再收敛着转型，在时间的褶皱中突破她所经历的每一代际的创作瓶颈，标定了中国舞蹈创作新纪年。

四、时代的蒙古族舞蹈：再造传统

回眸中国近现当代舞蹈创作发展的历史，新中国舞蹈在建立初期，忙于以现实主义手法建立国家政治的身体；基本在20世纪80年代末90年代初，由新中国舞蹈奠基一代的舒巧（1933— ）在其舞剧作品中，才开始实践生活动作回到舞蹈动作中，使艺术家生长出摆脱音乐与文学束手束脚的舞蹈语言内部的本体兴趣，舞蹈在现实主义、表现主义、形式主义、观念主义等属性中展现出艺术史上业已呈现的来自语言自律性的充分裂变。而如今，中国当代艺术进行到唯恐先锋性不足的阶段，王玫又主动地放下只在纯动作上做文章，探索一种接续新中国舞蹈现实主义传统与身体现代主义语言的融合嬗变。在日常动作的变形中实验高级的克制，探索建立与欧美当代观念舞蹈、先锋剧场迥然相异的中国气质。如果我们在此讨论"蒙古族舞蹈"概念的基点同样是一种高度混杂的现代文化创造——而非任何时期的原真蒙古族民间舞蹈，那么蒙古族舞蹈创作形态也开放地接受生活动作的进入，是不是找齐中国舞蹈创作的现代性进程呢？如果说曾经作为伤痕文学影响下的军队舞蹈《再见吧，妈妈》《割不断的琴弦》《希望》，曾为表现在战场上思念母亲，在舞蹈中使用无音乐伴奏表现张志新无声的控诉，赤裸上身倒地挣扎而主动放弃对身体雅致的追求，那么被新中国舞蹈史建构的蒙古族舞蹈创作传统，为什么不能接受日常动作、放弃程式化动作——放弃以民族符号作为标定民族身份的唯一标准。《希格希日——独树》叠合着处理了中国舞蹈不同时期的观念与瓶颈问题——舞蹈来自日常动作，却是日常动作高度舞蹈化的收敛处理，以达成这位艺术生涯横跨中国舞蹈发展历程诸多阶段的艺术家，心中规避种种程式化套路后，奋力揣摩动作质量的那点恰到好处。

王玫在其创作手记中写道，我们这个时代的强音，不是豪华，而是朴素；

不是繁复，而是单一；不是用力，而是松弛；不是艳丽，而是自然。或许只有那些深明此道，以退为进，以回溯的方式而同步于时代之士，才能堪当此任，创造历史。①这是具备知识分子性和社会历史意识的中国当代艺术家的艺术宣言。王玫说，现代舞蹈和传统舞蹈的精神惊人地一致：同为跳自己的舞，舞自己的生活。区别只有：一个是千百年的选择，一个是鲜活的发生。其精神一致且循环往复。现代以反传统的形式践行了传统精神。

与此同时，我们还要考虑到海外中国研究对中国在地艺术发展的"忧虑"（concern）。英国舞蹈学学者亚历山大·可尔博（Alexandra Kolb）在他被收入《舞蹈与政治牛津手册》中的文章《舞蹈政治在中国：跨文化、糅合和舞动无界项目》中指出：自1911年封建帝制解体，中国一直面临找到一条独立的中国文化表达之路的挑战，作为认识和应对西方艺术发展路径的回应。新中国成立时，中国的舞蹈几乎没有传承资源，只在戏曲中散见。因此"西方化"（学习芭蕾和西方现代舞）成为中国舞蹈现代化的具体策略。而中国的民间舞蹈则被改造以适应新的舞台化需求，为根除资产阶级和修正主义需求。这一过程更多地面向中国国内，成为一种对独特民族文化的追求。由于没有经历西方艺术的充分现代主义阶段，中国舞蹈在完成后现代艺术路径上已经失败——精英知识分子没有深入舞蹈，因此当20世纪六七十年代西方进行充分的后现代主义时，中国陷入冷战封闭格局。中国舞蹈发展为技术精湛、错失西方清晰后现代进程框架的、表面拼贴符号的艺术道路。②我们在他的观点中看到浓烈的西方中心论和冷战思维的同时，可以理解西方当代艺术是多么急迫地想看到中国现代艺术（及之后）的中国本土方案——一种西方艺术史谱系不可识别的中国特征。而即便是对中国当代舞蹈创作秉持这样观点的亚历山大本人，在看过王玫排练的演出后，也称"她的艺术是拒绝技术化的，这使她具备后现代艺术的基

---

① 参见王玫《感受可以看到的，思考可以感受的——由内蒙古"深扎"想到的》，《舞蹈》2018年第5期。
② 参见 KOLB A, *The Oxford handbook of politics and dance*, New York: Oxford University Press, 2013, p.347.

本特征"①。在王玫兼及中西的视野中，具有一种自觉的以中国民间舞蹈资源进行现代转型，并以之作为全球舞蹈交往的当代中国名片这一结构性思考。对内不粉饰，对外不拼凑。"最终，我们希望兄弟民族的舞蹈语汇作为一种文化形式，与世界上的其他舞蹈语汇一样，既能表意本民族的个性文化和传统文化，也能够表意人类的共性文化和当今文化。"②事实上，将研究对象稳固为某种戛然而止的时间状态，是许多国外中国学、国外舞蹈学者的中国情愫，而时代发展滚滚向前，绝不会为任何思虑和情愫停下脚步。

五、结语

新中国蒙古族舞蹈舞台创作背后，是以一系列中国民间艺术社会主义改造、乡土艺术城市化进程为框架的历史性文化建构。王玫的《希格希日——独树》有意无意地推动了当代艺术创作与新中国文化记忆的磋商。70年的文化记忆提供出一个时间节点，一次艺术回眸自身的历史性发展契机。文学家艾略特在《传统与个人才能》中说，对一个艺术家来说，当他的作品被置于伟大的前辈作品之侧时，必得能够经得起审视和比较。当世界当代艺术翘首以盼舞蹈创作的中国方案时，王玫交付了自己的作品。

（原载《北京舞蹈学院学报》2021年第2期）

---

① KOLB A, *The Oxford handbook of politics and dance*, New York: Oxford University Press, 2013, p.367.
② 王玫：《坚守的迷思》，《舞蹈》2015年第1期。

大型漆壁画《长城颂》深蕴的百年风华

尚 辉

如果用一幅画作来形象地浓缩中国共产党百年奋斗的沧桑岁月，那大概没有比映满朝霞的长城最能呈现这一恢宏、壮阔、雄伟的历史意象的了。的确，当人们从《旗帜》《信仰》《伟业》《攻坚》《追梦》这五组群雕环绕的广场，迈进那座巍峨挺拔的中国共产党历史展览馆建筑时，迎面看到的便是这幅视野广阔、苍松吐翠、云蒸霞蔚的祖国山河画面。巍巍耸立的崇山峻岭辉映着一轮冉冉升起的红日，金色的长城蜿蜒于群峰之间。此作以长城象征中华民族绵长悠久的历史和坚贞勇敢的品格，虽历经沧桑却碧血丹心、雄健壮伟。这既是中华民族精神的浓缩，也是中国共产党百年奋斗、初心永驻的写照。

几乎占据了党史展览馆序厅整整一面墙的漆壁画《长城颂》，以其罕见的尺幅和深邃的意境震撼着每一位走进展馆的观众。其形成的视觉张力既让人们迅速进入一种历史场域，也使人们沉浸其中，仿佛从那巨龙一般的长城意象之中，时刻可以感受到一个伟大的党的诞生与奋斗对中华民族命运的深刻改变。从艺术史的角度，这同样是刷新历史的一幅巨制，是新时代立足传统而进行创新性探索的民族艺术硕果。

一、新时代中国壁画对民族形象的重塑

隶属于建筑装饰的壁画在古今中外都是绘画艺术的高级形态，甚至远古时代的绘画艺术只有通过壁画才能得以保存而传世。18世纪对意大利庞贝遗址的

发现与发掘，让古罗马时期的壁画重见天日，庞贝壁画中出现的埃及艺术元素揭示了罗马帝国对埃及征服的历史。中国古代壁画遗存丰厚，最为人们所熟知的是从旧石器时代跨越到明清的阴山岩画、辽阳汉魏墓室壁画、敦煌壁画和永乐宫壁画等。壁画不只具备和附载物及建筑同等的永久性，而且大型石窟、建筑的政治、宗教、文化等功能，也往往决定了装饰其中的壁画所具备的公共性。人们对于人民大会堂的视觉记忆是和装饰在其中的《江山如此多娇》壁画紧密相连的。如果说，由傅抱石、关山月于1959年合作完成的《江山如此多娇》[1]壁画，通过对祖国山河壮丽景致的描绘，展现了新中国社会精神面貌的巨大改变，其巨大的尺寸是对传统山水画的一次刷新；那么，蕴含在画面中的对传统笔墨的现实精神表达则更深刻地体现了一种时代诉求。

《江山如此多娇》所具有的时代标志性是这一时期其他作品所难能具备的。这幅作品的艺术挑战，还在于运用水墨写意来呈现传统金碧山水画所要求的富丽堂皇、雍容大度的庙堂气象。也因此有人曾质疑，认为其不是壁画艺术语言。壁画艺术的发展在20世纪70年代末迎来新的转机。众所周知，1979年伴随着首都机场落成而完成的《哪吒闹海》（张仃）、《巴山蜀水》（袁运甫）、《森林之歌》（祝大年）、《科学的春天》（萧惠祥）和《生命的赞歌——欢乐的泼水节》（袁运生）[2]等一批壁画发出了新时期美术思想解放的先声。这些作品不仅描绘了祖国的大好河山、远古神话、民族风情，而且以油彩、丙烯、陶瓷、玻璃和金属等多种材料探索现代壁画自身的表现特征与形式语言。20世纪八九十年代，中国城市化进程的加速刺激了中国壁画的全面发展和繁荣，刘秉江、周菱《创造·收获·欢乐》[3]，周令钊、陈若菊《白云黄鹤》[4]，楼家本《江天浩

---

[1]《江山如此多娇》取毛泽东《沁园春·雪》词意而作，创作于1959年7月至9月。
[2] 袁运生《生命的赞歌——欢乐的泼水节》因画面涉及女性裸体而成为20世纪70年代末最富争议的作品，由此引发美术创作中有关人体美问题的讨论，是新时期美术最早引起学术争鸣的问题之一。
[3] 刘秉江、周菱《创造·收获·欢乐》创作于1982年，北京饭店丙烯壁画。
[4] 周令钊、陈若菊《白云黄鹤》创作于1984年，武汉黄鹤楼彩陶壁画。

瀚》①，侯一民《血肉长城》②、叶武林、闫振铎《受难者·反抗者》③；以至21世纪以来袁运甫为中华世纪坛总体设计的《中华千秋颂》④，刘斌《百色起义——翻身道情》⑤和孙景波、唐晖、王颖生等绘制的《一代天骄》⑥等，都是改革开放以来中国壁画蓬勃发展的标志性作品。这些作品大多借用历史题材来承载建筑所具有的纪念意涵，通过各种新材料的运用探索现代壁画在视觉、触感与形象塑造等方面所具备的公共性、恒久性与现代性。

历经岁月沧桑的百年建党历史通过中国共产党历史展览馆建筑及其建筑广场的群雕、场馆内的大型壁画而形成一种凝固历史的纪念性公共艺术。党史馆序厅壁画是走进这座建筑营造瞻仰仪式感最具标志性的一幅绘画，容纳这幅壁画的空间是一个进深25米、横长81米、净高24米的挑高横长立方体，其壁画净尺寸高15米、宽40米，壁画总面积达600平方米。这个画幅尺寸远远超过了人民大会堂的《江山如此多娇》（画幅尺寸为高5.5米、宽9米，画幅面积49.5平方米），也略超中华世纪坛的《中华千秋颂》（壁画周长117米、高5米，画幅面积585平方米）。《长城颂》漆壁画作为党史展览馆的第一幅绘画，其空间的挑战决定了壁画题材的选择与表现形式。在为序厅提供的多达数十种设计方案中，既有沿用人民大会堂《江山如此多娇》样式的山水画（通过水墨、重彩、岩彩、瓷绘等方式绘制），也有沿用中华世纪坛《中华千秋颂》样式的历史叙事（壁画以党史百年重大事件为形象主体，采用各种材料雕刻、拼贴或镶嵌）。但最终选择了程向军的《长城颂》，一方面，包含了《江山如此多娇》的江山、长城等元素；另一方面，汲取了现代壁画艺术语言，使之更具色彩表现的张力及远空间的透视性。也因党史馆广场上五组群雕具有党史百年的

---

① 楼家本《江天浩瀚》创作于1983年，武汉黄鹤楼重彩壁画。整组壁画约100平方米，正面墙上三幅分别以《流逝》《浪淘沙》《华年》表现长江文化以及黄鹤楼兴替过程。
② 侯一民《血肉长城》创作于1989年，中国国家博物馆序厅浮雕壁画。
③ 叶武林、闫振铎《受难者·反抗者》创作于1998年，中国现代文学馆彩色玻璃镶嵌壁画。
④ 袁运甫总设计《中华千秋颂》创作于2000年，中华世纪坛环形彩色浮雕壁画。
⑤ 刘斌《百色起义——翻身道情》创作于2006年，广西百色起义纪念馆丙烯壁画。
⑥ 孙景波、唐晖、王颖生等《一代天骄》创作于2006年，鄂尔多斯成吉思汗陵岩彩壁画。

历史叙事特征而不必在这一序厅进行重复，才最终选择了以"长城颂"作为画面主题寓意，以进一步阐发中华民族精神与百年建党伟业之间的内在关联，审美的诗性情怀可于此获得升华。在此，更多的历史叙事、更复杂的材料镶嵌，都可能减损对这一序厅的精神营造。从这一角度看，序厅的这一幅《长城颂》漆壁画以及与壁画中朝霞满天色调相呼应的序厅雅安红石地面，是针对党史展览馆这100年纪念建筑空间最大化的精神提升。伫立在这幅壁画所营造的历史空间里，人们思接千载，将中国共产党的百年奋斗历程有机地与中华民族精神结合在一起，这是一种更加宽阔而宏伟的精神空间的营造。

作为这个百年纪念空间中的壁画，《长城颂》无疑承载了新中国成立以来中国壁画从复兴到繁荣的历史，它虽采用了漆画这种绘画语种，但并不局限于对漆画本体语言的彰显，而是将其成功地转型为壁画，使之更能体现出壁画公共性的视觉要求，从而探索了漆画进行现代大型壁画创作的潜在空间。而在这个百年纪念的时空里，壁画上的主体形象既融汇了中国现代壁画史所有相关祖国山河描绘的视觉元素，也充分调动了最具中华文明历史标志性的长城形象，来寓意中国共产党的百年历史与中华民族精神的血脉相承。尤其是长城形象自中国近代以来不断被赋予英勇不屈、团结奋进、勇往直前的精神意涵，使之早已成为家喻户晓、具有民族集体意识的中华民族伟大意志与力量的象征。这正是伟大的建党精神的形象凝缩。相信伫立在这幅壁画前的每位观众，都会被作品中宏伟的长城形象而激发出强烈的民族自豪感、坚定的民族自信心和满腔的爱国热情。《长城颂》作品中所深蕴的历史情怀与现实精神，无疑是一个崛起了的中华民族对民族形象与民族艺术的重塑。

二、融山水与风景为一体的多维视角

《长城颂》以北京八达岭长城为原型而进行了形象再度创造。映入观众眼帘的首先是画面左侧四分之三处的烽火台，它虽位于画面左端，却是画面所画长城的制高点。观众正是从这座烽火台入口的石阶梯递进而上展开了对整个画面的远眺。这段阶梯与烽火台，无疑起到了观众视点定位的作用。画面正是从这个烽火台的制高点而将长城蜿蜒推向远方，形成了画面从左下角向上攀升，经过此烽火台而横向向右延展，再向左回折的多重 S 形曲线。这条曲线既是长城逶迤延伸、守护疆土的主要画面形象，也是在这 40 米的画幅宽度中将人们的视线极度拉开却又能不断聚焦的视觉主线。画面是静态的，但这条视线的曲折回环设计却使观众的视线不断发生位移与跳动。富有意味的是，在左侧烽火台这一制高点之外，画面中间的那座烽火台却真正处于画面视觉的最高端，从而又形成了画面的第二个视觉中心，仿佛一曲旋律从画面的左下角开始攀升音阶，在经过左端那个最重要的烽火台的俯瞰之后，再度攀升达到旋律音高的极致。显然，处于中景之中的这座烽火台的画面高度是画家精心加高的，它使画面形成了第二个视觉中心，并以此拉开长城向右边蜿蜒行进的态势。而这第二个视觉中心的设计，也形成了画面金字塔般的视觉稳定性。

显而易见，大型漆壁画《长城颂》并非只有一个视平线。这是画家在考量了这幅壁画被设置在一个浅进深的观赏空间后为画作进行的一种独特设计。和人们可以在人民大会堂通往宴会厅的大扶梯的远处不断走近《江山如此多娇》的观赏距离不同，以党史展览馆序厅只有 25 米的进深来观赏远大于这个进深的 40 米宽的壁画，无疑是远远不够的。这意味着从党史馆前门三个主入口进入序厅时，只能看到这幅壁画的局部，厅内几乎没有一个纵深距离能够正面完整地观赏其全貌。因而，壁画的设计必须满足站在序厅的每个不同位置，观者都能获得相对完整的观赏效果的要求。这幅壁画的重要艺术特征便是将风景油画的焦点透视和中国传统卷轴画的移动透视有机融合，从而取得了远观具有风景油画的焦点透视性，而卷轴画的多点透视又满足了局部观赏的要求。

从整体看，画面的视平线定在了天际与峰峦的交界处，画面由此以俯瞰的视角展开霞光满天、云海浩渺、千峰潮涌的恢宏场景。左端近景烽火台的光影化体面塑造，明确了旭日东升的光色时间。画面虽宽阔无比，却因统一光源的色调处理及整体焦点透视的聚焦性而给人以风景油画的审美感受。从局部看，画面的视平线在发生着巧妙的位移。居于画面中间占据制高点的中景烽火台的视平线，显然已高于左侧近景烽火台的主体形象，而真正的画面统一视平线则在中景烽火台的更高端处，即前面所述的天际与峰峦的交界处。而当我们接近于人站立高度的视平线时，看到的则是近景的松柏流泉，画面并不因其在画面底端的收口而减弱其描绘的精度，相反，这个拉得最低的视平线给了我们最真实、最细微的观赏角度。可以说，作品从上而下不断移位的视平线给观众提供了在不同距离、不同位置的观赏窗口，甚至于画面在纵向构图上也能够满足我们局部截景的拍照要求，使每个截景都能具备相对完美的景物配置与饱满构图。

从更深的角度看，风景与山水的结合不只是焦点透视与多点透视的多维视线组合，也是中西不同文化观念在此作中形成的某种共融性。巴洛克时代古典主义的风景画看似是对自然时空的再现，但实际上是通过对历史遗迹的探寻来表达历史与现实的某种关系。[1] 因而，古典主义的风景画在某种意义上是理想风景画，是展示物质世界、理性和神话的一种相似性建构，是对神圣、恢宏和崇高人文精神的追求。从这个角度看，《长城颂》也没有停留在对山川自然美的一种再现，而是通过长城的蜿蜒不绝、敌楼的巍然耸立、烽火台的岁月沧桑来表达一种历史情怀，这便赋予了《长城颂》主题风景甚至是历史风景以美学深意。也因此，画面营造的境界就不是传统山水画的幽深、静谧、淡远，而是浓缩了中华民族百年来奋斗崛起的一种精神，它是如此壮阔、浓烈、响亮、宏远、鲜明、激越和豪迈，这种精神意象才是此作从人们心底点燃的一种民族自信。这种历史的风景，也决定了此作不再停留于写实再现。画作虽以八达岭长城为原型，但在八达岭的任何一个角度都找不到这样的景致。画作无疑借鉴了中国山水画的表现方法，从朝霞、云海、古松、溪流这些景观的理想化程度来

---

[1] 法国古典主义绘画的代表尼古拉斯·普桑（Nicolas Poussin, 1594—1665）是理想风景画的倡导者，其风景并不是某个特定场景的再现，而是恬静、和谐、优美景致的理想化描绘。

看，画面都进行了像中国山水画那样的主观化的迁想与营造，尤其是云海的处理制造出画面的蓬勃气韵，使得那些崇山峻岭如潮水一样地涌动，山石因云烟而诡谲变幻、生机无限。虚实幻化，正是中国山水画以内观而获得的一种精神表现，这是一种更为磅礴、更为超脱，也更具宇宙灵性的一种道法自然。从山水画的角度来看，大型漆壁画《长城颂》呈现的是一种更为深刻的物我合一的精神观照。

三、漆语的绘画性探索

《长城颂》的绘画体裁既不是水墨、重彩，也不是油画、瓷画，而是漆画。几乎和中华文明历史同样久远的漆艺，可谓承载了中国文化玄妙幽远的美学深意。虽然中国漆绘历史悠久，但作为一种绘画形态，漆画的独立却发生在20世纪中国美术的现代转型之中。由漆艺转换为现代造型艺术，漆画所要解决的不仅是如何将现代绘画观念融入传统漆艺的命题，更重要的是如何在继承传统漆艺的基础上对漆画自身艺术语言特征的现代性探索。清华大学美术学院的前身中央工艺美术学院，就是中国现代漆画诞生的母地，雷圭元、乔十光等都是中国现代漆画开宗立派的艺术大家，而《长城颂》的作者程向军就是他们的后继者，他们对漆画现代性的探索形成了承前启后、继往开来的递进局面。[1]

由漆树流出的浮汁所形成的大漆呈褐色稠液状，黑、红、褐是大漆的基本色。因而，凡属漆艺漆绘，大都由这三种基色构成，而漆画的镶嵌技艺，则产生了由贝、钿、珠、石、金等镶嵌材料生成的瑰丽色彩与肌理质感。漆画的基底大都由布、麻、木等构成，基底色彩一般均为黑色或深褐色。现代漆画要解决浅颜色的配置难题，常常使用铝粉、银粉、金银箔或蛋壳镶嵌予以解决。漆

---

[1] 程向军（又名程向君），1961年6月生于沈阳，1986年7月毕业于中央工艺美术学院壁画专业并留校任教，曾师从乔十光研习漆画。其漆画作品曾入选第七届、第八届、第十届、第十一届、第十二届全国美术作品展览，曾担任第十届、第十一届、第十二届、第十三届全国美术作品展览评委。现任清华大学美术学院教授、博士生导师、漆艺专业负责人，中国美术家协会漆画艺委会副主任。

屏风是介于漆艺与漆绘之间的一种艺术，而漆壁画则是远远大于漆屏风，更能彰显漆画特征的一种绘画。因漆画的漆性语言大多要通过漆皱、漆磨、漆料来达到漆的色彩幻化，这也在很大程度上限制了漆画所能绘制的最大尺寸，而以木、布、麻等为胎底的漆画，如何保证画底尺寸在放大后不变形，也同样具有相应的尺寸限制。因而，漆壁画几乎不可能逾越一定的尺幅。唐小禾、程犁于1987年为荆州博物馆制作的漆壁画《火中凤凰》，由61块1.44平方米的漆板组成，总幅面达到90平方米（高3.6米，宽24米），这个数据曾经一直是漆壁画画幅尺寸的最高纪录。

从漆画艺术语言来说，《长城颂》满幅的正红色使用恰恰充分发挥了大漆本色的色彩语言特征，而松柏的黑色、长城与山岩坚实的造型等也都有黑色铺底作埋色，红、黑在此均体现了漆本色幽暗、浑朴、纯正的漆色质地。的确，《长城颂》虽借鉴了油画风景有关光色感的表达，但因发挥漆绘色彩语言而使这种油性的光色舍去了冷色的运用，而偏向固有色相或主观色相的中国传统色彩观念表达。甚至为了强化这种中国色彩观念，画面完全限制在正红、黝黑、铅白、金黄四色里，并不追求油画光色那种复色或补色的变化。画家凸显的就是这四种色彩的纯正感，让正红与铅白、金黄与黝黑之间拉开距离，形成明快、热烈、厚重、喜庆等中国化的色彩意蕴。此作尤其是在铅白的运用上形成了对漆画语言的突破。如果按照一般漆画语言规则，画面上出现的几乎占据了画幅面积四分之一的云海，只能采用银粉加铝粉来不断提亮，使云层的变化随着粉质颗粒铺垫的厚薄产生肌理的起伏，但即便如此，此作的整体亮度仍会显得幽暗，这或许是作者和观众不愿看到的结果。或者说，此作的标志性位置与主题内容都需要提高画面整体的鲜亮程度。这无疑是漆壁画的公共性要求而使作者进行了大胆的突破。当然，就整体调性而言，云层的白色仍然泛出微微的米色，即便最白的地方依然通过漆的罩染而形成温润古朴的宝光，这正是漆画独特的色彩魅力。

有关漆语的独特性，无疑是通过漆料的预埋、多种材料的镶嵌，乃至特殊区位制造的漆皱再不断磨光而获得的一种釉变似的色彩效果。在此方面程向军有着较高的艺术修养和创作经验，具有他个人漆画艺术特征的作品，大多也是通过这些漆画本体语言来进行抽象绘画的探索的。但在《长城颂》这件大型漆壁画的创作中，他更考虑到西晒阳光的直射可能给光洁的漆画造成不必要的反射，而追求漆皱或各种预埋色料也可能造成整体形象的破坏。在此作中，他更多选择的是手绘漆自由绘画的绘画性，也即当代漆画界一直探讨的漆画姓"漆"还是姓"画"的问题。因过多追求漆画所谓的镶嵌、填料、磨变、推光，可能导致漆画工艺特征的增强而减损了漆画的绘画性；反过来，如果一味向油画、版画靠拢，也可能因此失去漆画自身的漆语特征。显然，在漆画姓"漆"还是姓"画"的问题上，始终存在创作实践与对漆画艺术语言理解的"度"的把握问题。《长城颂》漆壁画的超大面积在实操中很难做到不断打磨、不断髹漆的工艺。在600平方米的幅面上，要反复通过打磨和髹漆而仍能做到光洁平整几乎是不可能的。这反倒促使画家去追求漆画的绘画性，甚至细微处尚留存漆绘时的笔触，如岩石体面的勾画，在受光面呈现的富有力度的笔触；如松针的层层叠加，笔线的挺拔柔韧；如烽火台与城墙的塑造，笔触堆塑呈现的斑驳沧桑；等等。[①]

这些细节都不是通过漆工艺做出来的，相反，这些绘画语言反而增加了漆壁画的灵动、鲜活和自由。这幅超大型的漆壁画采用什么样的胎底是至关重要的。不论木胎还是布胎，可能都难以实现其丝毫不差对接拼缝的精准度，也都难以实现其不变形、抗冲击的恒久性，这的确是对大型漆壁画的一次全新的高难度挑战。[②]而主创者最终选择蜂窝铝板作为这幅大型漆壁画的胎底，在此基底上进行打磨喷料，这已是对漆画绘制与创作的颠覆性挑战了。对于这样的挑

---

① 乔十光曾评介说："程向君特别偏爱油画，从学生时代起，就不间断地画。他的漆画与油画几乎是同步进行的。程向君很自然地把油画中的语言带到漆画中来，如《鸡冠花》使人感到油画潇洒自由的笔触，《垂死的鱼》甚至可以看到古典油画的影子。"参见乔十光《寂寞之道，乐此不疲》，载程向君绘《心灵的巴别塔——程向君的艺术》，人民美术出版社2012年版，第148页。
② 《长城颂》漆壁画由100块蜂窝铝板组成，每块6平方米，采用嵌入式安装，壁画铝板与外框间距仅有3厘米装饰凹线。

战，还有什么样的新的漆画艺术语言是不能尝试与运用的呢？我们就是处在这样一个充满挑战的时代。从党史馆广场四周那由数以百计人物群像筑就的汉白玉雕刻中[①]，我们可以时刻感受到中国共产党百年历程的伟大斗争、伟大工程、伟大事业、伟大梦想；而当走进序厅，伫立在这幅气势撼人的漆壁画《长城颂》面前，我们仿佛找到了这一切伟大的根源，这就是悠久璀璨的中华文明历史和坚贞勇敢的中华民族精神。而站立在建党百年的历史端口，我们瞭望到的便是画面所描绘的这番旭日东升、百年风华。

(原载《中国文艺评论》2021年第9期)

[①] 曾成钢主创《伟业》群雕65位人物形象；吕品昌主创《信仰》群雕71位人物形象；杨奇瑞主创《攻坚》群雕67位人物形象；李象群主创《追梦》群雕73位人物形象。

时代呼唤公共雕塑的精品力作
——中国城市雕塑发展的问题和策略

吕品昌

在近几十年中国的城市化建设过程中,"城市雕塑"一直扮演着重要角色,但由于种种原因,它却长期只是以"工程""项目""菜活""行活"的面貌出现,数量不少,高质量的不多。随着2020年住房和城乡建设部《关于加强大型城市雕塑建设管理的通知》的发布及一些建造乱象在互联网上的曝光、发酵,有关中国城市雕塑发展的问题再次引发行业内外热议。

从本质上讲,一切乱象背后都是巨大的经济利益在作怪,城市雕塑像一个大蛋糕,吸引着形形色色的人介入,不管水平如何、有无资质、专业或是非专业的都希望从中分得一块一角。因此,住建部发文加强对其监管是很有必要的,否则漏洞无法自行修复。唯有德法相依,去粗取精,才可让现状得以改善,才可能创作出无愧于时代的公共雕塑精品力作。

在我看来,城市雕塑目前的发展存在着两大缺失,即学术的缺失和政策、机制的缺失。

一、城市雕塑发展中学术的缺失

关于学术的缺失主要体现在四个方面:盲目求大是学术不自信的表现;儒道释题材盛行背后的学术缺失;民族精神和文化自信需要强有力的学术支撑;学院雕塑教育未能以学术高度介入城市雕塑建设。

（一）盲目求大是学术不自信的表现

大不代表美，自古如此，东西方也皆如此。城市雕塑的尺寸大小应考察城市面貌、文化历史背景、选址的周边环境后，依据作品所要表达的情绪、意境、功能来定。全世界小而经典的城市雕塑有很多，它们同样肩负着城市地标的使命。例如比利时首都布鲁塞尔市著名的《撒尿小男孩》、波兰首都华沙的两座战斗姿势美人鱼雕像、罗马的《母狼》和中国深圳的《开荒牛》等。再如马约尔、亨利摩尔的城市雕塑作品也多不大，却被奉为经典。此外，近些年中国长春、芜湖等城市以中小型户外雕塑为主的雕塑公园中也不乏精品。

时代为中国的城市雕塑发展提供了良好的土壤。常有国外的雕塑家向我表达对国内城市雕塑创作环境的羡慕，因为虽然他们都在各自国家有着不凡的影响力，但从事城市雕塑创作的机会，尤其是从事大型城市雕塑创作的机会却极少。我想，一方面，这反映了我国经济建设正处于高速发展阶段；另一方面，也反映出西方国家对于城市雕塑建设审核、监管机制的谨慎和严格。

我国拥有5000年文明，历代留世的大型、巨型雕塑屈指可数，但新中国成立以来短短几十年却完成了数倍甚至数十倍于古人的"成就"，大型、巨型城市雕塑的增长速度与巨大耗资不由令人唏嘘：山西运城的《关公雕像》投资2亿元，总高80米，号称世界最高关公像；山东曲阜大型《孔子像》耗资超2亿元，像高72米，是世界最高的孔子像；位于内蒙古乌海市甘德尔山主峰的《成吉思汗雕像》高88.95米，是花费约6亿元建造的世界第一大成吉思汗雕像；贵州独山县耗资2亿元建造的《天下第一水司楼》是建筑也是雕塑，高99.9米，申报了"世界最高琉璃陶建筑""世界最高水族、布依族、苗族民族元素建筑""世界最大牌楼"3项吉尼斯世界纪录；广西柳州已拆除的《柳宗元雕像》高80米，计划投资7000万元，目标是打造国内最高的人物铜像、世界最大的旋转类铜像。

另有统计，目前世界最高的10座雕像中，中国一国独占4座。好艺术的评判标准不知从何时起变成了"高"和"大"，各地政府、企业对于"世界之最"的追求乐此不疲。而在"大"的表象背后，另一组数字更令人触目惊心：曲阜2亿元所建《孔子像》背后是至今回收成本遥遥无期的尼山景区100亿元巨额投资；建造《天下第一水司楼》的独山县曾长年为国家级贫困县，年财政收入仅10亿元，却敢举债超出财政收入的巨资大搞形象工程；柳州《柳宗元雕像》是在清理整治超规模、超标准、超投资概算，挪用扶贫款、救灾款等专项资金以及举借和使用政府性债务资金奢华浪费建设的执法活动中被拆除的，当时柳州市本地九大融资平台总负债融资额约1000亿元。大型城市雕塑建设所花费的资金实际上是各地发展建设的一个缩影，其所映射出的各种乱象及繁荣表象背后的泡沫与腐败才是真正该引起警觉的。

当然，城市雕塑不是不可以做大，也并非大的都不好，贵在适合，而"适合"两字如果没有学术的介入与监管是很难拿捏的。各地大型、巨型城市雕塑刮风式的兴建充斥着暴发户的气质，不仅劳民伤财，而且误导大众审美取向，背离国家倡导发展城市雕塑的初衷。

（二）儒道释题材盛行背后的学术缺失

儒道释文化是中华传统文化的主要组成部分，对中华民族精神的培育有着深刻影响。改革开放以来，伴随国家对中华传统文化的日益尊重与重视，儒道释题材的城市雕塑作品发展势头迅猛，尤其是大型佛教造像的兴建更如雨后春笋。

接前文所述，目前世界最高的4座中国雕像中佛教雕像有3座，分别是：1997年竣工，佛身高88米，总高度101米，耗资约20亿元的《灵山大佛》；2005年竣工，总高度108米，耗资约8亿元的《南海观音》雕像；2007年竣工，佛身高153米，总高度208米，耗资约12亿元的《中原大佛》。佛教造像已悄然成了城市雕塑的主力军。对于宗教题材雕像，我心存敬畏，但不能认同以营利为目的突击兴建宗教景点的行为，而这种行为中雕塑学术水平无法保障是突出的问题。

众所周知，我国保存较为完好的古代宗教造像群有佛教的云冈石窟、莫高窟、龙门石窟、麦积山石窟、乐山大佛，还有道教的龙山石窟、晋城玉皇庙、三教合一的大足石刻等。这些造像群长年被有效地保护，并吸引着大批的信徒和游客前往膜拜。这些经典宗教造像群多是经过千百年连续修建才呈现出当下的壮观面貌。例如莫高窟开凿于前秦，麦积山石窟始建于后秦，龙门石窟则始凿于北魏，都历经10多个朝代陆续修造完成，龙门石窟的修造时间更是长达1400余年。至今各窟仍香火不断的原因，不仅是凭借历史宗教圣地的IP，更是因为岁月沉积为其带来的艺术与文化价值。这些洞窟的修建者多为信奉宗教的帝王、虔诚的信徒甚至赎罪的囚徒，兴建动机自然不是收高价门票发展旅游业，而是历朝历代人们的虔诚之心造就了今日所见如此震撼的伟大文明。

近些年往来于各地考察，常见到突击打造的宗教圣地，看到导游指着崭新的宗教造像与建筑，讲解着人造的景点故事，可信度着实堪忧。对已有残损宗教场所、宗教造像的修缮是必要且符合情理的，重建却须慎重。在前文所述3座高度跻身世界前10位的雕像中，《南海观音》雕像是免费开放的，起初被人们诟病，据说如今却好评不断，促进了旅游业并间接为三亚带来巨大的经济收入，成为三亚的地标建筑。然而《灵山大佛》和《中原大佛》如今除了有大型宗教活动以外，平日里游客稀少，网民评论其高票价令人望而却步。

新兴宗教雕像学术水平偏低是一个普遍的问题，因出资方通常出于投资少且求体量的角度选择民间艺人来做，而从学术层面上来说，大部分宗教雕像从业者对于中国传统造像的语言和技法是缺乏了解的。2002年，袁运生先生倡导中国古代雕刻进入基础教学。中央美术学院雕塑系也于2010年成立第六工作室，由张伟教授带领第六工作室师生的尝试与摸索让中国的雕塑教育在以往全盘西化的大环境下找回了属于本民族的雕塑教育体系，并在学院的保护下深耕11年，不断完善着本土雕塑体系的研究和教学。这在很大程度上填补了这个领域的空白，完成了几代人的共同期待和愿望。然而真正研究传统造像的专业院所和人才往往没有参与项目的机会，因此，假如能将各专业文化研究单位、艺术学院的学术性探索与宗教题材城市雕塑建设相结合，必将把中国宗教雕塑带入一个新的学术高度。

古代宗教雕像的建造目的不是盈利，国家、地方政府、个人出于宣扬教法的目的投资兴建宗教雕像，只要审批手续齐全便无可厚非。然儒道释题材雕塑在当下语境中意义深远、责任巨大，设计者应严肃学术态度，不能只看眼前经济利益，而要抱有对宗教神明的敬畏之心，以及对中华传统文化的传承之心。

（三）民族精神和文化自信需强有力的学术支撑

民族精神是民族之魂。中华民族能傲立于世界民族之林5000余年，中国人民能百劫而不陨，这强大的生命力都源于伟大的民族精神。"民族精神"作为一个文化概念，是精神家园的文化之根和价值内核。

中国的城市化发展非常迅速，毋庸置疑，我们的城市化要走中国自己的道路，这就要求公共艺术和城市雕塑都应强调文化自信，展现对民族文化、传统艺术的自信。中国的城市雕塑随着近代化的进程由西方传入，它和中国现代雕塑一样，都是在全盘吸收西方雕塑体系的基础上建立起来的，虽然雕塑在中国本土的发展已经历了很长的历史时期，百余年来很多先贤和当代艺术家从未曾停止过对于本土化进程的探索，并创造出了一批有特色的经典之作，但是，从整个中国城市雕塑发展的速度和面貌来看，如此努力的结果仍然是滞后的。

文化要自信，更应自强，艺术工作者要勇于摆脱西方条条框框的束缚，并在艺术创作中积极探索如何有效借鉴中国传统的资源与表现形式。在我看来，尊重艺术规律、崇尚学术和"工匠精神"是确保艺术品质和出精品的保障。国家相关部门要思考并制定制度，以排除不必要因素的干扰，给予艺术家更大的创作权限和自由度，确保艺术家在进行城市雕塑创作时能回归学术、遵循规律。当然，文化自信不是盲目自信，而是要讲依据、讲学术、讲传承，扯着文化自信的大旗瞎嚷嚷、拼嗓门则不可取。这样的反例如重庆武隆白马山的《飞天之吻》高空娱乐设施，无论整体形式还是局部元素都是"中国的"，但却因为"丑"而在网络上走红。

中国文化博大精深，可利用开发的资源很多，可切入的角度也很多。如中央美术学院雕塑系集体创作的中国人民抗日战争纪念群雕，是从民间雕刻和形式中汲取营养的；文楼的《竹》直接将客观竹子的局部提炼放大使之成为中国符号；董书兵近几年创作的《无界》则是借用中国古建筑外形，运用直线元素在戈壁滩上交织出一幅典型中国意境的海市蜃楼；本人与张伟、孙璐合作完成的《新九龙壁》又是尝试在与大同明代九龙壁相同的规制内作"工业文化"与"传统文化"的置换和对话。此外，很多优秀的城市雕塑同时也是具有纪念碑属性的主题性雕塑创作。如1989年，钱绍武先生创作的《李大钊》尝试摆脱旧模式束缚，用几何化语言表现刚毅的伟人内心，为后辈做出了好的表率；而吴为山的《国家公祭纪念碑——南京大屠杀组雕》用写意替换传统西方写实手法所带给我们心灵的震撼，同样给了我们从事主题性雕塑创作许多有益的启示。

传统是需要深耕品读的，文化的传承需要更强大更健康的心智来培育思想并付诸行动，需要我们增强自信和自觉。今天整个中国的当代城市雕塑都在发生着积极变化，希望艺术家在进行城市雕塑的创作时能够更加主动地探索和运用中国传统文化的资源，讲好中国故事，从而将更多体现民族精神、城市精神、城市文脉，体现中国气派的城市雕塑呈献给我国的城市建设。

（四）学院雕塑教育未能以学术高度介入城市雕塑建设

要从根本上解决上述城市雕塑中存在的问题，关键在于教育和人才培养。专业系统的学院教育能够为社会输送国家需要的城市雕塑创作人才，以及精通专业学术的城市雕塑建设管理人才，而这样的人才是解决行业乱象的根本方法。

今天的问题在于城市雕塑全部市场化的现状与专业人才的资源浪费，另外还有一个不可忽视的原因，就是公共艺术的教育做得还不够普及和深入，真正能够提供城市雕塑或公共艺术方面相关学科和专业训练的院校并不多，在这方面做得也不够深入。

首先，城市雕塑和公共雕塑应作为一个研究方向，须在院校雕塑教学特别是本科教学中被重视起来，建立学科体系，展开对公共艺术或城市雕塑领域的教学探索，才能满足和适应社会需求。其次，应建立机制将城市雕塑教学与国家城市雕塑建设结合起来，倡导教师带领学生走出教室，在培养学生的过程中努力为他们创造更多的实践机会，用实战将他们锤炼成才，在中国前几代雕塑人的成长经历中，许多雕塑任务能被分派到各个艺术学院，现在看来这些锻炼机会是极其珍贵的，如中央美术学院师生创作的《人民英雄纪念碑浮雕》、鲁迅美术学院师生创作的《人民公社万岁》、四川美术学院师生创作的《收租院》等，而在当下的雕塑教学中学生（尤其是本科生）参与城市雕塑的机会实在不多，城市雕塑的创作机会多是教师的个人项目。再次，应物尽其值，人尽其才，要搭建好专业人才毕业后向各个地方政府及相关城市雕塑单位输送的通道，同时鼓励部分专业人员从事城市雕塑建设监管工作。必须从多个角度发力，才能解决城市雕塑建设中学术缺失的问题。最后，教育不是一朝一夕的事，因此从长远来看，为了解决学术上的缺失，在教育和学术研究上要加大投入，注重人才的培养，强调实战锤炼，才能为社会公共艺术、城市雕塑事业输送更多高质量、高水平的学术人才。

二、城市雕塑发展中政策与机制的缺失

政策、机制的缺失是城市雕塑乱象暴露的最核心问题，因此，不仅建设过程要加强法律监管，学术的介入同样需要依靠政策、制度来推进、保护、监督与落地。

（一）关注政策、法规的解读与落地

自2020年荆州耗资1.7亿元建造高57.3米的巨型《关公雕像》被央视《焦点访谈》曝光为"违建"后，伴随着追责及应该拆除还是搬迁问题的热议，雕塑的设计者韩美林先生也被推到了舆论的风口浪尖上，被人指指点点，又要拆又要搬的，这让老先生十分闹心。此事件引出的两个问题值得深思，我认为这两个问题同时也是当下城市雕塑建设甚至其他建筑领域的普遍现象：其一，一些超大型雕塑属于雕塑还是建筑？投资方与监管部门各执一词，对于雕塑作品是建筑还是艺术品问题的界定是模糊的，无论是法规本身的制定，还是地方政府的解读都不清晰，存在着让人看不懂的模糊地带。国家颁发的法律、法规、文件常常相对宏观，这种宏观可能是考虑到各地实际情况的差异，有意留有弹性，避免一刀切，而这不可避免地也会导致同一政策各地解读上的出入。其二，一些超大型雕塑如果是"违建"，那它们是怎么能脱离监管部门而建造起来的？各地方政府的监管部门由于受制于"领导拍板"工程，因此监管形同虚设，这也是普遍现象。

对《关于加强大型城市雕塑建设管理的通知》的解读也会存在上述问题，因此，只有通过培训、指导、宣传等方式先使基层读懂、领会此通知精神，并在各岗位负责范围内划定清晰的边界，才是抓住了第一步。

（二）优化、完善报审程序和机制专业化管理

一些超大型雕塑事件所暴露的都属于目前城市雕塑建设中的程序设计、管理机制问题，以及艺术家参与过程中话语权丧失的问题。依据目前的普遍程序设定，城市雕塑设计者并非总工程师，往往只是整体规划的一个局部，除了对雕塑作品本身负责以外，没有其他话语权。艺术家或设计者早期参与规划的案例是非常少的，城市雕塑的选址、题材、风格、尺寸、意义、资金预算甚至材质、施工单位往往在艺术家入场或招标之前已经基本敲定。艺术类建设项目在规划初期缺少专业艺术家的参与，这是程序的不合理及管理的缺失。另外，还

有很重要的一点是项目申报程序、审批环节的模糊和缺失，这个过程如果仅由地方政府决策则会缺少专业性把关。

因此，优化、完善报审机制是一项需要逻辑清晰、环环相扣的庞杂工作，十分考验相关部门的智慧。只有设计合理的城市雕塑建设报审程序，对不同级别、属性的项目分级设定从业者门槛，选择有相应资质的艺术家进行艺术创作，用制度保护参与者的自由度与创作热情，鼓励对"思想精深""艺术精湛""制作精良"的执着追求，才能保证城市雕塑作品的高品质。

20世纪70年代，潘鹤先生与刘开渠先生率先倡导"雕塑要走向室外"，而面对城市雕塑乱象，潘鹤先生在多年前接受采访时坦言："劳民伤财、污染城市的雕塑泛滥成灾。"本是城市雕塑开荒者的他如今却自贬："我们反而成为历史的罪人。"城市雕塑发展初期正值百废待兴，许多老一辈艺术创作者心无杂念，为祖国的发展建设鞠躬尽瘁，然而随着城市雕塑逐渐市场化，利益驱使乱象丛生。在这一事物发展的必经过程里，监管机制犹如城市雕塑行业的定海神针，十分重要。我认为当下完善城市雕塑监管机制应从以下四个方面着手：首先，强调各级监管部门的权力边界，明确各级部门及工作人员的责任，严肃纪律，调整并明确地方监管部门、地方政府、上级监管部门三者之间的关系，使其相互合作、相互负责、相互监督，以及收回地方政府部门对公共空间超规大型城市雕塑的立项和建设权；其次，建立国家级的专家队伍，通过专家介入对申报项目进行调研、咨询和审核，加强各级监管部门的专业化建设，充分行使和发挥专家权力和作用，在文化强国的发展趋势下，让专业的人管专业的事才能保证城市雕塑建设的高质量发展；再次，打破地方壁垒，建立由纪检和专家组成的巡查部门，直接对国家住建委负责，并长期对包括城市雕塑在内的公共文化项目进行暗访、排查、监督，打造监管机制的最后一道防线；最后，由监管机制为城市雕塑建设设定标尺、判断对错，严肃、专业的监管机制能有效促进城市雕塑的健康发展，而腐败、业余的监管机制则会导致城市雕塑的混乱与没落。

中国城市雕塑在辉煌与乱象的交织中野蛮生长，当中国悄然崛起为世界第二大经济体之时，城市雕塑的发展作为国家发展的一个缩影，正在经历发展过程中少不了的阵痛，从历史的高度来看，改革开放后的城市雕塑建设虽弊病诸多，却不辱使命。当下，中国城市雕塑陪伴着我们的国家一起面临着前所未有的新机遇与新挑战，这一刻，时代呼唤公共雕塑的精品力作。而这一刻的城市雕塑工作者更要紧扣时代脉搏，以5000年中华传统文脉作为创作源泉，深化对中国传统文化的认识，增强文化自信和文化自觉，从中华文化资源宝库中获得灵感、汲取养分，提炼符合中国文化特色的经典元素，并通过我们对雕塑事业的理解和探索，创造出有历史、有温度、有担当、有底蕴的城市雕塑精品。

（原载《美术》2021年第6期）

国潮、中国风与中国设计主体性的崛起

祝 帅

最近一段时间，中国风、国潮等成了国人日常生活中的关键词。在这股国风国潮热中，设计无疑充当了桥头堡和先行者的角色，几乎在人们衣、食、行的各个设计相关领域，都闪烁着国风国潮的亮点。究其原因，一方面，这是进入新时代以来，中国综合国力和文化自信崛起的表征和印记；另一方面，这也是百余年来中国设计不断探寻和建构自身主体性的成绩和小结。进入新时代以来，中国设计主体性的崛起已经是既成的事实。与此同时，在全球化的大背景中，我们也必须看到倡导中国设计主体性的建设，并非与全球化的潮流分道扬镳的，而是凝练自身的优势，以带有主体性的中国设计建立国际设计新秩序，回应全球化的挑战。反映在学术方面，与其他传统老牌学科相比，设计作为新兴学科，在中国并不存在"后发展"的劣势，反而在互联网、人工智能等新兴领域，一些中国经验、中国模式可以为西方国家树立标杆。中国设计学的发展，也可能成为中国各个学科迎头赶上西方先进国家的示范与先导。由此看来，在与当下国风、国潮设计热兴起的同时，设计界所暴露出来的一些问题，也值得进行及时的总结和反思。

一、百年来几经沉浮的国风、国潮

自从现代民族国家观念在国人心目中建立后，以"国"字头冠以称呼设计现象的做法，在历史上可谓早已有之，当前的"国潮热"绝非首次。至少自20

世纪以来，国人对于"国"的情怀便从未消沉。辛亥革命后，民国甫立，通过航空、铁路、艺术、美育等"救国"之声就不绝于耳，国民政府更是以国家力量推动、倡导"国货"，种种提法一直延续至今。由于旧中国水深火热、内忧外患，那场无疾而终的"国货运动"并没有真正的赢家，但"购买国货就是爱国""国货当自强"的观念可谓深入人心，"国货"在中华大地上也成了一个约定俗成的日常词汇，一直流传到我们今天的日常语言系统中。笔者少年时代生活的青岛当时最繁华的商业街中山路上，就矗立着当时堪称建筑地标的青岛国货公司。虽然在20世纪80年代，"国货公司"已经成为一家普通的百货商店，但这一名称还是让人遥想起20年代末、30年代初那场轰轰烈烈的"国货运动"。

新中国成立后的前30年，虽然并没有发起自上而下的"国货运动"，但随着公私合营后"内贸""外贸"双轨制的建立，也形成了独特的设计制度与政策创新。①那时候中国并没有"品牌"的概念，企业的生产被纳入国家计划统一经营。涉外的商品，就由外贸系统的"进出口公司"统一代理。在这样的制度下，生产企业自身的商标并不重要，重要的是这些在国际上流通的商品代表着"中国"。这些主要用来换取外汇的出口外销商品，一方面往往是中国所独有的，大到唐三彩、自行车，小到清凉油、热水壶，基本上把中国生产的生活必需品"一网打尽"；另一方面，其也往往是国家信誉和品质的象征。人们愿意相信，在某种意义上，"出口"要比"内销"商品的品质更高。依稀记得20世纪80年代末、90年代初，随着"内贸""外贸"界限的模糊，在笔者家乡街头便出现了大量打着"出口转内销"旗号的贩卖服装等生活用品的小店。

然而改革开放以来，随着国门的重新打开，以"三转一响"为代表的"国货"一度在当时来自日本、西方电子时代的商品面前败下阵来。尤其是20世纪90年代初以来的一段时间内，随着我国发展商品经济过程中出现的一些负

---

① 参见杨简茹《一段不能忘却的视觉文化史——1950—70年代的北京市美术公司与国家任务》，《文艺理论与批评》2019年第4期。

面现象,"国货"更是长期以来在"进口货"面前显得"气短"。在一段时间内国人的心目中,似乎"进口"总是与良好的品质捆绑在一起,而"国产"往往意味着假冒伪劣或者"山寨"。这种现象与笔者在国外一些地方看到的情况恰恰相反。在一些西方发达国家的广告宣传中,"国产"往往意味着高品质,相反,"进口"才意味着廉价和低劣。然而中国商品却一度缺乏这种自信,以至于在某些国家和地区,将"绝非中国制造"当作商品宣传的噱头,进而对中国商品加以各种污名化。

时过境迁,进入21世纪,尤其是十八大之后的新时代以来,"国货"又重新令国人振奋起来。从社会发展的外部因素来看,这段时期中国在许多领域已经居于国际领先,尤其是载人航天、深海探测、交通运输、移动通信等领域所取的成就令世界所瞩目,而与这些领域相关的"大国重器",如中国天眼、中国高铁、神舟飞船、深海勇士等都取得了非凡的成就。从设计专业发展的内在理路来观察,中国的设计教育和设计产业在最近一二十年内取得了突飞猛进的发展。近20年来,一批又一批新中国自主培养的各行各业的设计人才正在不经意间改变着我们的生活细节,提升国人的生活品质。笔者相信,在这种背景下自发兴起的国风、国潮热,再也不是政府挽救民族危亡的动员令,也不会重蹈20世纪90年代以来"山寨"的污名与覆辙。

分析百年来国货的处境变迁,不难发现,从民国时期的"国货运动",到新中国成立初期的"外贸"和"出口"商品,一直到眼下的国风、国潮热,三次"国"字头的热潮,对应的是不同的世界局势和时代背景。对于中国来说,从世界大战时期的落后挨打,到冷战以至后冷战时期的曲折探索,再到中美贸易战背景下的大国崛起,其综合国力与国际地位都有了显著的变化。在这种背景下兴起的"国"字头的各种热潮,显然也有着不同的内涵。其中尤其引发我们关注的是,如果说在民国时期的国货运动中,"国货"仅仅是一种产地的标注而缺乏设计观念的介入,而改革开放早期的"国产"还往往意味着设计的低劣和抄袭的话,那么当下的国风、国潮热中,设计和审美越来越成为一种被大众普遍接受和认可的生产要素，设计作为一种文化软实力的观念已经开始深入人心了。

这并不是说此前的国货完全没有设计意识，而是说设计思维的介入已经成为当下国风、国潮热的主导性要素。民国时期的国货运动当然也有设计，甚至学术界出现了专门研究国货运动时期的包装、广告等设计问题的著述，但那种设计充其量只是一种程式，还缺乏现代意义上的设计思维。今天人们对于民国时期的月份牌画、老封面、美术字等的收藏和研究还出自一种怀旧、猎奇，这种"民国热"并不能够直接等同于对其设计思维与艺术价值的肯定。20世纪90年代中国的一些自主品牌当然也有设计，但这一时期的商业设计往往也是一种自发的状态，诸如"兵败戛纳"这样的事件就充分体现出当时的中国设计还难以找到自己的发展定位的现实。在一段时期内，业界时常见到的"抄袭""山寨"等现象也证明那时候人们至少还没有充分认识到设计的价值。

然而放眼当下的国风、国潮，尽管我们在很多高科技产品（如芯片、集成电路）的研发和生产领域常常还存在"卡脖子"的技术难题，但至少设计意识和设计水平已经大大提升了。至少就平面设计等领域而言，20世纪90年代我们还在慨叹"兵败戛纳"，但21世纪以来中国平面设计的水平不仅早已迎头赶上当年我们羡慕的那些国际大师，而且在基于人工智能、程序化创意等领域在世界上遥遥领先。例如，与刚刚结束的东京奥运会备受诟病的开幕式及其相关设计相比，2008年的北京奥运会在大多数设计领域做得至少并不比此次日本的差，这在20世纪90年代末之前几乎是无法想象的。

有鉴于此，当下的国风、国潮就与民国时期的国货运动有了截然不同的内涵。首先，这不是"国货运动"那种自上而下的政府行为或者社会动员，而是民间自下而上的社会现象或文化表征。其次，"国"字的内涵更加丰富，不仅是"民族国家"，更是"文化中国"，而且这里的"文化中国"不仅仅是"唐装"这样的中国传统文化元素或符号，也是包括新中国成立以来特别是改革开放后和新时代的制度自信、文化创新。最后，这不再是一场抵御西方列强侵略的民族救亡，而是人类命运共同体建设和"一带一路"倡议背景下民心相通、文明互鉴的文化输出与国际传播。可以说，当下的国风、国潮热兴起于设计，但其在历史和文明进程中对中国乃至世界的意义已远远超越了"设计"本身。

尽管如此，我们也必须看到以上的成绩还仅限于部分设计领域的这一事实。毕竟中国设计在工业设计、产品设计、建筑设计等与技术科学关系更为密切的领域中所取得的成绩和国际影响力，还无法与平面设计等领域相提并论。即便就平面设计而言，专业领域与中国民众的接受度之间也还存在不小的鸿沟。所幸的是，经过了20世纪90年代末以来学界、业界的设计普及，国人的设计审美素养已经有了大幅度的提升。越来越多的人已经开始看到，综合国力的竞争到最后往往体现在文化软实力的竞争。一些西方国家有长期积累的技术领域，中国想要在短时间内超越几乎是天方夜谭，但是在设计这样体现文化软实力的新兴领域，对于中国这样的后发展中国家来说不啻于一种机会。设计学本身是工学与艺术学的交叉学科，中国在工学上与西方国家还有明显的差距，但是在艺术学方面则很难说孰高孰低。换言之，突破"李约瑟"难题的关键不是与西方国家比拼技术，而在于通过文化软实力去扬长避短、另辟蹊径。对于眼下的国风、国潮热，我们似也应该作如是观。

二、国风国潮与中国设计主体性的内涵

经历了百余年来的内忧外患，发展中国设计必须认清现实。可以把创新精神和文化传统集合于一体的设计，往往是一个国家、一个企业文化软实力的最直接的表征。但与此同时，我们也必须看到，目前的国风、国潮设计本身，当然还并不是严格的自觉意义上的中国设计主体性，它只是中国设计主体性建设过程中的又一个路标，为我们讨论中国设计主体性的内涵提供了最新的参照。我们所谓的中国设计主体性，是指在设计过程和结果中，凸显中国文化的自觉，强调中国立场、中国风格、中国精神，以为解决中国问题提供设计实践方

案为己任。一方面，它要满足一般性设计的最基本的要求；另一方面，要在此基础上突出中国文化的色彩。一言以蔽之，是一种"中国"意识的崛起和理论的自觉。

既然中国设计主体性是一种理论自觉，那么它就与此前业界所实践以至理论界所概括的一些方案及话语既有区别，又有联系。

首先，主体性不同于中国元素或本土资源。换言之，突出了中国元素的设计，很可能并不是自觉践行中国设计主体性的设计。例如，好莱坞、迪士尼等也曾分别以功夫、熊猫、花木兰等中国文化的元素、符号进行创作，这当然也是中国文化崛起的一种表征，但显然带有某种"猎奇"的想象，从根源上来说仍是美国电影主体性而非中国电影主体性的表现。即便是在中国本土企业的商品设计中，一些利用中国元素的设计常常也伴随着营销传播的需求，而不是基于中国设计的主体立场。

其次，主体性建设也不同于在地化的营销策略。所谓的"在地化"，仍然是以假定的"西方标准"为前提的。常常是一些西方的企业，为了打入中国市场，才倡导"在地化"。例如，肯德基的"老北京鸡肉卷"，劳斯莱斯的"幻影中国红"等，根源上这是一种面向中国本地市场的营销策略，而非基于中国文化自信的全球行为。在全球化背景中，"主体性"的设计可以进行国际传播、文化输出，而"在地化"的设计则只在本地市场中才能发挥其有效性。可以说，"在地化"理论本身并不涉及文化自信、主体自觉的问题。

最后，"主体性"与"自主性"也存在些微的区别。所谓的"自主性"适用于中国引进、学习西方观念之初，避免过多受到外来干扰，要自己探索的阶段；而"主体性"则适用于完成了基础建设之后，要对设计问题提出更多的基于中国立场的可能性，从而反过来影响、扩充人类共同体以往关于"设计"的认知。换言之，只有在进行了一定程度的自主性积累和建设，已经初步实现文化自信的时候，才能提出"主体性"的问题，并带着中国自身的主体性去加入、丰富和延展人类命运共同体关于"设计"的定义。

所谓的"主体性"的中国设计，是指通过中国的理论与实践，为"设计"提供新的内容，对其内涵进行了新的扩充。这种"中国设计"不同于"在中国设计"（这组提法参考了金岳霖在为冯友兰《中国哲学史》撰写"审查报告"时所说的"中国哲学"/"哲学在中国"）。[1]"在中国设计"假设了存在一个一成不变的设计观念，而且这种观念缘起于西方，由西方主导并传入世界其他国家和地区。这样，世界其他国家和地区必须接受西方制定的规则，才能够谈论"设计"。笔者认为，那样的"设计"观念不是一种文化性的设计观念，而是一种内卷化的、游戏规则式的狭义的"设计"。

对于自然科学来说可能就是这样，但作为一种文化观念的"设计"则不然，它的内核具有可变性和文化依附性，在不同的文化背景中体现为不同的面貌。正如中国文学的表现形式，如诗词歌赋等，与西方文学以至世界文学都有显著的区别，进而可以拓展国际文学话语场中"文学"概念的边界。理想地看，具有主体性的中国设计也应该与西方设计在表现形式、评价标准等方面有很大的区别，这也是中国设计主体性确立的重要逻辑起点。

中国设计主体性的内涵，绝不仅仅是指唐装、功夫、飞天、青花瓷、中国印等中国传统文化元素或符号。在这个意义上，当前的国风、国潮热有过多地局限在传统文化资源的弊端。中国五千年历史上诞生的诸多文化元素、符号，当然是中国设计主体性建设和探寻的重要层面，这些文化符号也值得认真保存、研究和进行国际传播。但问题在于，过度局限于传统文化资源，容易忽视最近一百多年来中国文化的发展、传承与创新。其实，不仅传统文化符号是设计的资源，晚清民国以来的"新文化"，新中国从制度到设计的一系列创新，特别是改革开放以来的创新成果，都是中国文化的重要组成部分，也是探寻中国设计主体性内涵的重要资源。有鉴于百年来中国的进展和变革，学术界也提出了新的历史研究范式，即不仅仅是"上下五千年"，党史、新中国史、改革

---

[1] 海军：《从"中国设计"到"在中国设计"》，《美术观察》2010年第2期。

开放史、社会主义发展史等"四史"已成为新的学术热点，对应地，在设计研究中，"中国设计百年""新中国设计史""改革开放以来的设计史""新时代中国设计史"等也渐次浮出水面。①可以说，在设计学界已然形成这样的共识：关于"中国设计"的研究，既包括研究传统的物质文化、工艺美术史，也包括讲述"百年未有之大变局"和中国互联网的崛起等新时代中国设计的故事。

研究中国设计主体性的内涵，有三个问题是需要特别留意的。首先，要把从传统到新时代的中国文化看作一个整体来研究，重要的是找到中国文化一以贯之的思维方式。因此，我们既需要通过文献、著述，也需要结合作品、实物来解读、分析、研究从古至今的中国优秀文化，并将之应用于未来的设计。这样的中国设计才是有创造性的、绵绵不绝的文化设计。其次，注意中国文化、中国设计自身的多元化。中国是一个统一的多民族国家，幅员辽阔，地大物博，在长期以来的实践中，不同民族、不同地域都形成了统一又有所区别的设计智慧。我们在探索中国设计主体性的时候，不能把中国设计僵化地理解为"铁板一块"，而应该看到内部的差异性。例如中国传统民居，往往讲求"因地制宜"，才形成了四合院、石库门、土楼、蒙古包、吊脚楼等不同的样式。未来的主体性的中国设计，也应该有这样一种内部的多元化解决方案。最后，历朝历代中国设计文化中的糟粕，不属于中国设计主体性科学体系的组成部分。就中国设计文化而言，必须承认每个时代都是优秀的设计作品和糟粕并存，如古代的裹小脚、抽鸦片、封建迷信，直到当今备受大众诟病的山寨抄袭、恶俗广告、江湖字体等，都应该通过倡导健康向上的设计批评及时加以批判和引导。

---

① 参见祝帅、张萌秋《作为一种史学范式的"新中国设计史"——中国设计史研究分期问题再讨论》，《工业工程设计》2021年第5期。

三、从国风、国潮看中国设计的可持续发展

需要看到，国风、国潮下的中国设计热潮并不是闭关锁国，而是对于中国经验、中国模式的一种文化自信甚至文化输出。毕竟，就科学技术而言，国际上通行的工作语言仍是英语，中文的学术成果很难被西方学术界看到，因此真正实现"把论文写在祖国的大地上"和"出有国际影响力的学术成果"之间的平衡还存在技术上的困难。这或许也是我们为什么屡屡感慨中国每年在自然科学基础研究方面投入如此多的经费，但我们的科学家仍然需要羡慕"拿诺贝尔奖拿到手软"的日本同行的原因之一。但设计作为一种视觉文化、视觉传播，其视觉语言却是全世界通用的，西方读者和设计界对于中国设计的接受可以不存在技术上的障碍，因此设计完全可以充当中国文化走向世界先导的角色。要想保持让国风、国潮热持续升温，实现中国设计主体性的可持续发展，进而把这种优势拓展到其他设计门类，以至设计之外的其他学科、其他领域，当前设计界还有很多问题亟待解决。

首先，加强中国设计的学术研究，科学梳理中国经验、中国模式，从而把自发的国风、国潮设计热，导向自觉的中国设计主体性理论的建设发展。

与中国文化输出要以设计为先导类似，中国设计主体性的发展建设也要以设计学研究作为先导。中国设计已经在某些领域达到国际领先水平，但中国设计的学术研究却还远远达不到这一层面。毕竟，受制于中国学术界的整体发展阶段，比起科研来，设计实践取得国际水准相对来说要容易一些。但我们也是有条件和资本的。设计不是一门纯粹的基础学科，它带有鲜明的应用学科的特点，必须结合现实来进行研究。在这方面，中国设计在实践领域的进展为中国设计研究提供了丰富而独特的素材、数据和案例。中国设计学的国际发展，也可以为其他人文学科先行示范。

目前，设计学界正在形成学术共识的一个基本假设是，中国设计是一套独立的知识体系，研究、发展中国设计理论不能照抄照搬西方现成的理论框架，

而应该坚持用原创性的理论框架研究中国设计的独特语境、解决中国设计的独特问题。但中国设计主体性的理论探索，也仍有许多基础问题有待厘清。例如，中国设计主体性的理论体系，与此前学术界倡导的中国元素、中国设计思想史、中国设计与中国文化、中国设计本土知识体系、设计政策等相关研究的理论的联系和区别是什么？中国设计主体性理论体系是否可以通过通用的设计研究方法来建立，还是在研究方法方面也应该建立带有中国主体性的设计研究方法？面对大数据、人工智能、虚拟现实等新技术的发展，强调中国设计主体性的文化意义何在？等等。这些问题，都还有待学术界的深入探讨。

其次，集合政府、业界、学界的力量助力设计文化出海，进行设计文化输出，将带有主体性内涵的中国设计作品及其观念进行国际传播。

中国设计主体性是中国文化软实力的重要组成部分。眼下，国家高度重视文化软实力建设及其国际传播。在"一带一路"倡议、中外人文交流等国家及各部委重大战略的支撑下，中国设计文化的国际输出也应该提上议事日程。中国设计文化国际输出的前提，是要梳理、建立系统的中国设计文化体系，这样的体系应该就是中国设计主体性的理论体系。目前，中国设计的国际传播已经走入正轨，在国际设计界和国际社会上都已经能够发出中国的声音。近年来，手机等中国设计成为国际通行的快消品，中国不仅多次成为国际设计组织、会议的重要参与者和主办方，"讲好中国故事"的短视频、国家形象广告也不间断地出现在国际主流媒体上，中国设计师在包括 IF 奖、红点奖、戛纳奖、金铅笔奖、"世界最美的书"设计奖、杰弗里·杰里科爵士奖、普利兹克奖等在内的诸多设计界国际奖项上获奖也已屡见不鲜。[①]

在中国设计主体性理论体系建立和传播的过程中，史学研究是一个绕不开的必要环节。面对纷繁复杂的现实问题，更需要从历史中去总结经验、提炼理论、梳理模式、汲取智慧。但是对于设计史研究者来说，我们不仅要传播中国

---

① 参见《装饰》2019 年第 8 期《特别策划》："设计奖项"。

传统文化，更要传播包含设计成就在内的新中国文化，特别是改革开放以来中国设计在创作和产业方面所取得的进展，这方面我们做得还很不够。眼下，随着"全球史"研究在史学界形成热潮并席卷设计学界，一些西方设计史学者如梅格斯、马歌林等，都已经在自己关于世界设计史的著作中加入了中国当代设计的内容。①但是，反观中国国家社科基金支持的"中华学术外译项目"，在近年来为数不多的设计类立项项目中，也往往是以研究古代设计思想及木建筑、丝绸等古代的工艺美术和物质文化的著作居多，目前还没有一本中国当代设计史和设计产业的著作获得立项。我们期待有更多讲述中国当代文化、当代设计故事的成果被译为外文出版。

再次，凸显设计的人文关怀，尤其是总结、分享、发展中国通过设计进行乡村振兴、文化扶贫、关怀弱势群体的相关经验。2021年，中国政府向世界宣告脱贫攻坚战取得伟大胜利，全面建成小康社会取得历史性成就。在中国全面脱贫的伟大征程中，设计也贡献了自己的力量，积累了服务乡镇人口的重要经验。毕竟，新农村居住环境建设、广告传播等都需要设计的介入，中国设计产业和设计政策的触角也延伸到了农村。②近年来，随着《国家乡村振兴战略规划（2018—2022年）》的出台，乡村振兴成为国家战略，各级政府、行业、院校和学界也纷纷探索包括设计在内的各种手段改善民生，缩小贫富差距，让城乡居民都能够共同分享设计红利。同时，在绿色与可持续设计、服务设计、社会创新设计等方面也积累了行之有效的中国模式、中国经验，学术界也展开了相关的理论思考。③这是中国设计的最新进展和宝贵财富，也都应该成为中国设计主体性内涵的重要组成部分。

但是，目前中国设计在人文关怀方面的优势在于政策创新和产业发展方

---

① 参见祝帅《全球设计史观与中国设计主体性的建构——兼谈"世界设计史"研究的学科意义及学术启示》，《艺术设计研究》2021年第2期；周志《设计史的乌托邦：评马格林〈世界设计史〉》，《装饰》2021年第4期等。
② 参见《新农村建设与中国设计的蓝海——与北京大学陈刚教授对话》，《美术观察》2010年第2期。
③ 参见方晓风《设计介入乡村建设的伦理思考》，《装饰》2018年第4期。

面，具体到微观的个体层面还存在许多不足。与中国人口众多这一现实需求相比，目前中国设计发展中也还存在很多问题。人均设计享有度还不高，城乡设计服务与认知间的差距、东西部人群设计服务与认知间的差距都还非常巨大。尤其是在关怀弱势群体方面，虽然行业和院校这些年来在通过设计服务残障人士方面做出了很多实验性的探索，但由于中国人口众多，我们在通过设计关心弱势群体方面与西方国家相比还有较大差距，这也应该是未来中国设计主体性探索和可持续发展有待完善的重大方面。

最后，中国设计主体性建设要始终坚持原创、弘扬创新。中国设计发展要在突破技术瓶颈的同时着重提升文化品位。设计虽然是一门应用学科，但对设计这种创造性的人类活动来说，最重要的不是技术。说到底，设计不同于简单的技术制造，让设计学科得以成立的关键在于，它是一种艺术、一种文化，对于大众来说，更是品位的印记。因此，在发展主体性中国设计的同时，原创性和审美性是必须坚持的两个基本点，这两者也是辩证统一的。[1] 必须承认，目前的国风、国潮设计在这一点上强调得还很不够，很多"中国风"的国潮设计还停留在元素拼贴、照抄照搬的阶段，审美缺失的现象普遍存在，缺乏创新性和文化品位。就原创性和审美性这两方面而言，目前中国设计主体性的建设还存在很大的欠缺。

从国际范围来看，一些优秀的设计作品和重视设计的企业往往以原创性取胜。在某种意义上，设计最精华的内容就是"创意"，抄袭的创意和抄袭的论文一样受到业界的鄙视。然而，由于长期以来中国商业发展中一些急功近利现象的存在，使得中国设计、中国制造的原创性常常为世人所诟病，以至于给世界留下中国设计常常有"抄作业"的感觉，甚至有人说中国人擅长从 1 到 100，但却难以突破从 0 到 1。这种说法是否事实姑且不加议论，但至少高度重视原创性的设计是改变人们这种刻板印象的重要力量。同时，笔者也曾提出"要中

---

[1] 参见石晨旭《创意的核心是文化》，《美术观察》2013 年第 8 期。

国味，更要中国品位"，不能让国人在享受科技所带来的福利的同时却在审美和文化品位上败下阵来。[1] 因此，在科技领域重点解决"卡脖子"的技术难题的同时，设计界更要注重培育、提升设计的审美内涵、品位和文化软实力，做到"两手抓，两手都要硬"。

四、结语

对于中国设计的主体性，应该说从 20 世纪 90 年代末开始，中国学术界就从自发到自觉地展开了持之以恒的探索。仅以笔者所参与的期刊专题为例，2011 年，《装饰》杂志的《特别策划》栏目曾策划"美育救国"选题；无独有偶，2013 年和 2021 年，《美术观察》杂志《热点述评》栏目也曾策划"中国设计主体性的崛起"和"新国货，晒起来"等选题。今天看来，与眼下的国风、国潮设计热相比，这些探索在一定程度上带有"理论先行"的意味。也应该看到，眼下的国风、国潮设计还带有很强的自发色彩，学术界关于中国设计主体性的理论探索也正在走向自觉。评价一种设计理论的标准在于其面对现实问题的解释力。在未来，除了坚定、坚持中国设计自主性建设这一方向外，学界、业界还应该进一步形成合力，达成只有能够阐释中国现实、解决中国问题的理论才是有效的理论这一共识。

（原载《装饰》2021 年第 10 期）

---

[1] 参见祝帅《要"中国味"，更要"中国品位"》，《美术观察》2021 年第 2 期。

摄影"中国化"的话语实践
——兼与"美术革命"的错位交织

郑梓煜

在 20 世纪上半叶的中国文艺中,摄影始终是一个含混而独特的存在。这种独特性,是由摄影自身的媒介特性与中国的文化特性在特定历史语境中共同塑造的。摄影既是长期栖身于照相馆的机械匠术,又延伸为知识分子的雅趣游艺;既是一种伴随殖民战争进入中国的西方媒介,又需承载民族国家的主体性表达和文化身份认同;既天然具有纤毫毕现的写实能力,又以模糊和写意追求其艺术身份。相比其他文艺样式,摄影中最早出现明确的"中国化"的话语实践[①],它的含混而独特是西学东渐与现代民族国家转型历程中"新与旧""中与西"之间持续张力的显现。摄影既是截然不同于绘画的"新"媒介,又通过模仿本土绘画而以一种"写意"的"旧"面貌实现其"中国化",与之相反的是"美术革命"推崇西方写实主义而不惜"去中国化"的变革思潮。"写意"和"写实"在摄影和绘画中的错位交织,形成文艺历史中一组耐人寻味的镜像。

[①] 此处以杨邨人《西洋画中国化运动的进军——介绍吴作人先生的画展》(《中央日报》1945 年 5 月 25 日)作为"油画中国化"问题被正式提出的节点,另有周扬《对旧形式利用在文学上的一个看法》(《中国文化》1940 年创刊号),李桦《试论木刻的民族形式》(《木刻文艺》1941 年第 1 期),张安治、朱锡华《中国绘画的民族形式》(《音乐与美术》1941 年第 1—2 期)分别视为民族形式问题在文学、木刻和绘画上的重要节点,而以 1924 年陈万里在《〈大风集〉自序》中的论述作为"摄影中国化"问题的起点。

一、"游于艺"：业余摄影在中国的兴起

摄影在中国走出照相馆、走向业余化经历了漫长的过程。虽然1873年已出现第一本中文摄影技术教程《脱影奇观》[①]，但碍于照相机结构复杂、技术烦琐、成本高昂，能学习摄影并将其作为爱好的人仍属极少数。中国业余摄影在20世纪初的真正兴起，与甲午战争失败后的留学潮产生的大批留学生归国有关[②]，也与大众媒体中画报形态的兴起以及摄影知识的普及密切相关。不过，更重要的原因还是摄影器具的相对廉价化、简易化，相关市场的增长从海关统计的照相器材进口数字足窥一斑。[③]1920年，柯达公司在上海开设第一家器材行，次年开设照相学校，不仅免收学费还提供器具和材料[④]，后来更定期发行刊载摄影教程和佳作的《柯达杂志》。这些原本作为商业策略的举措都在客观上促进了中国业余摄影者群体的壮大，其主体便是温饱无忧而寻求业余志趣的知识分子。需要明确的是，此处的"业余"并非指技术水平或审美趣味的低下浅薄，而是强调其非职业性和非功利性，以区别于用摄影谋生的技师匠人。因此，摄影的业余化事实上恰恰是某种程度的精英化，这种业余更像是遵循《论语》所说的"游于艺"[⑤]，"游"意味着若即若离，不以为羁绊，这种态度本身也被视为早期文人画家的重要精神准则。[⑥]

20世纪20年代是中国业余摄影真正勃发的时期，以陈万里、刘半农、黄振玉等新知识分子为代表的业余摄影者在此期间开创了中国摄影史的多个第

---

① 《脱影奇观》由在华英国医生德贞（John Dudgeon，1837—1901）所译，同治十二年（1873）刊刻，是第一部以中文出版的摄影原理与技术著作，介绍了诸多摄影器具原理、材料配比与操作方法。
② 参见陈学圣《1911—1949 寻回失落的民国摄影》，台湾富凯艺术有限公司2015年版，第60页。
③ 据上海通商海关总税务司统计的汉口、上海、大连、天津、广州五个口岸的照相器材进口金额（海关银），1920年约为83万两，1921年则近乎翻倍达到约158万两。到1931年，加上其他口岸的年进口总值已达451万两（马运增、陈申等编著：《中国摄影史1840—1937》，中国摄影出版社1987年版，第311页）。
④ 参见《柯达照相公司创办照相学校》，《申报》1921年12月23日。
⑤ 子曰："志于道，据于德，依于仁，游于艺。"朱熹注："游者，玩物适情之谓。"（朱熹：《论语集注》，上海古籍出版社2007年版，第60—61页）
⑥ 参见黄专、严善錞《文人画的趣味、图式与价值》，上海书画出版社1993年版，第24页。

一：1919年第一个摄影展览出现①，1923年第一个文人雅集式的摄影团体"艺术写真研究会"（"光社"的前身）成立②，1924年第一本摄影作品集《大风集》出版，1927年第一本摄影理论著作《半农谈影》面世。北伐结束后的"黄金十年"间，经济较快增长与社会相对安定，也给业余摄影的发展提供了合适的土壤。随着国家政治经济中心的南迁，业余摄影的主要活跃区也逐步南移，业余摄影团体呈雨后春笋之势：上海先后出现了中国摄影学会、中华摄影学社（华社）、黑白影社、三友影会、复旦摄影学会等，南京出现了美社、镁社、南京影社，此外还有广州的景社、白绿社、绿窗社等。在此过程中，业余摄影者们致力于使摄影超脱照相馆式的机械匠术，成为比肩绘画、书法、诗歌的文艺实践，如蔡元培所说的："摄影术本为科学上致用的工具，而取景传神，参与美术家意匠者，乃与图画相等。"③

"业余"对应的英文词amateur在民国时曾被广泛地译为"爱美的"，泛指一切非职业的爱好者行为，戏剧家陈大悲曾将其定义为"爱艺术而不藉以糊口"，并且特意与传统意义上只会模仿职业选手的"客串""票友"划清界限，他强调的是"自由研究一种艺术"④。刘半农对自己的业余身份极为强调，曾因有人恭维他的摄影水平比肩照相馆而强烈抵触。他对amateur的理解大抵与陈大悲相似，但是对"爱美的"这个译名则颇有看法：

> 有些喜欢使弄小聪明的人把"Amateur"一字译做了"爱美的"，其意若曰，此字只与美术发生关系；其实字中只有"爱"意，并无"美"意……只求其所作所为与其本身职业无关，则其人即为"amateur"……真正的

---

① 1919年12月17日，北京大学校庆，黄振玉、凌同甫、褚保衡在校内举办摄影展览会（陈申：《光社纪事：中国摄影史述实》，中国民族摄影艺术出版社2017年版，第36页）。
② "艺术写真研究会"即"光社"的前身，是1923年创办的北京大学校内摄影团体，次年改名为"光社"，并开始吸纳社会成员，筹办展览和开会雅集。
③ 蔡元培：《二十五年来中国之美育》，载龙憙祖编著《中国近代摄影艺术美学文选》，中国民族摄影艺术出版社2015年版，第73页。
④ 陈大悲：《爱美的戏剧》，上海书店出版社2011年版，第1页。

amateur，乃是纯粹的"为己者"，也可以说是最要不得的 selfish 者。①

虽然有此分歧，但刘半农在此显然和陈大悲一样把 amateur 作为一种舶来的西方概念，殊不知哈罗德·奥斯本说："中国文化是世界上唯一从早期就有了完整的业余艺术家这一概念的文化，并把从事艺术活动看作是学者和绅士的自然而恰当的消遣。"② 奥斯本所说的"完整的业余艺术家概念"可能指自宋元开始的文人画传统。从实践中看，陈万里、刘半农等人的摄影爱好足与早期文人画作为士人消遣的传统相呼应。陈万里最初的职业身份是北京大学的校医，业余时除摄影之外，还曾旁涉戏曲和绘画，后来又成为陶瓷研究领域的权威。刘半农是北京大学国文系教授，留欧归来的语言学家、诗人，新文化运动的干将。胡伯翔首先是著名画家，同时又是名重一时的月份牌和广告画创作者。老焱若是农工商部总工程师，汪孟舒是古琴学家，王琴希是化学家，卢施福是医生，舒新城是出版家，骆伯年是银行职员……这个名单可开列的还有很多。

出身于照相馆家庭而又以摄影为志趣的欧阳慧锵将"照相馆、新闻访员、医生、博物学家、军事特聘师"等称为"摄影专门家"，而相对应地把"性嗜美术，习此以为消遣娱乐，或挟器具以作旅行良侣，借留异日之纪念"者称为"摄影自修家"，并认为"自修摄影为一种高尚美术之游艺"，③ 这一分类命名虽然并未流行，但清晰地界定了把摄影作为职业和作为爱好两种人群的截然分野。

后来以集锦摄影名世的郎静山本业是运营"静山广告社"，并且先后身兼《申报》《时报》的广告主任，1926 年被兼聘为《时报》摄影记者。在 1929 年出版的影集自序中，他不忘强调自身摄影创作的"自娱"性质：

---

① 刘半农：《〈北京光社年鉴〉第一册·序》，载龙熹祖编著《中国近代摄影艺术美学文选》，中国民族摄影艺术出版社 2015 年版，第 197—198 页。
② 邱建华译：《〈牛津艺术指南〉条目选译·艺术家》，《美术译丛》1985 年第 1 期。
③ 欧阳慧锵：《摄影指南·自序》，宝记照相馆 1923 年发行。欧阳慧锵的父亲是上海宝记照相馆的创始人欧阳石芝，他本人受家庭影响而喜好摄影，但并非承继照相馆业务，而是以业余创作为消遣，因有感于业余摄影者普遍的技术缺陷而出版了这本技术指南。

摄影"中国化"的话语实践

> 静山玩习摄影，于兹有年，第以娱乐为旨趣，非事职业者也……凡天下事物，不问其可摄与不可摄，只以个人之兴趣所至，取而摄之。苟以为好，探火投汤，皆所勿惜，聊以自娱耳。①

朗氏所称的"聊以自娱"，不难让人想起被奉为文人画正宗的倪瓒那句"仆之所谓画者，不过逸笔草草，不求形似，聊以自娱耳"②的夫子自道。然而揆诸历史，文人画家鬻画为生的"职业化"现象在明清时期已不鲜见，陈洪绶、石涛与"扬州八怪"皆属此类；迨至清季民初，世所知名的职业化画家不在少数，典型者如海派代表任伯年、吴昌硕。换言之，文人画的"业余"传统本身也已随时代变迁而式微，更多体现为一种趣味的标榜。而摄影的业余话语仍或明或暗地与文人画的业余传统相比附，事实上所看重的也是这种标榜的审美趣味和视觉风格的指向，及其一眼可辨的中国特性。

二、摄影的民族性与国际竞争

要用摄影表征民族特性的话语，时常是与摄影的国际竞争话语相伴出现的。1924年，陈万里出版了中国第一本个人摄影集《大风集》，他在自序中明确表达要创造一种带有鲜明中国特性的摄影以提升中国摄影艺术国际地位的热切愿望。陈万里认为，摄影中自我个性的表现仅仅具有美术上的价值，而更重要的是借助摄影弘扬中国艺术的特点于世界。③这种思想萌发的背景是当时摄影爱好者经常阅览世界各国摄影年鉴，并由此在认知中形成了一幅世界摄影格局的图景，这一图景被想象为民族国家间相互竞争的擂台。陈万里发现，在这些摄影年鉴中代表东方的国家是日本，而中国这个孕育了唐诗宋词的大国，在

---
① 郎静山：《静山摄影集·自序》，中国美术刊行社1929年版。
② 倪瓒：《答张仲藻书》，江兴祐点校：《清闷阁集》，西泠印社出版社2010年版，第319页。
③ 参见陈万里《〈大风集〉自序》，载龙憙祖编著《中国近代摄影艺术美学文选》，中国民族摄影艺术出版社2015年版，第119页。

摄影的世界格局中竟然无足轻重。于是，陈万里号召摄影同道们要担负起"宣传中国艺术固有的色彩同特点于全世界，使世界的摄影年鉴上有中国的地位"[1]的历史使命。

而关于此问题更常被征引的是刘半农为《北平光社年鉴》第二集（1929）所作序言中的这段文字：

> 我以为照相这东西，无论别人尊之为艺术也好，卑之为狗屁也好，我们既在玩着，总不该忘记了一个我，更不该忘记了我们是中国人。要是天天捧着柯达克的月报，或者是英国的年鉴，美国的年鉴，甚而至于小鬼头的年鉴，以为这就是我们的老祖师，从而这样模，那样仿，模仿到了头发白，作品堆满了十大箱……据我看来，只是一场无结果而已。必须能把我们自己的个性，能把我们中国人特有的情趣与韵调，借着镜箱充分的表现出来，使我们的作品，于世界别国人的作品之外另成一种气息，夫然后我们的工作才不算枉做，我们送给柯达克矮克发的钱才不算白费。[2]

刘半农首先把自我的主体意识（"我"）和国族身份意识（中国人）紧密联结，在调侃那种一味捧着外国摄影年鉴以洋为师的模仿行为的同时，明确主张摄影要表现"中国人特有的情趣与韵调"，否则只是浪费金钱和精力的徒劳。

最早直接在摄影中使用"民族性"一词的，很可能是1930年翻译《美术摄影大纲》的甘乃光，他在译者序中说："不错，艺术是没有国界的，但是要在国际艺术之林占一个重要的位置，固然要艺术本身技术的完整，但是更为重要的，就是艺术上所表示的特性或者叫作民族性。"这种民族性被视为"艺术

---

[1] 陈万里：《〈大风集〉自序》，载龙憙祖编著《中国近代摄影艺术美学文选》，中国民族摄影艺术出版社2015年版，第119页。
[2] 刘半农：《〈北平光社年鉴〉第二集·序》，载龙憙祖编著《中国近代摄影艺术美学文选》，中国民族摄影艺术出版社2015年版，第201—202页。

成熟时期的结果"。①1931年5月，胡伯翔在为《复旦摄影年鉴》所作序言中明确提出摄影与国民性及文化精神的关联②，类似的观点在他同年10月为《中华摄影杂志》撰写的发刊辞中被进一步阐发。胡伯翔先讲述了欧美诸国之于世界摄影的贡献，并着重强调连日本也能在其中有所表现，与之相比，中国贡献其微，难道是证明中国的人种不如别国？如此欲扬先抑，是为了知耻近乎勇地"鼓励国人作勇往实践之研究，融会而贯通之，使其能适应吾国文化与生活之环境。表彰真实艺术，提高标准，使国民艺术，有时代精神与民族特性"③。《中华摄影杂志》主编朱寿仁也在创刊号的"编辑者言"中重申中国摄影在世界摄影竞争中成绩"几等于零"的现状，同样是以日本为参照。④

  检索更多材料不难发现，对摄影民族性和国际地位的关切总是相伴相随，成为20世纪二三十年代有关摄影讨论的常见标配。此类观点的阐发总是在一个世界摄影格局的图景中展开，并以日本为主要对手和参照。借由这种上下文的设定，摄影中国化问题被置于想象的摄影国际竞争之中，连接起知识分子的业余雅趣和时代语境中的家国叙事。在一个由世界摄影年鉴和国际摄影沙龙影展所构建出来的世界摄影格局中，中国摄影的落后成为自身国际地位的映射，伴随一种被近代以来的大败局所塑造的自卑与自傲杂糅的复杂心态，这使得摄影中国化问题隐含着双重诉求：一方面是与民族国家认同相匹配的视觉独特性，另一方面是足以在国际摄影擂台上胜出的优越性。这种双重诉求恰如普拉梅纳茨在论证东方式民族主义时所描述的：基于一种对自身文化劣势地位的警觉而产生的强烈不安全感，意欲保护和强化岌岌可危的民族身份认同，在文化上"重新武装"自己的民族，但并不是简单地模仿异族文化，而是要使其既适

---

① 罗伯古德沙尔著，甘乃光编译：《美术摄影大纲"译者序"》，良友图书印刷有限公司1930年版，第6页。
② 参见胡伯翔《〈复旦摄影年鉴〉序》，载龙熹祖编著《中国近代摄影艺术美学文选》，中国民族摄影艺术出版社2015年版，第217页。
③ 胡伯翔：《中华摄影杂志·发刊辞》，《中华摄影杂志》1931年第1期。
④ 参见朱寿仁《中华摄影杂志·编辑者言》，《中华摄影杂志》1931年第1期。

应进步的需要，又同时保留自身的独特性。[1]

因此，摄影中国化并非一场孤立的风格运动，而是与20世纪初中国向现代民族国家转型过程中"新与旧""中与西"的交织角力密切勾连。新文化运动所激起的"全盘西化"与"中国本位"的激烈论争贯穿着整个20世纪30年代，分歧的焦点在于对待传统文化的态度[2]，摄影中国化的话语实践也正是以此为背景展开。虽然在新文化运动中"反传统"的极端主张风潮澎湃，文人画作为革新与进步的对立面备受批判，但是基于上述的"双重诉求"，摄影的"中国化"依然以文人画为主要师法对象。

三、从"写真"到"写意"：艺术性与民族性的双向营造

文人画理论的重要倡导者苏轼曾有诗云"论画以形似，见与儿童邻"[3]，绘画的形似尚需技巧之训练，而摄影的"形似"却唾手可得，这在时人眼中也成为摄影通往艺术之路的先天障碍。摄影自发明之初便陷入与绘画的纠葛，它在欧洲既引发"绘画死了"[4]的悲观论断，又被称作"艺术的死敌"[5]，这两种观点都是针对机械和化学成像赋予摄影的"写实"能力。与摄影在欧洲绘画界激起的强烈反应不同，摄影在进入中国的前80年主要冲击的是传统画像师，而非文人画家，因为文人画本就不追求甚至拒斥写实，这种态度从清代画家邹一桂

---

[1] John Plamenatz, "Two Types of Nationalism", in Eugene Kamenka (ed.), *Nationalism:The Nature and Evolution of an Idea*, Canberra: Australian National University Press, 1973, pp. 23-33.
[2] 何爱国：《"全盘西化"VS"中国本位"——试论1930年代中国关于文化建设路向的论战》，《二十一世》2005年1月号（网络版）（https://www.cuhk.edu.hk/ics/21c/media/online/0410015.pdf）。
[3] 苏轼：《书鄢陵王主簿所画折枝二首》其一，载（清）王文诰辑注，孔凡礼点校《东坡诗集》，中华书局1982年版，第1525页。
[4] 1840年，法国画家保罗·德拉罗什（Paul Delaroche，1797—1856）看到刚被宣告发明的达盖尔摄影术拍摄的照片后，发出了"自今日起，绘画死了"的慨叹（Vicki Goldberg, *Photography in Print:Writings from 1816 to the Present*, Albuquerque: University of New Mexico Press, 1981, p. 20）。
[5] [法]波德莱尔：《一八五九年的沙龙：给〈法兰西评论〉主编先生的信》，载《波德莱尔美学论文选》，郭宏安译，人民文学出版社1987年版，第402页。这位诗人和批评家言辞尖刻地在文中批评摄影是闯入艺术的工业，代表着平庸、粗俗与愚昧，因而是艺术的死敌，只能作为科学和艺术谦卑的婢女，扮演像印刷和速记之于文学的角色。

评价西洋绘画"笔法全无，虽工亦匠，故不入画品"①的论断可见一斑。因此，摄影取法文人画首先需要改造的便是因机械复制带来的清晰的、无差别的复写式效果，这种效果显然与文人画"逸笔草草，不求形似"的正宗趣味南辕北辙。俞平伯为《大风集》撰写的题词中有"摄影得以艺名于中土，将由此始"之句，理由便是陈万里作品"以一心映现万物，不以万物役一心"②，摆脱了摄影只是客观之物的机械复制的窠臼。

有别于照片通常的清晰锐利，《大风集》中的主打作品《大风起兮》给时人最深刻的印象是它的"模糊"，而最早在理论上阐释"模糊"的美学含义的是刘半农。在中国第一本摄影理论专著《半农谈影》中，他开篇便写钱玄同把爱好摄影者贬为"低能儿"并称摄影"五分钟之内保可学会"的掌故③，在自嘲戏谑中挑明了大众对摄影的普遍成见，进而把摄影分为"复写的"和"非复写的"两类，分别命名为"写真"和"写意"，对应的技术标准是"清"和"糊"：前者强调一丝不变地复制对象的形态，后者则强调要在摄影中营造一种意境；前者只需要掌握摄影的技术，后者则考验作者的艺术修养。刘半农不惜篇幅地详解种种情况下的"清糊之别"，概言之，摄影要成为一门能表现意境的艺术，就必须超越复写式的"写真"，意境是超然于具体物像之上的终极追求，不应求千篇一律的清晰，而是把清晰度的拿捏作为一种创作的语言，使用得当则可化"全无意趣"为"余味盎然"。④

这种观点并非刘半农独创，摄影发明之初在西方同样面临艺术身份的焦虑，模糊摄影被视为一种摆脱摄影的机械性而提升其艺术性的尝试，"照片的清晰度和细节变得模糊意味着机械设备介入的淡化，也意味着人的介入和想象

---

① 邹一桂：《小山画谱》下，道光二十一年(1841)刻本。
② 俞平伯：《以心映物——题〈大风集〉首页》，载龙熹祖编著《中国近代摄影艺术美学文选》，中国民族摄影艺术出版社2015年版，第125—127页。
③ 参见刘半农《半农谈影》，真光摄影社1927年版，第1页。
④ 参见刘半农《半农谈影》，真光摄影社1927年版，第21—22、62页。

力的出现"①。早期的典型案例如卡梅隆夫人的肖像摄影，通过牺牲摄影的细节和逼真性，以接近绘画的形态来获得艺术性的认定。这种观念延伸到19世纪末的"画意摄影"，则是通过朦胧的效果为风景注入一种"哀婉的情调"。②西方式的画意摄影至20世纪20年代前后便已接近尾声，但在中国却以一种独特的面貌兴起，只是更常被冠以"美术摄影"之名。③当时关于摄影的文章开篇多刻意强调摄影为"美术"（艺术）的一种门类，这几乎成为此类文章的套式。把pictorial photography译作"美术摄影"也是艺术身份焦虑的间接体现，但事实上这个译名同时也泛滥于照相馆的广告，并不能真正区分雅俗。

无论"画意"还是"美术"，都必须面对摄影与绘画的关系问题。在《半农谈影》的结尾处，刘半农以附言的形式总结道："画是画，照相是照相，虽然两者间有声息相通的地方，却各有各的特点，并不能彼此摹仿。若说照相的目的在于仿画，还不如索性学画干脆些。"④对摄影直接模仿国画的现象，卢施福在阐述自己的艺术摄影观时不无刻薄地写道：

> 在我国的影坛里，很有些所谓老手，他们的作风只侧重于我国画意的题材，因为他们或者懂得与学过些国画，以为一树依稀三五鸦影，就是目空一切的作品……这样的作品在肤表上看来，好似幽远而秀丽，但在骨子里它不但绝无宏伟的气派，而是弱之又弱的少力摄作罢了。这显明的指示着，他根本未曾懂得摄影是什么。⑤

---

① [美]玛丽·沃纳·玛利亚：《摄影与摄影批评家——1839年至1900年间的文化史》，郝红尉、倪洋译，山东画报出版社2005年版，第103页。
② 参见[美]内奥米·罗森布拉姆《世界摄影史》，包甦、田彩霞、吴晓凌译，中国摄影出版社2012年版，第295页。
③ 刘半农先提出的是"写意摄影"一词，但并未被广泛使用。"美术摄影""艺术摄影""画意摄影"这三个词在民国的摄影言说中交叉共存，"美术摄影"的使用频率最高。
④ 刘半农：《半农谈影》，真光摄影社1927年版，第65页。
⑤ 卢施福：《我的艺术摄影观》，载龙憙祖编著《中国近代摄影艺术美学文选》，中国民族摄影艺术出版社2015年版，第317页。

甘乃光在《美术摄影大纲》的译者序中也批评了那种把画理生硬地搬套进摄影的做法，指出中国画固有的画理很多并不适用于美术摄影，如果对摄影的现代特性不加深入研究，囫囵吞枣地学了皮毛便想通过嫁接民族特性来体现创造性，那么只会创作出滑稽的仿古作品来。[1] 同样，胡伯翔也认为摄影对绘画的刻意描摹是"矫造巧饰，求媚于人"，主张摄影要"以应物写形，发挥自然为正则"[2]。胡伯翔的主业是画家，他既直接把传统用于形容绘画的"惟妙惟肖"一词提升为美术摄影的核心价值标准，又把谢赫"六法"中形容绘画与对象形似关系的"应物象形"移用于摄影，所表达的却又是反对摄影模仿绘画的观点。这种词语的跨界挪用同样出现在康有为写给欧阳慧锵的作品评鉴中，足见当时的传统画论仍是评价摄影的主要词语库，即使主观上想要区分彼此，但是离开这一词语库似乎便难以品评摄影。

更何况知易行难，落实到创作上则会面临更多的困境。刘半农自己的摄影作品如《鲤》《垂条》《枯藤》《寒林》《山雨欲来风满楼》《平林漠漠烟如织》等，无论是题材和图式，还是手卷、立轴式的画幅，以及烟云氤氲的水墨感，再加上书法题款和钤印，都是典型的文人画作派。为了达致朦胧斑驳的效果，刘半农很多作品还采用油渲工艺。悖论之处正在于，既要强调摄影独立于绘画，但又要面对民族性与艺术性的双重目标，除了文人画及其关联的诗情画意，还有什么资源可以被征引来创造一种中国化的摄影？

即使对文人画并无精深的研究，作为一种文化背景中的常识，知识分子也大多对文人画题材了然于胸，对其经典图式也不陌生，因此很容易带着一双"如画"的眼睛透过照相机镜头寻找经典的画意。文人画向来以枯山瘦水、古木寒鸦、渔樵唱晚、竹影横斜等为高雅趣味，这一趣味被移植到摄影中，也造成大量作品的题材雷同，甚或相同题材在图式上也极为相似，例如在《北京光

---

[1] 罗伯古德沙尔著，甘乃光编译《美术摄影大纲·译者序》，良友图书印刷有限公司1930年版，第5页。
[2] 胡伯翔：《美术摄影谈》，《天鹏》1928年第3卷第6期。

社年鉴》第一集中，老焱若《一肩风雪》和钱景华《柳堤朝雾》皆为左侧一株老树，右侧有一人挑担独行的背影，画面的朦胧暧昧如出一辙；1934年第11期《大众画报》的同一个跨页上，吴中行《乔松密雪晚村归》和向慧庵《冬郊》除画幅比例稍有差异，风格与图式都近乎一致。类似的例子不胜枚举，稍加整理便可以总结出套式。

同样仿画的还有作品的命名，如陈万里《盘山松石（仿倪云林）》、汪孟舒《云林画意》、郎静山《倪黄画本》《云林笔意》、徐穆如《云林画本黄山狮子林》，这些作品既在视觉上刻意营造一种薄雾轻笼的疏淡效果，在命名上又都指向了倪瓒和黄公望这两座文人画的高峰。郎静山一幅拍黄山小心坡的作品，发表时既曾用英文注明"仿唐人画意"（1942），又曾直接命名为《范宽画本》（1947），收入作品集时又以《绝嶂回云》为题。这些标题无论是摄影者自取，抑或是编辑者代拟，都反映了当时摄影界的典型风气。事实上这种命名更多是作为一种先入为主的诱导，使观者忽略摄影与绘画间实际的视效差异，产生画意的联想。1928年，周瘦鹃曾在一篇观展记中写道："郎静山竹枝一帧，裱以黄绫，题曰'板桥画本'，观其清影婆娑，宛然板桥道人手笔也。"① 文人画数百年来形成的母题、图式、命名、形制的惯例作为本土文化中的常识背景，为这种摄影比附绘画的编码解码提供了文化的密码本。

不同于刘半农和胡伯翔所强调的摄影与绘画有别，郎静山直接抹除了摄影与绘画的边界——"摄影尤绘事"②。他最为人所熟识的"集锦摄影"便是彻底地取消了摄影的"写实"属性而完全模仿绘画的典型。胡伯翔对传统画论的征引仅限于个别词句，郎静山则直接整体性地调用谢赫"六法"等经典画论作为摄影创作的指引和评价的依据：

---

① 周瘦鹃：《华开二度记》，《申报》1928年11月12日。
② 郎静山：《〈桂林胜迹〉序》，载龙憙祖编著《中国近代摄影艺术美学文选》，中国民族摄影艺术出版社2015年版，第250页。

余耽习摄影四十年矣，偶有心得于集锦，朝夕于斯者垂二十年，盖以其道正可与中国绘画理法相吻合也。如气韵生动，经营位置，可为摄影艺术之借镜，特技术之有别者，一以笔墨渲染，一以光化感应。如得其运用，易如反掌耳。六法六要六长，大为摄影之助；神品妙品能品，均可应手而成……今有集锦之法，画之境地，随心所欲，于大自然景物中，仿古人传模移写之诣构图，制成理想中之意境。①

多幅底片拼贴的摄影创作并非现代产物，更非中国特有，早在1857年雷兰德就曾以32张底片合成了《人生的两条道路》(The Two Ways of Lfie)，②郎静山的"集锦摄影"虽在技术上受雷兰德的启发，但其图式和审美的源头是中国文人画，脱离了摄影与西方错觉主义绘画共享的焦点透视传统，以大胆的剪裁拼贴改造摄影原本的写实样貌。朗氏集锦手法的亮相以《春树奇峰》为标志，但该作品画面尚显充盈密实，后续的《晓汲清江》《晓风残月》(1945)之类更显烟云氤氲、虚空如幻的作品，才真正确立了朗氏最具标志性的风格。郎氏强调的"集锦摄影"区别于西方摄影蒙太奇的特点，在于拼接部位的不露痕迹，因而"云气"的穿插遮挡在其作品中尤为重要。杨小彦把这种风格归纳为"反摄影、反观看、反西方"③，即通过解构摄影的逼真性与瞬间性来塑造一种截然不同于西方的中国式的摄影。

正因为这种一眼可辨的中国特征，对郎静山的高度评价在民国的报刊中屡见不鲜，画家刘凌沧甚至把郎氏齐名于文学界的周作人、绘画界的张大千、音乐界的马思聪、电影界的胡蝶、戏剧界的梅兰芳。④1939年，在纪念摄影术发

---

① 郎静山：《静山集锦·自序》，桐云书屋1948年版。
② 奥斯卡·古斯塔夫·雷兰德 (Oscar Gustave Rejlander, 1813—1875)，被称为"艺术摄影之父"。《人生的两条道路》在构图上模仿的是拉斐尔的《雅典学院》，内容上则以象征叙事表达一种道德劝诫。
③ 老彦（杨小彦）：《民族主义的策略与摄影的逼真性：从郎静山的集锦摄影说起》，《南方都市报·视觉周刊》2014年3月30日。
④ 参见刘凌沧《由艺术摄影谈到郎静山先生——写于郎氏影展之前》，《三六九画报》1943年第18期。

明一百周年的《良友》特刊上，郎静山参加国际摄影沙龙展览的入选证书密集地排满了一个跨页。郎氏用其中国式的摄影在国际沙龙上获得的令人咂舌的入选记录[1]，在当时常被视作发扬民族精神的表现。[2] 徐蔚南为郎静山的摄影集所作的序言中，更把郎氏这种折中中西的创作上升到足以影响中国之现代化的高度：

> 就是因为守旧维新两派人物的糊涂才造成中国今日的局面，要是人人能像静山先生能够认清时代，堂堂地做个中国现代人……那末中国早就现代化了，中国民族精神早就发扬了。要知道郎先生在国内就是以其挟有现代的摄影技术而成为卓绝的时代艺术家；在世界便以其摄影能表现中国的精神而亦卓然成为代表中国摄影的大家。[3]

这种无限拔高在逻辑上固然经不起推敲，但是类似论调在当时大众传媒中并不鲜见，足可窥见这种中国化的摄影已经被自然而然地与民族认同感和自信心挂钩，成为通俗意义上的爱国情怀和艺术水准的体现，而郎静山因其消解摄影的极端性与模仿文人画的绝对性，成为其中最为典型的代表。

四、"美术革命"的参照："写实"与"写意"的错位交织

上述摄影者无论对摄影直接模仿文人画持何种态度，都未曾对文人画及其写意传统本身有直接的反思和批评。相反，文人画在摄影的语境中似乎天然代表了文艺的民族传统，其不求形似、逸笔写意的风格相对于摄影的天然写实，

---

[1] 郎静山从1931—1958年参与国际摄影沙龙的次数为381次，入选作品的件次有1061次，其中又以1934—1940年为获选的高峰，达852件次之多（郎静山：《静山集锦作法》，台湾中华丛书委员会1958年版）。
[2] "夫摄影一道，富有表现性，足以发扬民族精神，传达民族文化，不惟快意当前适观而已，抑亦启迪文明国光斯在。"（《摄影大家郎静山先生之集锦照相》，《远东画报》1941年第8期）
[3] 徐蔚南：《郎静山兄摄影选集序》，《中流》1948年第1期。

又代表着毋庸置疑的艺术性。1913年，鲁迅在论证美术之目的与致用时即认为"美术可以表见文化。凡有美术，皆足以征表一时及一族之思维，故亦即国魂之现象"。①这一提法或可视为美术与民族性和时代性之关联的最早概述，其时鲁迅所指最主要的应该是绘画，但是对其中的民族性并未做褒贬评价。然而在几年后，被摄影者奉为圭臬的写意文人画便开始成为革命的靶子。

康有为在1918年出版的《万木草堂藏画目》开篇便说"中国近世之画衰败极矣"②，同年5月14日，徐悲鸿在北京大学画法研究会发表演讲《中国画改良之方法》，第一句话也说"中国画学之颓败，至今日已极矣"③，这是康、徐二人1917年在上海"相与论画"的共识，都把衰颓根源归于文人画的写意传统。后来常被提及的是1919年1月15日《新青年》刊发的吕澂与陈独秀以"美术革命"为题的书信，陈独秀给吕澂的答文中，尖锐批判文人画的积弊："若想把中国画改良，首先要革王画的命……断不能不采用洋画写实的精神……画家也必须用写实主义，才能够发挥自己的天才，画自己的画，不落古人的窠臼。中国画在南北宋及元初时代，那描摹刻画人物禽兽楼台花木的工夫还有点和写实主义相近。自从学士派鄙薄院画，专重写意，不尚肖物。"④徐悲鸿以"文明大退化"来评价中国画学背离写实以来的颓败⑤，1926年又在大同大学的讲演中说："吾个人对于目前中国艺术之颓败，觉非力倡写实主义不为功。吾中国他日新派之成立，必赖吾国固有之古典主义，如画则尚意境，精勾勒等技。"⑥徐悲鸿所说的中国固有的古典主义显然有概念上削足适履之嫌，实际指的是宋代

---

① 周树人：《拟播布美术意见书》，《教育部编纂处月刊》1913年第1卷第1册。
② 康有为：《万木草堂藏画目》，载申松欣、李国俊编《康有为先生墨迹》（二），中州书画社1983年版，第93页。
③ 徐悲鸿：《中国画改良之方法》，载殷双喜主编《20世纪中国美术批评文选》，河北美术出版社2017年版，第76页。
④ 参见陈独秀《美术革命——答吕澂》，《新青年》1919年第6卷第1号。
⑤ 参见徐悲鸿《中国画改良之方法》，载殷双喜主编《20世纪中国美术批评文选》，河北美术出版社2017年版，第76页。
⑥ 徐悲鸿：《古今中外艺术论——在大同大学讲演辞》，载王震编《徐悲鸿文集》，上海画报出版社2005年版，第16页。

院体画："故欲振中国之艺术，必须重倡吾国美术之古典主义，如尊宋人尚繁密平等，画材不专上山水。欲救目前之弊，必采欧洲之写实主义。"①

与针对文人画"写意"传统的"衰败"论断相对应，西方写实主义则在很多新知识分子认知中代表了"进步"与"科学"。蔡元培在北京大学画法研究会上演说时，把逸笔草草的写意传统称为毫不经心的名士作派，而把西洋绘画的写实视作西方人重视自然科学的体现，进而把写实视作足以革新中国绘画的"科学方法"。②康有为与陈独秀在政治观点上相左，却在面对绘画时共推"写实"，既念念不忘游历欧洲时所见的拉斐尔作品，又在贬斥写神弃形的文人画的同时，把宋画推举为"全地球"之冠，他在1922年给刘海粟等人的天马会画展题字时称：

> 全地球画莫若宋画，所惜元、明后高谈写神弃形，攻宋院画为匠笔，中国画遂衰。今宜取欧画写形之精，以补吾国之短。③

康有为事实上把西方写实主义视为中国绘画被埋没的唐宋传统的异国延续，甚至认为宋代逼真妙肖的工笔画便是西方油画的前身，从而以"写实"为纽带想象了一种美术的"世界主义"风格，与他在政治上设想的大同世界相呼应。④

无论康有为还是陈独秀、徐悲鸿、蔡元培，其革新美术的着眼点都在于弃"写意"而重"写实"，为改造文人画的"不尚肖物"而主张学习西方写实，同时又不忘从中国传统中推出宋代院体画作为写实绘画的典范，虽然具体的逻

---

① 徐悲鸿：《美的解剖——在上海开洛公司讲演辞》，载王震编《徐悲鸿文集》，上海画报出版社2005年版，第13页。
② 参见蔡元培《在北大画法研究会演说词》，载《蔡元培全集》第3卷，中华书局1984年版，第207—208页。
③ 刘海粟：《海粟黄山谈艺录》，福建人民出版社1984年版，第80页。
④ 康有为《万木草堂藏画目》："油画与欧洲全同，乃知油画出自吾中国。吾意马可波罗得中国油画，传至欧洲，而后基多琏腻、拉非尔乃发之。"[《康有为先生墨迹》(二)，中州书画社1983年版，第98页]相关解读参见李伟铭《世用为归：试论引进西方传统写实绘画的初衷——以国粹学派为中心》，《传统与变革：中国近代美术史事考论》，商务印书馆2015年版，第89—102页。

辑理路迥然各异，却都不失为一种维护民族主义的呼应。更值得注意的是，无论康、陈、蔡还是同时代持类似观点者，几乎都不是就绘画谈绘画，而是把绘画的"落后"引申为科学与政治落后的一种文化根源，因而引入写实主义便不仅仅是一种绘画的风格主张，而是革新文化以求富强的政治主张在艺术领域的投射。正如杨小彦所指出的："所谓'写实主义'，更多是指中国艺术语境中的'西方主义'。"①陈独秀未必真正了解西方写实主义在艺术史上的来龙去脉，甚至也并非真正关心绘画和艺术，作为社会革命家的他，真正关心的是文艺背后的社会影响与政治潜能，即写实主义最重要的是让绘画从精英趣味走向大众化，从而生发出有助于社会革命的动员能力。于是，我们便不难理解，陈独秀对吕澂提出的美术之弊的回应实为借题发挥，甚至答非所问。吕澂作为"美术革命"的首倡者，其文原本针对的是西方美术输入中国以来在上海画坛滋生的怪现状，"徒袭西画之皮毛，一变而为艳俗，以迎合庸众好色之心"②，而陈独秀所力倡的西方写实主义，恰恰是最容易流于"皮毛"与"艳俗"的一种风格。至于吕澂所关心的"阐明美术之范围与实质""以美术真谛之学说，印证东西新旧交替各种美术，得其真正之是非"③等美术的内部问题，并不在陈独秀关切的视野之内。吕澂的信之于他最重要的价值，仅在于适时开启了"美术革命"的话题，触发他写就一篇向传统绘画宣战的檄文而已。

　　后来的历史书写或许有意无意间夸大了这场"美术革命"思潮在当时的实际影响④，事实上同时代与之相反的声音也并未消弭。1923 年前后在广东成立的

---

① 杨小彦：《写实主义在中国的实践——兼论王肇民"形是一切"》，《文艺研究》2008 年第 1 期。
② 吕澂：《美术革命》，《新青年》1919 年第 6 卷第 1 号。
③ 吕澂：《美术革命》，《新青年》1919 年第 6 卷第 1 号。
④ 有研究者认为陈独秀的"美术革命"论事实上在发表后相当长时间内并无引用和传播，其重要性属于 20 世纪 80 年代研究者的重构（谈晟广：《以"传统"开创"现代"：艺术史叙事中被遮蔽的民国初年北京画坛考》，《文艺研究》2016 年第 12 期）。但是如果不拘泥于这一篇特定文章，而是着眼于以西方"写实主义革传统文人画的命"这一主张的现实回响，则同时代的康有为、徐悲鸿、蔡元培等人所持的近似观点都在事实上推动了"美术革命"论的广泛影响，后续中国绘画的发展中写实重要性的极大提升也印证了这一点。因此，本文所指的"美术革命"，并非专指陈独秀一家之言，而是针对一段历史时期内相关联的话语论述及其后续实践。

"癸亥合作画社"（后扩充为"国画研究会"）直接诉诸民族大义，把中国绘画学习西方斥之为"见异思迁，数典忘祖"，认为"一国之美术，为一国精神所默寄，非徒以表示国治之隆坊，正以考察国民之特性"，[1]其主张不无传统原教旨主义的意味。但是自"美术革命"以来，绘画中的"写意"与"写实"，已经和"保守"与"进步"的政治观念深刻联结，在话语交锋中获得了远比相反的论调更为强大的舆论势能。陈师曾在为文人画辩护时，也不得不采用这种逻辑，只是反过来主张"文人画不求形似，正是画之进步"，并且在线性历史轨迹上把西方在写实绘画之后出现的印象派、立体派、未来派也视为相较于写实的进步，针对写实主义的进步话语从逻辑上做出以其矛攻其盾的回击。[2]

在"美术革命"论争的语境中，摄影很大程度上仍然被视为一种无关个性和思想的机械复制，处于艺术创造性的对立面。徐悲鸿在《中国画改良之方法》的演说中举例："欧洲之名画，中国顽固人意中以为照相，则不之奇。"[3]陈师曾则在《文人画之价值》中两次以照相为艺术性的反面参照：

> 殊不知画之为物，是性灵者也，思想者也，活动者也，非器械者也，非单纯者也。否则直如照相器，千篇一律，人云亦云，何贵乎人邪？何重乎艺术邪？
>
> ……
>
> 仅拘拘于形似，而形式之外，别无可取，则照相之类也。人之技能，又岂可与照相器具、药水并论邪？即以照相而论，虽专任物质，而其择物配景，亦犹有意匠寓乎其中，使有合乎绘画之理想与趣味，何况纯洁高尚

---

[1] 转引自朱万章《从"癸亥合作画社"到"国画研究会"——近现代美术语境中的岭南传统画家》，《文艺研究》2008年第12期。
[2] 参见陈师曾《文人画之价值》，载殷双喜主编《20世纪中国美术批评文选》，河北美术出版社2017年版，第81页。
[3] 徐悲鸿：《中国画改良之方法》，载殷双喜主编《20世纪中国美术批评文选》，河北美术出版社2017年版，第76页。

之艺术，而以吾人之性灵、感想所发挥者邪？①

以"美术革命"为参照反观摄影中国化的话语实践，难免有错位之感：天生写实的摄影要追求写意，惯于写意的绘画却转而力求写实。这种有悖于各自媒介特性的主张，既凸显了摄影在文艺中含混的独特性，也预示着绘画在此后深度卷入社会动员的风格改造。尽管摄影和绘画的"写实"不能绝对等同，但问题的核心在于，"写实"作为一种视觉经验所指向的图像与对象之间的"肖似性"在摄影与绘画中的迥然境遇：既被视为阻碍摄影成为艺术的先天缺陷，又被视为拯救中国画于衰败的良方。同时凸显的还有文人画所代表的传统文化的矛盾角色："既被视作进步的阻碍，又被珍视为民族认同的标记。"②

1937年，"七七事变"使中国彻底卷入一场生死攸关的战争中，民族危机日甚一日。如果说在此之前，选择"写意"还是"写实"更多是个人趣味的分野，那么在此之后，摄影的"写实"优势日益与揭露侵略、唤醒民众与动员抗争的时代命题紧密联系。此前摄影中国化在实践中对文人画写意传统的依赖，是寄希望于一举两得地在摄影中建构艺术性与民族性，但这两者在现实民族危机面前已无足轻重，在此前后被提出的"国防摄影"③和"摄影武器论"④便是时代转折的先声。摄影的风格实验与样式改造日益被视为逃避现实的风花雪月，曾经作为提升意境之重要手段的模糊和写意也开始趋向没落，过往被弃之如敝履的清晰锐利的结像效果又重新被接纳。⑤

由是，摄影在中国走过了"大众化—精英化—大众化"的变迁，而绘画的变革则是从精英化到大众化的线性演进。究其原因，绘画因其艺术地位和文化

---

① 陈师曾：《文人画之价值》，载殷双喜主编《20世纪中国美术批评文选》，河北美术出版社2017年版，第79—80页。
② John Plamenatz, "Two Types of Nationalism", in Eugene Kamenka (ed.), *Nationalism:The Nature and Evolution of an Idea*, Canberra: Australian National University Press, 1973, p.34.
③ 须提：《摄影在现阶段之任务》，《飞鹰》1937年第18期。
④ 沙飞：《摄影与救亡》，《广西日报》1937年8月15日。
⑤ 参见张印泉《现代美术摄影的趋势》，《飞鹰》1937年第15期；王劳生《美术摄影杂话二则》，《长虹》1937年第1期。

影响力而更早进入了革命家的视野，摄影则需要先完成从匠人技艺到文人雅趣的转变，才能获得作为艺术的身份与绘画站到同一个起点上。这种卷入社会政治革命的先后次序，也是同一历史时期中"写实"和"写意"这两种视觉形态在摄影与绘画中错位交织的主要原因。随着20世纪40年代"民族形式"大讨论的展开，文艺领域强调的是扎根中国的"现实主义"与民众喜闻乐见的"大众化"，摄影与绘画中原本错位交织的"写意"与"写实"之辩渐趋消弭，这两种媒介殊途同归地走向了救亡与革命的动员轨道。

（原载《文艺研究》2021年第10期）

2020 书法：生活召唤、多点掘进与文墨相生

叶培贵

2020年的中国书法，与全世界的生活一样，是在极其特殊的背景下拉开帷幕的。新冠肺炎疫情开始之际，是2020年春节将来之时，"送春联"活动基本收官，本应在春节之后全面开展的一系列常规书法活动，却停滞了半年之久。非常时期产生的非常状态，使近年来书法艺术所面对的若干问题，从新年开始就意外得到强化，成为2020年书法发展的聚焦点。防疫常态化之后进行的若干活动，也在这个背景下更加凸显了自身的意义。

一、网络新场域的真正开启

自媒体特别是微信普及之后，书法家们对于"网络展"并不陌生。但严格来说，疫情发生前的网络展总体上不过是线下展的延伸，是一种补充性的网络宣传形式而已。而自武汉市文联和武汉市书法家协会、武汉青年书法家协会于2020年1月28日在"翰墨楚风"微信公众号发出《关于举办"众志成城、万众一心、夺取胜利——武汉书法篆刻网络媒体展"的通知》以后，包括中国书法家协会（以下简称"中国书协"）在内，各种机构组织了大量以抗疫为主题且完全没有线下展览支撑的书法"网络展"，网络成为书法活动的主要平台。

此次网络展呈现出几个典型特点。第一，规模空前。没有实体空间展场的制约，理论上可以无限扩容，有些省市连续推出了40辑以上。第二，组织主体多元化。既有中国书协、省市书协，也有报刊、教学科研机构，还有不少民

政注册专业社团。第三，参与者身份多样。与以往各种官方主办展览或者同人展不同，不少网络展广泛征稿、不拘身份、不论地位，理论上为所有书法工作者敞开了大门。这就冲破了以"书斋""展厅"为主要场域的诸多限制，在一定意义上实现了全方位立体展示，所有艺术追求都能够获得被大众检视的机会。本次网络展中最为大众所瞩目的，并非那些书法专业公众号上展出的正规"书法作品"，而是贵州的一位在读书法研究生应村寨之命而书写的两个告示牌，因反响十分热烈，有好事的书法公众号竟将两件作品用 PS 软件处理成古法帖的样式，甚至仿照古法帖的命名方式称之为《疫情帖》和《别来我家帖》。这个现象，为广大书法家思考自媒体时代书法艺术的相关问题，提出了全新的挑战。在 2020 年 12 月 28 日举办的"中国书法当代发展与未来展望学术研讨会"上，中国艺术研究院美术研究所所长牛克诚指出："我们今天所面对的图像时代，我们每天可能都在用大量的时间看小的手机屏幕，手机屏幕所产生的一切，已经成为了在我们看到的所有现实图像之外的，另一个非常重要的视觉来源。我们的视觉也正在被这样一个新的图像来源所塑造，这一图像所塑造的新的视觉感受，对于书法近距离的品读这样一种完备的欣赏方式也是一个挑战。"[①]

不少组织者和作者在开始阶段并未认识到这一挑战，展出的作品与一般线下展品并无明显不同，有些展品甚至与展览主旨之间存在着明显的冲突。比如疫情开始阶段，有些作者使用红纸书写参展作品，与当时为逝者和患者祈祷的氛围并不协调；有些作者提供的展品，所书文辞是与抗疫无关联的传统诗词歌赋；更多的作者，则沿用自己的书写习惯，几乎不考虑自身风格与展览主题、展览方式是否匹配。这一状况，与一般展览十分相似。鲍贤伦在 2019 年的"绍兴论坛"上曾指出："当代大型展厅的出现，进一步削弱了书法作品的阅读性，写什么（即文章价值）被怎么写（即笔墨价值）彻底压倒。同时，'书法

---

① 牛克诚：《中国书法当代发展面临的挑战与机遇》，载中国艺术研究院美术研究所编《中国书法当代发展与未来展望学术研讨会发言整理稿》，待刊。

的形式就是内容'的认知也把文本（文章）的价值从理论上进一步虚化。"①但很快便有组织者和作者意识到了相关问题。中国书协在约稿时，明确提出了两个要求：一是希望自作诗文且切合主题；二是不希望使用过于生僻的篆书和狂草而多一些行楷。在这一点上，中国书协事实上发现了当代书法重新全面深入公众生活的两个至关重要的问题，就是书法审美的公众性以及书法与生活的关联。值得关注的是，中国书协在策划网络展的同时，也在紧张地筹备2020年度最为重要的"中国力量——全国扶贫书法大展"，在其策展思路中，对这两个问题同样是十分关注的，"陈洪武书记提出，本次展览应当紧紧围绕'为时代记言录史……'的主旨来策划""考虑到观众的接受以及政治题材的属性，展览在书风及书体上有所选择"。②

书法审美与公众的关系，自宋元以来就十分复杂。宋代的书法在文人集团手中退向书斋而有所萎缩，明清时期随着商品经济的发展等原因步入厅堂楼阁而重新开放，近代以来又随着书写工具等的变化而再次退缩，但退缩场所除了书斋之外还有展厅，展厅进而发展成为当代书法最为重要的活动平台。应该说，自媒体使书法再一次开放了活动场域，而且在传播上不受时空限制，比起厅堂楼阁中的悬挂展示，更加具有公众性，需要面对更加多元的公众检验。而公众检验时，最关注的，一是文辞，二是风格，抗疫网络展的特殊性进一步加强了公众的这种关注。中国书协在文辞和字体（风格建构的依托）两个方面提出的要求，是应对公众检验的第一步，使书协组织的网络展成为总体效果最为良好的展览。

但文辞和字体选择远远不是全部。事实上，自媒体最为依赖的终端设备——手机的屏幕特性和操控特性，随着网络展示的进一步发展，必将像牛克诚所说那样"塑造"我们新的"视觉感受"方式，进而深刻地影响我们的创作

---

① 鲍贤伦：《文书的分与合》，载中国书法家协会、绍兴市人民政府编《从"源流·时代"到十二届国展》，书法出版社2019年版，第39页。
② 李宁：《观众的纯粹经验》，《中国书法》2020年第11期。

理念和方式，比如屏幕更加适合展示条幅而非横卷、便于时刻放大以关注细节、关注细节时又难以兼顾全幅等。在抗疫网络展之前，对这类问题的关注是局部的、个人性而且自发的，而抗疫网络展使之聚焦了。

二、区域活动的多点掘进

疫情打乱了许多计划，但没有阻断书法活动尤其是区域性书法活动。20世纪80年代以来的书法活动中，地域书风的建构与发展，一直是十分引人注目的现象，如"中原书风""（辽宁）九畹书风"等，在不同阶段都曾发挥了引导作用。近年来，全国性书法活动质量的快速提升和传播手段的进一步发展，使地域书风的影响力在一定程度上让位于全国性展览活动。然而，地域书法的发展，必然是全国书法发展的基石。无论是中国书协还是地方书协，对此都十分重视。一方面，中国书协在各项全国性展览中十分注重扶持地方特别是承办省市；另一方面，地方书协也在不断推出更多更好的举措以提升自身实力。如果更加仔细地观察各地动向，就不难发现，表面上固然没有再度出现"中原书风"和"（辽宁）九畹书风"那样的引领性地方潮流，但是许多省市的书法发展却没有停滞，而是走上了沉潜传统、固本强基、再创新局的道路。典型者如江西书协、湖南书协等，都以一系列的培训等为抓手，默默前行。

2020年最为引人注目的区域性书法活动，应该是江苏省书法院主办的"中青年书法家学术提名展"系列活动。活动集中展示了江苏省中青年书法家人才的整体实力和最新创作成果，聚焦已经取得一定成绩和影响力的"中青年"，立意显然已经不是构建"高原"，而是推动"高峰"的出现。活动的主要场地是求雨山，也就是林散之、高二适等四位南京当代书法名家纪念馆所在地，且活动冠以"雨山问道"之名，追仰先贤、砥砺时辈、导引后昆的意图不言自明。活动借鉴了中国书协近年来评审的许多先进理念和经验，同时放眼全国邀请各体名家加入评审团队，一方面有效阻断了本地的人情关系，另一方面也具有了全国性的广度与高度。

中国书法出版传媒集团主办的培训、展览和学术研讨，近两年来异军突起，成为中国书协和各省市书协主办活动之外的又一个亮点。"中国书法·年展"成为2020年另一个重要的区域性书法活动。之所以将面向全国作者的这一活动定义为"区域性"，是因为举办方式的诸多创新。首先是年展项目设置的立体化；其次是举办地的选择高度关注了区域书法传统（相关的学术讨论也由此出发）。年展分为两个板块，第一个板块是在乌海举办的"知名老书家作品邀请展"，参展者除中国书协主席团外，年龄基本都在70岁以上，基本是40年书法复兴事业的见证者和亲历者。从展览中不难看出，尽管书法的"创新"之路总是比较隐晦曲折，但集体亮相的老书家仍然有颇多令人耳目一新之处，一些创新性探索的强度，丝毫不逊色于中青年作者。第二个板块是在洛阳举办的楷书展，又分为"全国楷书名家邀请展"与"全国楷书作品展"（自由投稿，经过评审），同时举办了研讨会。2019年的第十二届全国书法篆刻展览以及之前的一些展览，已经全面推行了分体评审机制，有效地平衡了曾经出现过的"行草"独大的展览格局，推动了各个字体的均衡发展。具体到楷书领域，则更进一步推进了不同时代风格的齐头并进，改变了很长一段时间以来广泛存在的"唐楷难入国展"的局面。年展以楷书为对象，必然会进一步引导书法界关注楷书的继承与创新问题，从而更加全面地挖掘和激活历史资源，助力当代书法的整体发展。

无论是江苏的提名展还是"中国书法·年展"，都注重"局部"而不是"全局"，聚焦"点"而不是"面"，反映了一个极其可贵的新动向：对深度的关注。舍弃"宏大的粗放"而选择"具体的精深"，正是40年书法发展迈向新阶段的重要表征。以点带面，是一个更高层次的发展策略。只有一个个局部的深度掘进，才能迎来全局的普遍提升。

与这两个展览的发展思路相似的，是山东的临沂书圣节"临书大会"、北京的临帖展等。这两个展览的作品投稿方式相似，都是一件临摹加一件创作，创作作品必须与临摹作品呈现出继承创新方面的某种关联。这是一种双向检验——一方面检验继承的深度，另一方面检验创新的强度。书法艺术的继承与创新问题，与一般艺术有所不同。临摹是书法继承的主要方式，但临摹中同样蕴含创造性；反过来，书法的创新又与传统有着千丝万缕的联系，有些艺术家终身学习一种历史风格，同样可以名家，但并不意味着缺少创新性。如何处理两者之间的分寸，往往是艺术家需要终身思考的问题。徐利明曾批评当代展览作品说："全国书展入展的作品，包括获奖作品，包括兰亭奖作品，基本上是拟作入展。为什么呢？因为这样的作品我们能够看出它的模拟对象，能够想到其师法了某一位书家、某一种路子、某一种碑帖。也就是说，从其所取法的情趣、技巧和法度上来说都是有所本的。实际上，这样的模拟谈不上有作者的个性，即没有作者的性情。包括他表现出来的某种情调也是模拟的，而不是他自己的。"[1]世传王铎有一天临摹、一天创作的习惯，但完全没有妨碍他发挥巨大的创新性。徐利明指出了这种创新的艰难："必须要以自我性情对古法加以汲取和改造。'汲取'好理解，'改造'不大容易。改造的水平高低考验着作者的才气与综合学养，因为它关系到你对古人的法度、情趣以及具体形式、技巧表现的理解。理解有深有浅、有高有低，这是考验一个作者的才气与学识的。"[2]事实上，这种创新性同样体现在临摹作品中。简单的精确临摹，在这两个展览中一般是难以入选的。许多入选作品本身已经包含了很大的创新性。王铎的许多传世作品也是如此。以传统的学习为切入点、在创作的同时展示为辅助，探索"植根传统、鼓励创新"的可能，也是一种"以点带面"、积蓄发展力量的重要途径。在这样的努力下，至少在字体层面和古代风格的传承层面，百花齐放的格局必将越来越显著。

---

[1] 徐利明：《临古与变通的理与法》，载中国书法家协会、绍兴市人民政府编《从"源流·时代"到十二届国展》，书法出版社2019年版，第35页。

[2] 徐利明：《临古与变通的理与法》，载中国书法家协会、绍兴市人民政府编《从"源流·时代"到十二届国展》，书法出版社2019年版，第35—36页。

三、"中国力量"的综合探索

2020年，中国书协的"中国力量——全国扶贫书法大展"无疑是年度最为重要的综合展览，也是总结"十三五"经验、迎接"十四五"开局的最为重要的书法展览。书法以汉字、汉文为创造对象，与绘画、影视、戏剧戏曲不同，如何在尊重书法本体艺术规律的前提下，真正实现对扶贫主题的充分展示，是对策展工作的重大挑战。

2018年、2019年，中国书协在常规展览之外，策划了"现状与理想——当前书法创作学术批评展暨乌海论坛"和"源流·时代——以王羲之为中心的历代法书与当前书法创作暨绍兴论坛"两场重要展览，力图以展览为切口，结合学术与批评，反思当代中国书法的重要发展问题，提出针对性解决方案。要把握2020年"中国力量"的探索思路，需要先回顾前两个展览的策划以及2019年的第十二届国展的评审。

"当代书法创作学术批评展"的指定创作内容，全部是从历代（包括近现代）书论中选取的精华，以此追溯中国书法的"理想"。整个活动聚焦因"展览"而出现的一系列问题，尤其关注"可视性"与"可读性"，也就是"文"与"书"的辩证关系等问题，"是中国书协成立近40年来第一次主动带着问题意识和批评精神，对当代书法及当前创作现状进行一次全方位的检测，对困扰书坛已久的问题展开深度的思考和讨论"。"以王羲之为中心的历代法书与当前书法创作"展览活动继续沿用前述活动的组织方式，继续关注文本与笔墨关系问题，但追问的核心转移到"继承与创新"上。组织方提供了以王羲之为中心的历代法书，由参展者临摹；参展者同时以临习之作为出发点，结合自己的艺术理解，创作出具有时代气息的另一件参展作品，"完成了跨越传统经典与当前书法创作的对话，成为当代书法艺术发展进程中一个具有独特意义的学术事件"[①]。

---

① 陈洪武：《中国书法家协会七届四次理事会工作报告》，2020年8月27日，未刊。

书法生长于中国文化之中，是中国文化所孕育的独特艺术门类。在新时代弘扬书法艺术，最重要的工作之一，就是"植根传统，鼓励创新"。"乌海论坛"和"绍兴论坛"分别以历史上经典的理论文本和创作范本为指定内容，目的正在于引导整个书法界全面追溯传统，厘清历史脉络，以"传统经典与当前书法创作的对话""点亮重建当代书法精神的理想之光"[①]，并力图通过"艺文兼备"的创作指导理念，促使书法家们不仅关注笔墨，而且关注相关文化问题（比如文本符合诗文传统、文字符合历史规则、书写形式符合礼仪要求等）。在所有交流环节中，过去有所忽略的诗联格律、年款写法、文字规范等在内的一系列创作中的文化问题，成为热点。以此为基础，在2019年举办的十二届国展中，中国书协创新评审机制，设立了专门的"文字文本审查小组"，对关键性文本错误严格把关。为鼓励创新，十二届国展在乌海和绍兴两次展览评审的启发下，在终评完成后增设"审查"环节，避免个性过于强烈的探索之作被淘汰，也取得了良好效果。

上述活动为"中国力量"展的成功策划和组织做了良好的准备。"中国力量"展在促进作品文化品质提升和保护风格创新等方面延续了之前的做法。但在策展上有新的探索：在所聚焦的文本上，跳出"现状与理想"展的古代书论文本、"源流·时代"展的古代经典作品这个范围，而延伸到展现时代追求的领导人关于"人民至上"的有关论述、当代人记录扶贫事迹以及与扶贫工作密切相关的若干村名。前两类文本，基本上是白话文，只有很少一部分采用了传统诗词体式。同时，进一步优化布展，为观众提供"沉浸式"观展体验。此外，在抗疫网络展上已经高度关注的公众性展览的字体和书风选择，也得到了进一步的落实。[②]

客观上说，文本选择的社会化和主题性，比较容易引发某些疑虑。笔者在参加一些庆祝重大节日的展览活动时，即遇到过这类提问。窃以为，这类疑问

---

① 陈洪武：《中国书法家协会七届四次理事会工作报告》，2020年8月27日，未刊。
② 参见李宁《观众的纯粹经验》，《中国书法》2020年第11期。

之所以发生，无非出于两个原因：第一是认为"艺术是审美""艺术要超越"，这是很长一段时间内人们关于艺术的理想化定义的一部分；第二是缘于对中国书法的历史和性质并未充分理解。在高度抽象的哲理层面对人类活动进行最本质的追问时，我们固然可以说，与其他活动相比较，艺术的使命更倾向于满足人类的审美需求；但无论东方还是西方，艺术在发生之初和发生之后的很长时间里，以至具体化到一件一件作品的创造时，往往与现实需求有着密不可分的关系。从一定意义上说，如果缺乏足够多样的社会现实需求，艺术将不会如此繁荣，甚至某些艺术门类可能根本就没有发生和发展的基础。离开美第奇家族的需要，米开朗琪罗的很多作品都不会产生；同样的，离开逝者家族的需要，汉代、南北朝和隋唐大量经典墓碑作品也不可能被创作出来。中国书法以汉字为对象，汉字与人们的生活须臾不可离，这才为书法的发生和发展提供了极其丰厚的土壤。没有通音问的需要，尺牍不会发展，就可能无从瞻仰晋字的辉煌；没有拓跋氏的志墓需要，北魏墓志就难以成为楷书一大宗；没有铭石纪功的需要，摩崖上的纵横挥洒难以被领略；甚至于，如果没有物勒工名的需要，明清陶瓷上的印章也不会成为当代篆刻创新的重要资源之一……近年来，书法史学有一个重要转向，即从原来主要追问书法家的风格如何如何、书法家如何通过继承传统加上自身修养创造出该风格，转而追问艺术家如何在生活中应对各种社会关系以及一些重要作品如何在生活中被创作出来。事实上，结合书法家的具体生活进行书法欣赏以至作品评判，一直是书法的传统，比如对《祭侄文稿》的推崇。从创作者的角度说，一种风格、一件作品，最终是否可能产生超越性的审美价值，不取决于创作之际是否存有超越之想，而取决于艺术家在自身艺术风格的建构过程中，是否真正在传统、现实以及自身的多方长期激烈碰撞中寻找到了超越之路。从这个角度说，选择社会化、主题性的文本，不仅不会制约艺术家的创造性发挥，相反却可能是对艺术创造潜力的激发。这类文本与时代的关联力度往往更加强烈，作品需要面对更加广阔、更加多元的社会受众的检验，艺术家需要在创作过程中调动更加强大的创造力，才有可能引起更大范围以至更加长久的共鸣。书法史上，这类杰作并不鲜见，颜真卿《大唐中兴颂》等可为例证。但这类文本在体式上往往是与时俱进的，这就对参展书家在艺术本体层面提出了一个重要挑战——白话文的书写问题。鲍贤伦曾经指出："真正的'文书分离'发生在白话文替代文言文、现代汉语替代古代汉语之后，传统的书写方式与传统的文言节律无比匹配，而与现在的白话文难相适应。失去了文言环境熏陶的现代书家，为了创作书法作品不得不去古典文库中寻找喜欢的文本，'抄书'现象由此而生。"[1]

与书法整体性地趋于以"书"为中心相伴随，书写文本也存在着一个从无所不能书到越来越倾向于诗词的过程。展厅成为主要竞技场的过程，也是诗词（包括对联）成为主要书写文本的过程，大字作品尤其如此。诗词特别是格律诗词，有其与书法易于相互支持的许多特质，比如较少重复字有利于规避造型雷同，又如其声律节奏讲究抑扬使得有所感悟者或可从中找到相互借力的契机，再比如律、绝各体字数固定便于构思行款布局等。但从近些年的展览中，我们也不难看出，对诗词（对联）的长期依赖，在一定程度上已造成了一些困惑，迫使一些书法家不得不做出改变。比如有的书法家用册页书写诗词，为了各开形式不雷同，有意在不同页面中采用不同块面布局，或者将某些语句写成题跋式，前者未免过度设计、刻意雕琢，后者则干脆已经从形式上割裂了文本。与这种挖空心思相对照的是，与当代生活关系最为密切的白话文却长期无法全面进入书法，一方面制约了书法家通过文本与社会生活相互激荡的渠道，另一方面也限制了书法家通过接受白话文本挑战从而探求艺术表现新手段的可能性。

与诗词特别是格律诗词相比较，白话文进入书法创作（特别是展览常用的中堂、条幅）时，至少有以下一些挑战：首先，篇幅长短不固定，要求在章法布局上具备新能力。创作者往往需要对章法布局进行预先设计，这至少可能造

---

[1] 鲍贤伦：《文书的分与合》，载中国书法家协会、绍兴市人民政府编《从"源流·时代"到十二届国展》，书法出版社2019年版，第39页。

成两个麻烦，一是破坏"偶然欲书"、提笔即写的快感，二是设计难免造成刻意。对于经过长期训练，已经对诗词特别是格律诗的布局惯例十分熟悉的作者（尤其是行草书作者）来说，显然不是愉快的创作体验。其次，重复字多，要求在字形变化上具备新能力。不变则雷同，变化过大则可能失形，排列不当则造成同一字形在两列之间并列出现时，即使有所变化，也仍可能有近似嫌疑。这个问题在书写古文时也可能遇见，但古文易重复字往往有很多先例可以借鉴，难度低一些。再次，声律节奏较隐蔽，且节奏点间隔距离通常也较远，需要重建文、书节奏的匹配能力。这个特点，是语法元素省略较少、双音词汇明显增多等缘故。对于长期书写诗词、已经形成某种潜在的诗书节奏匹配习惯的书家来说，需要不断尝试才可能从容驾驭新的文书节奏。①

挑战也是机遇。从最终提交的展品来看，不少书法家发挥了创造性智慧：有的书家运用白话文分段之后的段后空白协调章法节奏，有的书家运用白话文长标题来强化正文款字的对比，更多的书法家则在克服"重复字多"等问题上找到各自的解决办法。尽管大多数探索还在起步阶段，更大范围的创新有待持续深入，但值得肯定的是，2019年"源流·时代"展中提出的文墨同辉的理想，在2020年的这个展览中开启了有着深刻时代特征的相生相济的帷幕，为书法与时代发生更加密切的关联提供了可贵的经验。

可贵的是，"中国力量"展没有因文本、书风适应公众而忽略对艺术本体问题的探索。除了充分尊重书家的艺术探索之外，本次展览还探索了"悬镜装"这一全新装裱样式，"令作品悬空于展墙之外，配合切片灯的照明，增加作品在展厅内的视错觉……将展品之外的一切视觉干扰隐去，带来……犹如梦境般的观看体验"②，这是一种前所未有的完全以作品为中心的布展方式，艺术家的所有探索也因此而充分聚焦。

---

① 笔者关于战疫书法网络展和中国力量展更详尽的评论，可参见《战"疫"网络展与当代书法发展的若干思考》（刊于《中国文艺评论》2020年第5期）、《不固于"书"，不离于"书"——谈"中国力量——全国扶贫书法大展"策展理念》（刊于《中国书法》2020年第11期）等。
② 李宁：《观众的纯粹经验》，《中国书法》2020年第11期。

四、余论

与其他艺术门类不同，书法（特别是宋元以后的书法）往往难以用某一件作品来代表一个年度、一个区域以至一位书家的创作特征。讨论"年度书法状况"的最佳切入口，因此就不应是一件一件的作品，也不应局限于本年度，而应该放长时段、放眼群体。

书法自20世纪80年代开始复兴之路，出现"书法热"现象，此后一直保持着热度。40年来，书法事业全面推进，相关科研、教育、出版等领域也不断推进。在创作领域，形成了以展厅为中心场域的基本格局。展厅极大地促进了当代书法的繁荣，塑造了当代书法的基本形象，凸显了书法艺术的"视觉"特征，推动了作品形式设计、笔墨表现手段的探索，相关历史资源也得到了深入而广泛的挖掘。然而，"展厅文化的兴起改变了书法案头展玩的功能，拓展了书法的审美空间，突出了'看'的特质，消解了'读'的价值"[1]，在一定程度上"封闭"了书法与生活的联系，"阻断"了书法作品的文辞与现实的关联，导致书法越来越成为"笔墨"的孤独探险，出现了文字乖谬、文辞重复且局限于古代诗文等一系列问题，成为引人注目的议论焦点。刘恒在"绍兴论坛"的演讲中指出为了入展、获奖等功利目的把学习传统变成模仿古人、复制古人的不良倾向。他还对其危险性做了犀利的分析："这种现象如果任其自由发展下去，书法艺术将会由一种表达人文内涵的综合素养的艺术形式，变成一个比拼技巧的竞技活动！这就会导致书法脱离大众甚至拒绝大众，变成一个书法圈内小范围的自娱自乐。这应该引起我们的重视。"[2]

中国书协充分注意到了这个问题，自第十一届国展开始，便提出"植根传统，鼓励创新，艺文兼备，多样包容"的理念，并且逐步创新评审机制引导创

---

[1] 陈洪武：《现状与理想——关于当前书法创作及当代书法的思考》，载中国书法家协会编《现状与理想——当前书法创作学术批评展》，上海书画出版社2019年版，第20页。
[2] 刘恒：《回归艺文兼备的传统书法精神》，中国书法家协会、绍兴市人民政府编：《从"源流·时代"到十二届国展》，书法出版社2019年版，第44页。

作。中国书法在历史上曾经发挥过的记言录史、游艺写心、养性怡情、道德教化以至窥天鉴地的作用，当代书法若要真正出现堪与古人匹及的高峰，也应依循大道，会古通今，不媚于群，回到心灵的旷野，实现"人书合一"的至高境界。2020年这个特殊年份的书法活动让我们有理由相信，沿着新时代开启的新征程，书法作为民族文化瑰宝，一定会焕发更加璀璨的光芒。

（原载《中国文艺评论》2021年第1期）

以身体极限喻精神超拔
——评大型当代杂技剧《化·蝶》

申霞艳

2021年春暖花开之际，广州市杂技艺术剧院创作的《化·蝶》在广州大剧院展演多场，场场爆满，公众号、朋友圈竞相传播，好评如潮。《化·蝶》的总导演赵明、编剧喻荣军、艺术指导宁根福、舞美设计师秦立运、服装造型设计师李锐丁等制作人员组成国内高水准的制作团队，主演吴正丹、魏葆华夫妇同台共演的肩上芭蕾乃人间一绝，成为该领域当之无愧的标杆。此剧排练历时半年多，融合了戏剧、舞蹈、魔术等多种艺术和现代科技，舞台效果又惊又险又美。全程笔者都在紧张和快乐中度过，几度屏气凝神，几度提心吊胆，真可谓与表演者们同呼吸，闭幕时掌声经久不息，观众沉浸其中，长时间不愿离去。总导演赵明在采访中谈到《化·蝶》融入了杂技32个科目，可谓倾其家珍，毫无保留。面对如此高难度系数的杂技表演，演员们冒着生命危险，不能有半点闪失。蹬、顶、抖杠、软功等目不暇接，哪一门功夫都是力与美的融合，是对身体限度的突破，需要长期艰苦训练才能实现，从而变不可能为可能。杂技是现场实力的大比拼，必须要有硬功夫，来不得半点敷衍，它不像视频可以反复录制、剪辑、润饰，以达到最佳瞬间。这种不可复制的现场难度也构成杂技演出的魅力之一。大型杂技剧必须日复一日地排练、反复磨合才能获得舞台整体效果，每项科目的传情达意都依赖表演的理解力、表现力及情感调度力。改革开放四十多年来，观众已经接受了诸多审美形式的洗礼，对观演有越来越高的心理预期，尤其是大都市里的观众几乎都很成熟，欣赏水准堪比专业。然而表演仅有硬技术、高难度还是不够的，审美余韵、精神"净化"才是艺术的比拼空间。《化·蝶》最大的特点是以当代的平等自由观塑造全新的"梁祝"精神，以美轮美奂的杂技表演呈现中华民族绵延千年的爱情追求，并对根深蒂固的门第观念进行有力嘲讽。当代杂技剧《化·蝶》探索出对经典进行创造性演绎的可能：一是主创团队对梁祝故事神韵的现代理解、凝练与改造；二是表达重心由显及隐，由身体奇观向审美愉悦位移，让杂技剧承担复杂的内涵，传达饱满的感情，塑造鲜明的人物形象；三是杂技剧对其他艺术门类与现代科技的开放融合、以求美化雅化。

一、《化·蝶》之美雅化

大型当代杂技剧《化·蝶》全面更新了笔者对杂技的认识。对大多数非杂技职业的观众来说，杂技因其技杂而风格模糊，对我们而言是娱乐匮乏时代的甜点，还停留在翻跟斗、藏扑克、搞杂耍的童年记忆中。《化·蝶》将更高、更强的体育精神与更美、更雅的艺术精神相融合，通过对比、反衬、夸张、互鉴互镜、通感等多种艺术手法来调动气氛，激发观众隐性的情感系统。在已知的故事止步处，表演延长了观众的感受，叫人回味无穷。

《化·蝶》全剧分两幕十场，另加序幕和尾声。总体表演节奏张弛有致、动静结合、虚实相生。杂技剧努力将多种身体语言与典雅的审美、深邃的思想结合起来，通过布景、灯光、道具、音乐、色彩、字幕来共同营造古雅的氛围和耐人寻味的意象，背景借鉴了中国绘画的大写意，而前景常常通过舞台切割、矛盾并置、对照呈现来形成张力，场与场之间留有恰如其分的情绪空间。

序幕"蝶生"中，背景清朗空明，一轮高度简约杂以线条的"圆"在空中高悬。空灵的圆与穿梭的丝构成"茧"的意象，美得让人心悸，紧张感油然而生。舞台前方是舞者在"单杆"上艰难困窘地挣扎，几近窒息。伴随着灯光的渐强，独舞者消失，远景中男女双人舞化的"蝶"渐次分明，破茧化蝶，点明主题。

　　蝶是全剧的灵魂，为求具象地表演蝶，剧组可谓殚精竭虑，调动全部的想象力：有拟象的方式，也有谐音（转碟）的方式；或男女主演的芭蕾着装刚好合成一只蝶；或几对不同的蝶呈现蝶的不同时期和不同形态。融汇"蹬伞"科目的蝶伞戏、化"抖空竹"来呈现蝴蝶精灵，以裙裾摇曳呈现蝴蝶天使的精灵之美，以男性健美的躯体和刚劲的双臂呈现蝶虫的蜕变之艰，最后舞者身着彩绘蝴蝶，以肩上芭蕾和头顶芭蕾来阐释梁祝"化蝶"，堪称美轮美奂。蝴蝶是大自然的精灵，"穿花蛱蝶深深见，点水蜻蜓款款飞"[①]。蝴蝶出双入对在天地之间、万花丛中飞翔，集对称、深邃、玄奥于一体，是东方神秘美的象征。蝴蝶是深邃之美的典型意象，它们形体对称，出双入对，且色彩斑斓，尤以幽深的蓝紫多见。康定斯基曾对色彩进行过深入的研究，他认为："蓝色向深处发展的倾向如此强烈，以至当它的调子越深，它的内在感染力就越是有力。"并认为"蓝色是典型的天堂色彩。它所唤起的最基本的感觉是宁静。当它几乎成为黑色时，它会发出一种仿佛是非人类所有的悲哀；当它趋于白色时，它对人的感染力就会变弱"[②]。《化·蝶》的宣传册封面传神地展示了蝴蝶的深邃之美，传递出该剧的神髓——以突破身体极限隐喻自我的超越。

　　演出开门见山，破茧蝶生的意象直击观众心灵，构成杂技剧的序曲。布景的圆既可以理解为具象的"茧"，也可以隐喻我们潜意识中对团圆的渴望。对爱的寻求来源于我们每个人都是孤独的个体，渴望找到另一半。中国古代戏剧有情人终成眷属的"大团圆"结局深入人心。现实的桎梏并不妨碍我们在艺术中做"白日梦"来"净化"心灵。卢梭曾宣言"人生而自由，却无往不在枷锁之中"[③]。爱将人导向自我，爱本身亦是枷锁。文艺作品讲述的不是幸福本身而是人们对幸福的渴望与追求。万事万物，此理大化。

[①] 《杜甫全集》，高仁标点，上海古籍出版社1996年版，第138页。
[②] ［俄］瓦西里·康定斯基：《论艺术里的精神》，吕澎译，四川美术出版社1986年版，第80—81页。
[③] ［法］卢梭：《社会契约论》，何兆武译，商务印书馆2003年版，"前言"。

在"闺念""共读""情生"这几场中，祝英台活泼、烂漫而叛逆的个性使她脱颖而出，读书启蒙加强了她的自我认知。梁山伯沉湎书斋，懵懂实诚。两位主人公的性格差异是通过叙事节奏的轻重缓急对比来呈现的。女扮男装的祝英台已于美雅之中生出浓浓的爱意，倾心于庄重诚恳的梁山伯。这一部分我们既看到创作者对中国古人喜爱的扇、毛笔、伞等道具的娴熟运用，也看到以足投篮等具有当代意趣的科目改造。"蹬人"科目中两位紫翼小天使的着装亦紧扣主题，让人联想蝴蝶翻飞。书院背景以竹、兰构筑清幽之境，三载共读，人间至乐。

"婚变"一场极具现代意味，人物形象塑造尤其成功。媒婆色彩鲜艳的衣着引人注目，暗示其夸夸其谈、花言巧语，夸张的举止将"媒妁之言"的蛊惑性发挥到极致，令人莞尔。

纨绔子弟马文才有恃无恐的模样和贪财的祝家父母的形象亦叫人会心。"踩高跷"以形象的高低分明展示传统等级观念的森严；"钻圈"具象地表现了人"钻"到钱眼里，祝父"抛飞盘"表达金银数不胜数。整个舞台珠光宝气，琳琅满目，创作者巧妙地融合魔术来展示金钱的魔力，"有钱能使鬼推磨"让祝家上下全都迷失其中，构思与表演之精妙让人惊叹不已。这对消费社会欲望膨胀的当下尤具警示意义。

"情别"一节以"蹬伞"来表现有情人无奈分散，伞谐音"散"。伶俐的英台机智地在伞中夹了红纱绸来向山伯挑明自己的女性身份。信物红纱在整个送别的场景中格外夺目。后文"梦聚"中不断调动红纱意象，以此载情纷飞。别后山伯因思成疾、奔赴黄泉而英台随之，最终双双化蝶。在英台的狂想和梦境中，纱巾仿佛有灵，在缥缈的梦境中不断交织，红、白两色的纱巾透明似蝶翼，轻盈、灵巧、飞升，思与爱交织、升华。表演以轻驭重，空灵之境成就凄迷之美。

"抗婚"一幕中，舞台左边是大型的"绸吊"，右边的小角落是英台困在具象的红色"茧"屋中，两相并列，形成无比鲜明的对比。随后以杆比喻"棒打鸳鸯"，并辅之以几声惊人的鞭地声，让观众心惊肉跳，象征着残酷的封建秩序叫人无从挣脱。古代的婚姻讲究门当户对，大户人家只顾门庭体面，却没有人真正理解主人公的心情。轿中的英台悲伤不已，而抬轿的队伍以大幅度抖杠表现婚礼的喜气洋洋。

接下来几幕如梦如幻，每一幕均选取与情景匹配的技艺来反衬或渲染"梁祝"的一往情深，起承转合处衔接得十分流畅，现实的残忍与梦境的唯美交替并进。表演充分调动了纱巾、蝴蝶、花丛、白云等意象表达春意、生机勃勃，轻盈的云、轻盈的花瓣、轻盈的蝶羽、轻盈的天使……互相叠积，极尽空灵、极尽唯美，表达"梁祝"之爱的纯洁、专注、出神。在堂皇高雅的广州大剧院，空阔纵深的舞台上，布景、灯光、色彩、道具无不融合高科技的现代元素，新的主题歌曲与经典的梁祝音乐萦绕耳际，不断回旋，与蝴蝶的流连徘徊相映成趣。

二、《化·蝶》之当代化

《化·蝶》要从已知的故事中提炼出新意，要从古老的爱情故事中萃取当代感，让当代观众产生共情，这是改编的难度。福柯曾说过："重要的是讲述神话的年代，而不是神话所讲述的年代。"[①] 观众掏钱到剧院去是希望看今人如何演绎古老的爱情故事，如何以只有身体语汇的杂技来呈现经久不衰的民族审美。

《化·蝶》的底本梁山伯与祝英台的爱情故事是家喻户晓的经典文本。中国古代有两个著名的女扮男装的故事：一个是梁山伯与祝英台；另一个是花木兰替父从军。这两个故事从侧面反映了男权文化下古代女性的大创举，反映了她们对爱情的追求以及对责任的承担，成为后世女性自我激励和现代启蒙最重

[①] 转引自戴锦华《电影批评》，北京大学出版社2004年版，第193页。

要的思想资源之一。

"梁祝"故事自东晋传播至今，经历了地方戏、舞剧、影视等多种文艺形式的传播、改编，经过与时间的赛跑，与历史心灵的对谈，最终沉淀为中华民族的潜意识，"梁祝"被认为是中国四大民间传说之一，亦被西方人赞颂为"东方的罗密欧与朱丽叶"。"梁祝"至凄、至美、至真、至纯，代表了中国文化和审美情趣的高峰，是浪漫主义精神的源泉，这种超越生死的爱情追求感天动地，启发了后世文学艺术的大胆想象。

光辉的经典如何进行现代性的转化，这是20世纪以来整个民族国家共同思考的重大攻关课题。鲁迅的"从来如此，便对么"[①]让我们对传统进行深刻的质疑和反思，传统文化经受着极为严苛的省察。历千年而不绝的经典，如何将其亘古不衰的魅力融入现代文明秩序当中来，这是困扰我们所有文化人的难题。杂技固然要表现精湛的技艺，需要一定程度的炫技，但技艺的炫酷得服从剧情讲述的需要，杂技要以契合故事情节的身体语言传递梁祝的凄美爱情。杂技剧要融合舞蹈、戏剧等多种艺术来传递复杂的思绪，承载丰富的情感，表达悠长的意蕴，这是具有相当大的难度的。

杂技和戏剧的渗融拓展了杂技的表意空间，使通俗的杂技登上大雅之堂。《化·蝶》是一次具有里程碑意义的尝试，让杂技突破了单纯的逗乐来承载人物的丰富感情和命运起伏，传递高雅的审美情趣。《化·蝶》的演出效果证明杂技亦能高端、大气，关键是创演对杂技科目的合理运用，最大限度地利用综合艺术的通感，使观感更为丰富、更多层次、更有联想空间和余韵。

"梁祝"的灵韵在于爱的超越性。对爱的专注、钟情让他们反抗世俗、超越生死。"梁祝"的爱情故事是中华民族的共同记忆，也是世界文化的瑰宝，它代表着人类对爱、自由和纯粹永恒的追求。文本包含两重大胆的想象，一是祝英台女扮男装，纯属离经叛道之举，大胆的梦想使她能够离开父母和温暖的

---

① 鲁迅:《呐喊》，人民文学出版社1956年版，第12页。

家庭去读书，而读书本身就是启蒙。在读书的过程中，她爱上了同窗梁山伯，所以梁山伯与祝英台的爱不是本能的欲望，而是有理解和共同爱好为基础的深情，具有现代意识，而这恰与"父母之命、媒妁之言"相抵牾，与古老的门第观念相冲突。二是化蝶，这是更为非凡的灵感，也为后世文学的出生入死以及死后复活开了先河。《牡丹亭》中的杜丽娘可以为爱而死，又可为爱死而复生，情感的力量感天动地。"梁祝"的化蝶双飞、为爱重生与西方基督的复活异曲同工，都是人类渴望不朽的美好想象，以灵魂的永恒超越生命的短暂。因爱而死的凄凉与因爱化蝶的纯美构成鲜明对比，让人唏嘘、叹息且忧伤。斯达尔夫人说："忧伤比任何其他精神状态更能深入人的性格和命运中去。"①《化·蝶》整场戏中氤氲着这种忧伤，既让人肝肠寸断，又让人产生一种清朗的升华，感受到一种勇气、生机和仁义。结茧成蛹、破茧变蝶是一种生物性的过程，但中国哲人从中悟到一种智慧，那就是山重水复与柳暗花明的关系，磨难与光辉、痛苦与喜悦、现实与浪漫、此生与不朽的关系。所以，在具象的双飞蝴蝶之外还有一只更为古老的蝴蝶，庄周梦蝶中的那只道家文化的蝴蝶，那只主体与客体难以分辨的蝴蝶，犹如梦之真实和真实之梦的难以分辨。这无中生有的蝶凝结着博大玄奥的道家文化，为主流的儒家文化提供了大有裨益的补充，充实了整个中国文化的内宇宙。

剧作必须激动创作者，激活表演者，方能撞击观众。杂技剧《化·蝶》遵循杂技艺术的特点，前半部分以我们钟爱的扇、毛笔为道具展示旧式私塾同窗三载的深情厚谊，以蹬伞与长亭暗示送别的痛苦；下半部分以马文才送定亲礼的繁华与结婚的热闹反衬祝英台内心的凄苦。接下来是英台相思致幻，物我两忘，最后化蝶，到达全剧的高潮。"化"是梁祝的精髓，也是此次改编和表演的精髓所在。东方哲学强调"化"——出神入化。吴正丹、魏葆华夫妇的肩上芭蕾正是出神入化的最佳演绎，以身体的极限将《化·蝶》的灵魂具象化。此

---

① ［法］斯达尔夫人：《论文学》，转引自［比利时］乔治·布莱《批评意识》，郭宏安译，百花洲文艺出版社1993年版，第12页。

刻，万籁寂静，白云缭绕，宛如仙境，祝英台立于梁山伯的头顶，立于世界之巅，爱情让她光芒万丈，万众瞩目。"梁祝"的精神与爱盈于天地之间，肉身的沉重与灵魂的轻盈浑然统一，刚柔相济，那一举一动都充满着美、柔情和生机，仿佛蝴蝶在春天的怀抱中翅翼扑扇，扩散饱满的情思。

杂技剧以人体来模拟蝶的飞舞，当吴正丹单脚立在丈夫魏葆华头顶旋转时，轻盈的身体追求灵魂的极致。污浊的俗世被他们踩在脚下，唯有精神至高无上。这段水乳交融的表演将大家带至飞翔之境、忘我之境、灵异之境，重新感受初恋的惊喜、唯美与洁净，感受初恋对自我的震惊和启迪。杂技剧中有魏葆华夫妇常年工作上的默契，更有他们生活中对彼此深深的理解、欣赏和爱，以及他们作为现代人对生命的理解、对自由的追求、对身体极限和年龄的不断突破。表演让舞者的内心和身体一道成长，每天迎接崭新的自己，《化·蝶》让舞者脱胎换骨，亦让观众振奋，生命能量灌注在了整个空间。

杂技抓住了"蜕变"这个生物性的意象转化过程，以"抖空竹"来表现贯穿全剧的化蝶过程。"抖空竹"是杂技最常用的科目，在《化·蝶》中推陈出新，常用常新，如一男一女的"对手空竹"，隐喻山伯与英台的默契、情投意合；而缠绕在英台腰上的"线"仿佛是爱情的线索，总是要将她的心与山伯牵连在一起；群舞"抖空竹"则意味着爱情是人类的共同追求，必然经历从茧到蝶的艰难蜕变。由此可见，作品在大的科目设计上，都注重技术与情趣、审美的相互融合。

《化·蝶》叙事传情，以蝴蝶的轻盈战胜肉身的沉重，以精神的空灵永生战胜俗世的污浊腐朽。爱情是对世俗极限的突破，青春、初恋的纯洁、纯粹是世间最为美好而珍贵的事物，引领我们的精神飞抵美的境地，值得我们生生世世去歌颂和追求。肩上芭蕾之后，群舞转碟（谐音"蝶"）延续了高潮的精彩，象征着"梁祝"精神的开枝散叶，满台均流溢着这种极致之美。尾声"蝶恋"戏仿穿越，实则落脚于当代。舞台切分，左边是一对现代男女相知相爱、并肩共读，右边是"梁祝"旷世蝶恋。"梁祝"精神从古延绵至今，我们今天拥有的恋爱自由中亦包含着祝英台、杜丽娘、林黛玉这些女性形象不屈的抗争，灵魂深处的自我依然有她们追求的印痕。

当代杂技精神不是浅层的逗乐，而是对身体极限的突破，是不断突破障碍，扩大自我的限度，这种较量既有身体有形的层面，更有精神广延的内涵，身体的每一次历险都包含着精神的拔节。在突破个体限度这一点上，所有的文学、艺术、体育运动都是相通的，这是引领人类不屈不挠、奋发向前的动力。而技艺的突破、日臻完善更是建立在天真和纯粹的基础之上的，杂技艺术中，无论是翻、滚、蹬，还是高空平衡和稳定，都需要表演者摒除杂念、胆大心细、放松与控制均衡。不可否认，所有的艺术都在以不同的形式追求卓越、挑战极限、创造高峰，唯其如此，方能出新出彩。

大型当代杂技剧《化·蝶》抓住了古老故事焕发的大灵感、大气象和大肯定。随着叙事的层层推进，团队表演技艺的难度系数不断增大，肩上芭蕾为杂技剧画龙点睛。在此，柔润与力量，放松与控制，点与面，中心与边缘相得益彰。我们能感受到全体演员的倾情投入，看到他们对理想的不懈坚持，对自身限度的不断突破。身体有自己的限度，它以酸、疼、痛和伤口来发号施令让我们暂停，可是精神依然强驱直入，美持续地提出自己不近情理的要求。突破极限，不断扩张自我，走出舒适区，扩大自身限度，这就是对卓越的追求，对尽善尽美的追求。这种精神在表演者、创作者、编剧和全体观众之间流淌共生，最终形成流淌的艺术氛围。当代杂技剧《化·蝶》以极高难度的芭蕾动作凸显这一璀璨追求，将《化·蝶》升华。整个剧场仿佛都因此受到陶冶，人们摆脱自己的褊狭，蜕变为蝶，长出透明的双翼翩翩起舞，周围的黑暗也随之变淡了，爱，在剧场充盈、荡漾。祝英台、梁山伯在我们的心中复活，熠熠生辉，气韵盎然，阻隔在我们之间的千年光阴顿时不存在了。英台立在世界之巅，与白云共舞，尘世消隐，精神长存。如此，传统爆发出历久弥新的生命力。

三、结语

当代杂技剧《化·蝶》美轮美奂、出新出彩，长久地占据着观众的心灵空间，让人情不自禁地去回想、回味。伟大的经典召唤伟大的阐释，传统与当代是同一条河流，意义在今古流动中生成，经典的流传和新生中有人类生生不息的力量。杂技剧将古典的化蝶之"化"，从精神和肉身的双重层面传递给生活在现代文明秩序中的我们，我们从中领略到民族生生不息的生命力，感受到传统题材的杂技剧背后是活生生的具有当代意识的舞者和编者。杜甫诗云："别裁伪体亲风雅，转益多师是汝师。"① 杂技剧《化·蝶》出神入化，意境空灵，余韵悠长，它对美雅化和当代化的追求令人叹为观止，它为经典的创造性转化做出了积极的示范。

（原载《中国文艺评论》2021 年第 5 期）

---

① 《杜甫全集》，高仁标点，上海古籍出版社 1996 年版，第 174 页。

竹韵百年　历史回响：快板艺术传续衍变中的红色基因

赵奇恩

快板艺术在中国共产党团结带领中国人民进行革命、建设和改革的百年奋斗历程中，以其独特的价值取向、艺术风格、技巧特质，记录了革命军队及人民大众艰苦抗争、开拓创新的时代足迹。中华人民共和国成立后，曲艺工作者们积极响应党的号召，对快板的表演形式与文本内容进行大幅度改造，涤除昔日低俗、油滑的江湖习气，并在之后一段时期内创编出大批红色经典作品。这些曲目钩沉近代历史，诠释红色主题，极具审美特征与教育意义，让红色传统、红色精神直抵人心，构筑起普通大众对红色基因的共同记忆。新时代文艺舞台上，快板艺术所蕴含的红色基因贯穿着我国文化建设的始终，并仍然葆有鲜活的生命力，承担起艺术熏陶和思想启迪的双重任务，在时间维度的持续演绎与空间维度的多重交错中呈现出不同的时代风貌与文化内涵。

本文从快板艺术传续与衍变路径中所展现出的红色属性为出发点，通过对其博兴、发展、衍变、定型等各阶段所呈现出的艺术特征进行简要梳理，总结快板艺术的发展脉络，反思各时期快板作品的历史价值及其意义，以期寻找快板在弘扬优良传统、传承红色基因中的新作为。

一、回顾红色历史：生发于革命军队中的快板

快板系由数来宝脱胎而来，但其在形式实际形成之后，很长一段时间内没有名称。至于"快板"一词的出现，大约是在20世纪三四十年代中国共产党

领导的革命根据地及军队中。① 它伴随着残酷的战火考验而生长壮大，从一开始便围绕着革命战争中的士兵与民众来进行创作，设身处地地满足他们当下的精神需求。在新民主主义革命时期，革命军队中涌现出大量表现中国共产党革命奋斗点滴、折射时代精神的红色快板作品。

（一）长征路上的行军快板

伴随着红色革命的发生，快板自建军之后便开始存在，在艰苦卓绝的长征途中，随红军转战南北走过了一条光荣的道路。据记载，1934 年 12 月，中央红军到达贵州，途经镇远县爱和村时，部队行军困难，宣传队员在元兆河边的岩壁上写下快板诗一首：

各位同志笑呵呵，过去不远要上坡。
上了坡，下了坡，还有五里不算多。②

1935 年 1 月遵义会议后，中央红军决定向土城方向前进，沿途不断打垮黔军阻截，突破封锁，行军极为疲惫。在这种情况下，宣传队员在路旁搭起鼓动棚，唱起鼓励红军前进的快板：

同志们，快步行，前进路上遇阻敌，
今天行军八十里，毛主席亲自来率领……③

当红军翻越雪山向大草地进军时，红四方面军电台通讯员罗常明表演了一段快板：

---

① 参见刘学智、刘洪滨《数来宝的艺术技巧》，中国曲艺出版社 1981 年版，第 7 页；吴文科《中国曲艺通论》，山西教育出版社 2004 年版，第 193 页。
② 李安葆：《革命的"兴奋剂"——红军长征途中的行军快板诗例话》，《党史纵横》1995 年第 1 期。
③ 李安葆：《长征诗话》，中国青年出版社 1996 年版，第 135 页。

哎，叫同志，听我言，今天我来把草地谈一谈。

这草地，真少见，污水淤泥一大片，

上面有草下边软，一不小心掉泥潭……①

纵览史料不难发现，早期快板在艺术打磨上略显欠缺，同革命歌谣、打油诗的关系极为密切，有如下几种特质：一是编法简单，没有严格的音韵限制，凡是口头能讲出来的，便能随性编写；二是演唱方便，除用竹板按节敲击外，还可舍去持打乐器，忽略表演因素，直接念诵内容；三是即时反馈，即能及时迅速反映新鲜事物，可以随编随唱，自编自唱，甚至伙编伙唱；四是不受时地限制，不论在火线上、行军中、战斗后，还是在各种恶劣的自然条件下，更不论观众多少，只要有需求，立时就能演出。可见，红军时期的快板艺术是在特殊历史环境中造就的，是党的文艺事业的重要组成部分，它的宣传意义远远大于艺术目的，其经典内涵与历史价值不可低估亦不可复制。它植根于民间沃土，有着广泛的群众基础，与战斗生活关系紧密，表露出革命英雄主义气概和为共产主义事业献身的崇高情操，同时也朴实地记录了当时红军行军过程中曲折复杂的经历。

（二）苏区和根据地的快板

在根据地建设时期，红色快板作为革命文化的重要组成部分，是党开展政治宣传工作的重要手段。大革命失败后，我们党在湖北、江西、湖南三省交界地带建立湘赣鄂根据地。曾担任过长沙近郊区苏维埃主席的孔福生从1926年起，结合自身23年革命斗争经历，从不同角度选材，陆续编唱出一部长篇叙事快板诗——《工农记》，表达苏区人民坚决走革命道路的信念。②1930年，岳

---

① 黄良成：《忆长征（修订本）》，春风人民出版社1979年版，第151页。
② 参见王驰、胡光凡主编《湖南苏区文艺运动·湘籍作家在解放区》，天津社会科学院出版社1992年版，第84—89页。

阳县苏维埃政府委员徐春圃率农民自卫军用纸卷火药做"六斤炮",夜袭花果园据点取得胜利,当地民众作快板《六斤炮》在根据地内广泛传唱。①革命化的红色快板作为一种艺术形式,因其声情并茂、直观易懂等特点,短时间内被广大军民所了解与熟悉,一个个直白朴素、易传易记的说唱作品配合当时的形势与任务,把党的政治宣传通俗化、大众化、口语化、具体化,在情感上拉近了群众对革命的认同感而促使其参与其中。

1941年中共中央提出:"各种民间的通俗的文艺形式,特别是地方性歌谣、戏剧、图画、说书等,对于鼓动工作作用很大,应尽量利用之。"②在民族战争的历史语境下,说唱文艺成为动员全民抗战的重要手段,成为传播革命思想、宣传党的方针政策、打击敌人的有力武器。1942年毛泽东《在延安文艺座谈会上的讲话》发表后,曲艺工作者开始为艺术与群众的结合而共同努力,为工农兵服务,对快板进行有益的解构和重新建构,实现了从单纯数唱到剧本改造的蝶变,衍化出练子嘴、快板剧、快板戏等多种艺术形态。1944年在陕甘宁边区出版的《解放日报》上就相继刊登了练子嘴《闹宫》、快板剧《好庄稼》等优秀曲目,这些演出样式、曲目内容既具有高度的革命和政治意识,又具有乡土生活气息和质朴情感,为中国的说唱艺术指明新的前进方向。红色文化、红色题材与快板的主动融构,令这门艺术迈上了革命前行的台阶,成为推动根据地红色变革的合力之一,别开生面地反映了根据地人民的日常生活与边区的战斗景况。

(三)解放战场上的阵地快板诗

快板一向以战斗性强、行动轻便著称,费小力而收获大,篇幅短却极具宣传力量,以一种深入浅出、随板而唱的方式来坚定战斗意志,歌颂人民的胜

---

① 参见王驰、胡光凡主编《湖南苏区文艺运动・湘籍作家在解放区》,天津社会科学院出版社1992年版,第82页。
② 李德芳、李辽宁、杨素稳主编:《中国共产党思想政治教育史料选编》,武汉大学出版社2009年版,第118页。

利。曲艺理论家夏雨田曾回忆到，在解放大军初进武汉的队列中，他发现一个战士在腰间手榴弹旁别着一副竹板，便好奇地上前询问，为何打仗还要带着快板，战士则微笑着回答："这也是我的枪！"夏雨田深受触动，回到家中也自制竹板一副，开始学着说唱，从小学一直说到大学，从业余走向专业，并逐步懂得"竹板是枪""文艺是武器"的革命道理。[①]

事实上在解放战争时期，几乎每个战斗的角落都有快板参与其中，快板在部队各项工作和活动中发挥着重要作用。例如太原战役期间，敌人将洋灰碉堡修建得异常坚固，战士们打仗时心有顾虑。针对这一现象，共产党员毕革飞在调查询问俘虏情况后，创作出快板诗《洋灰碉的自我介绍》，用简短的语句透彻、全面地叙述出碉堡的利弊，及时打消了战士们战斗的顾虑，转变了消极的思想情绪。除此之外，战士们还会在战斗前夕用快板写挑战书、请战书、应战书，创作作品去揭露敌人罪行；战后用它总结战役经验、检讨教训、表扬模范、批评缺点。总之，快板及时灵活地配合部队种种宣传工作，并通过这一形式反映和表达情感，成为鼓舞战士英勇杀敌的生动教材。临汾战役期间，快板真正开展到战斗中去，文艺和武艺得到进一步结合。毕革飞到战壕与战士同吃同住，调查研究各部队的具体任务特点，用快板诗的形式创编战壕传单。如尖刀连要求"猛""快""硬""准"，就创作出《钢钉和钢锥》《好像猛虎长翅膀》等作品；如挖坑道要求胆大心细、吃苦耐劳，就创作出《土飞机》《咱们造飞机老行家》等作品。据《解放军文艺》描述："这一战役（临汾战役）从打外围、守阵地、挖坑道、控制外壕、打纵深，直到解放临汾战役结束，整整七十二天内，用快板配合战斗任务开展了连队中的复杂的政治工作，颇有成效，深得指战员们的欢迎。"[②]

上述快板诗的特点较为鲜明突出，主要反映了战时状态下的战地状况；在思想上，对战争的感性认识与战士们相一致，富于战斗气息和乐观主义精神；

---

① 参见陈阵《从大学毕业生到著名相声演员——记武汉市说唱团夏雨田》，《曲艺》1981年第7期。
② 西北艺术学院刊编委会编：《论快板》，西北军政委员会财政部印刷厂，1952年，第3页。

在语言上，平实通俗、讽刺尖锐，同时押韵自然、朗朗上口，富含趣味性和鼓动性。值得注意的是，大部分战地作者在创编快板之前，可能只接受过一些民族文化的熏染，并未真正掌握成套的文艺知识与理论基础，而是边写作、边学习、边提高，在不断实践中磨炼和提升自身的艺术技巧，在战火的洗礼中将这门艺术发扬光大。即便有些作品略显质朴甚至未经雕琢，但这绝不是革命工作者"无知"或"外行"的表现，它所凝聚的革命情感十分真挚，没有丝毫的做作和矫饰。相反地，阵地快板诗的写作是从革命斗争需要出发的，不是为文艺而文艺，而是拿文艺当作革命的武器，是为无产阶级、为当时的政治环境服务的。

二、延续红色传统：数来宝在民间的改造与蜕变

快板艺术的前身——数来宝，本是流传于民间的一种口头诵说型技艺。新中国成立前，专门有乞丐群体手持竹板，走街串巷，且说且唱，挨户讨要。据《北平指南》记载，京津一带的乞丐分五类，其中一支为穷家门，奉范丹为神，手持竹板两对，板索分红、黄、蓝、白四色，以红黄带子为最多，演唱成本大套词曲，别人予以银钱时用竹板接受；还有一支为数来宝，又名"善人知"，乞丐身着衣衫整破者均有，奉朱洪武为祖师，手持竹板或牛胯骨，按户数说，讨要银钱，彼时天桥等处有以此为艺、设场撂地演述者。[①] 可见，早年的行乞者多手持击节乐器，凭借即兴编唱成套词句，向商号或殷实之家讨要。至清末民初，艺人海凤、曹德奎、刘麻子等人将数来宝引入天桥，从最初的流浪街头、沿路卖唱、半乞半艺，改为在市场、庙会中拉场撂地，唱些合辙押韵、滑稽幽默、讲求板眼的小段儿，招揽顾客，糊口谋生。演唱者也逐步摆脱原有的乞丐身份，衍化成为江湖艺人。

---

① 参见北平民社编《北平指南（第十编）》，中华印字馆1929年版，第10页。

1949年，新中国的成立揭开历史崭新的一页，在中国共产党领导下，中国人民取得了新民主主义革命的胜利，实现了民族独立、人民解放。快板艺人从江湖中的"下九流"拔擢为国家的"文艺工作者"，其所传承的技艺也由消遣娱乐的"把戏"晋升为载道传言的重要工具，从边缘艺术逐步升腾为备受主流意识形态青睐的艺术样式。共产党人继承延安时期的传统，注重通俗文艺在社会宣传、启蒙民众上的作用，试图以革命化的内容改造民间文艺，数来宝艺人随即成为新政府争取的对象和改造的重点。1951年政务院颁布《关于戏曲改革工作的指示》（以下简称《指示》），强调"中国曲艺形式，如大鼓、说书等，简单而又富于表现力，极便于迅速反映现实，应当予以重视"，要求艺人"应在政治、文化及业务上加强学习，提高自己"[1]。《指示》正式拉开数来宝改革的大幕，一系列有关技艺的革新应声而动，在李润杰（李派）、高凤山（高派）、王凤山（王派）等人的努力下，令旧有形式焕然一新，以"艺术"而不是"玩艺儿"的初衷，使这门技艺登上文艺的大雅之堂。在实践层面上主要体现为三个方面[2]：

　　其一，旧时艺人演唱数来宝时大都半跪于地，低头数唱，脸上没有表情，更谈不上体会演唱内容和人物情感，待演出结束后，边叫着"叔叔、大爷、爷爷"边向看客要钱。至高凤山演唱时，开始向张宝华、梁益鸣等戏曲艺人学习"云手""起霸""山膀"等舞台动作；又借鉴艺人海凤的撂地经验，从跪唱改为坐唱，直至改为站唱，从根本上改变了数来宝的演出方式。

　　其二，王凤山主要改革数来宝板起板落的固定唱法，采用"眼起"，即后半拍起唱的闪板唱模式，创造性地将关顺贵、关顺鹏两位竹板书艺人的"黑红板"化用到演唱中。不同于以往立板打法，而采用横握，讲求垫着板唱，以心板为根基，自由变化，让竹板更好地为演唱服务，以适应不同句子结构，起

---

[1] 中国曲艺志全国编辑委员会、《中国曲艺志·北京卷》编辑委员会编：《中国曲艺志·北京卷》，中国ISBN中心1999年版，第724页。
[2] 参见中国曲艺家协会、辽宁科技大学编《快板表演艺术》，高等教育出版社2020年版，第12—14页；李世儒《快板演唱的研究与探讨》，现代出版社2019年版，第1—7页。

到扣字、接句、换气和烘托气氛的作用。经过几十年摸索实践，总结出"颠（掂）、联、逛（晃）、搓（撮）、掐"五种伴奏板点以及"闪、赶、踩、切、扔"五种演唱句式。[①]

其三，李润杰对数来宝的表演形式、内容进行全面改革。首先从开场板入手，改变以往大板和节子板一齐起落的定式，吸收山东快书艺人傅永昌四块板的打法，再加上数来宝原有的滚板，逐渐形成现在舞台上的开场板。另外还吸收了山东快书铜板打法，从头至尾连贯每句唱词的"双点"，利用节子板将"双点"连起来打，成为唱句伴奏的连接点，在此基础上又接连创造出连环点、单垛点、双垛点，一改往日节子板的单一板式。其次，改掉数来宝油滑、江湖的语气和口风，根据作品情节和人物性格需要，丰富场上身段，刻画塑造人物，使整台表演更具艺术感染力。最后，突破数来宝原有"三三七"的句式，在七言对偶的基本句式之外，增添单字垛、双字垛、三字头、四字连、五字垛以及重叠、连叠句等长句式。

总体来看，快板改革是在保持固有技艺独立性的基准上，利用一定的政治资源来精进艺术本身。在党的正确领导下，高凤山、王凤山、李润杰根据自身条件和对艺术的独到追求，形成较为固定的演唱习惯，示范了各具特色的演唱技巧，革除以往民众对数唱低级、庸俗的刻板印象，做到师古而不泥古，共同构筑起属于新社会的独立曲艺形式，形成业界公认的三大艺术流派，为后世曲艺工作者留下了可供参照学习的范本。

三、铸就红色经典：由快板书开启的新篇章

20世纪50年代，快板艺术家们在将快板、数来宝等艺术形式提炼整合、改进创新的基础上，不断吸取姊妹曲种的长处，创造了一项新的独立的曲艺曲

[①] 参见中国曲艺家协会、辽宁科技大学编《快板表演艺术》，高等教育出版社2020年版，第10页；李连伟、李东风《王凤山》，北京文联出版社2004年版，第35页。

种，最终定名为快板书。快板书与快板、数来宝的区别在于"书"字，它借鉴评书的表现手法，使每个曲目都能叙述一个完整的故事，再通过该故事塑造一个或一群人物形象，表现一个特定主题，自诞生后也旋即走上了以国家意识形态和社会文化主流为主导的发展道路。众多曲艺工作者继承了红色文化的"衣钵"，凭借自身优秀的艺术素养，怀揣对革命先辈的无限崇敬和对党及人民领袖的无比热爱，以兼有写实感和浪漫气质的手法再现了中国共产党的斗争历史，讴歌新中国社会主义建设所取得的非凡成就，编创出一批颇具艺术性、思想性的红色经典作品。

一段红色经典快板书的成功问世，是由多方面条件促成的。首先是在"双百"方针的正确指引下，创作者以"革命"作为题材创作的狭义对象，以"红色"作为题材创作的广义对象，通过对战争年代和创业岁月的书写，不断揭示中国社会发展的本质规律。其次遵循快板书独有的艺术创作法则，通谙"有事儿""有人儿""有劲儿""有趣儿"的方针，最终实现主题与思想、内容与形式的和谐统一。这些作品所附着的时代观念，所标举的红色立场，构成了中国共产党百年文艺中的重点内容。

其一，快板书要有"事儿"，即故事情节。该情节并非现实生活中真实事件的罗列，而是根据书中人物的性格发展而精心组织结构起来的情节。统而言之，这一时期红色题材快板书所涉及的内容大多与战争片段、智斗情节相关，以塑造各式各样的英雄形象、描写悬念迭起的事件为创作重点。但因快板书形式短小、容量有限，所以选材不能贪多求全，要选取典型且具普遍意义，同时又生动感人的事件。如《西安事变》是以抗日战争为叙事背景，描述周恩来同志成功化解矛盾、和平解决西安事变的故事；《奇袭白虎团》是以抗美援朝为叙事背景，描述英雄排长严伟才带领尖刀班成员渗透进敌占区，胜利奇袭白虎团的故事。上述作品都是将中国共产党诞生以来中国社会发生的一系列重大事件以及产生事件的广阔社会作为主体背景，为故事的中心情节和塑造中心人物服务。

其二，快板书要有"人儿"，即主要人物。作为一种韵文类的通俗文艺，快板书所要表现的无疑是人，又囿于其篇幅短小，必须由主要人物的行动贯穿整个故事，并由始至终围绕这个主要人物展开，故而红色经典快板书的创作无不是缘自创作者对英雄人物发自内心的崇敬、仰慕与感叹。李润杰曾说道："在前线，我曾和著名的侦察英雄纪瑞萱同吃同住，他的英雄事迹使我震惊。他成了我心目中最热爱和崇拜的人物，使我产生了一种非写他、非歌颂他不可的强烈愿望。受到这个强烈愿望的驱使，在阵地上我就开始动笔了。《夜袭金门岛》《智取大西礁》的腹稿和草稿都是在前沿阵地上完成的。"[1]可见，传颂英烈、再现英雄模范的高尚人格，往往是艺术家创作的原始动机。

其三，快板书要有"劲儿"，即作品要精神饱满、火热炽烈，要给观众以激励和感奋。快板书作品中常常会出现一些紧张激烈的战斗场景或与敌周旋的场面，为写出"劲儿"来，必须着力加以渲染烘托，抒发其应有的感情。如《飞车炸军火》中赵永刚与龟田周旋，智炸军火库一节；《巧劫狱》中智多星魏忠国闯监狱救书记一节。这种凸显革命斗争思想、极具戏剧张力的创作传统，将符合时代走向的价值观予以充分表达，进一步升华主题，让红色快板的表现力更趋于深入和丰富。通过英雄楷模身上所散发的光彩来温润观众心灵，启迪民众心智，传达出红色革命文化的力量和震撼，起到"举精神之旗、立精神之柱"的作用。

其四，快板书要有"趣儿"，即以生动活泼的艺术形式来表现严肃深刻的思想内容。一段快板书中适当加入"包袱儿"，使人捧腹大笑、回味无穷，在顾及思想性的同时也具备可供观赏的娱乐性，甚至能使整段作品产生意想不到的艺术效果，为整场演出增辉添色。如《劫刑车》中对于伪乡丁的描写，把敌人对"双枪老太婆"一边通缉、一边又惧怕的心理表现出来；如《倒霉》中讽刺蒋匪兵的小段儿，唱词既巧又俏，越发显得蒋军士兵可卑可笑。快板书以其爱憎分明的思想主题、寓教于乐的艺术功能，使观者在笑声中充满对敌人的蔑

---

[1] 李润杰口述，夏之冰整理：《李润杰快板书艺术》，百花文艺出版社1997年版，第82页。

视，达到感官上的快适和精神上的欢愉。

红色经典快板书的创作不是一蹴而就的事情，经典艺术的出现必须有与之相匹配的艺术生态、文化资源、社会机制、人文环境等，也需要艺术家个人超常的艺术天赋、绝妙的艺术想象力、扎实的场上技巧和丰富的舞台经验等。红色经典快板书为快板艺术的演进提供了一种回溯与演绎历史的新方式，运用独到的辙韵、板眼、持打技巧以及鲜明的数唱风格，将目光聚焦中国革命历史上发生的传奇故事，传达给观者一种崇高化的思想情感体验，使每一次表演都因其融入红色基因而刻骨铭心，成为中国曲艺说唱史上绝无仅有的文化现象。

四、繁荣红色说唱：新时代快板发展路径审思

党的十八大以来，习近平总书记在不同场合反复强调要用好红色资源，讲好红色故事，赓续红色传统，传承红色基因，弘扬红色文化。因此不忘初心、牢记使命，坚持红色精神的引领作用，再造新时代红色文艺经典，理应是广大曲艺工作者义不容辞的责任。为了不忘历史、鉴往知来，近年来在全国性的曲艺大赛上和与曲艺相关的学术期刊中都涌现出大量以红色历史和革命先驱为表现对象的快板新作。如在第十一届中国曲艺牡丹奖全国曲艺大赛中，刘军岗、董春天表演的《传承》，林凤城表演的《铁骨忠魂》等曲目相继入围；《曲艺》杂志也刊登出赵鹏创作的《红船精神代代传》，董吉贵创作的《梦想，从这里起航》，邢东、曲毅勇合作的《军号嘹亮》，李贵华创作的《热血英魂》等优秀作品。这些作品秉承往昔红色经典的艺术质感，用更为开阔的视角深入探寻潜藏在革命战争年代的动情点，凭借丰沛多样的说唱技巧，在当代大众的内心深处植根为理想主义奋斗的红色种子。

然而，新时代快板艺术应遵循何种发展路径，如何让红色基因融入血脉，让红色精神激发无限力量，充分发挥说唱曲艺培根铸魂、凝心聚力的独特作用，这是摆在每个曲艺创作者面前不容回避的难题。当代红色快板的创演不仅

仅是对过去的回味，更是应立足于当下的现实境遇，观照时代风貌，以一种高远的境界和全新的视野做出引领性、示范性和前瞻性的价值评价，用"竹韵数唱"这一形式不断助力，展示出新时代快板的审美格调与艺术理想。

（一）守本开新，创作无愧于时代的杰作

任何一部优秀的红色快板作品都熔铸了创作者的思想情感和美学意蕴，融入了表演者的自身感悟和内心体验，具有复杂的表意功能和深厚的艺术内涵。

一方面，在新的时代和文化语境中，红色快板作为一种特殊题材的艺术创作，不宜与单一目标下的政治口号生硬地绑缚在一起，而是要符合时代主流的特性和当代观众的审美情结，把好艺术生产的舵盘，在文本创作方面求新求变，通过新的文化感官对红色属性进行一定程度的反思与解读。新时代快板创编不似前人那般在革命书籍和样板戏曲中爬寻灵感，而是基于真实的历史人物和历史事件，搜索不为人知的新鲜素材，以期找到一条别样路径去讲唱红色历史，引领当代青年追忆荆棘坎坷的过往，启发观众的再思考。如《铁骨忠魂》就是讲述中国共产党早期主要领导人陈独秀的长子陈延年面对敌人屠刀坚守信念、视死如归的动人故事。作者以陈延年的个人性格、情感变化为切入点，侧重讲述正面战场背后的人文故事，使观者有机会从一种更易于理解的角度重温红色历史。

另一方面，为了让信仰之火生生不息，让红色基因代代相传，新时代曲艺人调动精湛的讲唱技艺和超凡的艺术创想在这方天地中深耕细作，发挥该门艺术的现实引导力和影响力，积极探索历史话语与现实语境的有效连接，实现红色题材的艺术转化。如《铁骨忠魂》讲述抗日民族英雄赵一曼为掩护部队负伤被俘，面对敌人酷刑坚贞不屈、慷慨就义的故事。表演者用富有技巧的讲唱语言，精妙的艺术构思，高超的曲艺智慧去温暖人、鼓舞人、感化人；并在演出中致力于打破陈规，另辟蹊径，加入大量戏剧表演元素，将英雄主义的光辉和革命浪漫情怀淋漓尽致地挥洒。

总之，繁荣红色文艺创作，再造新时代红色文艺经典，要预先处理好继承和创造性发展的关系，摆脱口号化、套路化、概念化的桎梏，在不懈的探求、打磨、积淀中努力做到形式感与内容性的表里如一，用不同以往的曲艺创作视野，以与时俱进的姿态在红色文化的契机中追忆历史、致敬忠骨、缅怀英烈。

（二）薪火相传，留住技艺传承中的根与魂

创作者要发挥快板短、明、快等特点，兼顾各派的讲唱特色与场上规范，融语言表达、肢体表演、道具配合于一体，使作品既可供人阅读欣赏，又具备可传唱性，能在今后的舞台上立得住、叫得响、传得开、留得下。

快板作为一种民间活态技艺，历经百年历史衍化，不断与当代文化相适应，与现代社会相协调，以人民群众喜闻乐见的方式，成为见证时代精神、传承红色基因的重要艺术载体。然而快板的创演编排所展示出的红色内涵是凭借"技"这个桥梁来沟通实现的，这就意味着创演者必须熟练掌握这门曲艺说唱形式的艺术语言和专业技能，即传统的说唱技巧、持打方法、表演规律。这样才能在今后的演出中保持随心所欲、游刃有余的状态；才能在创编中达到得心应手、庖丁解牛般的艺术境界；才能更好地紧跟时代步伐，坚持以人民为中心的创作导向，努力朝着思想精进、技艺精深的艺术目标迈进。

具体而言，创作者要从舞台角度着手，在辙韵、板点、语言设置等方面，将案头工作同场上演出紧密联系在一起。快板艺术发展至今已形成三大主要流派，各派名家的演唱风格也基本奠定了快板艺术三种不同形式的演唱方法，即"高派"更加适合表演数来宝和快板作品，"王派"更加适合快板和故事性弱的快板书作品，"李派"更适合故事性强的快板书作品。如《红船精神代代传》就是为"王派"量身定做的唱本，文本唱词给人以自然的跳跃感，显得轻快、俏皮、洒脱，既保留"王派"独有的数唱节奏，又富于朗读的韵味，将红船精神内化其中，再带入特定情节里去。《军号嘹亮》则明显带有"李派"特色，作品故事性强，加重"说"的成分，继承"李派""平、爆、脆、美"的艺术理念，选择志愿军坚守釜谷里阵地一节，展现朝鲜战场上我军战士报国立功的壮烈情怀。由此看来，遵从前辈艺术家个人流派风格的创作理路已然成型，新时代快板创演者应在总结、比较、继承前人演唱特点的基础上，继续加强个人基本功的锤炼，不拘泥于一派，甚至打破派别界限，设计出节奏多变的板式，充分化用到自身表演当中，创编出纯正、地道、典范的快板作品。

（三）铸魂育人，发挥说唱艺术的当代价值

毋庸讳言，在当今这个信息多元化、价值观念交融与激荡的年代，红色精神偶尔会淡出人们的视野，一些不良思潮甚嚣尘上，不可避免地会影响到公民的道德评判标准和价值取向。红色快板较之于艰涩的思想说教更具形象可感性与鲜活生动性，既保有丰富的历史文化内涵，又符合时代发展进步的要求，成为新时代加强红色文化建设不可或缺的艺术形式之一，对于涵养正气、淬炼思想、升华境界、指导实践发挥着不可估量的作用。其所承续的红色基因是共产党人优良传统和作风的艺术再现与深情表达，对抵御历史虚无主义泛滥、增强民族文化自信、标识中国文艺特色、助力中华民族伟大复兴有不可替代的现实意义。

诚然，这要求创作者对红色题材有一定的艺术驾驭能力和正确的价值判断，将主流意识形态以巧妙的方式传递给受众，进而更新、升华作品铸魂育人的功能，赋予其别样的生命力和感染力，以显示出与其他作品不同的艺术个性，实现艺术价值与意识形态的无缝对接，努力向着艺术传播与政治传播双赢的目标奋进。第十一届曲艺牡丹奖入围快板作品《传承》就是以袁崇焕十七代守墓人佘幼芝为创作背景，展现佘家世代对忠义、承诺、信仰的坚守和勇于担当、敢于奉献的崇高道德品质。作品处处隐含着红色文化的理想信念导向，与社会主义核心价值观具有内在贯通性，使教化效用自然得以蔓延，收获润物细无声的育人效果。

就红色快板的当代价值而言，一则提供了用思想引领曲艺创作的发展路径。红色快板因其所表达的深刻思想、所阐发的美学意蕴、所具备的艺术张力，无不

彰显着红色文化的引领指向功能，供今人和后世不断解读、诠释和发掘新的意义空间，最大限度地接近红色属性的精神内核。二则深入探索新时代以铸魂育人为核心的文化软实力战略，提供了独具时代特色的曲艺创作新观。以曲传神，以艺践行，强化说唱艺术高台教化的功能，为培根铸魂、立德树人提供坚实的文化力量和价值支持，这是党和国家强调文化自信与民族复兴的深层次体现。

五、结语

承上所述，无论是烽火硝烟的战争时期，还是百废待兴的建设时期，抑或是如火如荼的改革时期，红色题材一直在数来宝、快板、快板书的创作中占据着重要地位。"在我们党团结带领人民进行革命、建设和改革的百年历史长河中，一代又一代文艺家和文艺工作者始终与党同心同德、同向同行，始终与人民心心相印、携手共进，感国运之变化、立时代之潮头、发社会之先声，创作了一批又一批脍炙人口的优秀文艺作品，塑造了一批又一批历久弥新的经典艺术形象。"[1]历经观者千淘万漉的挑拣与时光穿梭的历史沉淀，红色快板已然成为中国红色文化的象征，承载着中华民族苦难与成就交织的集体记忆和积极乐观的精神力量，是一笔历经实践检验和筛选留存下来的宝贵财富。如今，我们开启新征程，呼唤新经典，急需从百年红色文艺中获得丰润滋养，汲取智慧力量，把握艺术规律，坚定文化自信，将其中蕴含的红色基因传承给子孙后代。在中国特色社会主义进入新时代、实现中华民族伟大复兴的征程中，快板艺术在传续衍变中所形成的对时代的解读能力和创新能力必将绽放新光彩、释放新能量、焕发新魅力。

（原载《中国文艺评论》2021 年第 12 期）

---

[1] 炜熠：《时代和人民呼唤新的红色文艺经典》，《中国文艺评论》2021 年第 4 期。

下 篇

三观岂能跟着五官走

牛梦笛

在娱乐产业化的时代，偶像诞生就像是资本运作逻辑下一件商品的问世。为了推销这件商品，"颜值即正义"的畸形价值观正在悄然流行。在这种不良社会思潮影响下，部分人的三观跟着五官走，认为长得帅或美可以代表一切。只要颜值够高，即使犯了罪也有人同情。粉丝对偶像这种"无脑式"的追捧行为，形成一波又一波的舆论热点，引发了社会各界的关注与讨论。

因变现快、获利高，近年来偶像产业成了资本眼中的香饽饽。在"偶像养成"模式下，经纪公司与各大网络视听平台以打造偶像团体为目标，将年轻、貌美、帅气的男孩女孩们送上综艺选秀节目、文艺晚会等曝光度高的平台，以获取高关注度和粉丝量，从而实现流量变现。在这个过程中，偶像养成类选秀节目迅猛崛起。这些节目重点聚焦选手的成长过程，追求"让粉丝看着自己所喜爱的偶像慢慢长大"的效果。为了让自己喜欢的选手脱颖而出，一场场喧闹狂躁的投票大战在粉丝之间拉开帷幕，让节目制作方、广告商赚得盆满钵满。尝到甜头之后，艺人经纪公司如雨后春笋般涌现出来，很多老牌公司也转变业务方向，纷纷将目光放在偶像市场的发展上。这些公司的实力良莠不齐，大公司选拔有潜力的年轻人，并依靠自身资源对其进行培养和包装；而中小型公司更像是以手中的艺人为赌注，在偶像市场进行一场赌博。

从2018年到2021年的四年，选秀类综艺节目一共打造了7组偶像团体，输送了数十位新晋偶像。这些选秀节目中对高颜值的追逐倾向十分明显，一些导师在评价选手时即秉持"颜值即正义"的理念。有导师甚至在节目中直接对选手说："你长得好看就够了，不需要会别的。"很多观众给选手投票时，也不看选手的专业能力和文化水平。有的选手根本没有接受过专业训练，唱歌跑调，跳舞跟不上节奏，业务能力惨不忍睹，更别提文化修养和精神涵养了，但却能凭借高颜值过五关斩六将，在激烈竞争中"躺赢"。

为了维持公众的高关注度和高讨论度并转换为高流量数据变现，经纪公司、平台和艺人挖空心思立人设，想尽办法做数据，费尽心机争取各种影视剧、综艺节目的露脸机会，刷存在感。在这个过程中，他们发现"饭圈"蕴藏的巨大潜力，于是使用各种方法诱导年轻粉丝群体投票打榜，将其培养成天然的流量制造群体。于是，一次次围绕"颜值即正义"的营销就此展开，一场场为了"颜值"奋不顾身的"饭圈"行为让人瞠目结舌。

从某种角度来看，偶像是粉丝自己梦想的投射，其所承载的是粉丝对美好的想象和向往。然而，一些在偶像工业体系中打造出来的"爱豆"是空有其表的花架子。这些人大多数尚未成年就离开学校，进入经纪公司当练习生。他们将时间更多花在表情管理的训练、讨好粉丝的话术、应对采访的技巧上。有的年少成名，在人生观、价值观形成的关键时期没有受到良好的文化教育，而是在名利场浸泡，被粉丝们追捧。于是，一部分人开始膨胀，对自我的认知和人生的定位逐渐发生偏移，甚至做出了代孕、吸毒等触犯国家法律的行为。可见，一个偶像的打造，应该将重点放在教育而不是包装上，应对其文化水平、专业能力、道德修养等方面都有专业且全面的规划。真正的优质偶像未必有无懈可击的容颜、潇洒婀娜的体态，却一定要具有善良、谦逊、敬业等优良品质，时刻以"用精品力作回馈粉丝期待"来严格要求自己。

三观岂能跟着五官走？"颜值即正义"背后，反映了不良倾向下价值理念的跑偏。我们应坚决抵制这种肤浅媚俗的讨论模式，少谈一点颜值，多谈一点文化；少做一些伪流量，多传播一些正能量。

（原载《光明日报》2021年8月6日）

让更多流量向上向善

胡妍妍

一段时间以来,一些流量艺人自恃"流量为王",陶醉在粉丝数、热搜量、广告额、片酬等数据维持的热度里,膨胀自满,屡出不当乃至出格言行,甚至突破道德的底线、越过法律的红线,造成恶劣的社会影响。

演艺行业是一个社会关注度较高的行业。流量艺人因为人气旺盛、粉丝众多,经常占据微博热搜和娱乐头条,在青少年群体中有一定影响力。作为"流量担当",他们身上不仅承载着粉丝的喜好选择与情感投射,也承载着社会公众的期待。这种期待既指向他们的才华技艺和职业操守,还指向其道德品质和社会责任。艺人传播什么样的文化和价值观,对社会来说具有一定的示范意义。尤其对青少年粉丝来说,生活中追什么样的星、明星发什么样的光,影响着他们的价值认知。艺人有品有德,才能更好地引领粉丝向上向善。

相较于以前,近年来随着文娱产业的发展和社交媒体的普及,艺人和粉丝之间呈现出一种强互动关系。特别是对流量艺人而言,他们的晋级、出道、作品宣发、形象维护,等等,几乎每个环节都离不开庞大的粉丝群体以及日渐规模化、体系化的粉丝运营。在这种情况下,更需要流量艺人发挥对粉丝群体的正向价值,带头遵纪守法,从严道德约束,执着艺术追求,让自身的作品和德行真正匹配所拥有的流量。

与此同时,针对粉丝文化中为了流量拉踩引战、互相谩骂,为了热度散尽千金、奢靡打榜等不良倾向,流量艺人不能一味迎合甚至诱导助推,而要敢于引导,勇于纠偏。通过自身理性看待流量,引导粉丝理性追星,在流量带来的名利诱惑面前，保持头脑清醒，始终心存敬畏，把流量转化为动力，实现与粉丝的良性互动、共同成长。

东京奥运会期间，有一个让人感动的小插曲，那就是国内一些演艺明星与中国奥运健儿在社交媒体上互诉喜爱、温情互动。运动员们在常年的刻苦训练和紧张比赛之余，喜欢听歌、喜欢追剧，也有喜欢的演艺明星。但这一次，艺人们却被顽强拼搏的运动员们"圈粉"，纷纷向为国争光的体育健儿表达敬意和赞赏。这种互动让我们看到彼此互相鼓励、共同进步的美好，也让我们看到，因热爱而拼搏、因突破而发光，这种正能量才是社会公众心中明星应有的光彩，才是不负众望的"流量"所在。

粉丝文化制造着大流量，也在呼唤着正能量。大量"暖新闻"频频引发网络关注、"感动""泪目"成为视频网站的刷屏弹幕，不少主旋律文艺作品在年轻观众中反响强烈……这些都表明，包括青少年群体在内的社会公众对主旋律正能量有旺盛需求。能够唤起人情感共鸣、给人前行力量、激励人向上向善的内容，不仅有流量，而且能够成为真正的大流量。倡导和鼓励更多艺人坚持正确导向，以优秀创作弘扬社会主义核心价值观、传递正能量，才能更好满足青少年群体的精神需求。

流量越大，社会责任越大。在整治不良粉丝文化、引导粉丝文化步入健康轨道的过程中，要进一步端正对流量的认识，加强对流量的引导。要用大流量放大主旋律的声量、扩大正能量的传播，让更多流量向上向善。这样，粉丝文化、网络文化才能与时代同频共振，才能真正行稳致远。

（原载《人民日报》2021年8月10日）

标本兼治"饭圈文化"

林 品

偶像崇拜与追星行为可谓早已有之,但乱象丛生的"饭圈文化"却是在近年来互联网资本主导的"泛娱乐"产业生态转型中方才出现的追星新样态。

关于中国内地以偶像型艺人为中心形成的"追星族文化"或者说"粉丝文化"的演进,国内的研究者通常会以20世纪八九十年代为起点,以2005年和2014年为分界线,将其大致划分为三个阶段。2005年之所以会被视作关键的时间节点,一方面是因为以《超级女声》为代表的选秀节目风靡全国,形构出一条跟风者甚众的造星路径;另一方面则是因为以百度贴吧为代表的网络社区与当时仍由电视媒体主导的造星产业发生了密切的互动,深刻地改变了追星族之间的交流方式以及粉丝社群的组织模式。而2014年之所以会被视作又一个时间节点,一方面是因为互联网资本开始试图全面入主文娱行业,另一方面则是因为大数据技术得到了前所未有的大力支持和广泛应用。

正是在2014年,腾讯互娱将其战略正式定义为"基于互联网与移动互联网的多领域共生,打造明星IP的粉丝经济",并且在同年成立了继"腾讯游戏""腾讯动漫""腾讯文学"之后的第四大实体业务平台——"腾讯电影+",形成了以"明星IP"为核心的横跨多种文创业务领域的产业链条。也是在2014年,阿里巴巴成立阿里影业,并于次年收购优酷土豆,从此形成了BAT旗下的"爱(百度控股的爱奇艺)优腾"共同主导长视频行业的格局。

这些不断扩张的互联网巨头对文娱行业的运行规则进行了颠覆性的重构,而其所谓的"互联网思维"尤其突出地体现在它们对于大数据算法的借重之上。大数据技术的运用意味着用户的媒介使用行为有可能被数据挖掘和数据分析机制捕捉和量化，以2014年正式上线的新浪微博"明星势力榜"为代表的一系列新媒体榜单也就随之涌现。此类榜单很快就成为某些新媒体平台日活数据和经济收入的重要来源之一，也逐渐成为"泛娱乐"产业链中某些格外看重流量数据的行为主体制定决策时的重要参考依据。

于是，在中国内地的"泛娱乐"产业链中出现了一种新形态的偶像型艺人，人们称之为"流量明星"。他们并不像正统文艺工作者那样，主要通过奉献文艺作品来积累公众认知度，赢得演艺行业的宝贵资源，而是更多地依靠各式"明星势力榜"所涉及的新媒体指数，来吸引各类文娱机构的合作邀约与商业品牌的代言合同。

值得注意的是，2014年前后也是内地娱乐行业试图引进日韩"爱豆"造星模式的时间段。随着模仿日本杰尼斯事务所的时代峰峻公司推出"养成系爱豆"组合TFBOYS，韩国"爱豆"团体EXO的四名华人成员陆续将工作重心从韩国转移到中国，初代"顶流"开始霸占"明星势力榜"的前列，日韩"爱豆"工业的"粉丝运营"模式也被系统地引入内地娱乐行业的某些明星经纪公司与明星工作室。

而"顶流明星"的新媒体势力的形成，不仅倚赖于"泛娱乐"资本的资源投注与互联网平台的技术支持，同时也高度倚赖于造星团队对其粉丝圈层的"粉丝运营"。他们会通过对接粉丝组织、组建"官方后援会"、收编"大粉"、雇用"职粉"等方式，自上而下地渗透粉丝圈层，对粉丝群体进行持续的情感刺激和行为规训，借由"粉头"引领的"数据组""打投组""网宣组""安利组""控评组""反黑组"等粉丝组织，向粉丝布置各种旨在制造并增加"正面"数据、消除或压制"负面"数据的任务。

正是在此类"粉丝运营"长时间、大规模、高强度的直接作用之下，在"流量明星"的粉丝圈层当中，形成了将"爱豆"称作"正主"的"饭圈修辞"，形成了"爱他就为他做数据""爱他就为他氪金"之类的"饭圈观念"，形成了"控评""打榜""反黑""洗广场"等一系列"饭圈实践",形成了乱象丛生的"饭圈文化"。

在结成利益共同体的互联网平台与"流量明星"团队的共同压榨之下,粉丝群体的劳动力与消费力通过直接或间接的变现机制转化为"泛娱乐"产业链里的滚滚金流。然而,那些由"饭圈做数据"制造出来的榜单信息却始终缺乏足够的公信力。与"做数据"相关的刷量控评、养号刷分、流量造假、操纵账号等问题,还严重地破坏了网络信息内容生态和商业诚信体系。而青少年粉丝群体沦为某种被资本无偿征用的数码劳工,时间精力被大量占用的问题同样值得关注。"饭圈应援"向校园渗透,某些教师为响应"爱豆"的视频应援号召,在学校教室里带领未成年学生集体应援并上传应援视频的现象,更是特别值得警惕。

更有甚者,某些造星团队长期借助过激的"粉丝运营"来提升粉丝群体的"战斗力",利用粉丝群体的"战斗力"来为明星"撕资源""争番位",长期纵容粉丝群体的网络暴力和恶意举报行为,对划分敌我的"固粉"策略以及阴谋论式的"虐粉"策略形成路径依赖,导致零和竞争的"饭圈互撕"与党同伐异的跨圈侵犯愈演愈烈,不断败坏舆论环境与网络风气。

在"流量明星"团队与"饭圈粉头"营造的"催氪金"氛围下,还出现了花样繁多的集资应援、浪费严重的冲量打投、竞拍式的购票活动、以数字专辑为代表的虚拟商品的无限重复购买等现象,由此形成的唯数据论的流行榜单严重破坏了影视音乐行业的文艺评价机制,不仅无助于文化市场的正循环发展,而且有损青少年的价值观建设。特别是某些网络平台还诱导粉丝"借贷追星",更是蕴含着金融信用风险。

更进一步说,借鉴日韩"爱豆"工业却又在互联网资本主导的"泛娱乐"产业链中发生异化的造星流水线,对于中国内地原有的以专业院校体系为代表的人才培养机制构成了冲击和侵蚀。某些业务能力欠佳却片酬不菲的"流量明星"严重挤占影视项目的制作成本,伤害影视作品的艺术品质,造成了"劣币驱逐良币"的效应，也扭曲了文化创意产业的资源配置机制。

有鉴于此，"饭圈文化"治理必须从多个层面入手，既治标又治本。就治标的层面而言，应当对那些依靠"粉丝运营"来制造流量数据的"流量明星"展开严谨的舆情监测，对明星经纪公司的"粉丝运营"以及"职粉""站姐"活跃于其中的应援产业实施严格的监管，对涉嫌非法集资的"饭圈"金融活动进行严肃的查处，对涉及数据造假、有偿删帖、不正当竞争的违法违规行为加以严厉的打击，对"明星势力榜""超话排名"等诱导粉丝群体"做数据打榜"的平台功能模块予以取缔，对数字音乐平台与电商平台售卖的虚拟商品施加明确的限购措施。

就治本的层面而言，应当依法推进算法治理，通过算法治理打破互联网企业的数据霸权，进一步完善平台经济反垄断裁判规则，防止平台资本在文化领域的无序扩张，破除近年来弥漫在"泛娱乐"行业的"唯流量论""数据拜物教"，让科技应用以更加符合艺术规律的方式赋能文艺创作与内容生产，重构一种注重业务能力与艺术品质、兼顾社会效益与经济效益的综合评价机制，协同共建良好的内容生态与产业生态。

［原载中国文艺评论网（https://www.zgwypl.com/content/details31_30407.html），2021年9月7日］

接通文艺作品的在地之气

赵 亮

当下，文艺评论越发呈现出一派繁荣景象。但是，繁荣的背后仍然存在"谁写谁看，写谁谁看"，创作者不买账、读者不认可的尴尬境况。笔者认为，文艺评论只有接地气才能聚人气，而接地气就是要接通与文艺作品、与语言文字、与创作心态上的在地之气。

接通文艺作品的在地之气就是要紧贴作品、深入实践。文艺评论的一个重要作用是作品与接受者进行对话的中介，通过它把好的作品推介给观众，让不完善的作品得到改进，从而引领观众的审美能力，提升整个社会的审美风气。可以说，文艺作品是批评者须臾不可离开的土壤，正所谓"皮之不存，毛将焉附"。我们看到不少文艺评论处在一种悬浮状态，没有紧紧依附作品说话，而是评论与作品两层皮，这种自说自话在读者看来必然会成为无机而缥缈的不知所云。首先要深入到作品内部，把其内部机理搞清楚，这样写出来的东西才能言之有物、掷地有声。诗人欧阳江河在《毕加索画牛》一诗中，非常含蓄巧妙地阐释了创作伦理与批评伦理之间的对立关系。"'少'，批评家问，'能变成多吗？''一点不错。'毕加索回答说。批评家等着看画家的多。但那牛每天看上去都更加稀少……批评家感到迷惑。"艺术家是追求本质的，他要将血肉丰满的牛最终删繁就简成几根线条。而对于批评家来说，他要把艺术家的留白用自己的理解填充起来。艺术家是不着一字尽风流，批评家是把艺术家尽得的风流讲清楚。所以，艺术创作与文艺批评之间正好是一对相悖的过程，前者损之又损，后者益之又益。饶有趣味的是，诗的最后写道："第二天老板的妻子带着毕生积蓄来买毕加索画的牛，但她看到的只有几根简单的线条，'牛在哪儿呢？'她感到受了冒犯。"感到受"冒犯"的原因来自接受者自身的局限，这就需要批评者在艺术家和接受者之间扮演重要角色，把艺术家让渡出的空间和意义给填充起来，展示给接受者。这种"填充"的过程就是批评者深入作品、细读作品进行挖掘的实践过程，对作品深入得越透，挖到的东西才越深刻、精准。

打通语言文字的在地之气就是要平实自然。语言平实是文艺评论接地气的最直接表现。然而，很多批评者似乎欠缺把模糊的想法清晰化、再用简洁直白的语言表述出来的能力，动不动就跑到高深、抽象的理论上去，试图用学理上的细织密缝来掩饰观点和内容上的欠缺，这其实是大部分学院派的通病。直白并不等于苍白，这需要很深的造诣。牛津大学社会人类学教授项飚说过，在牛津，写作和聊天如果用大词，会被认为是一件粗俗的没有品位的事。他们认为最高层次的学术其实是说大白话，有水平的人应该用很小的词讲很深刻的道理。《伟大的电影》一书被全世界影迷奉为"圣经"，作者罗杰·伊伯特成为第一位因写影评获普利策艺术评论奖的人。翻开他的每一篇影评，平实自然、直接又充满力量的话语扑面而来。罗杰·伊伯特在读者面前没有丝毫的卖弄，就像一位资深的影迷跟我们谈论着他所深爱的那些影片的林林总总，就在他的娓娓道来中，我们深入了解了影片的导演、视角、结构、影像、角色、音乐，等等，也因此懂得了影片何以成为经典，以及什么样的影片才能称其为经典。在对电影《2001：太空漫游》的评论中，他开宗明义："《2001：太空漫游》的天才之处不在于其丰富，而在于其简洁：没有一个镜头是仅仅为了抓住观众的注意力而拍摄的，只有对自己的才华怀有无限信心的艺术家才敢创作这样精练的作品。"这句话似乎与他的评论风格形成了互文，"只有对自己的才华怀有无限信心"的评论家才敢用最简单平实的语言来表达。我们想象中的真理一定是个瘦子，要把说法拧干、压实，露出里面的干货。

连通创作心态的在地之气就是要真诚坦率。戏剧家田禽在1944年商务印书馆出版的《中国戏剧运动》一书中感慨道："一位认真的剧作家是如何的期望戏剧评论家能在创作上予以指导！然而，可惜的是批评家们只做到主观的'捧'与'骂'，而忽略了以客观的态度写出对于戏剧各方面坦白的、诚恳的、深入的和富有指导作用的批评文字。这样的批评家可以说是没有灵魂的批评家，因为他没有说出他的内心话……"即使近80年过去了，这段文字读来仍具当下感。虽然没有了那个时代的"捧"与"骂"，今天的文艺评论在"好处说好，坏处说坏"上仍存在很大欠缺。批评家在写作之前先要问问自己面对作品是否足够坦诚，是否时刻把艺术标准放在首位来褒优贬劣；艺术家也要以平和心态、敬重之心来面对指出自己不足的批评家。曹禺先生在《我怎样写〈日出〉》一文中说："一个作者自然喜欢别人称赞他的文章，可是他也并不一定就害怕人家责难他的作品。事实上，最使一个作者（尤其是一个年青的作者）痛心的，还是自己的文章投在水里，任它浮游四海，没有人来理睬，这事实最伤害一个作者的自尊心。"批评不自由，则赞美无意义，批评家和艺术家之间彼此坦诚相待，才是文艺评论与艺术创作之间良性互动的前提和基础。

以一颗坦诚之心，用简单平实的语言，把文艺作品的内在最丰盈地展现出来，这是我心目中文艺评论该有的样子。

（原载《中国文化报》2021年12月2日）

网络上的"段评"，就像是一场"表演"

贾 想

"段评"是读者在线阅读过程中对网文某个段落的即时评论。越来越多的读者说，相比于网络作家写出来的故事，故事旁边"段子手"天花乱坠的"段评"更有吸引力。这是一个不同寻常的"反客为主"的文化现象。

一、是业余读者对作品片段的、即时性的碎言碎语

广义上看，"段评"属于大众在公共平台的一种发言形式。"段评"的源头，可以追溯到口头时代老百姓的街谈巷议，后来发展为印刷时代边边角角的批和注。然而，印刷的成本毕竟太高，明清时期，"计其刷印纸张之费，非二金不能成一部"，在印刷品上发言的成本，普通人是承受不来的。到了互联网时代，无边无涯的赛博空间提供了极其低廉的地租，成本高的问题被解决了，发言再也不是一件难事。在早期发展阶段，互联网世界将发言权下放到每一个人手中。这是"段评"等大众发言形式风靡的一个大背景。

狭义上看，"段评"首先是一种文学评论形式。显而易见，"段评"跟我们熟知的学院派评论差别太大了。学院派评论面对的是完成时的传统文学作品，是评论家对整部作品的滞后性评论。这种评论形成了一种专业的文体，也就是常说的"文学批评"。"段评"面对的则是连载的、进行时的、流动的长篇网文，是业余读者对作品片段的、即时性的碎言碎语。"段评"离文章的规模还差很多，充斥着词语的泡沫和句子的残渣。由于某些话语套路的形成，勉强能

算一种"微文体"。

相比之下,"段评"比"文学批评"更随意、更自由,着眼于某个情节也可,着眼于某句话、某个字也行,遵循"只见树木,不见森林"的游戏规则。传统的文学评论体系,是一个以作家作品为中心的"太阳系状体系"。评论家被作家作品的引力吸附,根据美学水准的高低,从内向外有序旋转。普通读者的评论就没那么幸运,它们如小行星扫过伟大作品的大气层,或者被粉碎或者被烧成了灰烬。网文的"段评"打破了这种美学等级结构,构成了一种"菌落状体系":以散落的作品片段为聚集单元,以密集的业余评论为滋生物的弥散性、多中心的体系。

学院派评论强调美学的水准,"段评"强调的则是传播学意义上对传播点(梗、段子)的精准把控,以及社会学意义上与其他读者及时、有效的互动。这两种效果综合起来,加强了网文平台的社交属性和网文用户的黏性。哪里有良性的社交,哪里就有火爆的人气。这是"段评"受欢迎的深层原因。

二、在读写互动中,读者直接成为创作者

网友们都在"段评"当中做什么呢?不妨以《我在火星上》这本小说当中的"段评"作为样本分析一下。身在其中的读者,与其说是在"评论",不如说是在"表演"。因为"段评"既是一个评论平台,也是一个文字直播平台。在直播的时候,我们通常会展示出取悦别人的冲动和与生俱来的表演本能。在《我在火星上》的"段评"中,读者们大概扮演着"知识杠精、脑洞助手、职业捧哏、社交玩家"等角色。

"知识杠精",是专门考察故事中专业知识的一批读者。他们会在"段评"中对宇航员专业素质、外太空生存可能性、航天知识、物理理论等问题提出疑问,也就是俗称的"抬杠"。为了"防杠",作者认认真真列出了一份"参考文献",显示自己已经做好了充分的知识准备。在这种读写互动中,读者明显是

更为主动的一方。

"脑洞助手",是喜欢就当下情节大开脑洞,构思情节走向和人物命运走向的一批读者。他们天马行空的"段评"经常会启发大脑短路的作者。这时,读者的评论直接参与了作品下一步的生产,原本作为消费者的读者,这时成为生产者、创作者。

"职业捧哏",就是专门在"段评"中找梗、接段子、接包袱的读者。他们和抛梗、抛段子、抖包袱的作者,形成了一捧、一逗的有机互动。作者抖个机灵,这边接一句:"好!"作者露个马脚,这边来一句:"没听说过!"在欢笑声里,"段评"变成了露天的"相声专场"。

还有一批读者,他们以"社交玩家"的身份出现。在《我在火星上》的"段评"中,我发现了一个匪夷所思的读者游戏。网文某处,有三个并列的、只有分段意义的句点。读者们自发为每个句点写"段评",内容就是根据顺序"报数"。他们要保证三个句点最终的"报数"是一样的。于是,三个句点的"段评"数均匀地增长着……这个游戏是如此无意义,又如此具有参与感和互动性。这时,"段评"已经完全丧失了评论的功能,成为纯粹的社交游乐场。

三、警惕不健康的"段评"影响网络文化秩序的构建

表演的艺术,在口头文学的时代很发达。荷马既要扮演愤怒的阿喀琉斯,也要扮演纯洁的海伦,中国的讲唱文学更不必说。那是一个重视即时性、互动性、表演性的时代。印刷术出现之后,故事的生产、传播和消费,分成了异时空的三个环节。作者独自在书房里生产,印刷厂和报刊社负责加工和传播,读者独自在第三个时空阅读。故事的表演性因此大大衰减。

现在,网络文学将表演的艺术复活了。它利用互相连通的赛博空间,打破了印刷术造成的物理空间的隔阂。散落各地的读者,可以瞬间出现在同一个网页之中,形成过去在茶坊酒肆一起听书的场面。"段评"这样的平台,让作者、

故事、听众三者同在的亲密空间，重新在互联网中搭建起来了。不同之处在于，过去表演只是作者的事情，现在，更有表演欲的变成了读者。"起点读书"客户端当中的"段评"，专门开设了"配音"的选项，读者可以模仿说书人，在"段评"中留下自己的声音演绎。可见，"段评"不仅是观赏和讨论作品的观众席，更是一个读者自我展示的舞台。观演关系发生了倒置。

这是整个文化领域的现状：受众不再习惯沉默，他们开始发声；不再满足于接受投喂，他们开始创造；不再满足于消费，他们开始生产。视频网站的观众在发弹幕，短视频平台的观众在拍摄自己的短片，网络文学平台的读者开始在"段评"中发言、表演。整个文化工业进入一种新经济模式：用户生产内容型（UGC）经济。

对于受众而言，UGC模式有利于激发出每个人潜在的创造力，这是受众生产力的一种解放。但要注意的是，受众永远是在资本架设的平台上进行创造，他们最终是在为平台服务，帮平台盈利。换言之，只要他们生产，他们就是被"隐形雇用"的劳动者。他们的报酬和投入成本是否对等？他们创造的内容是否受到知识产权保护？一直依靠读者们"用爱发电"的粉丝经济是否可持续？这是潜在的经济学问题。

另外，在UGC模式之下，发表权下放到了每一个用户手中，内容的发表不再遵循"先筛选后出版"的准则，遵循的是"先发表后过滤"的模式。审查和筛选环节的撤销，直接导致内容上"量的过剩"与"质的稀缺"。"段评"就是如此，经常充斥海量的废话，像个言语的垃圾场。更有直接在"段评"中攻击、吵架、骂街的读者，将"段评"变成了"网暴现场"，对作者的写作和读者的阅读，都造成了一定的负面影响。从这个意义上看，"段评"反客为主的文化属性，也影响了网络文化秩序的构建。

"段评"的设置，是为了形成积极、健康、开放的读写互动机制，同时为趣味相投的读者搭建一个温馨、友好、亲密的社交空间。要达到这两个目的并不容易，各方面要积极作为，引导形成"段评"的"社交礼仪"。赛博社会无序发展的原始阶段正在结束，一个建立起线上道德准则和行为规范的新形态赛博社会，将会到来。

（原载《光明日报》2021年2月6日）

网络贺岁电影的冷思考

雷 军

在贺岁档电影《你好，李焕英》《唐人街探案 3》等上座率节节攀升，2021 年院线电影迎来强势反弹时，网络电影却显得有些过于寂静。

2020 年春节因为受新冠肺炎疫情的影响，不少院线电影转投网络，带动了网络电影的小高潮，2020 年有 79 部网络电影收入超千万元，一度让人们相信"网络电影的春天"到来了。但 2021 年春节，网络电影与院线电影的票房形势发生反转，网络的叫卖和促销没有阻挡观众奔向影院的脚步。自然网络不能迷信抱住网络就能取暖的神话，主动划清与院线电影的界限，包括技术、消费方式和消费内容，辨识观众热衷电影的目的是什么，消费的又是什么；网络与电影的联手到底要打造一个什么样的艺术景观。

就消费行为而言，观影在现代社会既是外张性的物质消费，又是对个人主体存在的私人性捍卫，它所附加的符号就是现代读频的趣味性和艺术精神的审判与自省。当消费社会形塑的物质生活日益消耗情感的敏锐性和思考独立性时，当技术不断弱化主体存在时，人对生活更有一种反向渴望。电影——工业技术与原始情愫结合的魔法石，充当了这种渴望的替代品。漆黑的小剧场沉浸人的心灵，粉色的荧幕带领人穿越现实，在眼花缭乱的影像中寻找印象的重叠，影院成了人在世俗环境下浮动的理想圣殿和摆脱焦虑的栖息之地，小憩之时咏唱牧歌，跳上碧空云中漫步。

从人主体性的解放而言，院线电影提供的想象空间比网络电影更具实体感和救赎意义。影院作为社会与家庭压力的中转站，更适应转移现实的不安和疲惫，更适合人们"吃瓜"。"文化不仅仅是智性和想象力的作品，从根本上说文化还是一种整体性的生活方式。"选择院线电影，反映了大众对文化生活的选择方式，在对技术日益依赖的今天，人们迫切的是智慧生活，不是简单的智能生活。网络电影的观赏优势在于观看的自主、评价的直接介入，电影荧幕的"破壁"带来"弹幕"式的欣赏狂热，释放有趣的灵魂，观众由此获取自由批评的话语权，精神获取更多释放。但当喧嚣、冲动和嘻哈的评议喷涌而出集结成厚厚的弹幕墙时，观影还能触及艺术的真谛、感召自己的灵魂吗？与艺术的对话是为了夯实介入现实的能力和巩固社会信仰，破壁式的观影可以陷入自娱和思考的慵懒，这不是修复情感，可能加剧内伤。因此，技术不应是卖点，直面电影和观众的品位才能在网络流量中站住脚跟。

电影被认可最终靠的是内容，网络剧近年来发展势头赶超电视剧，正是质优于量的结果。网络电影与院线电影在创作上处于同一起跑线，精品是制胜的利器。2021年宋小宝、王宝强、赵文卓分别领衔主演的网络电影《发财日记》《少林寺之得宝传奇》《反击》在豆瓣网的评分为6.0、4.5、5.1，这与《你好，李焕英》的8.1分有一定的差距，比《唐人街探案3》的6.1分也低了些。网络电影在羡慕院线电影的"亿"级收入时，要看到自己创作的不足。虽然网络电影不乏《我的喜马拉雅》《树上有个好地方》这样的佳作，但整体表现不尽如人意。2020年票房过千万元的70多部影片，豆瓣网的评分超过九成都低于及格线，绝大多数都徘徊在4—5分。

综观近年来口碑较好的国产电影《我不是药神》《地久天长》《你好，李焕英》，都走了平民化现实主义路线，带着对艺术的敬畏和精神消费的纯粹，讲述凡人生存的困境和精神的超越，不以怪力乱神博取眼球。为此，网络电影的发展，先要破除"网"的工业化功利化视角，不以类型化的虚幻创作阻断现实，不以游戏的姿态撩拨观赏的严肃，不以技术优势替代艺术的关怀，恰恰要修补人与技术的裂隙，治愈因技术侵蚀而失去的道德和情感记忆，抗拒人感知力和判断力丧失的风险，塑造健全的人类形象，完善人主体的建构。在网络世界的旅行中，人总希望自己是舵手。

  电影播放技术的区别不是艺术分野的依据，怀揣传世之心打造传世之作是电影创作的共同选择。法国思想家贝尔纳·斯蒂格勒认为，技术作为一种"外移的过程"，就是运用生命以外的方式寻求生命。发挥技术对电影创作想象的传导、撬动作用，为电影发展赋能赋值，既要优化观影的"软"环境，还要给人文化意义的输送。技术和艺术的齐飞方能创造网络电影发展的新生态。

（原载光明网—文艺评论频道，2021年3月23日）

融媒体时代：大众目光洗礼下的历史剧

徐海龙

目前，关于"当下的历史剧该如何创作"这一问题的讨论甚嚣尘上。"大秦帝国"系列从2009年年底电视台首播到2020年台网同播，11年里见证了数字化内容以及视频网站的崛起——这些作品的播出史也是媒介加速迭代史。从舞台、电视到融媒体，媒介之变引发受众心理及趣味之变，受众之变又显著影响了当今的历史剧创作。

一、追剧者通过网络随时参与话题讨论

《大秦赋》台网同播之时，弹幕、微博和短视频平台上的受众互动是迥异于学界讨论的另一番景象。例如在"荆轲刺秦王"段落，弹幕会出现"秦王怎么不绕柱""原来荆轲是人体描边大师"（网游术语，意指荆轲反复刺不中嬴政）；初入秦国的李斯在酒楼兴致勃勃地看热闹，被网友称为"秦朝吃瓜群众"，此后李斯在墙上写字引起相邦和秦王注意，又被观众封为"自媒体鼻祖"，该角色饰演者李乃文还在微博回复："听很多人说李斯小嘴叭叭的，作为大秦最强饶舌，不要和我吵架"；饰演吕不韦的段奕宏哭中带笑的神态极其生动，被网友做成表情包，冲上热搜。

可以看出，融媒体时代的观演关系已经发生显著转变，在创作者与广大受众虚拟在场、共同狂欢的媒介场域里，一部历史剧始终被强大的横向联想力撕扯着：除了开弹幕看剧之外，对于著名的历史人物或典故桥段，观众可以在视

频网站快速浏览同一朝代不同版本的影视剧进行比较；判断剧情是贴合历史还是被"魔改"，观众可以信手拈来数字化历史文献，或在弹幕和社交网站上与历史发烧友交流；资深影迷在《长安十二时辰》《庆余年》等剧中发掘出众多低调的"老戏骨配角"，梳理他们从年轻到年老的荧屏形象；《雍正王朝》《甄嬛传》被剪成"白领职场宝典"短视频专辑……融媒体时代，一部历史剧就像被嵌入巨大的信息网中，枝蔓丛生、节点丰富、路径迂回，这里既有历史之纵深，也有当代之连横。作品从独立到互文，观众从凝神到流动，传统的"看剧"发展为一种关联式、批注式和社交化的"传—受"过程。一名"合格"的观众不仅要观看剧情，还要参与相关的公共话题讨论。在这样的传播环境中，什么样的历史剧能禁得住大众目光的洗礼？

二、多屏竞争下，"古风景观"的美学水准大幅度提升

相比历史小说，历史剧的优势是可以活生生地展现包含众多美学元素的古典中国形象。但在信息爆炸的今天，各种国内外的历史文化图片、纪录片、影视剧等视听文本包围着观众，观众的期待视野和美学素养显著升级，眼光越来越"刁"。更重要的是，沉浸于在线流媒体、移动终端和交互阅读中的受众群体，不仅注重信息质量，更关注信息筛选、呈现方式及阅读体验。他们擅长扫读、跳读，注意力焦点在多个屏幕和文本之间不停跳转，偏好多重信息流动，追求强刺激水平，对单一粗糙的文本忍耐度低。

在这种立体多维的评比视角和多屏竞争眼球的格局下，缺乏短视频和游戏的传播优势的历史剧，必须发挥博大精深的素材优势和工业制片优势，从服饰妆容到体态气质，从歌舞吟诵到场景道具，从实景到特效，打造更加精美的视听古典美学系统，以便在信息洪流中第一时间赢得观众的好感。应该看到，无论是基于史料还是架空历史，近年来的《琅琊榜》《花千骨》《三生三世十里桃花》《天盛长歌》《鹤唳华亭》《九州缥缈录》《长安十二时辰》《庆余年》《清平乐》

《大秦赋》等作品营造的"古风景观",的确甩掉了"粗布麻衣""草率造型"和"五毛特效"的标签,大大抬高了这一大类型剧的标杆。可以说,近十年来,历史剧成为影视公司的试金石,其影像美学水准的进阶代表了整个影视圈工业化水平提升之路,在此过程中也细分出正剧、偶像剧、传奇剧、玄幻剧、穿越剧等多个子类型,观众已经逐步接受了百花齐放的古装荧屏。历史剧不仅在国内市场形成完善的产业链,还跳上了文化出海的大船,展示世界影视行业中独树一帜的传统美学资源,显示我们的文化自信。

三、专业化观众"较真"历史细节

媒体融合带来知识交汇和集体智慧,也赋予了受众更大的媒介权力。观演双方的关系发生改变,观众对作品的主动介入性更加明显。在审美共识的基础上,很多历史剧观众在戏里戏外热衷于对正史或稗史的"考古":从《大秦赋》中秦军攻打邯郸城的投石机和布阵,到《燕云台》里辽国的双手交叉抱胸问候礼、大婚跨马鞍礼;从《成化十四年》细致描写的古代美食烹饪,到《长安十二时辰》还原的盛唐长安街市,以及虚构角色与历史原型人物的一一对照。观众一边看剧,一边随时跨媒介调取大量背景资料,饶有兴趣地比对、考证、找问题。

对于观众来说,对历史剧进行"考古和释义"并不意味着把它们当作历史书来阅读,而是关注服化道、礼仪、称谓、台词这些细节元素是否准确真实,这是追求专业深度的交流、科普和文化寻根的过程,观众们以此在剧集播出期间获得了一种亲密关系,一种自我赋权的快感。此外,观众还可以在考证过程中披文入情,体验历史剧虚构与真实之间的张力,理解艺术创作的韵味。

对创作来说,面对如此"较真"的观众,首先作者需要严谨的历史观。其次是需具备深厚的历史素养,进行大量深入的案头准备工作。至少在历史细节层面不要粗制滥造,拍出古装"雷剧"。最后是对艺术虚构提出了更高要求。

艺术是对现实的"创造性"模仿，历史剧不是历史科教片，追求历史细节真实的主要目的是营造一个逼真的历史氛围，它最终还要服务于人物塑造和剧情编写。在历史大事不虚的前提下，历史细节元素的真实是促使观众相信历史剧的艺术虚构和"应该如此"的诗性逻辑。创作者在杜撰言辞和添枝加叶的过程中，既要"做到惊奇"，也要"不失为逼真"。

四、观众习惯碎片化解读并期待获得二次创作机会

历史剧是时代的产物，所以其创作提倡在古代故事中透射出当代意识。因网络文学、游戏对受众的影响，当前一部分历史剧沉郁浪漫之风在减弱，"悦志悦神"的美感退化为升级打怪的"爽感"。但也应看到媒体融合催生的跨屏吐槽、戏谑以及关联式阅读，有力地促进了多元文化，构筑起平等和理性的当代精神。于是，在权谋宫斗之上，我们领略《军师联盟》司马懿与杨修辩论时喷薄而出的士大夫的思辨力和"建安风骨"，赞叹《清平乐》君臣戏里宋仁宗的仁与礼，以及晏殊、范仲淹、韩琦诸名臣的直言敢谏；在悬疑推理之上，《成化十四年》的唐泛和《长安十二时辰》的张小敬捍卫公平公正之道，也让我们心有戚戚焉；在偶像言情之上，《琅琊榜》的梅长苏为天下昌明而耗尽余生，《天盛长歌》的宁弈与凤知微为家国命运放弃一己私情，《楚乔传》的楚乔和《知否知否应是绿肥红瘦》的盛明兰面对权贵不卑不亢，这些角色和主题情节都深度契合了当代观众自我实现的主体意识，一扫肤浅、焦躁和"丧"文化之气。总之，历史剧描写的古代人睿智、儒雅又坚守的品格，以礼相待的交往方式，对公正秩序的追求，还有治学济世的胸怀抱负，都是当代社会大力倡导的主流价值观。

德国戏剧家莱辛曾指出，作家之所以需要一段历史，并非因为它曾经发生过，而是因为更适于他当前的目的，有目的的虚构才表明一种创造精神。所谓以古喻今，历史剧让观众认同的原因是"时代的隔空击掌"。融媒体时代，这

种掌声出现的平台更多元，也更有趣。从产业角度看，为保证观众的追剧续航力以至二刷、三刷，制片方要保持跨媒介传播的强度，包括提取历史剧与现实生活相关的图文话题，持续制造和发酵社会热点，保持创作者与观众的社交媒体互动等。历史剧自身也会相应呈现出题材话题性、历史专业性、强情节、大信息量的细节、剧情留白、开放式结构以及角色符号化等多重形态，以供观众进行碎片化、长尾化的解读和二次创作，有助于维持市场的动态活力。在万物皆媒、万物互联的今天，历史剧创作中的真、善、美问题增加了传播学的导向，这是历史剧以至整个影视业融合发展的自我革命和路径选择之一。

（原载《光明日报》2021年1月13日）

十年爆款剧变迁：从口碑倒悬到有口皆碑

杨 慧

爆款剧，是近年来对走红电视剧或网络剧的至高评价。在互联网时代，爆款剧的衡量标准并不绝对唯一，或是收视效果一骑绝尘，或是话题讨论甚嚣尘上，或是衍生作品层出不穷，或是时隔多年令人难忘。当然，还有些爆款剧中的爆款剧，则以上情况均是。

一般来说，爆款剧是一种商业上较为成功的剧集，往往能缔造超越单一剧集的某种文化现象，成为流行文化的有机组成。但曾经的爆款剧，虽然是一个商业上的褒义词，但并不一定是文化上的肯定语。爆款剧中虽然有过许多经典佳作，但也有众多叫座不叫好的代表。《武媚娘传奇》在2015年拿下年度收视冠军的同时，也被口诛笔伐对历史人物无底线的编造与构建；2013年版的《笑傲江湖》以多角虐恋收割无数眼泪和话题的同时，也被猛烈批评对原作毫无质感的改编；《宫锁心玉》《锦绣未央》……不少爆款剧高收视下的热讨论，却是批评声多于赞誉声。甚至有人研究热门雷剧心理学，为什么有些剧从表演到情节甚至画面都透露着廉价和尴尬，但是观众仍然边看边骂，也边骂边看？

近年来，爆款剧中这种口碑倒悬的情况逐渐减少，热度和品质成正比的现象越发普遍。仅以今年来看，最为典型的《觉醒年代》和《山海情》，引发了极其正向的持久热度和持续讨论，在评分网站上分数居高不下，更在上海电视节收获了白玉兰奖诸多奖项，多方面的嘉奖足以显示出这些佳作的众望所归。

一、具体表现：现实题材发力、古装题材转型和其他题材崛起

要厘清爆款剧的变化，必须从具体的题材类型细分入手，因为它们的发展与蜕变并不一致。

从质到量，最令人瞩目的是现实题材作品。最近十年涌现了众多现实题材爆款剧，从《回家的诱惑》《咱们结婚吧》《欢乐颂》，到《人民的名义》《我的前半生》《都挺好》《三十而已》《隐秘的角落》《山海情》等，现实题材在近十年中有明显的落地化和精细化的趋势。

落地与精细，首先体现在寻找到主流故事和年度主题的更好讲法，现实题材的现实主义质地更强。反映扶贫工作的《山海情》和铭记改革开放的《大江大河》等作品都有献礼剧的属性，但都用主旋律选题讲出了高品质故事，为主旋律创作探索了新可能性。其次，落地与精细在于进一步对接更广泛的现实问题。此前的现实题材的一大重镇是家庭情感伦理，而这一部分的创作在与时俱进，如《都挺好》抛出重男轻女和赡养老人的话题、《小欢喜》探讨高考和教育折射的家庭矛盾与亲子关系，现实题材保持着与时代对话、与观众对话的接近性。最后，悬疑剧成为现实题材近年来异军突起的制作精细化的爆款新锐，以《白夜追凶》《隐秘的角落》《沉默的真相》等为典型，创造了新的强情节、强悬念的精品类型。

其他题材则有各自的迭代变迁。古装题材爆款经历了大女主剧兴起又衰落的过程。2011年的《甄嬛传》、2013年的《陆贞传奇》、2014年的《武媚娘传奇》、2015年的《芈月传》《花千骨》、2016年的《女医明妃传》《锦绣未央》、2017年的《楚乔传》……古装大女主剧可以列出一个不短的名单，但这一类型的走红越来越难，如今年播出的大女主剧《上阳赋》，哪怕有重量级演员主演，也都铩羽而归，显示出"玛丽苏"式大女主剧的叙事和人设新鲜期已过，反而由于脱离实际丧失了观众缘。而一定程度摆脱了旧有套路的《知否知否应是绿肥红瘦》《延禧攻略》等各自另辟蹊径，算是为大女主古装题材爆款剧推陈出

新。《三生三世十里桃花》《香蜜沉沉烬如霜》等作品代表的仙侠类型也在求新求变，虐恋和甜宠轮流成为仙侠类型爆款剧的宠儿。而男主剧在沉寂多年后逐渐寻觅到合适路径，《庆余年》等作品成为新型爆款。总体而论，古装题材剧集曾经是剧本、表演、特效、服化道的事故高发地，但现在却需要较高质量带有新意地讲好一个合格故事，方有突出重围的可能。

而爆款剧中，还有以小博大的现象，即其剧集播出聚焦于分众领域，但也可能实现出圈引爆。《陈情令》《山河令》等作品，虽看似古装题材，但核心是窄众领域的亚文化主题，这些作品在观看上很难成为全民性的作品，但是其巨大的用户黏性和参与热度，使这些作品的人均传播力度、人均消费强度都出奇地高，也同样成为红极一时甚至极具造星能力的作品。

需要注意的是，虽然说越来越多爆款剧走红程度与质量水平成正比，但并不能说，所有的爆款剧都不再口碑倒悬。一方面，在相对市场稀缺的题材中，仍然存在着由于供不应求而观众把质量一般的剧集推向舆论热点，比如一些亚文化题材。另一方面，虎头蛇尾的情况也存在于不少爆款剧中，导致也有不少剧集口碑并不恒定，高开低走。

二、主要原因：生产端和消费端的进步与变化

爆款剧逐渐改变口碑倒悬的局面，取决于多方面的原因，其中，生产端和消费端的变化尤为值得关注。

从生产端而言，连续剧的创作，受到了三重动力的影响。

首先，政策导向令电视剧和网络剧的创作重心和创作规范进一步确立。爆款剧中现实题材剧集所占比重逐年攀升，与主管部门对其的鼓励与引导有关。而重大主题影视剧的献礼功能进一步凸显，也促使主旋律剧寻求更好的蜕变与进化。而对网络剧、古装剧等的限制和规范，也催生了对应领域经过调整变化的热门剧集的出现。

其次，工业化水平的提升令电视剧的制作水平平均上扬，还有不少作品出现了精耕细作的艺术化追求。如《沉默的真相》作为悬疑网络剧，在表演、布景、摄影等方面显示出了精益求精的工业化水平；《觉醒年代》作为主旋律电视剧，体现出了极具文学性的镜头语言和情节表演。这些作品不仅塑造了鲜活的人物、讲好了酣畅的故事，还尊重电视剧和网络剧作为一种视听艺术创作形式，去寻求艺术质感上的进步和突破。而对应地，一些剧集的衰落也是因为其工业成熟度不足，没有跟上时代发展的脚步。

最后，互联网力量的加入构成了新的创新和变革动力。一方面，互联网资本、互联网平台、互联网文化从各个维度给剧集提供了新的生态，而剧集口碑很大程度上即网络口碑，网络剧和电视剧都需要以网络为出发点考虑整个产业链的变化。另一方面，互联网导致剧集的竞争更加激烈。互联网用户面对着更多元视频内容的选择，比如国外的长视频和国内的短视频，剧集发展也跟更广泛的竞争刺激不无关系。

从消费端来说，观众也有所变化。

首先是由于大众对休闲时间的安排选择越来越多，也就对剧集的耐性越来越差，对剧集质量要求出现上升趋势，尤其是在一些市场供给已经非常丰富的剧集类型上，比如都市情感、古装历史、谍战年代等，观众的观看经验较为充分，作品质量直接关系着观众评价。而一些市场供给相对供不应求的新题材或者小众题材，观众则显示出了相对的宽容。

其次是观众构成比重的变化，年轻观众在整体观众中扮演越发重要的角色。一方面是随着电视剧与网络剧的发展，国剧成为年轻人对我国文化产品消费的一个重要类别。另一方面是互联网成为剧集口碑的诞生土壤，而互联网是一个年轻观众参与最为积极的平台。年轻人的喜好和选择极大影响了近年来剧集的要素配置和创作倾向，也因此，这些相对迎合年轻观众的作品也自然容易获得更好的口碑。

需要注意的是，由于网络口碑和年轻观众之间的关系最为密切，所以更能够牵动年轻人的传播热情和审美趣味的作品,在同等情况下会更容易收获好评引发热度,而目标观众定位更年长的作品的舆论传播相对受限,则是讨论爆款剧及其口碑需要注意的观众偏差。

(原载《上海文汇报》2021 年 8 月 24 日)

美术评论家应该回归"现场"

贾 峰

近日,中宣部等五部门联合印发了《关于加强新时代文艺评论工作的指导意见》(以下简称《意见》)。《意见》指出,严肃客观评价作品,坚持从作品出发,提高文艺评论的专业性和说服力,把更多有筋骨、有道德、有温度的优秀作品推介给读者观众。

这让笔者想到当前美术评论中存在的一种普遍现象:一篇美术评论文章发表后,我们往往可以从中看到理论的高度、思想的深度,特别是一连串"高大上"的专业术语,会让评论文本顿时丰盈起来;然而,对于这些文章,我们时常会听到创作者反馈回来的尴尬声音:"这是在写我吗?这是在谈论我的作品吗?"

这样的尴尬现象应该引起足够的重视和反思。这说明一些评论文本是苍白的、无力的、空洞的,在"顾左右而言他",呈现出"非文艺化"的过度阐释。

笔者认为,究其原因,是评论家逐渐疏远了、脱离了创作者这一评论对象,缺乏对创作者应有的、全面的关注和考量,沉迷在理论形态的奇思异想中闭门造车、自说自话。在面对浩如烟海的理论百宝箱时,评论家们似乎习惯了通过翻阅书本检索词汇的"单向世界",摆出正襟危坐、不苟言笑状,来回排列、摆弄学术词汇,调集各路理论资源从事既定结论的言说,炮制"八股"般的"之乎者也",一些文艺批评的基本问题被理论术语覆盖。其结果便可以想象——创作细节被理论术语一层层粉饰,甚至最终的艺术呈现也会被理论术语遮蔽,艺术创作本身始终无法赢得应有的关注和合理的解读。

文艺评论家应该走出书斋，走近创作者，走进创作者的工作室，去创作现场感受艺术创作的灵动与鲜活，体悟创作者的温度与温情，发掘创作者的心路历程，做艺术创作过程的观察者。

与此同时，随着当下新媒体传播的便利化，评论家们逐渐习惯了通过手机屏幕观看美术作品，而很少到美术馆、博物馆的展览现场鉴赏作品。客观来说，新媒体的传播方式，极大地丰富了美术作品的展示形式和传播范围，通过手机屏幕，可以在几分钟之内浏览一个大型展览的全部作品。于评论家而言，可以在有限的时间内观看到更多数量、层次不同的艺术作品，从海量作品中"披沙拣金"，提取有价值的评论信息和元素，这是现代文化传播方式给予评论家的便利之门。但同时，这也弱化了对作品细节的关注和考察，对于美术创作而言，创作者很多思想的表达往往体现在画面的细微处，于细微处最见其本质与精神，这恰恰是需要评论家在现场进行细细品味、分析、解剖的关键所在，是批评文本的核心与主旨。

依笔者陋见，我们在坐享新媒体便利的同时，不能忘却现场观看的不可替代性——聚光灯下往往最能激活观者的视觉神经，使作品焕发出最佳的视觉面貌。尤其对于评论家而言，现场的视觉体验是获取评论灵感的最佳场域，唯有将"现场"与"屏幕"两种观看模式有效结合起来，才能更加准确、客观、科学地解读作者与作品，洞见美的真实面目。

当代美术创作离不开美术评论的学术引领，创作的繁荣发展需要有锐度、有深度、有温度的评论"问诊把脉"。评论家应该回归"现场"，积蓄"剜烂苹果"的勇气和力气，把好美术评论的"方向盘"，做艺术创作的观察者、艺术审美的洞见者、时代价值的引领者，通过文艺评论阐释伟大时代的精神坐标和价值取向，这是评论家从事评论工作的立足点和出发点。

（原载《中国艺术报》2021 年 9 月 6 日）

从《不朽的骄杨》谈黄梅戏的"无场次"呈现

许晓琪

"我失骄杨君失柳,杨柳轻飏直上重霄九。"1957年,毛泽东悼念亡妻写下脍炙人口的《蝶恋花·答李淑一》。他笔下的"骄杨"——杨开慧,不仅是他挚爱的伴侣,更是亲爱的革命战友。1930年,29岁的杨开慧为了捍卫革命理想和忠贞爱情英勇牺牲。诸多文艺作品将其短暂却不朽的一生作为题材,仅戏曲领域就有诸如京剧《蝶恋花》、越剧《忠魂曲》等经典剧目的演绎。

值此中国共产党建党百年之际,由安庆再芬黄梅艺术剧院精心创排的红色主题黄梅戏《不朽的骄杨》在安徽大剧院连续上演两天,吸引了众多各个年龄层的观众到场观看,反响强烈。该剧由著名黄梅戏表演艺术家韩再芬亲自导演并担任主演,将传统的黄梅戏以"无场次"的结构方法创新呈现,缅怀杨开慧烈士的英雄事迹,谱写了一曲女性革命者捍卫理想和爱情的雄浑悲歌。

一、无场次结构下的叙事策略

《不朽的骄杨》在文本结构上贯穿无场次的表现理念,编剧常永在剧本写作中即用整体性思维布局全篇,在叙事上采用与之契合的叙事策略。

一是删繁就简,突出主线。该剧的情节主线围绕杨开慧生命中最后四个时辰中的一纸声明展开:为动摇毛泽东的革命决心,羞辱、贬损其形象,反动军阀妄图逼迫狱中的杨开慧签一份与毛泽东脱离夫妻关系的声明。杨开慧面对严刑拷打和威逼利诱,始终坚贞不渝拒签声明,最终慷慨就义。区别于传统戏曲通常用演员的上下场、大幕开合等切换场次，无场次结构在主线情节发展中巧妙完成时空的转换，使叙事节奏更连贯紧凑、酣畅淋漓，主题更突出，更能符合当代观众的审美特点。

二是巧设闪回，补充副线。杨开慧作为全国最早的女共产党员之一，她对理想信念的坚定追求绝非只在一朝一夕，她为捍卫理想信念向死而生的抉择也并非无迹可寻。为了使观众不仅知其然，更能知其所以然，该剧别具匠心地嵌入两个"闪回"："芳华"一段14岁的杨开慧在湖南一师和同学们对袁世凯签订丧权辱国的"二十一条"展开爱国讨论，她苦苦思索着国家出路并发出"人活一生忌苟且，唯有牺牲写芳华"的进步宣言。"湘恋"一段19岁的杨开慧深受五四运动进步思潮影响，以男女同校的实际行动追求平等、唤醒大众，并开展学联活动宣传新思想，和新旧反动势力勇敢斗争。这一段用她和毛泽东"画外音"的隔空对唱艺术地描绘出二人的结合和心意相通。"君有凌云志，我愿随你走，山河改变齐协力，汗青写风流。"寥寥数句，表现出她对丈夫的深情、对革命的愈加坚定和对劳苦大众的热爱。

值得一提的是嵌入闪回的方式吸收了电影叙事中蒙太奇的剪切方法，并使用特殊物件进行串联：父亲的皮箱是打开杨开慧过往岁月的记忆闸门，而恐怖的闪电、海关的钟声和狱警的报时又将一切拉回残酷的当下。既做到空间上的无缝转场，又做到时间上的自由切换，同时营造一种揪心的紧迫感，充分展示了杨开慧作为一名革命者的心路历程和精神世界。

三是多线汇流，烘托主旨。区别于平铺直叙，该剧的叙事在无场次的结构方式下实现了对时空的自由调度，将反映杨开慧生平重要节点的多个副线自然汇入主线叙事中，情节上更凝练，主题上更突出。于是后半部分杨开慧在识破敌人离间计时"只信润之他一人"的爱情誓言和尾声处面对死亡"静等枪声震天响"的革命浪漫主义情怀在情节的推动下喷薄而出、水到渠成。浪漫主义的表现手法和诗化的意境同时强化了戏剧性和可看性。如开场纱幕上呈现出白色蝴蝶在漫天大雪中于红梅间振翅飞舞，结尾处三位不同年龄段的杨开慧在云雾中相遇，一曲《蝶恋花》首尾呼应，形成了一个悲剧意味浓烈的审美空间，又将杨开慧的不朽精神提升到更高的层次。

二、无场次结构下的人物塑造

一是用多重身份建构人物。该剧在叙事的同时着眼于人物塑造、人心描摹和人性挖掘，可谓情节、人物并重。通过杨开慧的多重身份展现其光辉形象，使当时、当地的杨开慧饱满立体，使其如何成为"这一个"令人信服。

面对险恶狡黠的敌人，她是不卑不亢的革命者，坚强承受严刑拷打、坚定抵御威逼利诱、机敏识破敌人假借毛泽东名义要和其断绝夫妻关系的离间计。面对年幼的儿子毛岸英，她是舐犊情深的普通母亲，对儿子身陷囹圄的歉疚和心疼折磨着她，但仍不忘用革命乐观主义循循善诱："今天的不顺，就是要换未来国家的公平，劳苦大众的顺畅。"面对久未谋面却日夜牵挂的丈夫，她是心怀革命理想、忠贞不渝的妻子："我与润之是夫妻，更是革命的伴侣，润之引领我紧跟，定有光辉的奇迹""润之与我百年好，他的名誉千万不可被侵犯。签字就是白日梦，为党哪能不卧薪？"压抑的监狱高墙和女性革命者的柔弱天性、坚毅品质形成巨大反差，产生极强的戏剧张力。

二是用合理行为丰满人物，跳脱出程式的禁锢，走向生活的真实。所以会唱湘剧的杨开慧能挥舞双手立于潮头用湘剧《文天祥》的高腔演绎自己的赤诚丹心，以大量现代的舞蹈和丰富的肢体语汇展现或柔情缱绻或痛苦挣扎等丰富的内心世界，借鉴话剧的念白和敌人展开语言上的交锋。这些元素合理渗入黄梅戏内核并锦上添花。

对细节的关注使得杨开慧的形象有血有肉、真实可亲。该剧开头，历经残酷拷打的杨开慧肋骨断了且伤口化脓，毛岸英问："妈妈，您很疼吗？"杨开慧回答他："疼。要说不疼是假的。"在此后的表演中，随着情绪起伏韩再芬不时捂住伤口，舞蹈动作也添加了受伤的肢体表现，真实可感的疼痛让观众揪心。

再如临刑前向保姆陈姨交代后事一段，是全剧的一大泪点。陈姨哭求："霞姑，你还是签了吧，你还有三个孩子，孩子们不能没有妈妈！"孩子是妈妈的软肋，听到此，杨开慧痛心疾首地仰起脸，捂住胸口，内心的痛苦挣扎一览无余。但随即她强忍悲痛表示："革命是要有牺牲的，牺牲自己，是为求得广大劳苦大众不受压迫，得解放。"以坚定信仰、志向远大的革命理想主义，无私无畏的革命英雄主义和舍小家为大家的革命牺牲精神为主要内容的"开慧精神"正是用这样润物无声的方式传递出来。

三是参照影视作品的惯用方法，不同年龄段的杨开慧由不同演员参演。一方面顺应无场次结构中人物在时间层面的外貌变化，更真实可信，同时有利于舞台上演员、场景更换的无缝对接。更重要的是体现了韩再芬将一批优秀的青年演员推至台前担当重要角色，用实际行动做好黄梅戏的传承工作。值得一提的是，此剧也是再芬黄梅"老中青少"四代演员首次同台献艺。

三、无场次结构下的舞台表现

黄梅戏由最初乡野小调逐渐成长壮大为我国五大剧种之一，有着极强的包容性和生命力。《不朽的骄杨》在舞台呈现方面充满创新和探索，将传统和现代很好融合。

舞台布景适应舞台表演，将真实环境和虚拟环境结合，写实和写意相互穿插。通观全场鲜少用实景：除沿袭传统戏曲舞台的一桌二椅和少量道具之外，舞台中仅有可移动的台阶以及三个巨大的方框。这些方框将舞台分成前、中、后三个区域，给了舞台近似影视作品的镜头感。配合着背景的影像和现代化的灯光效果，既区分了舞台时空，又有利于唤起演员对真实情境的当下体验感，激发表演的内生动力，与观众一起沉浸于戏剧呈现出的审美空间。给人印象深刻的是尾声杨开慧慷慨赴刑场的一段。舞台中央迎接她的是一座向天空无限延伸的阶梯，两边目送她的是一双双眼睛饱含热泪，一树树红梅傲然绽放。她迈着缓慢却坚定的步伐走入舞台背景的万丈霞光中，这种诗意的表现手法留给观众无尽的遐想和心灵震颤。

该剧的舞美吸收了现代歌舞剧的元素，群舞展现了一种雕塑之美，动作中结合传统戏曲的身段特质，在声光电的烘托下有庄严肃穆的崇高感和丰盈的象征意味。

传统黄梅戏音乐以细腻委婉抒情见长，该剧融合了多种作曲技法：化用湖南民歌《浏阳河》的旋律、借鉴京剧的声腔和现代交响乐的曲调等，为黄梅戏增添了铿锵有力、刚烈坚毅的精神品格，丰富了艺术表现力。

或许如韩再芬所说，"内容雅俗共赏、审美贴合大众、思想上引领大众"的作品才是有生命力的。这部《不朽的骄杨》体现出主创人员的开拓精神和创新意识，无场次的呈现方式无疑也为黄梅戏如何在保留传统品格的基础上顺应时代发展提供了宝贵经验。

［原载中安在线（http：//comment.anhuinews.com/spwh/202108/t20210810_5396264.html），2021年8月10日］

编后记

《中国文艺评论年度文选（2021）》（以下简称《文选》）是中国文艺评论（首都师范大学）基地成立后编选的第一本年度文选。基地为此专门组建了由不同学科背景成员组成的编选课题组，从文学、影视、音乐、美术、曲艺、舞蹈、民间文艺、摄影、书法、杂技、网络文艺、公共艺术等领域，分别初选出 2021 年 1 月 1 日—2021 年 12 月 31 日期间发表于正式出版物或网络媒体的评论文章，并对初选文章进行排序并做简短的推荐说明，以期尽可能推荐出具有较广泛的理论指导价值的评论文章或某一艺术门类的细读式批评。在此基础上，由主编做了进一步的遴选。

为了编选出有代表性、体现年度本领域重点且文质兼美的优秀评论文章，确保所选文章的影响力和权威性，《文选》在编选过程中，参考了《中国社会科学文摘》《新华文摘》《中国人民大学报刊复印资料》等文摘类杂志，还重点参考了一些有较大影响力的文艺评论奖项，如中国文艺评论家协会、中国文联文艺评论中心组织的第七届"啄木鸟杯"中国文艺评论年度推优活动和第三届网络文艺评论优选汇的入围作品和获奖作品等。

《文选》编选过程中，课题组核心成员周侃、杨慧、刘佳、宋刚、王潇艺、应旭杰、谈小青、张安然、柯璐、王元泰等老师和同学付出了大量的精力和时间，也得到了中国文艺评论家协会、中国文联文艺评论中心的指导与协助，在此谨致诚挚的谢意！

编　者

2023 年 2 月 10 日